新定杜工部草堂詩箋斠証

三

〔唐〕杜　甫　著
〔宋〕魯　訔　編次
〔宋〕蔡夢弼　會箋
曾祥波　新定斠證

上海古籍出版社

新定杜工部草堂詩箋斠證卷第二十二

寶應元年壬寅在成都所作

廣州段功曹到得楊五長史書功曹却歸聊寄此詩〔一〕

衛青開幕府，○【趙次公曰：「指言廣州節度使之幕。」】衛青，以比廣州之府帥也。○【王洙曰】按李廣傳：廣出擊胡，行無部曲，行陣就水草頓舍，幕府省文書。晉灼注引衛青征匈奴克獲，帝就拜大將軍於幕中府，故曰幕府。○衛青傳：青擊匈奴還，至塞〔二〕，天子使使者持印即軍中，拜爲大將軍。楊僕將樓船。○將，讀去聲。○【趙次公曰】楊僕，以比楊長史也。○【王洙曰】漢武征南越，以楊僕爲樓船將軍。漢節梅花外，○【趙次公曰】漢遣使者，必持節。○公假漢以言唐也。○【趙次公曰】廣南大庾嶺多梅，故言「梅花外」也。春城海水邊。○【趙次公曰】廣州近海，故云「海水邊」也。銅梁書及遠，○【趙次公曰】銅梁，蜀之地名。言楊長史自廣州有書來成都也。珠浦使將旋。○使，所吏切。從命者，指段功曹也。○【杜田補遺】合浦，廣州郡名。方輿記：合浦水，去浦八十里有圍州，其地產珠。郡國志：合浦，海曲，出珠，號曰珠池。嶺表録異：廣州有珠池，珠户入池採蚌割珠充貢。貧病他鄉老，煩君萬里傳。

【校記】

〔一〕題，元本、古逸叢書本作「廣州段功曹到得楊五長史書」。

〔二〕還至塞，元本作「未至寨」，古逸叢書本作「未至塞」。

送段功曹歸廣州

南海春天外，○廣州，南海郡。功曹幾月程。峽雲籠樹小，湖日落船明。○【王洙曰】落，一作蕩。交阯丹砂重，○交阯郡屬廣南。後漢南蠻傳：禮記稱南方曰蠻。雕題交趾，其俗男女同川而浴，故曰交阯。○【趙次公曰】勾漏縣出丹砂，晉葛洪嘗求爲其縣令，要就丹砂以鍊藥。韶州白葛輕。○韶州屬廣南道，出白葛布。東觀漢記：黄香爲郎，召詣安福殿，賜白葛各一端。幸君因估客，時寄錦官城。○【王洙曰：（旅）一作「估」。】估，一作旅。○官，或作宮。○公冀段以丹砂、葛巾爲惠也。

畏人

早花隨處發，春鳥異方啼。○【師古曰】花鳥逢春皆爲可娱，但不合客於異鄉，轉使人傷心也。萬里清江上，○【趙次公曰：「公所居在萬里橋西也。」】公所居在萬里橋西，浣花溪上也。三年落日低。○【師古曰】言旅寓已三年，嗟己之衰暮也。○【杜詩詳注引「趙次公曰」：「按公自乾元二年冬來成都，至寶應元年春，是歷三年矣。」】按，公自乾元二年己亥春離同谷而來成都，歷上元元年庚子春結廬浣花溪上，此詩之作在寶應元年壬寅春嚴武開府成都之時也，是秋武赴闕，公抛草堂，駕言鄜、梓。畏人成小築，○【師古曰】畏人謂避寇也。○魏文雜詩：棄置勿復陳，客子常畏人。褊性合幽棲。○【師古曰】甫自言性褊，與物相忤，今宜隱居，以畏人而成此室，殆非功成名遂而身退。○【趙次公曰】謝靈運詩：買此永〔一〕幽棲。門逕從榛草，○【王洙曰】門徑，一作徑没。○【師古曰】謂將息交絶遊也。無心待馬蹄。○【王洙曰】待，一作走。

【校記】

〔一〕永，古逸叢書本作「求」。

遭田父泥飲美嚴中丞

○昔陶淵明嗜酒，棄官歸來，每與田夫野老狎飲，了無傲色。甫避亂入蜀，築草堂於浣花溪上，亦慕淵明之所爲，與田父相遊從，痛飲而作是詩也。嚴武字季鷹，按唐新舊書所載嚴武官職不同，當以資治通鑑及公詩爲正。又按唐舊書：公於浣花里結廬枕江，與田畯野老相狎蕩。

步屧隨春風，○【杜田補遺】集韻：屧音燮，屐也。履中薦也。南史：袁粲爲丹陽尹，步屧白楊郊野間，道遇一士大夫，便呼與酣飲。明日扣門，不見。○按集有江上草堂詩：「步屧深林晚」、「步屧到蓬蒿」。村村自花柳。田翁逼社日，邀我嘗新酒。酒酣誇新尹，○新尹，謂嚴武也。武以是年正月方來尹成都。畜眼未見有。迴頭指大男，渠是弓弩手。○【王洙曰】謂籍民丁爲兵也。名在飛騎籍，○【王洙曰】飛騎，軍名。○【趙次公曰】曹植白馬篇：名編壯士籍。長番歲時久。○【王洙曰：「長番，猶長在直也，言無更代也。」】謂長充軍伍，無輪番更直也。前日放營農，○【王洙曰：「放營農歸耕也。」】自嚴中丞下車，於軍營之士選其久直者放歸農耕，使之營生，其子得以奉養其衰老也。辛苦救衰朽。差科死則已，○【鄭卬曰】差，楚皆切，簡也。誓不舉家走。今年大作社，○【王洙曰】社，春祈秋報之祭也。○【趙次公曰】左氏傳：鄭子産大爲社也。拾遺能住否。○甫時授左拾遺。叫婦開大瓶，盆中爲吾取。○爲，于僞切。感此氣揚揚，○【趙次公曰】晏子爲齊相，出，其御意氣揚揚，甚自得也。須知風化首。○【王洙曰】郡守縣令，風化之首也。語多雖雜亂，○【趙次公曰】陶淵明詩：父老雜亂言，觴酌行失汝〔一〕。説尹終在口。○田父邀甫與社飲，甫感其氣義激揚，遂從之。然其人説及嚴尹之德，終不輟口。朝來偶然出，自卯將及酉。久客惜人情，如何拒隣叟。高聲索果栗，欲起時被肘。○【趙次公曰】史記：魏威子肘韓康子於車上。指揮過無禮，未覺村野醜。月出遮我留，仍嗔問升斗。○甫醉欲起，累被掣肘，泥飲自卯時出，及月已升〔二〕，猶遮闌留甫。○【師古曰】足知甫久客，與鄰叟無一日不如是也。

【校記】

〔一〕汝，古逸叢書本作「次」。

〔二〕升，元本、古逸叢書本作「出」。

嚴中丞枉駕見過

○【九家集注杜詩、集千家注批點杜工部詩集引作「公自注」。杜陵詩史又引「趙次公曰」作「公自注」。又，杜陵詩史題下引作「王彥輔曰」。分門集注、補注杜詩引作「王洙曰」。】嚴武自東川除西川，敕合兩川都節制。○【王洙曰】一本作「嚴黃門下駕見過」。

元戎小隊出郊坰，○坰，古營切。元戎，美嚴武之車騎也。○【王洙曰】詩小雅：元戎十乘，以先啓行。毛萇傳：元，大也。夏后曰：鉤〔一〕車先正也。商曰寅車先疾也。周曰元戎先良也。爾雅釋地：邑外謂之郊，野外謂之坰。問柳尋花到野亭。川合東西瞻使節，○【王洙曰】玄宗在蜀，合東、西兩川爲一道，以武鎮之。地分南北任流萍。○【王洙曰】流，一作孤。○【趙次公曰】公自言也。自蜀望長安爲北，而蜀爲南也。○【王洙曰：「謂長安有南杜、北杜也。」】或謂長安有南、北杜，非是。扁舟不獨如張翰，○【王洙曰】晉文苑傳：張翰字季鷹，會稽賀循赴命入洛，經吴閶門，於船中遇張翰，初不相識，乃就循言談，便大相欽悦。問循知其入洛，翰曰：「吾亦有〔二〕事北京。」便同載即去，而不告家人。後齊王冏辟爲東曹掾，因見秋風起，思蓴羮鱸鱠，遂命駕而歸。皂帽應兼似管寧。○皂，一作白，流傳之誤也。○【王洙曰】按魏志管寧傳：寧隱不仕魏。青龍中，徵命不就，居海上，常著皂帽布裙，出入庭衢間。○【趙次公曰】按，〔三〕杜佑通典禮類：魏管寧在家常著皂帽。寂寞江天雲霧裏，○【王洙曰】寂寞，一作今日。何人道有少微星。○【趙次公曰】公自謂也。○【王洙曰】隋書天文志：少〔四〕微四星。在太微西。大夫之位也。一名「處士星」。明黄則賢士舉矣〔五〕。

【校記】

〔一〕鉤，元本、古逸叢書本作「駒」。

〔二〕有，古逸叢書本作「在」。

〔三〕按，元本、古逸叢書本作「又」。

〔四〕少，原作「太」，據隋書經籍志改。

〔五〕矣，元本、古逸叢書本作「職」。

野望

西山白雪三奇〔一〕戍，○奇〔二〕，一作城。西山，即雪山也。戍，謂屯兵以備吐蕃也。按，後漢志：永昌郡，明帝分益州置郡，有雲南縣。南中志：縣西北百數十里有山，高峻洞陰恒寒，雖五月盛暑不熱。廣志：五月霜雪皓然。○【王洙曰】新唐書高適傳：明皇還京，復分〔三〕劍南爲兩道節度，民罷于調役，而西三城列防秋三戍，適上疏論之，不納。南浦清江萬里橋。○【鄭卬曰】萬里橋，成都第三橋。○【趙次公曰】甫草堂在橋之西。○謂去長安有萬里之遠也。海内風塵諸弟隔，○【王洙曰：「寇亂，諸弟離散，獨公一人入蜀。」】風塵，喻寇亂也。弟妹各在他鄉，惟公孑然流寓于蜀。天涯涕淚一身遥。唯將遲暮供多病，未有涓埃答聖朝。○管子形勢解：海不辭水，故能成其大。山不辭土，故能成其高。跨馬出郊時極目，不堪人事日蕭條。○日，一作自。

【校記】

〔一〕奇，元本、古逸叢書本作「年」。

〔二〕奇，古逸叢書本作「年」。

〔三〕分，元本、古逸叢書本作「帥」。

暫之漢州作三首

舟前小鵝兒

〇【王洙曰。又，集千家注批點杜工部詩集引作「公自注」。】漢州城西北角官池作。〇【趙次公曰】官池，即房公湖也。房琯相肅宗，以兵敗陳陶責爲漢州刺史。城西池乃琯所鑿也。房公死後，名之曰房公湖。〇按集，公有遊房公湖詩曰「丞相思追後，春池豈不稀」是也。

鵝兒黄似酒，對酒愛新鵝。引頸嗔船逼，〇逼，一作過。無行亂眼多。〇行，户郎切，列也。翅開遭宿雨，力小困滄波。客散曾城暮，狐狸奈若何。

官池春雁二首

○漢州城西北角官池作。○餘見前篇題注

自古稻粱多不足，○陳周洪正詠雁：南思洞庭水，北想雁門關。稻粱俱可戀〔一〕，飛去復飛還。至今鸂鶒亂爲群。且休悵望看春水，更恐歸飛隔暮雲。○【師古曰】雁且有序〔二〕，喻兄弟寇〔三〕亂，諸弟妹離散阻隔，故有是句。

【校記】

〔一〕戀，古逸叢書本作「迹」。

〔二〕序，古逸叢書本作「亭」。

〔三〕寇，元本、古逸叢書本作「爲」。

青春欲盡急還鄉，紫塞寧論尚有霜。○塞，先代切。荆州記：雁塞，北〔一〕接梁州汶陽郡，其間東〔二〕西岭屬大巖無際。雲飛鳳翥，望崖回翼〔三〕。惟〔四〕一處爲下，翔雁連〔五〕塞，矯翼裁度，故名雁塞。○【趙次公曰】崔豹古今注：秦築長城，土色皆赤，漢塞亦然，故稱「紫塞」。翅在雲天終不遠，力微矰繳絶須防〔六〕。○【王洙曰】矰，音憎〔七〕，短矢也。繳，古了切，又音灼，生絲縷也。○【師古曰】言以絲繩繫矢而射之也。○淮南子：雁銜蘆而翔，以避矰繳。

【校記】

〔一〕雁塞北，元本、古逸叢書本作「州界上」。
〔二〕東，元本、古逸叢書本作「果」。
〔三〕回翼，元本、古逸叢書本作「深絶」。
〔四〕惟，元本、古逸叢書本作「有」。
〔五〕連，元本、古逸叢書本作「傳」。
〔六〕絶須防，元本作「絶低翔」，古逸叢書本作「勸須方」。
〔七〕憎，古逸叢書本作「僧」。

水檻遣心二首

去郭軒楹敞，無材眺望賒。〇材，謂林木也。〇【趙次公曰：「是已有林木，而後謂之村。惟其無材，所以眺望遠也。」】無林木〔一〕之材，則眺望可以遠及也。賒，謂遠也。澄江平少岸，幽樹晚多花。細雨魚兒出，微風燕子斜。城中十萬户，此地兩三家。

【校記】

〔一〕林木，元本、古逸叢書本作「鄣蔽」。

蜀天常夜雨，○【分門集注、補注杜詩、集千家注批點杜工部詩集引作「（師）尹曰」。又，杜陵詩史引作「師（古）曰」，九家集注杜詩引作「新添」。】蜀之雅州常多夜雨，謂之漏天。江檻已朝晴。葉潤林塘密，衣乾枕席清。不堪祇老病，何得尚浮名。淺把涓涓酒，深憑送此生。

屏跡三首

用拙存吾道，幽居近物情。桑麻深雨露，燕雀半生成。村鼓時時急，漁舟箇箇輕。杖藜從白首，○【趙次公曰】莊子讓王篇：原憲杖藜而應門。心迹喜雙清。○甫以幽居混迹桑麻燕雀之間，故云「心迹雙清」。○【梅曰】無塵俗氣也。○【師尹曰】謝靈運齋中讀書詩：昔余遊京華，未嘗廢丘壑。矧乃歸山川，心迹雙寂寞。

晚起家何事，○【九家集注杜詩引作「新添」。】嵇康絶交書：卧喜晚起。無營地轉幽。竹光團野色，舍影漾江流。○【王洙曰】舍，一作山。失學從兒嬾，長貧任婦愁。百年渾得醉，一月不梳頭。○【趙次公曰】絶交書：頭面常一月十五日不洗，不大悶癢不能沐也。〔一〕

【校記】

〔一〕沐也，元本、古逸叢書本作「梳頭」。

衰顔甘屏迹，幽事供高卧。鳥下竹根行，龜開萍葉過。年荒酒價乏，日併園蔬課。○【趙次公曰】蓋以乏酒價之故，則併課園蔬以充沽直也。獨酌甘泉歌，○【王洙曰：一云「獨酌酣且歌」。】一作「獨酌酬甘泉」。歌長擊樽破。○【杜田補遺。又，門類增廣十注杜詩引作「杜云」，杜陵詩史、分門集注、補注杜詩、集千家注批點杜工部詩集引作「修可曰」。】世説：王大將軍每酒後，輒詠魏武樂府曰：「老驥伏櫪，志在千里。烈士暮年，壯心不已。」以如意打唾壺，唾壺盡缺。公志類是。

遠遊

賤子何人記，○【師古曰】賤子，甫自稱。何人記，猶言君不録用之也。迷方著處家。○著，直略切。方，王作芳。○【趙次公曰】迷方，則漫行而不知所定止也。鮑照擬〔一〕古詩：南國有儒生，迷方独淪誤。竹風連野浪，江沫擁春沙。○沫，音末。種藥扶衰病，吟詩解嘆嗟。○【王洙曰】詩大序：言之不足，故嗟嘆之。似聞胡騎走，○【趙次公曰：「胡騎走，謂史朝義之兵稍衰者也。」】按唐書：上元二年三月戊戌，史思明死〔二〕，朝義南寇，田神功擊破之。失喜問京華。○【王洙曰】失喜，言失於不自覺也。

【校記】

〔一〕擬，元本、古逸叢書本作「懷」。

〔一〕死，古逸叢書本作「始」。

奉和嚴中丞西城晚眺十韻

○趙清獻公玉壘記：崔光遠，上元二年太子少保、鄴國公、成都尹、劍南節度。會東劍段子璋攻其節度李奐，奐走成都。光遠命花驚定平之，而兵剽掠士女，至斷腕取金，詔監軍按其罪。冬十月，恚死。其月，廷命嚴武。唐史氏謂武威略足以靖邊。按，地志：劍西蓋彭、蜀、漢，其州二十有八。劍東，梓、綿、劍、普十州。綿，劍東節度治府。武以京兆尹出刺左綿，建旆東蜀，拜劍南兩川節度。詔劍南兩川一道。又按唐書：上元二年十二月乙亥二十七日，綿州刺史、劍東節度嚴武劍南兩川節度。甫至蜀，蓋在去冬。武今冬受命來，春始開府。史氏乃謂甫巾車自汧、隴依武，誤矣。

汲黯匡君切，○【王洙曰】前漢汲黯，武帝召爲中大夫，以數切諫不得久留內。廉頗出將頻。○【王洙曰】史記：廉頗爲趙將，伐齊攻魏。直辭才不世，雄略動如神。○【王洙曰】：「取汲黯之直言，廉頗之雄略，以美嚴公也。」美嚴中丞直諫匡君，雄略出將，雖汲黯、廉頗何以加也。政簡移風速，○美中丞之善政也。詩清立意新。○美中丞之能詩也。層城臨媚景，○【王洙曰】媚，一作暇〔一〕。絕域望餘春。旗尾蛟〔二〕龍會，○言其旗繪蛟龍也。樓頭燕雀馴。○【師古曰】言其德及鳥獸也。地平江動蜀，天闊樹浮秦。○【趙次公曰】此聯張大城上所望之遠及也。帝念深分閫，○言天子委以閫外之任也。○【王洙曰】馮唐傳：王者之遣將，跪而推轂曰：「閫以内者，寡人制之。閫以外者，將軍制之。」軍須遠算緡。○【王洙曰】軍須，師旅之費也。○【師古曰】蜀貢花羅瑞錦，以應軍須，與衰世算緡錢者遠矣。○【王洙曰】漢武元狩四年，初算緡錢。李斐曰：緡，絲也，以貫錢也。顔師古曰：謂有儲積錢者，計其緡貫而税之。花羅封蛺蝶，瑞錦送麒麟。○【王洙曰】蛺蝶、麒麟，言嚴公織貢羅錦上之紋繡也。辭第輸高義，○【王洙曰】霍去病，上爲治第，對曰：「匈奴未滅，無以家爲！」觀圖憶古人。○【趙次公曰】言嚴公可與古人爲比，當圖畫之。○【王洙曰】馬援傳：顯宗圖畫建武中名臣列將於雲臺，以椒房故獨不及馬援。東平王蒼觀圖，言於帝曰：「何故不畫伏波將軍像？」帝笑而不言。征南多興緒，○興，讀去聲。事業闇相親。○【趙次公曰：「又以杜預比嚴公也。晉杜預作征南將軍，收滅吴之功，平生事業最著。如策隴右之事、議皇太子之服、造新曆、建河橋、造欹器、陳農事，皆其事業也。興緒，興況意緒也。」】晉杜預開府荆州，贈征南將軍，甫爲族譜，以預爲祖，自謂十三葉孫。預滅吴之功，事業彰著，甫與武父有世契，故以祖預事業與武相比也。興緒者，謂興況緒意也。

【校記】

〔一〕暇，元本、古逸叢書本作「服」。

〔二〕蛟，元本、古逸叢書本作「交」。

寄題杜二錦江野亭○成都尹嚴武作。野亭，即甫草堂是也。

漫向江頭把釣竿，○按集，甫有答武詩曰：「强擬晴天理釣絲。」又曰：「幽棲真釣錦江魚。」蓋甫自言垂釣，因武詩以發之也。懶眠沙草愛風湍。莫倚善題鸚鵡賦，○【王洙曰】後漢文苑傳：江夏太守黄祖長子射爲章陵太守，善於禰衡。時大會賓客，有獻鸚鵡者，舉卮於禰衡曰：「願賦之，以娱嘉賓。」衡覽筆而作，文無加點，辭采甚麗。何須不著鵕鸃冠。○鵕，音俊。鸃，音宜。○【趙次公曰】蓋嚴武以甫之才如禰衡矣，而剛直隱淪不仕官，決〔一〕不肯爲侍中而冠鵕鸃、厠迹佞臣之列也。○【王洙曰】按，佞幸傳：孝惠時，郎、侍中皆冠鵕鸃冠。顔師古〔二〕曰：鵕鸃，鳥名，以羽毛飾冠。○【杜田補遺】淮南子：鵕鸃，鷩雉也。説文：鷩，赤雞，羽毛美好。上貴人冠如貂蟬。南越志：曾〔三〕城縣多鵕鸃，山雞也，利距善鬭，人以衆雞鬭之，則可擒。光色鮮明。孔毅父續世説：嚴武爲成都尹，甫與武世舊，待遇甚隆，於浣溪里種竹植木結廬枕江，縱酒吟詠，與田畯野老相蕩狎。武過之，有時不冠。○故武此詩譏公自倚能文而不冠，又繼言幽時静處，欲甫謙晦也。故甫詩解其嘲曰「阮籍焉知禮法疏」是也。腹中書籍幽時曬，○以郝隆美公之富學也。○【王洙曰】世説：郝隆七月七日當日中仰卧，問其故，曰：「我曬腹中書也。」肘後醫方静處看。

○以葛洪美公之養性也。○【王洙曰】晉葛洪好神仙導養之法，自號「抱朴子」，著肘後要急方四卷。興發會能馳駿馬，○興，讀去聲。終須重到使君灘。○須，一作當。○【趙次公曰】水經：魚復縣有羊腸、虎臂〔四〕灘。楊亮爲益州，至此而舟覆，至今名爲使君灘也。

【校記】

〔一〕官決，元本作「宦宜」，古逸叢書本作「宦官」。

〔二〕顔師古，元本作「顔黄氏」，古逸叢書本作「冠黄氏」。

〔三〕曾，古逸叢書本作「增」。

〔四〕臂，古逸叢書本作「須」。

奉酬嚴公寄題野亭之作

拾遺曾奏數行書，○【師古曰】甫爲左拾遺，侍肅宗收復京師。懶性從來水竹居。奉引濫騎沙苑馬，○【趙次公曰】奉引，謂導駕也。○漢志：謁者僕射一人，天子出則奉引。○【師古曰】唐於沙苑置坊監以養馬，甫以拾遺騎其馬而奉引也。幽棲真釣錦江魚。○錦江，見上。謝安不倦臨登賞，〔一〕○【王洙曰】以謝安美嚴武也。○【師古曰】武數過甫之草堂，移厨載酒，餽遺之費頗厚。○【王洙曰】按，晉謝安嘗於土山營墅，樓館材竹甚盛，每携中外子姪往來遊集，肴〔二〕膳亦屢費千金。阮籍焉知禮法疏。○【師古曰：「公自釋不著鵕鸃冠之罪也。」】甫以阮籍自比也。此解嚴公「何須不著鵕鸃冠」之嘲也。○【王洙曰】按，晉阮籍不拘禮法，能自爲青白眼，禮法之士疾之如讎。枉沐旌麾出城尉，〔三〕○【王洙曰：「一作今日。」】枉沐，一作何日。草茅無逕欲教鋤。○【王洙曰】無，一作荒。卜居賦：寧誅草茅以力耕乎？

【校記】

〔一〕賞，古逸叢書本作「費」。

〔二〕肴，元本、古逸叢書本作「羞」。

〔三〕尉，古逸叢書本作「府」。

中丞嚴公雨中垂寄見憶一絶奉答二絶

雨映行雲辱贈詩，○【王洙曰】雲，一作宫。○【蔡興宗曰】一作官。○非是。○【趙次公曰】黄庭堅曰：雨映兩字，寫出一時景物。元戎肯赴野人期。○元戎，美嚴公也。野人，甫謙辭也。江邊老病雖無力，强擬晴天理釣絲。

何日雨晴雲出溪，白沙青石洗無泥。○洗，舊作光，非也。只須伐竹開荒徑，拄杖穿花聽馬嘶。○【王洙曰】馬嘶，一作鳥啼。○【趙次公曰】側聽公之馬嘶也。

謝嚴中丞送青城山道士乳酒一瓶

○青城山水記：青城山高三十六丈，頂上有仙人祠。

山瓶乳酒下青雲，氣味濃香幸見分。鳴鞭走送憐漁父，○【趙次公曰】漁父，甫自謂也。甫前篇有曰「强擬晴天理釣絲」是也。洗盞開嘗對馬軍。○此嚴公憐甫之獨醒。○【師古曰】故遣馬軍送乳酒也。○【九家集注杜詩依例爲「王洙曰」：「公自注云：軍州，謂驅使騎爲馬軍。」杜陵詩史、分門集注、補注杜詩引作「趙次公曰」。】甫自注：軍州謂馬軍。○言武以麾節騎使騎兵給事也，故曰馬軍。○【趙次公曰】以「漁父」對「馬軍」，字爲工矣。○【師古曰】按屈原漁父篇：屈原既放，游於江潭，行吟澤畔。時漁父見而問之，曰：「子何故至於斯？」原曰：「舉世皆濁我獨清，衆人皆醉我獨醒，是以見放也。」

戲贈友二首

元年建巳月，○【師古曰】肅宗上元三年，詔年號去上元，止稱元年，復以斗建之辰稱月，蓋法上古之制。年號自漢武方有之，甫特於此年以元年建巳月爲稱，記肅宗之法上古制。不然，何以謂之詩史乎？○按集，公草堂即事詩曰「荒村建子月」，亦春秋「變古則書」之義也。郎有焦校書。自誇足膂力，○【師古曰】胸腹之間曰膂。能騎生馬駒。○【師古曰】生馬，謂未調習者也。一朝被馬踏，唇裂板齒無。○【師古曰】板，大齒也。壯心不肯已，○【趙次公曰】魏武樂府：烈士暮年，壯心不已。欲得東擒胡。○【師古曰】觀此詩，乃戲爲好勇者〔一〕之戒也。

【校記】

〔一〕者，元本、古逸叢書本作「鬭」。

元年建巳月，官有王司直。馬驚折左臂，骨折面如墨。駑駘漫深泥，○漫，一作慢。深，或作染。伯樂相馬經：凡相馬之法，先除三羸五駑。其五駑者：大頭緩耳，一也。長頸不折，二也。短上長下，三也。大胳〔一〕短脅，四也。淺髖薄髀，五也。何不避雨色。○【師古曰】詳觀此句，可爲躁進者之戒也。勸君休歎恨，未必不爲福。○【九家集注杜詩引作「杜田補遺」。又，杜陵詩史、分門集注、補注杜詩引作「趙次公曰」。】淮南子人間訓：塞上之人有善術者。馬亡入胡，人皆弔之，居數月，其馬與胡駿馬而歸，人皆賀之。其父曰：「何遽不爲禍乎？」及家富良馬，其子乘之，墮而折髀。人皆弔之，其父曰：「何遽不爲福乎？」居一年，胡人大入，丁壯皆戰，死者十九。此獨以跛之故，父子相保。

【校記】

〔一〕賂，古逸叢書本作「略」。

嚴中丞仲夏枉駕草堂兼攜酒饌得寒字○【魯曰】一作「鄭公枉駕攜饌訪水亭」。

竹裹行厨洗玉盤，○神仙傳：麻姑至蔡經〔一〕家，入拜王遠，遠爲之起立。坐定，各〔二〕進行厨，皆金盤玉盃〔三〕，無限也。又云：左慈能役使鬼神，坐致行厨。花邊立馬簇金鞍。非關使者徵求急，○徵，召也。言嚴武之來，子美疏散不候，莫知其所往，故使者求索之急也。自識將軍禮數寬。○軍禮，將軍仗鉞閫外。言嚴武之寛大，不以子美懶墮爲尤也。百年地闢〔四〕柴門迥，○子美開闢草堂，以養百年之老也。五月江深草閣寒。看弄漁舟移白日，○【趙次公曰】弄漁舟，以言嚴公也。移白日，言盡日也。老農何有罄交歡。

【校記】

〔一〕經，元本、古逸叢書本作「邕」。

〔二〕各，元本、古逸叢書本作「名」。

〔三〕玉盃，元本、古逸叢書本作「富貴」。

〔四〕闢，古逸叢書本作「僻」。

嚴公廳宴同詠蜀道畫圖得空字

日臨公館静，畫列地圖雄。○列，一作滿。劍閣星橋北，○星橋在成都，劍閣在星橋之北。○【王洙曰】華陽地理志：李冰守蜀，造橋七，上應斗魁七星。○華陽國志：諸葛亮相蜀，鑿石架空爲飛梁閣道，即〔一〕古劍閣道也。松州雪嶺東。○【王洙曰】唐志：松州，交川郡，以地産甘松名。乃吐蕃之要衝。○【趙次公曰】雪嶺，西山也，在松州西南，冬夏積雪。華夷山不斷，吴蜀水相通。○時武鎮蜀，有割據之意，甫在其幕，故以「山不斷」、「水相通」以風之，言其不可割據也。興與煙霞會，清罇幸不空。○【分門集注引作「王洙曰」。】孔融傳：罇中酒不空。

【校記】

〔一〕即，元本、古逸叢書本無。

奉送嚴公入朝十韻

○甫上元元年庚子春結廬浣花。寶應元年壬寅春，武開府成都。是年四月己巳，代宗踐祚，召武以太子賓客。是秋，武東上，甫與武相別于巴西。

鼎湖瞻望遠，○甫客寓蜀，戀闕之遠也。○【趙次公曰】前漢郊祀志：黃帝采首山銅鑄鼎於荆山下，鼎既成，龍垂髯下迎，後因名其處曰鼎湖。象闕憲章新。○謂代宗踐祚，法度日新也。○【杜田補遺】風俗通義：魯昭公設兩觀於門，是謂之闕。爾雅：觀謂之闕。釋名：闕在兩旁，中者闕然，爲道也。宮門雙闕，可於上觀望，故謂之兩觀。廣雅：象魏闕也。周禮：垂治〔一〕象之法于象魏故闕，或謂之象闕，或謂之觀闕。南史：何胤曰：闕者，謂之象魏。象者，法也。魏者，當壘而高大貌也。四海猶多難，中原憶舊臣。與時安反側，○【王洙曰】光武紀：令反側子自安。自昔有經綸。感激張天步，○【王洙曰】詩：天步艱難。從容靜塞塵。南圖回羽翮，北極捧星辰。○【趙次公曰：「舊臣，指嚴公。嚴公既自朝廷來蜀，今憶之而歸，斯爲中原舊臣矣。」】舊臣，言武嘗事玄宗，乃先朝之舊臣。○【趙次公曰：「上句言嚴公入朝如鵬之圖南也。下句言嚴公入奉天子，如孔子所謂『北辰居其所而衆星拱之也』。」】今入朝，當如鵬程之圖南〔二〕，以回羽翮，捧戴北極之尊。○北極，謂天子也。漏鼓還思晝〔三〕，○漏鼓，謂宮漏也。宮鶯罷囀春。空留玉帳術，○古詩：將軍空玉帳。

○【九家集注杜詩依例爲「王洙曰」。又，杜陵詩史、分門集注、補注杜詩、集千家注批點杜工部詩集引作「趙次公曰」。】唐藝文志有玉帳經一卷，蓋兵書也。愁殺錦城人。○【趙次公曰：「人思戀之也。」】甫以武有兵略，既入朝，蜀人愁而思之也。閣道通丹地，○閣道，謂劍閣之道。丹地，乃天子之墀。言武自劍閣而來，直入禁中也。漢典〔四〕職儀：以丹漆地，故稱丹墀。○【王洙曰】張正見艷歌：執戟移丹地，豐歌入建章。江潭隱白蘋。此生那老蜀，不死會歸秦。公若登台輔，臨危莫愛身。○【趙次公曰：「公自言其在草堂。蓋堂之前臨浣花江，近百花潭，故謂之江潭。末句之意所謂贈人以言者。」】甫自謂隱于百花潭濱之草堂，恐終老于蜀，不獲歸秦。蓋羨武之趨朝，所謂贈人以言也。

【校記】

〔一〕治，元本、古逸叢書本作「地」。

〔二〕圖南，古逸叢書本作「南圖」。

〔三〕晝，元本、古逸叢書本作「旦」。

〔四〕漢典，元本、古逸叢書本作「宮禁」。

送嚴侍郎到綿州同登杜使君江樓得心字

○按資治通鑑：六月，以兵部侍郎嚴武爲西川節度，徐〔一〕知道反，不得進。以公詩考之，恐以侍郎召。新唐書於封鄭國公時云「還黄門侍郎」，舊唐書於罷兼御史大夫時云「改兼吏部侍郎，尋還黄門侍郎」。

野興每難盡，江樓延賞心。歸朝送使節，落景惜登臨。稍稍煙集渚，微微風動襟。○【趙次公曰：「風言動襟，則宋玉風賦曰：披襟而當之也。」】宋玉風賦：楚襄王遊於蘭臺之宮，有風颯然而至，王乃披襟而當之，曰：「快哉，此風！」重船依淺瀨，輕鳥度曾陰。檻峻背幽谷，窗虛交茂林。燈光散遠近，月影静高深。城擁朝來客，○【師古曰】言滿城擁送侍郎之來也。天横醉後參。○【師古曰】參，西方之宿〔二〕。蜀在西，以江樓之高逼於參星也。○古今樂〔三〕録：月没參横，北斗闌干。窮途衰謝意，苦調短長吟。○古樂府有長歌行、短歌行。此會共能幾，諸孫賢至今。○【師古曰。又，集千家注批點杜工部詩集引作「公自注」。】杜使君，乃甫宗人也。不勞朱户閉，自待白河沉。○【趙次公曰】白河，謂銀河也。○【師古曰】天將曙則銀河不現。不勞閉户，謂坐待銀河之沉没也。

【校記】

〔一〕徐，元本、古逸叢書本作「劉」。

〔二〕宿，元本、古逸叢書本作「星」。

〔三〕樂，元本、古逸叢書本作「集」。

酬別杜二

嚴武作

獨逢堯典日，○【王洙曰：「堯將遜于位，讓于虞舜，作堯典。時代宗初立，蓋取虞舜作堯典之義。」】謂代宗踐祚也。書序：昔在帝堯，將遜〔一〕於位，讓於虞舜，作堯典。再覩漢官儀。○光武紀：三輔吏士曰：「今日復見漢官威儀。」未效風霜勁，空慙雨露私。夜鐘清萬户，曙漏拂千旗。並向殊庭謁，俱承別館移。斗城憐舊路，○【王洙曰】十道志：長安故〔二〕城形，南似南斗，北似北斗。渦水惜歸期。○魏文帝至譙，兄弟渦水駐馬，書〔三〕鞭以賦。峰樹還相伴，○謂昔會秦關行闕也。江雲更對垂。○謂今別巴嶺行李也。試迴滄海棹，莫妬敬亭詩。○宣城圖經：敬亭，宣城北一長亭，岡巒秀屬。謝朓敬亭詩：茲〔四〕山百里，合沓雲齊。獨鶴朝唳，飢鼯夜啼。行雖紆組，得踐幽棲。祇是書應寄，無忘酒共持。但令心事在，未肯鬢毛衰。最悵巴山裏，清猿惱夢思。○武自注曰：昔會秦關，今别巴嶺。

【校記】

〔一〕遜，古逸叢書本作「避」。

〔二〕故，元本、古逸叢書本作「斗」。

〔三〕書，古逸叢書本作「舉」。

〔四〕兹，元本、古逸叢書本作「此」。

奉濟驛重送嚴公四韻

○【九家集注杜詩依例爲「王洙曰」。】驛去綿州三十里〔一〕。

遠送〔二〕從此别，青山空復情。幾時杯重把，○重，儲用切，再也。昨夜月同行。列郡謳歌惜，三朝出入榮。○【王洙曰】謂武事〔三〕明皇、肅宗、代宗也。江村獨歸處，寂寞養殘生。

【校記】

〔一〕驛去綿州三十里，元本、古逸叢書本無。

〔二〕遠送，元本、古逸叢書本作「送遠」。

〔三〕事，古逸叢書本作帝。

巴西驛亭觀江漲呈竇十五使君

○綿州巴西郡。司馬相如諭蜀曰：巴蜀，蓋巴道、蜀道二境，其地犬牙相錯。漢武元封三年，發巴、蜀兵，擊滅西南夷，以其地豐富，爲四郡。徐廣注：四郡，曰漢中、巴郡、廣漢、蜀郡。趙次翁曰：路飛劍棧，二蜀、三巴，西出〔一〕地至蜀道左轉，秦巴道右趨。楚譙周巴記：漢獻帝初平元年，分三巴。杜安簡地志：巴郡：巴、渝、集、壁。巴東：夔、忠。巴西：綿、閬。三巴記曰：閬江水曲折三迴，如巴字。譙周巴記又曰：建安六年，劉璋分巴，以永寧爲巴東，以墊江爲巴西郡。十道志：渝〔二〕州巴縣，并巴東、西，是爲三巴也。

宿雨南江漲，波濤亂遠峰。孤亭凌噴薄，○噴薄，言江水之漲也。萬井逼春容。霄漢愁高鳥，○【黄曰】鳥愁，言不得其食也。泥沙困老龍。天邊同客舍，携我豁心胸。〔三〕

【校記】

〔一〕出，古逸叢書本作「山」。

〔二〕渝，元本、古逸叢書本作「俞」。

〔三〕「携我」句下，元本、古逸叢書本多「揚子龍蟠于泥」六字。

又呈竇使君二首○新添。

轉驚波作惡，○晉謝安與孫綽泛海，風轉急，即迴。即恐岸隨流。賴有杯中物，還同海上鷗。○【黄曰】列子黄帝篇：海上人有好漚鳥者，每旦之海上，從漚鳥遊。其父曰：「汝取來，吾觀之。」明日之海上，漚鳥舞而不下。關心小剡縣，○剡溪在會稽之南。傍眼見揚州。○禹貢：淮海惟揚州。爲接情人飲，朝來減片愁。

向晚波頭緑，連空岸脚青。日兼春有暮，愁與醉無醒。漂泊猶盃酒，踟躕此驛亭。相看萬里别，同是一浮萍。

海棕行○廣雅：棕，杼也。鄭卬云：棕字以意逆之，當作子冬切。

左綿公館清江濆，○【師古曰】綿州，涪水所經，涪居其右，綿居其左，故曰左綿。蜀都賦：於東則左綿。○巴中寰宇記：遊蜀志：綿州左〔一〕綿縣。海棕一株高入雲。龍鱗犀甲相錯落，蒼稜白皮十抱文。自是衆木亂紛紛，○自，一作但。○【趙次公曰】王元古意：木葉亂紛紛。海椶焉知身出群。移栽北辰不可得，○【趙次公曰】：「本作地。〔一〕」北辰，或作北地。時有西域胡僧識。○【師古曰】北辰，喻君也。夫大材生非其地，人無識者，其與衆木紛亂，何以異乎？世有異材，中國無人識而胡僧識之，此仲尼「欲居九夷」之意者也。

【校記】

〔一〕左，元本、古逸叢書本作「去」。

越王樓歌

○【王洙曰】越王，太宗之子貞也。高宗時爲綿州刺史，創此樓於江濱。

綿州州府何磊落，顯慶年中越王作。○【王洙曰】顯慶乃高宗年號。○【趙次公曰】作者，謂作綿州刺史也。孤城西北起高樓，○【王洙曰】古詩：西北有高樓，上與浮雲齊。碧瓦朱甍照城郭。樓下長江百丈清，山頭落日半輪明。○謂憑樓眺望，每至黄昏方罷也。君主舊跡今人賞，轉見千秋萬古情。○夫越王，天子之子，棄於窮方僻郡，寧無怏怏之志乎？築樓登眺，將以寫其憂思故也。後世登賞是樓，則越王當日含情，斯可見矣。

姜楚公畫角鷹歌

〇【師尹曰】名畫記：姜皎善畫鷹鳥。元宗在藩邸，皎爲尚衣奉御，有先識之明。元宗即位，累官太常卿，即〔一〕楚國公。

楚公畫鷹鷹戴角，殺氣森森到幽朔。〇【師古曰】堯典：宅朔方曰幽都。幽，陰也。朔，北也。幽朔，乃肅殺之方。謂此鷹殺氣窮極幽朔也。〇【王洙曰】森森，一作森如。〇【趙次公曰】謂如在幽朔見此鷹之殺氣。蓋名鷹出於北地也。〇易通卦驗曰：鷹者，鷙殺之鳥也。觀者貪愁掣臂飛，〇貪愁，一作徒驚。〇【師古曰】謂掣臂鞲而欲飛也。畫師不是無心學。〇蓋恐人未之信也〔二〕。此鷹寫真左〔三〕右綿，〇前注。却嗟真骨遂虛傳。〇【師古曰】物有異質而世所未嘗觀者，人見之必駭而不信。〇馬有肉騣，非蘇子瞻誰辯〔四〕之！鷹有角，非子美誰詠〔五〕之！世人寧不謂之虛傳乎？梁間燕雀休驚怕，亦未摶空上九天。〇【師古曰】末章譏〔六〕朝廷之士稱才力角出者，率有虛名而無實效也。〇按淮南天文訓：天有九野，中央曰鈞天，東方曰蒼天，東北曰變天，北方曰玄天，西北方曰幽天，西方曰昊天，西南方曰朱天，南方曰炎天，東南方曰陽天。

【校記】

〔一〕即，古逸叢書本作「爵」。

〔二〕「蓋恐」至「信也」，元本、古逸叢書本作「善心人不盡信也」。

〔三〕左，古逸叢書本作「在」。

〔四〕辯，元本、古逸叢書本作「下」。

〔五〕詠，古逸叢書本作「信」。

〔六〕讖，原作「識」，據元本、古逸叢書本改。

觀打魚歌

綿州江水之東津，〇水經注：温水至江陽縣萬山下入江，謂之綿口。魴魚鱍鱍色勝銀。〇【鄭卬曰】魴，符方切。鱍，比末切。〇【杜田補遺】又，杜陵詩史、分門集注、補注杜詩、集千家注批點杜工部詩集引作「修可曰」。】爾雅釋魚：魴，魾也。今之鯿魚是。陸璣疏：魴魚，廣而薄，肌肥甜而少肉細鱗，魚之美者也。〇【杜田補遺】詩韓奕：魴鱮甫甫。甫甫，美之至。又碩人：鱣鮪發發。發，與鱍同，音撥〔一〕。鱍鱍，魚掉尾貌。漁人漾舟沉大網，截江一擁數百鱗。衆魚常才盡却棄，赤鯉騰出如有神。〇淮南子：詹公之釣千歲之鯉。劉向列仙傳：子英者，舒鄉人。善入水捕魚，得赤鯉，歸著池〔二〕中，數以米穀食之，一年長丈餘，遂生角有翼。〔三〕列仙傳：〔四〕琴高入碭水中，乘鯉魚來出，泊一月，復入水去。〇【王洙曰】陶隱居本草：鯉最爲魚中之王，形既可愛，又能神變，乃至飛越山湖。所以琴高乘之。〇稗雅：〔五〕俗説魚躍龍門，惟鯉或然。潛龍無聲老蛟怒，〇【師古曰】魚善變化，乃龍之類。老蛟怒，惡傷其類也。迴風颯颯吹沙塵。○迴，晉作西。饔子左右揮霜刀，○饔，於容切。周官有饔人。○【王洙曰】西征賦：饔人縷切，鑾刀若飛。應刀落俎，靃靃霏霏。鱠飛金盤白雪高。徐州禿尾不足憶，○憶，一作惜。王彥輔云：訪諸餘人，禿尾魚類鱒魚〔六〕，青渾，大者尺餘。漢陰槎頭遠遁逃。○槎頭，一説爲襄陽〔七〕郡地名，一説爲釣磯上枯木，皆非也。爾雅：槮謂之涔。槮音滲，涔音岑。孫炎釋云：積柴木水中養魚，曰槮。襄陽俗謂魚槮爲槎頭，言所積柴木槎枒然也。槮，亦謂之罧〔八〕，音滲，字異而義同。郊居賦曰：赤鯉青魴，細鱗縮項寬腹，蓋魚之美者也。郭璞云：江東呼魴魚爲鯿。〔九〕酉陽雜俎：洛鯉鯿魴，貴於牛〔一〇〕羊。襄陽耆舊傳：峴山下漢水中出鯿魚，肥美不減京鯉。〔一一〕襄禁〔一二〕採捕，遂以槎木斷水，因謂「槎頭縮項鯿」。魴魚肥美知第一，○修文御覽引毛詩義疏：遼東梁水魴特肥美〔一三〕。既飽歡娱亦蕭瑟。○【師古曰】謂樂極則哀繼之也。君不見朝來割素鬐，○【鄭卬曰】鬐，渠伊切，魚背上鬣也。○西征賦：素鬣揚鬐。咫尺波濤永相失。○【師古曰】春秋隱公五年：公矢魚於棠。聖筆書之以爲譏。甫此詩初叙得魚之樂，而末則有「咫尺波濤永相失」之句，豈非聖人危亡之戒耶？

【校記】

〔一〕撥，古逸叢書本作「發」。

〔二〕池，元本、古逸叢書本作「地」。

〔三〕元本、古逸叢書本多「子英上其背升天而去即大雨」一句。

〔四〕列仙傳，元本、古逸叢書本作「又傳」。

〔五〕稗雅，元本作「稗作」，古逸叢書本作「偶作」。

〔六〕鱒魚，古逸叢書本作「鰜乾」。

〔七〕襄陽，元本、古逸叢書本作「綿州」。

〔八〕罧，元本、古逸叢書本作「涔」。

〔九〕鯿，古逸叢書本作「鯯」。

〔一〇〕於牛，古逸叢書本作「放生」。

〔一一〕鯉，古逸叢書本作「洛」。

〔一二〕禁，古逸叢書本作「陽」。

〔一三〕特肥美，古逸叢書本作「魚尤美」。

又觀打魚

蒼江魚子清晨集，設網提綱萬魚急。○【王洙曰】萬，一作取。○【師古曰】綱，大繩也，持以舉綱。能者操舟疾若風，○【鄭卬曰】操，七〔一〕刀切，持也。○【王洙曰】莊子：顔回濟于觴深之泉，見操舟者若神。撐突波濤挺叉入。〇【師古曰】叉，魚叉也，持以入水。〇【九家集注杜詩引作「杜田補遺」。又，杜陵詩史、分門集注、補注杜詩引作「王洙曰」。又，杜陵詩史、分門集注、補注杜詩、集千家注批點杜工部詩集引作「杜定功曰」。】西征賦：徒觀其鼓枻回輪，洒鈎投綱，垂餌出入，挺叉來往。小魚脱漏不可記，〇漏，或作綱。〇【王洙曰】廣志：武陽小魚大如針，〔二〕一斤千頭，蜀人以爲醬。半死半生猶戢戢。〇【王洙曰】枚乘七發：其根半死半生。〔三〕大魚傷損皆垂頭，屈狂〔四〕泥沙有時立。〇泥沙，一作沙頭。〇【鄭卬曰】屈，字正作倔，渠〔五〕勿切。倔狂〔六〕，梗戾〔七〕也。東津觀魚已再來，主人罷鱠還傾杯。日暮蛟龍改窟穴，〇【趙次公曰】以言打魚之故，而驚動神物也。山根鱣鮪隨風雷。〇崔豹古今注：鯉之大者曰鱣，鱣之大者曰鮪。魏武四時食制：鱣魚，大如五斗奩，長丈，口在頷下。常三月中從河上來，於孟津捕之，黄肥，惟〔八〕以作鮓。毛詩義疏：鮪魚出海，三月從河上來。今鞏縣東洛度北崖上山腹穴。〇【杜田補遺。又，杜陵詩史、分門集注、補注杜詩引作「修可曰」。】郭璞注：爾雅：鱣，大魚，似鱏而鼻短，口在頷下，體有斜行甲，無鱗肉。黄大者長二三丈，江東人呼爲黄魚。〇鮪，鱣屬，大者名王鮪，小者名鮛鮪。今宜都郡自京門〔九〕以上江中通出。鱣鱏之魚有一魚狀似鱏而小，建平人呼鮥子，即此魚也。〇【杜田補遺】埤雅曰：俗謂之玉板。陸士衡云：鮪似鱣，益州人謂之鮪鱣〔一〇〕，大者爲王鮪，小者爲叔鮪〔一一〕，一名鮥。遼東人呼尉魚，或呼「仲明」。仲明者，樂浪尉，溺死海中，化爲此魚。張平子賦：王鮪岫居。廣雅曰：鮪，仲春從河西上，得過龍門化爲龍，否則點額而還。鮪岫而居，能變化，山有穴曰岫，故有「山根風雷」之句。〇【師古曰：『蛟龍改窟穴』、『鱣鮪隨風雷』，喻賢人君子遇亂而遁迹也。」【夢弼詳味詩意，甫以「蛟龍改窟穴」、「鱣鮪隨風雷」喻賢人君子遇安史之亂而遁迹也。干戈兵革鬬未已，〇【王洙曰】一作「干戈格鬬尚未已」。鳳皇麒麟安在哉！〇【師古曰】言自安禄山之亂，干戈日尋，伐害生民之命，亦已甚矣！家語困誓篇：覆巢毀卵，則鳳皇不翔其邑。刳胎殺夭，則麒麟不至其郊。〇【王洙曰】孝經援神契：德至鳥獸，則鳳皇翔。春秋繁露：恩及蟲魚，〔三〕則麒麟至。吾徒胡爲縱此樂，暴殄天物聖所哀！〇【師古曰】古人仁及草木昆蟲，今於戰鬬之際，復暴殄天物若此，仁人君子忍爲之乎？使甫得時遇主，其仁政自可見矣。

【校記】

〔一〕七，古逸叢書本作「匕」。

〔二〕針，古逸叢書本作「匋」。

〔三〕「枚乘」至「半生」，元本作：「枚乘：戢戢其相，半死半生。」古逸叢書本作：「枝葉戢戢，其相半死半生。」

〔四〕狂，古逸叢書本作「强」。

〔五〕渠，古逸叢書本作「征」。

〔六〕狂，古逸叢書本作「强」。

〔七〕梗戾，古逸叢書本作「捙捩」。

〔八〕惟，古逸叢書本作「脽」。

〔九〕京門，古逸叢書本作「荆門」。

〔一〇〕鱛，古逸叢書本作「魴」。

〔一一〕鮪，元本、古逸叢書本作「魚」。

〔一二〕蟲魚，元本、古逸叢書本作「昆蟲」。

新定杜工部草堂詩箋斠證卷第二十三

自綿州往梓歸成都迎家再往梓所作〔一〕

【校記】

〔一〕此句元本、古逸叢書本無。

相從行贈嚴二别駕時方經崔旰之亂

○【「贈嚴二别駕時方經崔旰之亂」，九家集注杜詩依例爲「王洙曰」。又，杜陵詩史、分門集注、補注杜詩引作「魯曰」。】○【師古曰】崔旰殺郭英乂，成都亂。甫避亂適東川，與嚴别駕相遊從，一見如舊，故作是詩也。

我行入東川，○【師古曰：「梓州，屬東川。」】東川，梓州路也。十步一迴首。○【梅曰】憶舊隱也。成都亂罷氣蕭瑟，○【趙次公曰】或謂指言徐知道反，八月伏誅，而劍南大亂。浣花草堂亦何有。○【師古曰】謂草堂爲賊所焚也。梓州豪俊大者誰，本州從事知名久。○【趙次公曰】豪俊，指嚴二也。○【師古曰】嚴二爲梓州別駕，如今之通判，乃本州人爲本州從事也。把臂開樽飲我酒，酒酣擊劍蛟龍吼。烏帽拂塵青螺粟，○螺，一作織，一作騾。○【趙次公曰】螺粟，謂帽上紋。○舞劍袖拂帽紋之塵也。紫衣將炙緋衣走。○炙，之夜切〔一〕。紫衣、緋衣，指言當時執事者也。晉陸機：百年歌清酒，將炙奈樂何。銅盤燒蠟光吐日，○【王洙曰】光，一作炎。○【安石曰】銅盤，燭臺盤承淚者。夜如何其初促膝。○詩庭燎：夜如何其？夜未央。○【師古曰】後漢：入則促膝密語。黄昏始扣主人門，○【師古曰】言新相知也。○淮南子天文訓：日薄于虞淵，是謂黄昏。誰謂俄頃膠在漆。○俄頃，晉作我傾。○【師古曰】甫一見嚴二，便如膠漆之固。後漢雷義與陳重爲友，時人語曰：膠漆自謂堅，不如雷與陳。○【王洙曰】古詩：以膠投漆中，誰能別離此。萬事盡付形骸外，○【趙次公曰：「莊子曰：索我於形骸之外。」】莊子德充符篇：申徒，兀〔二〕者，謂子産曰：「今子與我游於形骸之内，而子索我於形骸之外，不亦過乎？」百年未見歡娛畢。神傾意豁真佳士，久客多憂今愈疾。高視乾坤又可愁，○可，一作何。一軀交態真悠悠。○【逢原曰】公視乾坤之内雖大，一生相知者皆悠悠然泛交也。餘見前注。垂老遇君未恨晚，○後漢：恨相得晚。似君須向古人求。○言未有如嚴二交契豁達，不問新舊，雖晚相遇，交歡之情未艾。如嚴二，今世無有，當於古人中求之。○【王洙曰】魏志張邈傳：陳登字元龍，劉備曰：「若元龍文武膽志，當求於古人耳。」晉王戎從弟衍字夷甫，帝聞其名，問戎曰：「夷甫當時誰比？」戎對曰：「未見其比，當從古人中求之耳。」

【校記】

〔一〕切，元本、古逸叢書本作「反」。

〔二〕兀，元本、古逸叢書本作「亢」。

九日登梓州城

○公九日登臨，嚴武尚在蜀棧道中也。

伊昔黄花酒，○晉陽秋：陶淵明嘗九月九日無酒，宅邊採菊盈把，坐其側久，望見白衣人至，乃王弘送酒也。飲醉而歸。南人今謂菊酒爲吹花酒。如今白髪翁。追歡筋力異，望遠歲時同。弟妹悲歌裏，乾坤醉眼中。兵戈與關塞，○【趙次公曰】兵戈以言戰鬬，關塞以言戍屯。時吐蕃之亂，既與之戰，且有防守也。此日意無窮。

九日奉寄嚴大夫

〇【趙次公曰】時嚴武歸朝，以御史中丞進爲大夫也。

九日應愁思，經時冒險艱。不眠持漢節，〇【趙次公曰】謂嚴武充明皇、肅宗山陵橋道使也。何路出巴山。〇【趙次公曰】公自言也。蓋公時方在梓，久客厭倦，而欲出耳。小驛香醪嫩，重巖細菊斑。遥知簇鞍馬，回首白雲間。〇【趙次公曰】公遥想其簇鞍馬而回首白雲以望之。此嚴武所謂「杜二見憶」者，謂此也。

巴嶺答杜二見憶

御史大夫嚴武作

卧向巴山落月時，〇【趙次公曰】指言杜公也。兩鄉千里夢相思。〇【趙次公曰】嚴與杜各在一鄉，相去千里，而夢相思也。〇謝朓夜發新林寄兩府詩：馳輝不可接，何况隔兩鄉。可但步兵偏愛酒，〇以甫之嗜酒比阮籍也。〇【王洙曰】籍字嗣宗，聞步兵厨多美酒，營人善釀，求爲校尉。也知光禄最能詩。〇也，音夜。以甫之善詩比謝莊也。〇【王洙曰】莊字希逸，善爲文章，仕至光禄大夫。江頭赤葉楓愁客，籬外黄花菊對誰。跂馬望君非一度，〇【趙次公曰】答杜前篇「簇馬」之句。冷猿秋雁不勝悲。〇勝，讀平聲。

宗武生日

〇【杜陵詩史、補注杜詩引作「王彥輔曰」。又，門類增廣十注杜詩、門類增廣集注杜詩依例爲「王洙曰」，分門集注引作「王洙曰」。】宗武小字驥子，公之子也。按集，公詩有曰「驥子好男兒」，又曰「驥子最憐渠」是也。〇王立之以爲此詩當是家在鄜州。趙傁以爲恐是送嚴公至綿，遂有徐知道之叛，隔絶時也。

小〔一〕子何時見，高秋此日生。自從都邑語，已伴老夫名。〇伴，一作律。〇【王洙曰】曲禮：自稱曰老夫。詩是吾家事，〇公自言吾祖詩冠，吾父閑又能詩。黄庭堅嘗謂公之詩法出審言，句法出庾信，但過之耳。人傳世上情。〇【趙次公曰】謂既以詩擅名，而世間愛之者多也。熟精文選理，〇【王洙曰：「唐儒學傳：李善，揚州江都人。嘗注解文選，分爲十六卷，表上之。賜絹一百二十四，詔藏下秘閣。善嘗受文選於同郡人曹憲，寓居汴、鄭之間，以講文選爲業。」尹曰：「梁昭明太子覽集古人文詞詩賦爲文選。李善嘗受文選於曹憲，後遂解注文選十六卷。」門類增廣十注杜詩、門類增廣集注杜詩引作「新添」。】梁昭明太子賢〔二〕集古人文辭制作之妙，名爲文選。唐李善因注解，分爲十六〔三〕卷，表上之。詔藏于秘閣。善嘗受文選於同郡曹憲，居汴、〔四〕鄭之間，以注文選爲業。〇按集公嘗有詩曰「續兒誦文選」。〇【集千家注批點杜工部詩集引「瑞溪集云」。】蓋文選者，文章之祖也，自兩漢而下至魏、晉、宋、齊，文之精粹者萃而成編，公詩大率宗法文選，摭其英華，旁羅曲探〔五〕，咀嚼爲我語，所以用之訓子如此。及唐文弊，尚文選太過。李衛公德裕云：「吾家不蓄文選。」此蓋有激而説也。

休覓綵衣輕。○【趙次公曰】昔老萊子行年七十，著五色綵衣戲於親側。此言「熟精文選」者，所以責望其子而已。雖綵衣之輕，猶使之休覓也。凋瘵筵初秩，○【王洙曰】海賦：爲凋爲瘵。詩：賓之初筵，左右秩秩。欹斜坐不成。流霞飛片片，○飛，一作分，一作幾片。涓滴就徐傾。○【王洙曰】。又，杜陵詩史、分門集注、補注杜詩引作「薛夢符曰」。】抱朴子：項〔六〕曼自言至天上，過紫府，金床〔七〕玉几，晃晃昱昱。仙人以流霞一杯飲之，輒不飢渴。○【王洙曰】江總爲瑪瑙杯賦：翠羽流霞之杯。庾信示内人詩：定取流霞氣，將添承露杯。

【校記】

〔一〕小，古逸叢書本作「羽」。

〔二〕賢，元本、古逸叢書本作「覽」。

〔三〕十六，古逸叢書本作「六十」。

〔四〕汴，古逸叢書本作「休」。

〔五〕探，古逸叢書本作「綜」。

〔六〕項，元本、古逸叢書本作「傾」。

〔七〕床，古逸叢書本作「朱」。

嚴氏溪放歌○一有行字。

天下甲馬未盡銷，○馬，晉作兵。豈免溝壑常漂漂。○孟子：老弱轉乎溝壑。劍南歲月不可度，○唐劍南道者，禹貢「梁州之域」。梁州自劍閣而南分爲益州，是爲劍南道。梁州，劍閣東北方，屬山南、隴右二道。漢書天文志：觜觿、參爲益州分。邊頭公卿仍獨驕。○仍獨，樊作何其。○【趙次公曰】此謂居邊之守臣也，謂之獨驕，蓋有跋扈不遵王命之意矣。○【九家集注杜詩依例爲「王洙曰」：「時郭英乂代嚴武鎮蜀，麄暴不能容甫，故有『公卿獨驕』之作。」杜陵詩史、分門集注、補注杜詩引作「王彦輔曰」。】按，甫當兵馬之際，漂蕩失所，流寓乎蜀。蜀守裴冕爲卜草堂於浣花以居，及嚴武來鎮，甫再依武。武卒，郭英乂代之，英乂麄暴不能容公，故譏其驕傲，以爲歲月難度也。費心姑息是一役，○【趙次公曰】禮記：小人之愛人也以姑息。肥肉大酒徒相要。○【趙次公曰：「費心姑息，特一役耳，何補於事哉云云。呂氏春秋曰：肥肉厚酒，務以自强。」】持軍賞罰貴嚴明，英乂不能整齊其綱紀，徒以肥酒大肉姑息偏裨，以此相要，雖費心耗神，特一役耳，豈能使三軍誠勸哉！宜乎崔旰一怒而士卒莫之救也。呂氏春秋：肥肉厚酒，務以自强，命曰爛腸之食。嗚呼古人已糞土，獨覺志士甘漁樵。○【師古曰】昔周公吐握待士，士争歸〔一〕之。今公已糞土，此〔二〕有志之士甘心混於漁樵而莫之出，蓋譏郭英乂之驕，不能禮賢下士，是以寡援而爲崔旰之所勦也。況我飄蓬無定所，○蓬，鮑〔三〕作轉。終日慽慽忍羈旅。○【鄭卬曰】慽，且的切，痛也。○字舊作戚。鮑明遠櫂歌行：漂泊無定所，戚戚忍羈旅。秋宿霜溪素月高，○溪，一作天。喜得與子長夜語。東遊西還力實倦，○鮑欽止云：永泰元年，公在成都。夏，嚴武卒，郭英乂代爲節度，苛暴不能容，故公往來東川，所以有「東遊西還」之句。從此將身更何許。知子松根長茯苓，○長，丁丈切。遲暮有意來同煮。○【師古曰】甫意欲暮年與嚴氏同隱溪上，服餌乎長生之藥也。○【杜田補遺】：「淮南子云：下有茯苓，上有菟絲。茯苓，千歲松脂也。菟絲生其上而無根，一名女蘿。圖經：茯苓生枯松下，形塊無定，似鳥獸人龜形者佳。今所在大松處皆有之。陶隱居：茯苓作丸散者，皆先煮之。仙經：服食爲至要，通神而致靈，和魂而鍊魄，明竅而益肌，厚腸而開心，調榮而理衛，能斷穀而不飢，上品仙藥也。」淮南子：下有茯苓，上有菟絲。茯苓，千歲松根也。典術：茯苓者，松脂入地，千歲爲茯苓。望松木赤者，下有之。神仙傳：秀眉公餌茯苓，得水仙。本草圖經：茯苓生枯松，似鳥獸龜形者佳〔四〕，入藥先煮之。

【校記】

〔一〕歸，古逸叢書本作「屬」。

〔二〕此，元本、古逸叢書本作「非」。

〔三〕鮑，古逸叢書本作「一」。

〔四〕佳，元本、古逸叢書本作「往」。

歸成都迎家遂徑往梓

秋盡

秋盡東行且未迴，茅齋寄在少城隈。〇【趙次公曰：「公將往於東蜀矣，姑寄草堂於成都也。少城，城内小城也。」】時成都遭崔旰之亂，公避地適東川，姑〔一〕寄草堂於成都，因憶之。少城，蜀城内小城。〇【王洙曰：「蜀之張儀城也。」】張儀所築也。籬邊老却陶潛菊，〇【王洙曰】陶潛飲酒詩：采菊東籬下，悠然見南山。江上徒逢袁紹杯。〇【王洙曰】典略：劉松、袁紹於河朔三伏之際，晝夜飲酒，至於無知，以避一時之暑，故河朔之間有避暑之飲。雪嶺獨看西日落，〇【趙次公曰：「西山謂之雪嶺。」】雪嶺，即蜀之西山也。劍門猶阻北人來。〇【王洙曰】阻，一作斷。〇【王洙曰：「言京信尚阻。」】言亂未寧而京師之信尚阻隔也。不辭萬里長爲客，懷抱何時得好開。

【校記】

〔一〕姑，古逸叢書本作「如」。

吹笛

吹笛秋山風月清，誰家巧作斷腸聲。風飄律吕相和切，○【王洙曰】馬融笛賦：律吕既和，哀聲互降。月倚關山幾處明。○倚，一作傍。古詩：月照關山白。胡騎中宵堪北走，○【杜田補遺。又，分門集注引作「修可曰」，補注杜詩、集千家注批點杜工部詩集引作「師古曰」。】晉劉琨，字越石，爲并州刺史。其在晉陽，胡騎圍之數重，琨乃乘月登樓清嘯。賊聞之，皆凄然長歎。中夜奏胡笳，向曉復吹之，賊遂棄圍而走。○陳（周）宏讓長笛吐清氣詩：胡騎争北走，偏知别鄉苦。武陵一曲想南征。○樂府「横吹笛」有關山月、折楊柳，又有武溪深詞，解題云：馬援南征所作，援門人袁生者善吹笛，援作歌以和之，名曰武溪深，其曲曰：「滔滔武溪一何深，飛鳥不渡獸不臨，嗟哉武溪多毒淫。」又陳賀徹長笛吐清氣詩：方知出塞虜，不憚武陵深。故園楊柳今摇落，○【王洙曰】摇，一作摧〔一〕。○故園，指杜陵也。何得愁中却盡生。○却，一作曲，非是。○【趙次公曰】因笛有折楊柳之詞，故思感之也。

【校記】

〔一〕摧，古逸叢書本作「零」。

十一月往射洪縣通泉縣

野望

金華山北涪水西，○涪，扶鳩切。○【趙次公曰】金華山、涪江，皆屬射洪縣。○鄭卬云：涪水出徼外，南入漢。仲冬風日始凄凄。○謂西南之地少寒也。山連粤嶲蟠三蜀，○越，與粤同。○【鄭卬曰】嶲，悉委切，郡〔一〕名。○前漢西南夷傳：南越已滅，以邛都爲粤嶲郡。〔二〕○【鄭卬曰】十州志：漢置越嶲郡，以隸三蜀。○【田曰：「左太冲賦注：三蜀，蜀郡、廣漢、犍爲也。」】左思賦：三蜀之豪，時來時往。三蜀，謂蜀郡、廣漢、犍爲也。秦置蜀郡，漢高置廣漢，漢武分置犍爲也。水散巴渝下五溪。○【鄭卬曰】巴、渝，二州名。十道志：太清四年，武陵王於巴陵置楚州，隋改爲渝州。○馬援傳：武威將軍劉尚擊武陵五溪蠻夷。○【黃希曰】酈元注水經：武陵有五溪，謂雄溪、滿溪、西溪、潕溪、辰溪，是蠻夷所居。○潕，或作武，在今辰州界。獨鶴不知何事舞，飢烏似欲向人啼。射洪春酒寒仍緑，○【王洙曰】射洪縣，屬梓州。目極傷神誰爲携。○爲，于僞反。

【校記】

〔一〕郡，元本、古逸叢書本作「胡」。

〔二〕粤嶲郡，元本作「粤郡」，古逸叢書本作「越嶲」。

冬到金華山觀因得故拾遺陳公學堂遺迹

○【王洙曰】拾遺陳子昂，字伯玉，梓州射洪人。少讀書於金華山，尤善屬文。初，爲感遇詩三十八篇，王適見而驚，曰：「此子必爲天下文宗。」後伏闕上書，稱草莽愚臣，召見金華殿，拜麟臺正字。武后嘗問：「調元氣以何道？」子昂勸后興明堂、崇太學，及條上利害三事，莫非賢聖之先務。○子昂篤朋友，與陸餘慶、王無競、房融、崔泰、盧藏用、趙允最厚。盧藏用作子昂文集序云：「感激頓挫，微顯闡幽。庶幾見變化之朕，以接乎天人之際者，則感遇之篇存焉。」○【師尹曰】大曆中，東川節度使李叔〔一〕明爲立旌德碑於梓州，而學堂至今猶存。○【九家集注杜詩引作「師尹曰」。又，杜陵詩史、分門集注、補注杜詩引作「程曰」。】甫遊金華，因過其書堂，故賦是詩也。

涪右衆山内，金華紫崔嵬。○【王洙曰】釋名：土戴石，謂之崔嵬。○按地志：金華在涪江之西。○【王洙曰】陸機詩：西山何其峻，曾曲鬱崔嵬。上有蔚藍天，○【杜田補遺：「度人經：三十二天，三十二帝，諸天皆有隱諱隱名。第一天黃皇曾天，鬱藍即鬱繿也。黃、老書中更無説鬱藍處。」師古曰：「金華神仙有三十六洞天。蔚藍乃洞天之名。」蔚，與鬱同。藍，或作繿，音同。謂金華仙觀之洞天，其青色如茂蔚之藍也。度人經：鬱藍玉明天。○【趙次公曰】近世韓駒出涪州即事詩：憮然不悟身何處，水色山光盡蔚藍。**垂光抱瓊臺。**○【王洙曰】孫綽天台賦：瓊臺中光而懸居。**繫舟接絶壁，杖策窮縈回。**○甫繫舟山下，杖策上遊而周覽也。**四顧俯層巔，淡然川谷開。雪嶺日色死，**○謂日將暮也。色，或作光。寰宇記：懸巖山在射洪縣南十五里，遠望懸巖，皎如白雪。**霜鴻有餘哀。**○甫自喻如鴻避亂來南。甫家于杜曲，今來寓梓，是自北而南。雁出北地，甫避亂來南，〔二〕黃昏西顧，遂起思鄉之哀〔三〕也。**焚香玉女跪，**○述異記：鄉西津有〔四〕玉女岡。天當雨，輒先涌〔五〕五色氣於石間，俗〔六〕號「玉女披衣」。**霧裏仙人來。**○皆言觀中之景也。○【王洙曰】曹植遠遊詩：靈鼇戴萬丈，神物儼嵳峩。仙人翔其隅，玉女戲其阿。**陳公讀書堂，石柱仄青苔。悲風爲我起，激洌傷雄材。**○【師古曰】子昂遭時無明聖之君，故其材不得展。子美傷之，雖傷子昂，亦自傷也。

【校記】

〔一〕叔，元本、古逸叢書本作「遇」。

〔二〕南，元本、古逸叢書本無。

〔三〕哀，元本、古逸叢書本作「哀念」。

〔四〕津有，古逸叢書本作「注汀」。

〔五〕涌，古逸叢書本作「通」。

〔六〕俗，元本、古逸叢書本作「洛」。

陳拾遺故宅

拾遺平昔居，大屋尚脩椽。○屋，一作宅。悠揚荒山日，慘淡故園煙。位下曷足傷，所貴者聖賢。○【師古曰】拾遺，諫官也。子昂嘗爲拾遺，爵卑不足傷痛，後世所貴於子昂者，以能諫武后爲王者之事，如興明堂、崇太學，皆聖賢之急務也。有才繼騷雅，哲匠不比肩。○【師古曰】子昂初爲感遇詩三十八章，其才可以繼屈平之離騷、周詩之小、大二雅，雖當時哲匠著爲詩者，莫與之比肩。○【趙次公曰】唐本傳：唐興，文章承徐、庾餘風，天下祖尚。子昂始變正雅，初爲感遇詩，王適見之，曰：「是必爲海内文宗。」公生揚馬後，名與日月懸。○【師古曰】子昂，蜀人也。生於揚雄、司馬相如之後，時代不同，其名與日月争輝，固不减於揚、馬也。揚、馬亦蜀人，故甫言及子昂之平昔歟！○【趙次公曰】荀子儒效篇：貴名起之如日月。同遊英俊人，○【王洙曰】唐本傳：子昂篤朋友，與陸元慶、王無競、房融、崔泰、盧藏用、趙允最厚善。多秉輔佐權。彦昭超玉價，○【王洙曰】趙彦昭，甘州人，尚豪邁，風骨秀爽，以權幸進。中宗〔一〕時，有巫出入禁掖，彦昭以姑事之，得宰相。○唐新書：彦昭與郭元振、薛稷、蕭至忠善。○【趙次公曰】余謂彦昭既以權幸進，然必有才智者，故詩以「超玉價」言之也。郭振起通泉。○振，晉作震。通泉，屬梓州。○【趙次公曰】郭震字元振，舉進士，授通泉尉，上寶劍篇，遂得擢用。先天二年，定策誅竇懷貞〔二〕等，皆處相位。○餘見郭代公故宅詩注。到今素壁滑，灑翰銀鈎連。○【王洙曰】索靖書勢曰：婉若銀鈎，漂若驚鴻。盛事會一時，此堂豈千年。終古占忠義，感遇有遺編。○編，一作篇。〔三〕○【師古曰】時〔四〕同遊之士，多秉輔佐之權，獨子昂官不甚顯，至今素壁上尚有〔五〕諸公墨迹存〔六〕焉，以此堂經久必壞，不足以傳後代，然忠義之名不朽者，惟感遇詩傳于天下，覽者得以覩子昂之藴矣。○【趙次公曰：「子昂有感遇詩三十首，曰『吾觀龍變化』、曰『聖人不利己』、曰『金鼎合還丹』等篇是也。」】感遇詩見子昂本集。

【校記】

〔一〕中宗，元本、古逸叢書本作「德宗」。

〔二〕貞，古逸叢書本作「直」。

〔三〕編一作篇，元本、古逸叢書本無。

〔四〕時，元本、古逸叢書本作「一時」。

〔五〕上尚有，元本、古逸叢書本無。

〔六〕存，元本、古逸叢書本作「有」。

謁文公上方

野寺隱喬木，山僧高下居。石門日色異，絳氣横扶疏。○【王洙曰】江淹詩：絳氣下縈薄。注：絳氣，赤霞氣也。○陶潛讀山海經詩：繞屋木扶疏。窈窕入風磴，○【鄭卬曰】磴，都鄧切。○【邁曰：「石梯曰磴。」】石梯也。○【王洙曰】陶潛詩：既窈窕以尋壑。長蘿紛卷舒。庭前猛虎卧，○【王洙曰】高僧傳：僧惠永戒行分明，感虎來馴。〔一〕遂得文公廬。○按地理志：文公鹿〔二〕苑，峻在山半。俯視萬家邑，煙塵對堦除。吾師雨花外，○【杜田補遺】華嚴經：世尊座天雨百寶蓮花，青黄赤白，間錯紛揉。○法華經：天雨曼陀羅華而散佛上。又：天雨寶花，繽紛而下。彌陀經：天雨曼陀羅花。○【杜田補遺】梁僧法雲講次，天花散墜。又，勝光寺道宗講師講次，天花旋遶講堂，飛流户内。不下十年餘。長者自布金，○文公不下山十餘年，富家長者自以金施之也。彌陁經：極樂國土有七寶地，池底純以金沙布地，四邊堦〔三〕道金銀琉璃玻黎合成，上有樓閣。○【趙次公曰：「佛書：給孤獨長者有好園，祇陁太子以黄金布之，而迎佛居止。」】大唐内典録：舍衛國給孤長老側布黄金買祇陀太子園，建精舍，諸佛居之十餘年。禪龕只晏如。○龕，枯甘切，塔也。陶潛詩：屢空常晏如。大珠脱玷翳，白月當空虛。○月，或作日。○【王洙曰】大珠、白月，喻〔四〕文公性之圓明也。佛書：精進修浄戒，猶如護明珠。故有摩尼珠及水月之説。又〔五〕有曰：望已前爲白月，望已後爲黑月。甫也南北人，○【華曰：「甫以飄蕩無定矣，故云云。」】甫自言其飄蓬無定居也。○【王洙曰】檀弓：今丘也，乃東西南北之人也。蕪漫少耘鋤。○【師道曰】謂其性地荒蕪不治也。久遭詩酒污，○【師古曰】甫嗜飲好吟，每多因詩酒以忤權貴。何事忝簪裾。○【端本曰】簪裾，士大夫之冕服〔六〕也。王侯與螻蟻，同盡隨丘墟。○王侯雖貴，螻蟻雖賤，畢竟同盡其天年，委之於丘壑也。莊子列禦寇篇：莊子將死，弟子欲厚葬之。莊子曰：「在上爲烏鳶食，在下爲螻蟻食。奪彼與此，何其偏也！」願聞第一義，○【王洙曰】第一義，言其教無上也。○梁武帝問達磨：「如何是聖諦〔七〕第一義？」又法筵龍〔八〕象衆：當觀第一義。回向心地初。○華嚴經注：菩薩摩訶薩，善知俗〔九〕諦，聽善知第一義諦，善知相諦，善知差別諦。○【趙次公曰】又云：菩薩摩訶薩有十種回向。○又云：菩薩住〔一〇〕於初地。又云：一切法本來無生。又云：一切法如虚空性，是名得無生法忍，是菩薩第九善慧地。又維摩經：是天〔一一〕女所願具足，得無生忍。四不得經：菩薩心等如法。金篦刮眼膜，○【鄭卬曰】篦，邊迷切。刮，古殺切。膜，末各切。○【趙次公曰】元祖失明三年，幽泣，〔一二〕誦藥師經，見盲者得視之言，遂請七僧晝夜凡〔一三〕七誦經行道，夜夢老翁以金篦治目，刮去其膜，三〔一四〕日復明。涅盤經：是經良醫〔一五〕，即以金篦刮去眼膜。價重百車渠。○車渠，字當作硨磲。喻文公無吝其教以自珍也。○【王洙曰】法華經：或有行施金銀、珊瑚、真珠、摩尼、硨磲、瑪瑙。無生有汲引，兹理儻吹噓。〇【師古曰】凡看經明達〔一六〕本性，譬如以金篦刮去眼膜，所視豁然。甫欲文公以無上教開發甫性，使悟無生之法。〇其價〔一七〕之珍重，不啻百車渠，願文公無吝於教，俾甫回向崇信，生歡喜心，以之其第一義問也。

【校記】

〔一〕馴，元本、古逸叢書本作「卧」。

〔二〕鹿，元本、古逸叢書本作「廬」。

〔三〕堦，元本、古逸叢書本作「皆」。

〔四〕喻，元本、古逸叢書本作「比」。

〔五〕又，元本、古逸叢書本作「已」。

〔六〕冕服，古逸叢書本無。

〔七〕諦，元本、古逸叢書本作「辭」。

〔八〕龍，古逸叢書本作「蓏」。

〔九〕俗，元本、古逸叢書本作「各」。

〔一〇〕住，元本、古逸叢書本作「在」。

〔一一〕天，元本、古逸叢書本作「云」。

〔一二〕幽泣，古逸叢書本作「避位」。

〔三〕凡，古逸叢書本作「七」。

〔四〕三，元本、古逸叢書本作「二」。

〔五〕元本、古逸叢書本「醫」下有「師」字。

〔六〕達，古逸叢書本作「宰」。

〔七〕價，元本、古逸叢書本作「傷」。

奉贈射洪李四丈 ○李四，劍〔一〕外丈人。甫遊射洪訪之〔二〕。

丈人屋上烏，人好烏亦好。○丈人，美李四也。烏者，人之所共惡。李丈既爲人所愛，其愛亦及乎烏，以「人好烏亦好」也。○【王洙曰】詩正月：瞻烏爰止，于誰之屋。毛萇傳：富人之屋，烏所集也。○【杜田補遺。又，杜陵詩史、分門集注、補注杜詩、集千家注批點杜工部詩集引作「修可曰」。】尚書大傳：武王登夏臺以臨殷民。周公旦曰：「臣聞之，愛其人者，愛其屋上之烏。憎其人者，憎其儲胥。」○太公六韜、孔叢子同。○【杜田補遺】又，韓詩外傳：武王伐紂，至于邢丘。太公曰：「愛其人者，及屋上烏。惡其人者，憎其胥餘。」人生意氣豁，不在相逢早。○甫來射洪，初接李丈，一見其意氣豁達，便若平生也。○【趙次公曰】北史李延壽序傳：閻信謂李曉曰：「觀君儀貌，豈是常倫！古人相知，未必在早。」南京亂初定，○【趙次公曰】南京，成都也。肅宗至德二年，以蜀郡爲南京。亂初定，指言前年辛丑之歲四月，劍南東川節度使段子璋反，五月，崔光遠擊斬之也。所向色枯槁。○色，一作邑。遊子無根株，○遊子，甫自謂也。兵亂方平，物貴民困，甫是以避地來梓州也。茅齋付堂〔三〕草。○【趙次公曰】茅齋，謂浣花之草堂。東征下月〔四〕峽，○【趙次公曰：「月峽，則渝州有明月峽，三峽之始。」】荆州，謂巴、楚，有明月峽。挂席窮海島。○【趙次公曰：「海島，海中之山。此公欲扁舟南下也。」】謂將適吴、楚也。萬里須十金，○【晁曰】漢文帝贊：百金中人十家之産。釋者謂古者一兩金直十千，十金則知爲百千矣。妻孥未相保。蒼茫風塵際，蹭蹬騏驎老。志士懷感傷，心胸已傾倒。○萬里之行，必須十金，况風塵未息，干戈尚撓，於斯時行役，殆恐妻子未能相保，是以蹭蹬失勢而無人憫之者。惟李丈志氣之士，獨懷感傷，傾倒心腹，不問相知早晚，此甫所以有「人好烏亦好」，又有「不在相逢早晚」之句也。

【校記】

〔一〕劍，元本、古逸叢書本作「員」。

〔二〕訪之，元本、古逸叢書本作「日也」。

〔三〕堂，古逸叢書本作「秋」。

〔四〕月，古逸叢書本乙作「月下」。

早發射洪縣南途中作

將老憂貧窶，○窶，其矩切，貧無禮也。○【趙次公曰】曲禮：老者不以筋力爲禮。○劉茂傳：家貧，以筋力致養。筋力豈能及。○【魯曰】詩：終窶且貧。征途乃侵星，○【王洙曰】乃，一作復。鮑照詩：侵星赴早路，畢景逐前儔。得使諸病入。○甫以老年貧窶，不免奔走，以就樂土，然筋力已衰，非能逮及於事，況或侵星早行，冒犯霜露，得使諸病乘隙而入也。鄙人寡道氣，在困無獨立。俶裝逐徒旅，○【鄭卬曰】俶，昌六切〔一〕。○【杜田補遺】又，門類增廣十注杜詩引作「杜云」，杜陵詩史、分門集注、補注杜詩、集千家注批點杜工部詩集引作「修可曰」。】張平子思玄賦：占既吉而無悔兮，簡元辰而俶裝。注：俶，始也。達曙陵險澀。○曙，常怒切〔二〕，曉也。鄙人，甫自稱。寡道氣，謂不能養氣配道。孟子：不以貧富貴賤死生，養吾浩然之氣而莫動於心。凡以有道氣也。甫謂「寡道氣」，在困窮之際不能獨立，是以促裝隨逐徒旅，自夜達旦，陵歷險澀之途，豈能無病乎？○【王洙曰】潘正叔詩：世故尚未夷，崤函方險澀。寒日出霧遲，○日出爲霧所掩也。清江轉山急。○【唐曰】江爲山所激也。僕夫行不進，駑馬若維縶。○【鄭卬曰】縶，陟立切。○【趙次公曰】詩：縶之維之。汀州稍疏散，○【何曰】言岸行坦夷也。風景開快悒。○謂物可開快悒之行色〔三〕者也。空慰所尚懷，終非曩遊集。○雖此景物足以慰所尚之情懷，論其得所終，不若昔日太平京師遊集也。哀顔偶一破，勝事難屢挹。○難屢，一作皆空。今挹勝事，亦偶破顔而已，非其至樂也。茫然阮籍途，○【王洙曰】魏氏春秋：阮籍時率意獨駕，不由徑路，車轍所窮，輒慟哭而反。○顔延年詠阮步兵詩：物故不可論，途窮能無慟。更灑楊朱泣。○淮南子説林訓：楊子見逵路而哭之，爲其可以南，可以北也。○【師古曰】余謂甫遭窮途，至於東西南北，了無定居，安能免其揮淚乎！

【校記】

〔一〕切，元本、古逸叢書本作「反」。

〔二〕切，元本、古逸叢書本作「反」。

〔三〕色，元本、古逸叢書本作「涂」。

通泉驛南去通泉縣十五里山水作

○【魯曰】地理志：通泉縣在梓州東南百三十里，去縣十五里，有佳山水，諺號沈家冢坑。甫至于此，覽眺愛其山水，而作是詩也。

溪行衣自濕，亭午氣始散。○説文：日在午曰亭，在未曰昳。○【王洙曰】天台賦：羲和亭午，遊氣高褰。冬温蚊蚋在，○謂南地暖也。人遠鳧鴨亂。○【高曰】謂行〔一〕人少也。登頓生曾陰，○曾，與層同。謝靈運過始寧墅[二]詩：山行窮登頓。○【王洙曰】江文通詩：日落長沙渚，曾陰萬里生。欹側出高岸。驛樓衰柳側，縣郭輕煙畔。一川何綺麗，○【魯曰】謂沈家家坑也。盡日窮壯觀。○日，一作目。觀，讀去聲。山色遠寂寞，江光夕滋漫。傷時媿孔父，○昔孔子歷聘，一君無所鈎用，蓋傷當時以干戈戰争爲事。甫困於軍興之際，豈非有孔父之傷時乎！○【王洙曰】「孔子之歎鳳鳥不至，子在川上，山梁雌雉，皆傷時。」【論語：鳳鳥不至，河不出圖，吾已矣夫。去國同王粲。○【師古曰】昔王粲去其國，來依劉表。甫去杜陵而遊蜀，豈不同王粲之去國乎？○【趙次公曰】魏王粲，字仲宣，山陽人。漢獻帝遷西京，粲憂亂，乃之荆州依劉表。嘗思歸國，登樓作賦。有七哀詩云：西京亂無象，豺虎方構患。復奔中國去，身遠適蠻荆。我生苦飄零，所歷有嗟嘆。

【校記】

〔一〕行，元本、古逸叢書本作「有」。

〔二〕墅，古逸叢書本作「野」。

過郭代公故宅

○【九家集注杜詩依例爲「王洙曰」：「郭震，字元振，以字顯。封代國公。」杜陵詩史、分門集注、補注杜詩引作「王彥輔曰」。又，王洙曰：「按新書：明皇之誅太平公主，元振獨領軍扈從，事定，宿中書十四日，以功封代國公。」】郭震，字元振，以字顯。舉進士，擢通泉尉。景雲二年，進同中書門下三品。玄宗誅太平公主，睿宗御承天門，諸宰相走伏外省，獨元振總兵扈從。事定，宿中書省二十四日，以功封代國公。

豪雋初未遇，其跡或脱落。○【王洙曰】江淹賦：脱落公卿，跌宕文史。代公通泉尉，放意何自若。及夫登衮冕，直氣森噴薄。○或本以「精魄凜如在，所歷終蕭索」一聯在此下，非是。○【王洙曰】吴都賦：噴薄沸騰。磊落見異人，豈伊常情度。○度，徒各切。○【師古曰：「自昔豪俊之士，多不拘小節，故云云。」】且〔一〕昔豪雋之士多不拘小節，所爲皆脱略〔二〕時輩，跌蕩不檢。○【趙次公曰】如代公郭元振作尉通泉，任俠使氣，盜鑄及掠賣部中生口以餉賓客，無所不至，其放蕩若此。及一旦爲相，忠直之氣噴薄雲漢，於斯時始見異人非常情所能窺度也。定策神龍後，宫中翕清廓。○【趙次公曰】神龍中，太平公主將作亂，元振領兵佐明皇定大策，卒平公主之難，宫中爲之清廓也。按，趙子櫟謂先天二年郭元振以兵部尚書復同中書門下，竇懷貞等附太平公主，潛謀不順，玄宗發羽林兵，睿宗聞變，登承天門樓，元振躬率兵侍衛，奏上前，奉詔誅竇懷貞，無他也。又謂，神龍則中宗即位改元元年，去先天二年凡八年，而學者每疑之。嘗論之曰：太平公主擅寵自中宗，而末則禍胎在神龍而下也。○或者又謂，明皇與劉幽求平韋庶人之亂，此在神龍後，乃知元振有功其間而失之，微此詩無以見也。餘見題注。俄頃辨尊親，指揮存顧託。○【趙次公曰】是時太平公主既誅，則君臣之間，玄宗得尊位，父子之間，玄宗得親傳。元振所以成睿宗顧託，在指揮之間也。群公有慙色，○【趙次公曰】玄宗之平亂也，諸宰相走伏外省，蕭至忠、竇懷貞皆從逆，獨元振總兵扈帝。○群公視之，得無慙乎〔三〕！王室無削弱。○當時王室安而不弱，元振之力也。迥出名臣上，丹青照臺閣。○【劉曰】玄宗畫元振像於淩煙閣。我行得遺跡，○【王洙曰】跡，一作趾〔四〕。○【晏曰】遺跡，謂故宅也。池館皆疏鑿。壯公臨事斷，顧步涕橫落。○蒼頡篇：顧，旋也。陸機日出東南隅行：顧步咸可懽。精魄凛如在，所歷終蕭索。高詠寶劍篇，○【趙次公曰：「寶劍篇乃郭代公之奇作，所愛於武后，宜公服膺而高詠之也。」】武后索所爲文章，元振上寶劍篇。后嘉歎，詔示學士李嶠等。故宜乎甫服膺而高詠之也。○【杜田補遺。又，杜陵詩史、分門集注、補注杜詩、集千家注批點杜工部詩集引作「杜定功曰」。】寶劍歌曰：君不見昆吾鐵冶飛炎煙，紅光紫氣俱赤然。良工鍛錬凡幾年，鑄作寶劍名龍泉。龍泉顔色如霜雪，良工嗟咨嘆奇絶。琉璃玉匣吐蓮花，錯落金銀生明月。正逢天下無風塵，幸得用逢君子身。精光黯黯青蛇色，文章片片緑龜鱗。非直結交遊俠子，亦曾親近英雄人。何言中路遭棄捐，零落飄淪古獄邊。雖復沉埋無所用，猶能夜夜氣衝天。神交付冥漠。○甫與元振道同志合，故云神交。○【杜田補遺。又，杜陵詩史、分門集注、補注杜詩、集千家注批點杜工部詩集引作「修可曰」。】列子周穆王篇：夢有六候，曰：正、噩、思、覺、喜、懼。此六夢者，神所交也。晉潘安仁作夏侯湛誄曰：心想神交，唯我與子。沈休文和宣城詩：神交疲夢寐，路遠隔思存。南史：劉訏字彦度，阮孝緒博學隱居，不交當世，訏一造之，即以神交。

【校記】

〔一〕且，古逸叢書本作「旦」。

〔二〕略，元本、古逸叢書本作「落」。

〔三〕乎，古逸叢書本作「也」。

〔四〕趾，杜陵詩史作「址」。

觀薛稷少保書畫壁

○【王洙曰】薛稷，薛收之從子。好古博雅，尤工隸書。自貞觀、永徽之後，虞世南、褚遂良時人多宗其書跡。稷外祖魏證當國，圖籍多藏虞、褚舊跡。稷鋭〔一〕精模倣，結體遒麗，當時無及之者。又善畫，博採古跡。睿宗在藩，留意文學，除稷太子少保，以黄門侍郎相睿宗。

少保有古風，得之陝郊篇。○陝，失冉反。○【師古曰】周公、召公分陝而治，自陝以東，周公主之，自陝以西，召公主之。薛稷嘗爲古風以美周、召，是有意於周、召而立功名也。○按稷〔二〕有秋日還京陝西十里作云：驅車越陜郊，北顧臨大河。此行見鄉邑，秋風水增波。西望咸陽途，日暮憂思多。傳岩既紆欝，首山亦嵳峩。操築無昔老，采薇有遺歌。客遊節向換，人生知幾何。惜哉功名忤，○忤，五故切〔三〕，逆也。但見書畫傳。○【王洙曰】太平公主擅權，竇懷貞附其黨，稷與懷貞善。玄宗誅太平公主，懷貞伏誅，稷坐知謀賜死於萬年獄。○稷初以文學召用，參決庶政，自謂周、召之功可立，不意中間遭不測之禍，功名違忤，惟以書畫傳於世，蓋爲書畫之所掩也。朱〔四〕景玄畫斷：薛稷天后朝位至太保，文章學術，名冠當時。其書師褚河南，時稱賣褚得薛，亦不落節。畫宗閻公，秘書省有畫鶴，時號一絶。曾旅遊新安郡，過李太白，因留連，書永安寺額，兼畫四方像一壁，筆力瀟灑，風姿秀發，曹、張之亞也。二妙之迹，李翰林題贊見在。又聞蜀郡多有其畫鶴、佛像，並居神品。我遊梓州東，遺迹涪江邊。○【鄭印曰】涪，扶鳩切，水出徼外，南入漢。○餘見前。畫藏青蓮界，○【王洙曰】青蓮界，佛寺也。○梓州通泉縣有寺曰慈覺，乃稷爲書院額，並〔五〕大藏板壁。甫至此寺，觀其遺迹故也。書入金榜懸。○崔融詩：金榜照晨光。仰看垂露姿，○【王洙曰】後漢曹喜工篆隸，變懸針垂露之法。不崩亦不騫。○【王洙曰】騫，虧也。○詩天保：不騫不崩。欝欝三大字，蛟龍岌相纏。○【鄭印曰】岌，魚及切。○【趙次公曰】稷所書惠普寺碑三字，字方徑三尺許，筆畫雄勁，今在通泉縣慶〔六〕壽寺聚古堂，觀其所書三字之傍，有贔屭纏〔七〕捧，乃龍蛇岌相纏也。又揮西方變，○【趙次公曰】：「所畫西方變相，今亡也。」謂畫西方變相也。發地扶屋椽，○沈休文鍾山詩：發地多奇嶺，千雲非一狀。慘澹壁飛動，到今色未填。

○塡，久也。○【趙次公曰：「色未昏滅之意。」】言色尚新也。此行疊壯觀，○【師古曰】甫之此行獲覩郭之故宅，與薛之書畫，故云「疊壯觀」也。郭薛俱才賢。不知百載後，誰復來通泉。○趙彦昭傳云：郭元振與薛稷善。郭元振傳云：與稷、彦昭同爲太學。豈郭與薛舊爲同舍，後嘗會於通泉耶？

【校記】

〔一〕銳，原作「衛」，據分門集注杜工部詩改。
〔二〕稷，古逸叢書本作「集」。
〔三〕切，元本、古逸叢書本作「反」。
〔四〕朱，古逸叢書本作「宋」。
〔五〕並，古逸叢書本作「節」。
〔六〕慶，古逸叢書本作「夢」。
〔七〕纏，古逸叢書本作「承」。

通泉縣署屋壁後薛少保畫鶴

薛公十一鶴，○圖畫聞見志：今世所謂薛稷八鶴，後人多效之。然甫詩云「薛公十一鶴」，不知三鶴何體也？皆寫青田真。〇【孫曰】地理志：處州青田縣，在州東南一百五十里。〇【趙次公曰】永嘉郡記：有沐溪野，去青田九里，中有雙白鶴，年年生子，長大便去，只餘父母。精白可愛，多云神仙所養。畫色久欲盡，蒼然獨〔一〕出塵。〇【杜田補遺。又，杜陵詩史、分門集注、補注杜詩引作「修可曰」。】北史：劉訏超超越俗，如半天朱霞；劉歊矯矯出塵，如雲中白鶴。低昂各有意，〇【王洙曰：「薛公畫鶴，低昂皆有意，如返啄、疏翎、唳天、警露之類，皆隨而名之。」】或梳翎，或反啄，或唳天，以至顧步警露之類，一低一昂，皆有意態也。磊落如長人。〇【王洙曰】晉嵇紹在稠人中昂昂然，若野鶴在雞群。佳此志氣遠，豈惟粉墨新。〇【師古曰】鶴之磊落，比之賢人，無塵俗氣象。甫奇其有遠志，豈特悅其粉墨之新麗哉！〔二〕萬里不以力，群遊森會神。〔三〕威遲白鳳態，〇【王洙曰】秋胡〔四〕詩：行露正威遲。〇【杜田補遺】禽經：青鳳謂之鶡，赤鳳謂之鶉〔五〕，翠鳳謂之鷗，紫鳳謂之鷟，白鳳謂之鷫。非是倉鶊鄰。〇鶴之飛騰〔六〕，一舉萬里，比之君子進用，不以勢力森然，君臣聚精而會神，可與威鳳爲偶，殆非倉庚之可擬。鳳有道則見，君子之德似之。倉庚不過聲音顔色之好耳。〇【王洙曰】詩：有鳴倉庚。注：倉庚，黄鸝也。高堂未傾覆，幸得慰佳賓。〇幸，一作常。蜀都賦：置酒高堂，以御佳賓。曝露墻壁外，終嗟風雨頻。赤霄有真骨，耻飲洿池津。〇喻賢者在朝，可使廟堂安固，而慰懌人心。今反使之曝露棄擲于外，此風雨所以飄飄而高堂傾覆無日矣。〇【師古曰】甫託意譏賢者，蓋食污君之禄，時不用賢之咎也。〇劉子：鴻鵠高飛，不集洿池。〇【王洙曰】王子年拾遺記：周昭王時塗脩國獻赤鳳、丹鶴各一雄一雌，以渾臯之粟飼之，以洛溪之水飲之。鮑照鶴賦：朝戲於芝田，夕飲於瑶池。冥冥任所適，脱略誰能馴。○甫爲朝廷斥逐，泛泛然任其所之，豈非鶴群脱略塵俗之比乎？○【王洙曰】世説：支遁道林，人有遺其雙鶴者，遁作耳目近玩〔七〕，予遂使飛去，曰：「既有凌霄之姿，何肯爲人？」〔八〕

【校記】

〔一〕獨，古逸叢書本作「猶」。

〔二〕「豈惟」句下注，元本、古逸叢書本無。

〔三〕「萬里」二句，原本無，據元本、古逸叢書本補。

〔四〕胡，元本、古逸叢書本作「露」。

〔五〕鶡，元本、古逸叢書本作「鸑」。

〔六〕騰，古逸叢書本作「鷺」。

〔七〕玩，古逸叢書本作「死」。

〔八〕元本、古逸叢書本「人」後有「云云」二字。

陪王侍御同登東山最高頂宴姚通泉晚攜酒泛江

姚公美政誰與儔，不減昔時陳太丘。○美姚公之爲政也。○【王洙曰】世説：陳紀字元方，年十一時，候〔一〕袁紹，紹問曰：「卿家君任太丘，遠近稱之，何所履行？」元方曰：「老父在太丘，彊者綏之以德，弱者撫之以仁，恣其所安，久而益敬。」紹曰：「孤往者嘗爲鄴〔二〕令，正行此事，不知卿家君法孤，孤法卿父？」元方曰：「周公不師孔子，孔子不師周公。」邑中上客有柱史，○柱史，美王侍御執筆立柱下記言動者也。○【王洙曰】昔老聃嘗爲周柱下史。 多暇日陪驄馬遊。○多暇，謂公庭無事也。以王侍御比桓典也。○【趙次公曰】桓典拜侍御史，常乘驄馬，京師畏憚，爲之語曰：「行行且止，避驄馬御史。」東山高頂羅珍羞，下顧城郭銷我憂。○甫陪王侍御會宴東山也。○【王洙曰】王粲登樓賦：聊暇日以銷憂。 青江白日落欲盡，復攜美人登綵舟。○姚通泉晚又攜酒泛江也。 笛聲憤怨哀中流，○【王洙曰】漢武秋風辭：攜佳人兮不能忘，橫中流兮揚素波，簫鼓鳴兮發棹歌，歡樂極兮哀情多。 妙舞逶迤夜未休。○【宋曰】逶迤，與委蛇同。 燈前往往大魚出，聽曲低昂如有求。○【王洙曰】荀子勸學篇：瓠巴鼓瑟而遊魚出聽。○【師古曰：「自此以上既陳宴樂之興，遂於末章有警戒之意。蓋樂極則繼之以哀，樂不可過，古人戒之。作詩之體當然。自『三更風起寒』以下，皆警戒之辭。」】夢弼謂自此已上既陳宴樂之興，故下章遂有警戒之辭。蓋樂極則繼之以悲也。樂不可過，詩人戒之。 三更風起寒浪湧，取樂喧呼覺船重。○西京賦：取樂今日，遑恤我後。 滿空星河光破碎，四座賓客色不動。○左思詠史詩：顧謂四座賓。 請公臨深莫相違，回船罷酒上馬歸。 人生歡樂豈有極，無使霜露霑人衣。○【趙次公曰：「霜過，一作霜露。」】

露，一作過。○詩曰：戰戰兢兢，如臨深淵。蓋臨淵之訓不可違也，况醉言歸，歸則不至伐德。歡會之情，豈有終極，但君子能節之以禮，則無咎。詩人多以霜露喻禮，霜露之爲物，犯之則濡，禮犯之則污，故云「無使霜露霑人衣」。魏文帝善哉行：谿谷多悲風，霜露沾人衣。

【校記】

〔一〕候，元本、古逸叢書本作「假」。

〔二〕鄴，古逸叢書本作「卿」。

漁陽

漁陽突騎猶精鋭，○【趙次公曰】此指雍王所統之兵也。○【杜田補遺。又，杜陵詩史、分門集注、補注杜詩引作「修可曰」，集千家注批點杜工部詩集引作「鮑欽止曰」。】昔光武克邯鄲，謂馬武曰：「吾得漁陽、上谷突騎，欲令將軍將之。」又謂景丹曰：「吾聞突騎天下精兵，今乃見其戰，樂可言耶！」蔡邕嘗曰：「冀州强弩，幽州突騎，天下精兵。」赫赫雍王都節制。○【王洙曰】都，一作前。○【趙次公曰】資治通鑑：寶應元年十月，以雍王适爲天下兵馬元帥。猛將飄然恐後時，本朝不入非高計。○【王洙曰：「禄山已破而朝廷不能革其積弊，復以盧龍授蕃鎮，故李懷仙、朱滔之屬得以跋扈，竟不爲朝廷所有也。」】雍王總統九節度之兵，收復兩京，討平禄山。禄山已平，賊黨相率歸降恐後時。爲朝廷計，故宜入其土地，更擇賢者以鎮守之，斯可矣。奈何不入其土地，復以盧龍等節度授藩鎮，是以李懷仙、朱泚之徒得以崛起，肆爲不順。終唐之世，藩鎮强，朝廷弱，故甫爲之痛惜故也。○【趙次公曰】按編年通載：寶應元年十月，雍王适大敗史朝義，將以汴州〔一〕降。十一月，薛嵩等皆以五州降。是歲公在梓州，聞雍王之勝，尚聞河北猶未有入朝者，故告諭諸將，因飄然而來已爲後時，而乃不入本朝，豈高計乎！祿山北築雄武城，舊防敗走歸其營。繫書請問燕耆舊，○【趙次公曰】魯仲連傳：繫書約矢，以射聊城中。今日何須十萬兵。○【王洙曰】初，祿山謀僭叛，爲自固計，築城于范陽，號雄武。峙兵聚糧，防敗則守之。○【趙次公曰：「舉往事以懲警之也，言祿山初爲走計，而竟不保耳。」】及一旦戰敗，死於慶緒之手，果何費十萬兵攻取之乎？則知地利非人和莫與守之。雄武果不可恃以自固也。○此詩譏當時不能經略全燕也。

【校記】

〔一〕汴州，古逸叢書本作「深州」。

黄河二首

黄河北岸海西軍，椎鼓鳴鍾天下聞。鐵馬長鳴不知數，胡人高鼻動成群。○【鮑彪曰】謂吐蕃入寇也。○【趙次公曰】黄河之北，大海之西，則河北一帶之州郡也。此言椎鼓鳴鍾，體勢如此，至使胡人動成群而來，斯乃罪其不能致力以禦之也。

黄河北岸是吾蜀，○【趙次公曰】北，一作南。欲須供給家無粟。願驅衆庶戴君王，混一車書棄金玉。○【鮑彪曰】吾蜀，謂嚴鄭公軍當狗之戰也。○【趙次公曰】：「上之人須蜀人之供給，乃至於家無粟，其字依傍陶潛『瓶無儲粟』。公所願與衆庶同心禦難，伐叛以尊戴君王，使天下車同軌，書同文，棄金玉而尚敦朴，用意深矣。」此憫蜀人困於供給，而終之以願君王務本而無侈靡，蓋金玉非五穀之比也。

中夜

中夜江山静，危樓望北辰。○【師古曰】望北辰而思君。長爲萬里客，有媿百年身。○【王洙曰】鮑照詩：争先萬里客，各〔一〕事百年身。故國風雲氣，○故國，謂長安也。○【師古曰】雲從龍，風從虎，喻君臣會聚。甫家長安，今客居，獨有萬里之遠，故望風雲之氣有所感傷也。高堂戰伐塵。○謂杜陵舊廬爲寇所焚也。胡雛負恩澤，○【趙次公曰】胡雛，指禄山也。當時史朝義之亂未除，而公興感亂階自禄山始也。嗟爾太平人。○【趙次公曰】公追思而傷及，昔爲太平之人，皆被此禍也。

【校記】

〔一〕各，元本、古逸叢書本作「吝」。

廣德元年癸卯春在梓州之綿之閬復歸梓州所作是歲召補京兆功曹不赴

春日戲題惱郝使君

使君意氣凌青霄，○【趙次公曰】北山移文：干青霄而直上。憶昨歡娛常見招。細馬時鳴金騕褭，○【鄭卬曰】騕，於皎反。褭，於了反。○馬名。時遣馬以迎甫也。○【師尹曰。又，門類增廣十注杜詩引作「杜云」。杜陵詩史、分門集注、補注杜詩引作「修可曰」。】盧照隣詩：漢家金騕褭。佳人屢出董嬌饒。○【王洙曰：「董嬌饒，名姬也。」】董嬌饒，名妓也。○命之以侑樽也。東流江水西飛燕，可惜春光不相見。○憶昨郝使君見招之後，當此江水明媚，燕子西來，春光可惜，不復再見其妓也，故繼有願携之請焉。○【趙次公曰】古樂府：東飛伯勞西飛燕，黄姑織女時相見。○杜公瞻注：宗懍撰荆楚歲時記：黄姑，即河鼓也。願携王趙兩紅顔，○【端本曰：「王、趙亦通泉有色之妓。」】王、趙，亦佳妓也。再騁肌膚如素練。通泉百里近梓州，請公一來開我愁。○請，一作諸。舞處重看花滿面，樽前還有錦纏頭。○宜聘召王、趙二妓來相開慰，無吝錦纏頭以賞樂耳。○【師古曰】甫之戲惱郝使君，蓋一弛一張，君子之道，此亦善戲謔者矣。○【杜田補遺】夫明皇常宴于清元殿，自擊羯鼓曲終，戲謂八姨曰：「今日請一纏頭，乃出三〔一〕百萬爲一局。」○【王洙曰】又，開元時富人王元寶富而無文采，嘗會賓客，明日親友問曰：「昨日必多佳論。」元寶視屋椽良久，曰：「但費錦纏頭爾。」

【校記】

〔一〕出三，元本、古逸叢書本作「捐縑」。

絶句

江邊踏青罷，回首見旌旗。風起春城暮，高樓鼓角悲。○【九家集注杜詩引作「新添」。又，門類增廣十注杜詩引作「杜云」。杜陵詩史、分門集注、補注杜詩引作「修可曰」。】唐李綽歲時記：三月上巳，始有錫宴群臣於曲江。傾都人物，於江頭禊飲踏青。

郪城西原送李判官兄武判官弟赴成都府〇【鄭卬曰】郪，一稽反。縣名，屬梓州。

憑高送所親，久坐惜芳辰。遠水非無浪，他山自有春。野花隨處發，官柳著行新。〇【王洙曰】官，一作妖。〇【鄭卬曰：「行，胡岡切。」】行，户郎切。〔一〕天際傷愁別，離筵何太頻。〇【師古曰】甫與二判官於情最親，臨此送別，言其如此遠去之後，如遠水不能無風浪，它山雖有春，兄弟不得同賞，以至野花官柳，觸目不能無傷感也。

【校記】

〔一〕切，元本、古逸叢書本作「反」。

聞官軍收河南河北〇一作兩河。

劍外急傳收薊北，〇薊，居列切。代宗紀：廣德元年正月甲申，史朝義死河南，其將李懷仙以幽、田承嗣以魏降。考之於傳，寶應元年二月丁亥，賊將薛嵩以相、衛、洺、邢，丁酉，張志忠以趙、定、深、桓、易降。時河南、河北平。初聞涕淚滿衣裳。却看妻子愁何在，漫卷詩書喜欲狂。〇卷與倦同。○【趙次公曰】讀書之際，聞已收薊北，得妻子有長聚之慶，所以漫卷之而喜欲至於狂也。白日放歌須縱酒，青春作伴好還鄉。即從巴峽穿巫峽，便下襄陽向洛陽。○【九家集注杜詩引作「公自注：余田園在東京。」集千家注批點杜工部詩集引作「公自注：余田園在東川。」又，杜陵詩史、分門集注、補注杜詩引作「余曰」：「田園在東京。」】甫自注：余田園在東京。

春日梓州登樓二首

行路難如此，登樓望欲迷。身無却少壯，跡有但羈棲。江水流城郭，春風入鼓鞞。○鞞，與鼙同。爾雅釋樂：大鼓謂之鼓，小者謂之應。纂要：應鼓曰〔一〕鼙鼓。○【趙次公曰】樂記：聽鼓鼙，思將帥之臣。雙雙新燕子，依舊已啣泥。○【王洙曰】古詩：思爲雙飛燕，御泥巢君堂。○【師古曰】甫言久客羈棲，今日登樓，所見景物如此，不能無所感也。

【校記】

〔一〕曰，古逸叢書本作「國」。

天畔登樓眼，隨春入故園。○【王洙曰】春，一作風。○【趙次公曰】故園，指洛陽也。

戰場今始定，○謂河之南北已平也矣。栘柳更能存。○【王洙曰】更，一作豈。○栘，音移。甫思故園之喬木。○【趙次公曰】更，疑辭也。○爾雅釋木：唐棣栘。郭璞音義：似白楊，江東呼夫〔一〕栘。厭蜀交遊冷，思吳勝事繁。○【歐曰】昔張翰守官於洛，及秋風起，忽思其蓴羹鱸魚之興，遂棄官歸。甫既厭蜀，欲適吳楚，故有「思吳」之句。應須理舟楫，長嘯下荆門。○【杜田補遺。又，杜陵詩史、分門集注、補注杜詩、集千家注批點杜工部詩集引作「杜定功曰」。】袁山松宜都山川記：南崖有山，名荆門。北崖有山，名虎牙。二山相對，有象門焉。

【校記】

〔一〕夫，元本、古逸叢書本作「大」。

泛江送魏十八倉曹還京因寄岑中允參范郎中季明

遲日深江水，○【王洙曰：「（春）一作江。」】江，一作春。詩：春日遲遲。輕舟送別筵。帝鄉愁緒外，春色淚痕邊。見酒須相憶，將詩莫浪傳。○【趙次公曰】甫自負其詩如此。若逢岑與范，爲報各衰年。

送路六侍御入朝

童稚情親四十年，中間消息兩茫然。更爲後會知何地，忽漫〔一〕相逢是別筵。不憤桃花紅勝錦，生憎柳絮白於綿。劍南春色還無賴，○唐劍南道，禹貢梁州之域。梁州自劍閣而南，分爲益州。後周齊國公宇文憲爲益州刺史，總管劍南三十六郡事，其頌德碑今在府學云。唐太宗正觀元年三月十日，始因關河近便，分天下爲十道，九曰劍南道。開元二十一年，分天下爲十五道。每道置採訪使，如漢刺史之職，而劍南治益州。觸忤愁人到酒邊。○忤，五故反。○【師古曰】甫與路侍御相得於總角之時，中間不得消息，未知後會在何處，言今春色使人愁悶，不若以酒消遣之也。

【校記】

〔一〕漫，原作「慢」，元本、古逸叢書本同，據分門集注杜工部詩改。

泛江送客

二月頻送客，東津江欲平。烟花山際重，舟楫浪前輕。淚逐勸盃落，○【王洙曰】漢李陵別蘇武詩「對酒不能酬」，正此意也。愁連吹笛生。○【王洙曰】馬融長笛賦：馬融善吹笛，獨卧鄜縣平陽郞中。有洛客舍於逆旅，吹笛。融去京師踰年，暫聞之，甚悲而樂之。離筵不隔日，〇【王洙曰】離筵，謂祖席也。那得易爲情。

上牛頭寺

〇【九家集注杜詩引作「師尹曰」。又，補注杜詩引作「黄希曰」。】寰宇記：牛頭山在梓州郪縣南二里，形似牛頭，四面孤絶，俯臨州郭，上有長樂寺樓閣，煙花爲一方之勝概。

青山意不盡，衮衮上牛頭。無復能拘礙，真成浪出遊。花濃春寺静，竹細野池幽。何處啼鶯切，移時獨未休。

望牛頭寺

牛頭見鶴林，〇鶴林，即靈仙觀也。梯逕遶幽深〔一〕。〇一作「秀麗亦何深」。春色浮山外，〇浮，一作流。天河宿殿陰。〇宿，一作没。言殿高逼天河也。傳燈無白日，〇謂長明燈，所以照夜，而白日亦有燈，故云「無白日」也。或謂魏李騫、崔劭至梁同泰寺，主客王克舍人、賀季友及三僧引接至浮圖中，佛有執板筆者，僧謂騫曰：「此是尸頭，專記人罪。」騫曰：「便是僧之董狐。」僧復入佛堂前，有銅缽中燈，劭曰：「可謂日月出矣，而爝火不息。」又〔二〕維摩經：無盡燈，釋氏以喻法，謂能破暗也。六祖相傳一法，故云「傳燈」也。布地有黄金。○彌陀經：極樂國土有七寶池，池底純以金沙布地，四邊階道金銀琉璃玻黎合成。又唐内典録：舍衛國給孤長者側布黄金，買祇陀太子園，建精舍，諸佛居之十餘年矣。休作狂歌老，回看不住心。○不住心，言心不着相也。金剛經云：應生〔三〕無所住心。又衆香偈：轉不住心，退無因果。

【校記】

〔一〕深，原作「林」，據古逸叢書本改。

〔二〕又，元本、古逸叢書本作「及」。

〔三〕生，古逸叢書本作「住」。

上兜率寺

○兜，當侯切。〔一〕梓州圖經：兜率寺在郪縣南。普〔二〕曜經曰：佛兜率天降神於西域迦維衛國浄飯王宫，摩耶夫人剖右縫而生。

兜率知名寺，真如會法堂。○曹溪六祖慧能序金剛經云：世人性無堅固，於一切法上有生滅相流浪，諸趣〔三〕未到真如之地，並是此岸。江山有巴蜀，○謂自有巴蜀便有江山也。棟宇自齊梁。○言寺創於齊梁之時也。庾信哀雖久，○甫托言久客可哀也。庾信嘗作哀江南賦，所以哀者，以金陵瓦解而身竄荒谷也。何顒好不忘。○甫托言所至爲人所好。詩所謂「在彼無惡，在此無斁」也。後漢黨錮傳：何顒字伯求，南陽襄鄉人，少感友人之義，爲虞偉高復父讎，與陳蕃、李膺善，遂爲宦者所陷，乃亡匿汝南山間，所至皆親其豪傑，有聲荆豫。袁紹慕之，私與往來，結爲奔走之友。時黨錮事起，多離其患，顒私入洛陽，從紹求爲援救。或謂何顒疑作周顒，何乃黨錮之徒，周常奉佛食菜。考之南史，何〔四〕顒字彦倫，音辭辨麗，長於佛理。然按集，岳麓道林二寺行又有「何顒免興孤」之句，説者又曰：甫言身已流離，有庾信之哀矣，而哀愁之中不忘交好也。何顒者，有救之之心矣。白牛車遠近，○車，一作運。【趙次公曰】法華經譬喻品：有大白牛，肥壯多力，以駕寶車蓋。喻大乘也。且欲上慈航。○【薛夢符曰】清涼禪師序般若經曰：般若者，苦海之慈航，昏衝〔五〕之巨燭〔六〕也。

【校記】

〔一〕切，元本、古逸叢書本作「反」。

〔二〕普，原作「晉」，據元本、古逸叢書本改。

〔三〕趣，古逸叢書本作「輝」。

〔四〕何，古逸叢書本作「周」。

〔五〕衝，元本、古逸叢書本作「衢」。

〔六〕燭，古逸叢書本作「蜀」。

望兜率寺

樹密當山徑，江深隔寺門。霏霏雲氣重，○屈原九章：雲霏而承宇。閃閃浪花翻。○江逌賦：寒光閃閃而翻漢。不復知天大，空餘見佛尊。時應清盥罷，隨喜給孤園。○前注。

舟中夜雪有懷盧十四侍御弟〔一〕

朔風吹桂水，大雪夜紛紛。暗度南樓月，○南樓謂庾亮之樓也。寒深北渚雲。○九歌：帝子降兮北渚。燭斜初近見，舟重竟無聞。不識山陰道，聽鷄更憶君。○聽，讀平聲。山陰在今會稽之東。語林：王子猷居山陰，大雪，夜開室命酌，四望皎然，因詠招隱詩：忽憶戴安道。

【校記】

〔一〕此詩宋本無，據元本、古逸叢書本補。

新定杜工部草堂詩箋斠證卷第二十四

廣德元年癸卯春在梓之綿之閬復歸梓所作

數陪章梓州泛江有女樂在諸舫戲爲豔曲二首以贈章

〇【趙次公曰】或作李梓州，非是，蓋後有陪留後也。

上客回空騎，佳人滿近船。江清歌扇底，〇【王洙曰】妓者以扇自障而歌，故謂之歌扇。〇晉中書令王珉好捉白團扇，其侍人謝方歌之，因以爲名。南齊丘巨源詠七寶畫圖扇詩：清眄迎嬌態，隱映含歌人。何遜青青河畔草詩：歌筵掩團扇。野曠舞衣前。玉袖淩風並，〇梁簡文詠内人詩：風吹玉袖香。金壺隱浪偏。競將明媚色，偷眼豔陽天。〇【王洙曰】天，或作年。〇【趙次公曰】甫言佳人自衒其美色，偷眼瞻視春光，以爭相勝之意。鮑照學劉公幹體詩：朔風吹朔雪，千里度龍山。集召瑶臺裏，飛舞兩楹前。兹辰自爲美，當避豔陽年。豔陽桃李節，皎潔不成妍。

白日移歌袖，青宵近笛床。翠眉縈度曲，○【黄鶴曰】前漢文帝自度曲，臣瓚曰：歌終更授其次，謂之度曲。○西京賦：度曲未終，雲起當飛。○【九家集注杜詩依例作「王洙曰」。又，杜陵詩史、分門集注、補注杜詩、集千家注批點杜工部詩集引作「鮑彪曰」。】古詩：度曲翠眉低。雲鬟儼分行。○行，户郎切，列也。古今樂録賣曲歌：花釵芙蓉髻，雙鬢如浮雲。立馬千山暮，迴舟一水香。〔一〕○述異記：香水，在并州香山，其水香潔，浴之去病。吴故宫有香水，漢俗云西施浴處，又呼爲脂粉塘。使君自有婦，○【九家集注杜詩引作「師尹曰」。又，杜陵詩史、分門集注、補注杜詩、集千家注批點杜工部詩集引作「修可曰」。】李梓州泛江有女樂，故甫用羅敷詞以戲之。崔豹古今注：邯鄲有美女姓秦，爲邑人王仁妻。仁後爲趙王家令，羅敷出採桑於陌上，趙王登臺，見而悦之，因飲酒欲奪焉。羅敷巧彈箏，作陌上桑之歌以自明。歌曰：日出東南隅，照見秦氏樓。秦氏有好女，自言名羅敷。羅敷善蠶作，採桑城南隅。青絲爲籠繩，桂枝爲籠鉤。觀者見羅敷，下擔捋髭鬚。少年見羅敷，脱巾著帩頭。耕者忘其耕，鋤者忘其鋤。歸來相喜怒，但坐觀羅敷。使君從南來，五馬立踟蹰。羅敷年幾何？二十尚未滿，十五頗有餘。使君謝羅敷，寧可共載不？羅敷前致辭，使君一何愚。使君自有婦，羅敷自有夫。東方千餘騎，夫婿居上頭。何以識夫婿，白馬從驪駒。素絲繫馬尾，黄金絡馬頭。腰間轆轤劍，可直千萬餘。十五府小吏，二十朝大夫。三十侍中郎，四十專城居。爲人潔白皙，鬑鬑頗有鬚。盈盈公府步，冉冉府中趨。坐中數十千，皆與夫婿殊。

莫學野鴛鴦。○古今注：鴛鴦，水鳥，雌雄未嘗相離，人得其一，一思而死，故謂之匹鳥也。

【校記】

〔一〕香，原作「春」，據元本、古逸叢書本改。

登牛頭山亭子

路出雙林外，亭窺萬井中。江城孤照日，春谷遠含風。○【王洙曰：「（山）一作春。」】春，一作山。兵革身將老，關河信不通。○【趙次公曰】謂吐蕃猶盛也。猶殘數行淚，忍對百花叢。

陪章梓州王閬州蘇遂州李果州四使君登惠義寺

○地志：惠義寺，長平山，郪縣北。章侍御同餞嘉州崔都督，有曰：前驅入寶地，祖帳飄金繩。

春日無人境，虛空不住天。○無人境、不住天，皆言惠義寺也。○【洪覺範曰】釋書有「不住相」、「常住相」，不住者，言無著者也。鶯花隨世界，樓閣倚山巔。○【王洙曰】倚，一作寄。釋名：山頂曰巔。遲暮身何得，○【王洙曰】言衰老而無所得也。登臨意惘然。誰能解金印，○【趙次公曰：「此二句蓋諷四刺史，誰能解所佩之金印而相與安禪聖？」】所以諷四使君也。○昔虞卿躡屩擔簦，一見趙王，賜白璧一雙、黄金百鎰，再見，拜爲上卿，三見，卒受相印，封萬户侯。當此之時，天下争知之。夫魏齊窮困過虞卿，虞卿不敢重爵禄之尊，解相印，捐萬户，俟而間行。瀟灑共安禪。○【王洙曰】一作「三軍將五馬，若个〔一〕合安禪」。

【校記】

〔一〕个，古逸叢書本作「不」。

送何侍御歸朝

○【按，九家集注杜詩依例爲「王洙曰」。杜陵詩史、分門集注、補注杜詩引作「王彦輔曰」。集千家注批點杜工部詩集引作「公自注」。】王彦輔云：章梓州泛舟筵上作。章，或作李。

舟楫諸侯餞，○【趙次公曰】言章梓州作泛江之祖〔一〕筵也。車輿使者歸。○【趙次公曰】使者行旆，謂何侍御歸朝也。山花相映發，水鳥自孤飛。春日垂霜鬢，天隅把繡衣。○【趙次公曰】前漢暴勝之爲直指使者，衣繡衣，持斧，督課郡國。故人從此去，○【王洙曰】去，一作遠。

寥落寸心違。

【校記】

〔一〕祖，古逸叢書本作「相」。

江亭送眉州辛別駕昇之〇得蕪字。

柳影含雲幕，江波近酒壺。異方驚會面，終宴惜征途。沙暖低風蝶，天晴喜浴鳧。別離傷老大，意緒日荒蕪。

歸雁

東來萬里客，亂定幾年歸。腸斷江城雁，高高正北飛。

短歌行送邛州録事〇一作送祁録事。歸合州因寄蘇使君

〇【按，「送祁録事歸合州因寄苏使君」，九家集注杜詩依例爲「王洙曰」，杜陵詩史、分門集注、補注杜詩引作「魯曰」。】〇蘇使君，甫故人也，爲合州刺史。邛州録事將歸合州，故甫作是詩以送之，兼寄蘇使君也。

前者途中一相見，人事經年記君面。後生相動何寂寥，〇【王洙曰】動，一作勸。君有長才不貧賤。〇孔子曰：後生可畏。録事以少年之才，可動天子，取富貴，何爲寂寥無聞。然有才如陳平，不教終貧賤也。〇【王洙曰】陳平傳：張負曰：「人固有好美如平而長貧賤也？」君今起柂春江流，〇【鄭卬曰】柂，徒可切。〇進船木也。〔一〕余亦沙邊具小舟。幸爲達書賢府主，〇爲，于僞切。〇【趙次公曰】指言合州蘇使君也。江花未盡會江樓。

【校記】

〔一〕元本、古逸叢書本「君今」句下無注。

惠義寺園送辛員外○新添。

朱櫻此日垂朱實，○永徽圖〔一〕經：櫻桃，洛中者勝，深紅色曰朱櫻，明黄色曰蠟櫻。郭外誰家負郭田。○負，倚也。萬里相逢貪握手，高才仰望足離筵。

【校記】

〔一〕徽圖，古逸叢書本作「微園」。

又送○新添。

雙峰寂寂對〔一〕春臺，萬竹青青送客盃。○【王洙曰：「（照）一作送。」】送，一作照。細草留連侵坐軟，殘花悵望近人開。同舟昨日何由得，並馬今朝未擬回。直到綿州始分首，江邊樹裏共誰來。

【校記】

〔一〕對，元本、古逸叢書本作「照」。

涪江泛舟送韋班歸京得山字

○【黄鶴曰：「涪江在梓州。」】後漢志：廣漢有涪。涪江在今射洪縣。

追餞〔一〕同舟日，傷春一水間。○【王洙曰】春，一作心。飄零爲客久，衰老羡君還。花雜重重樹，○【王洙曰：「（遠）一作雜。」】雜，一作遠。雲輕處處山。天涯故人少，更益鬢毛斑。

【校記】

〔一〕餞，原作「饒」，據元本、古逸叢書本改。

涪城縣香積寺官閣

○【杜陵詩史、補注杜詩引作「鄭卬曰」。分門集注引作「王洙曰」。】涪城，梓州縣名。

寺下春江深不流，山腰官閣迥添愁。含風翠壁孤雲細，背日丹楓萬木稠。小院回廊春寂寂，浴鳧飛鷺晚悠悠。諸天合在藤蘿外，昏黑應須到上頭。

題玄武禪師屋壁○【九家集注杜詩依例爲「王洙曰」】今梓州中江縣，即古玄武縣也。

何年顧虎頭，○【杜田補遺。又，門類增廣十注杜詩引作「杜云」。杜陵詩史、分門集注、補注杜詩、集千家注批點杜工部詩集引作「修可曰」。】名畫記：顧愷之字長康，小字虎頭，晉陵無錫人。多才氣，尤工丹青，傳寫形勢，莫不絶妙。曾於瓦棺寺北殿畫維摩詰，畫訖，光照月餘。○【趙次公曰】或曰：顧愷之嘗爲虎頭將軍。○或曰：愷之癡絶，因號虎頭。餘見許拾遺詩注〔一〕。滿壁畫瀛洲。○瀛，魯作滄。赤日石林氣，青天江海流。○【王洙曰】海，一作水。錫飛常近鶴，○【杜田補遺】圖經〔二〕：舒州潛山最奇絶，而山麓尤勝。誌公與白鶴道人欲之，同請於梁武帝，帝以二人俱有虛通，而不敢決，俾各以物識其地，得者居之。道人云：「某以鶴止處爲記。」誌公云：「某以卓錫處爲記。」已而鶴先飛去，至麓，將止，忽聞空中錫飛聲，驚從〔三〕峰半。誌公之錫遂卓於山麓，道人不懌，然以前言不可食，各於所識之處築室焉。今之三祖寺、虛仙觀〔四〕即其故地也。餘見前。杯渡不驚鷗。○高僧傳：朱靈期使高麗還，值風飄至一洲，見一寺，有石人。靈期竭誠〔五〕懺悔，乃爲真人，因以鉢與杯度，度得鉢，直入雲，還接得之，云：「我不見此鉢乃四十年矣。」○【王洙曰】又高僧傳：杯渡者，不知其名姓，常乘木杯渡河，因以爲名焉。不修細行，〔六〕不甚精持，飲酒食肉，與俗人不殊。○【杜田補遺】常寄宿一家，有金像，求之不得，乃竊去，主人追之，至孟津，浮木杯渡河，輕疾如飛。事又見傳燈録。○【趙次公曰】列子黄帝篇：海上之人有好漚鳥者，每從之遊。借用此意。似得廬山路，○東晉釋惠遠廬山記：山在潯陽南，南濱宫亭湖，北對小江山，有匡俗先生者，出於殷周之際，隱遁潛居其下，因名廬山。真隨惠遠遊。○【沈曰】昔陶淵明與廬山惠遠遊，從結白蓮社。○【趙次公曰】甫因觀畫壁之造，似得廬山之路，真可以尋惠遠大師也。

【校記】

〔一〕注，古逸叢書本作「題」。
〔二〕圖經，元本、古逸叢書本作「地理圖經」。
〔三〕從，古逸叢書本作「徙」。
〔四〕觀，元本、古逸叢書本無。
〔五〕誠，古逸叢書本作「城」。
〔六〕行，元本、古逸叢書本無。

韋諷録事宅觀曹將軍畫馬圖

國初已來畫鞍馬，神妙獨數江都王。○數，所矩切，計也。○【師尹曰】張彦遠歷代名畫記：江都王緒，霍王元軌之子，太宗猶子也。多材藝，畫鞍馬擅名。垂拱中，官至金州刺史。○朱景玄畫斷：江都王有畫元宗潞府十九瑞圖，實造極，元未敢定其品格。將軍得名三十載，○三，樊作四。○【趙次公曰】將軍，即曹霸也。○名畫記：曹霸，魏曹髦之後，髦畫稱魏世。霸在開元中已得名。天寶末，每詔寫御馬及功臣，官至右武衛將軍。人間又見真乘黄。○乘黄，神馬也。昔黄帝乘之以上昇，人間不識其狀，今因曹將軍之畫乃獲見其形之真也。曾貌先帝照夜白，○【鄭卬曰】貌，莫角切。貌人類狀，下同。○先帝，指玄宗也。畫斷：玄宗内廐有照夜、浮雲之乘。松窗雜録：開元中，乘照夜白賞牡丹於沉香亭。明皇雜録：上所乘馬有玉華驄、照夜白，命圖寫之。○【趙次公曰】又曰：陳義、馮紹正、曹霸、鄭虔皆善繪畫。龍池十日飛霹靂。○【趙次公曰】：「以狀所畫神妙，而照夜白者乃真龍耳，蓋真龍在圖，感動龍池中龍如此。」玄宗嘗有馬名照夜白，命曹將軍畫其形以爲圖，十日之間，畫成，乃感真龍出於龍池，隨風雷而至也。○【師尹曰】長安志：龍池在南内南薰〔一〕殿北。内府殷紅馬腦盤，○【鄭卬曰】殷，烏閑切，盛也。○【師尹曰】天子以内府馬腦盤以賜之也。婕妤傳詔才人索。○【鄭卬曰】婕，即葉切。妤，女諸切。婦官也。○婕妤、才人，皆宫女名。○【趙次公曰】：「婕妤秩尊，故傳詔。人才秩卑，故親往索之。」天子遣婕妤傳詔令曹將軍畫馬，才人復索取以進也。盤賜將軍拜舞歸，○盤，一作盌。○【趙次公曰】言曹將軍得君賜，故拜舞謝也。輕紈細綺相近〔二〕飛。○釋名：紈，焕也，細澤有光焕然也。説文：綺，文綺也。貴戚權門得筆跡，始覺屏障生光輝。○輕紈細綺，雜賜相繼。時權貴之家得其筆迹以爲屏障，甚爲榮也。昔日太宗拳毛騧，○【鄭卬曰】

騧，古華切。○【趙次公曰：「長安志：昭陵有六駿在陵後，曰拳毛騧、獅子花。獅子花亦近時郭家所有之實者。舊注不省。」鄭卬曰：「太宗所乘九駿名，皆平盜時所乘。拳毛騧，乃平劉闥時所乘。」】唐太宗平盜時所乘六駿，石像今在昭陵。俊〔三〕青騅，平竇建德時乘。什伐赤，平王世充時乘。特勒驃，平宋金剛時乘。颯露紫，平東都時乘。拳毛騧，平劉黑闥時乘。有石真容自拔箭處，嘗中九箭也。白蹄烏，平薛仁杲時乘。各有贊。拳毛騧贊曰：日精按轡，天駟橫行。弧矢載戢，氛埃廓清。近時郭家師子花，○【王洙曰：「吐蕃潰，郭子儀收復京師，代宗以九花虬賜之，一名師子驄。」】蘇鶚杜陽雜〔四〕編：郭子儀收復京師，上命御馬九花虬賜之。九花虬即范陽節度使李懷光貢，額高九尺，毛拳如鱗，真虬龍也。每一〔五〕嘶鳴，則〔六〕群馬聳耳。身被九花，故曰九花，亦曰獅子驄。今之新圖有二馬。○【王洙曰】新，一作畫。復令識者久歎嗟。此皆戰騎一敵萬，縞素漠漠開風沙。○言曹將軍圖此拳毛騧、獅子花二馬，識者歎其神妙。○【師古曰】此馬一可以敵萬，雖畫之縞素之上，而有可開拓沙磧之態度也。其餘七疋亦殊絶，迥若寒空動煙雪。霜蹄蹴踏長楸間，○楸，音秋，美木也。○【杜田補遺。又，杜陵詩史、分門集注、補注杜詩、集千家注批點杜工部詩集引作「杜定功曰」。】莊子馬蹄篇：馬蹄可以踐霜雪。○【王洙曰】曹植名都篇：走馬長楸間。馬官厮養森成列。可憐九馬争神駿，顧視清高氣深穩。○【王洙曰】昔漢武帝有九逸。世説：僧支遁，字道林，嘗養馬，曰：「貧道愛其神駿。」借問苦心愛者誰，○【鄭卬曰】借，資亦切。後有韋諷前支遁。○【趙次公曰】

以支遁之養馬、韋諷之藏畫馬，皆苦心之所愛矣。憶昔巡幸新豐宮，○【趙次公曰】三輔故事：太上皇不樂入關，思慕鄉里。高祖徙豐、沛屠兒酤酒煮餅商人，名爲新豐。○後漢志：京兆治長安新豐，有驪山。杜預曰：古驪戎國。韋昭曰：戎來居此山，故號驪戎。唐書志：新豐有宮在驪山下，咸亨二年始名温泉宮。翠華拂天來向東。○天子之旗，飾以翠羽，東自驪山而歸來也。○【王洙曰】南都賦：望翠華之葳蕤。騰驤磊落三萬匹，皆與此圖筋骨同。○【王洙曰】玄宗常以每年十月巡幸驪山新宮。王毛仲以厩馬三萬分爲數隊，每隊皆一色，相間錦繡。○與此圖無以異也。自從獻寶朝河宗，○【趙次公曰】穆天子傳：天子西征至陽紆之山，河伯馮夷之所居，是爲河宗氏。伯乃與天子披圖視典，觀春山之寶玉。所謂「朝河宗」者，河宗朝而獻寶也。○穆王自此而歸上昇，余謂此以比玄宗自驪山而歸昇遐也。無復射蛟江水中。○【王洙曰】前漢志：元封五年，武帝自尋陽浮江，親射蛟江中，獲之。○余謂天寶十四載，玄宗西幸新豐，禄山乘隙而叛，自是不復講明巡幸之禮也。甫意謂自從河神獻寶之後，不復覩龍馬，深譏玄宗雖得龍馬，徒浪名耳。君不見金粟堆前松柏裏，○長安志：明皇泰陵在蒲城東北三十里金粟山也。○【九家集注杜詩引作「新添」。杜陵詩史、分門集注、補注杜詩、集千家注批點杜工部詩集引作「趙次公曰」。】唐舊書：明皇親拜五陵，至睿宗橋陵，見金粟山岡有龍盤虎踞之勢，復近先塋，謂侍臣曰：「吾千秋後，宜葬此地。」暨昇遐，群臣遵先旨葬焉。○在同州奉先縣東北二十里，今華州蒲城乃明皇泰陵所在也。龍媒去盡鳥呼風。○【趙次公曰】玄宗已葬於金粟松林中，早晚惟鳥呼風而啼，所謂向者龍媒三萬，果安在哉！○甫因觀圖畫而傷之，故作是詩也。○【王洙曰】漢武歌曰：天馬徠，龍之媒。

【校記】

〔一〕薰，元本、古逸叢書本作「董」。
〔二〕近，元本、古逸叢書本作「追」。
〔三〕俊，元本、古逸叢書本作「駿」。
〔四〕雜，元本、古逸叢書本無。
〔五〕一，元本、古逸叢書本無。
〔六〕則，元本、古逸叢書本無。

送韋諷上閬州録事參軍

國步猶艱難，○國步，謂君之舉錯動止，安危榮辱之所繫也。○【趙次公曰】詩桑柔：國步斯頻。○【王洙曰】又白華：天步艱難。兵革未衰息。萬方哀嗷嗷，○【王洙曰】哀，一作尚。玄宗所行既失其道，遂致禄山之亂，萬方困於賦役，故哀聲嗷嗷也。○【杜田補遺。又，杜陵詩史、分門集注、補注杜詩引作「修可曰」。】詩鴻雁：哀鳴嗷嗷。十載供軍食。○【饒曰】自廣德二年逆數至天寶十四年，凡十年矣。庶官務割剥，不暇憂反側。〇十年之間，兵不得休，割剥愈甚，下民皆懷反側不安之心，而官吏豈暇顧恤之乎？誅求何多門，〇【晁曰】謂斂取非一端也。賢者貴爲德。〇【王洙曰：「一云『賢俊愧爲力』。」】晉作「賢後愧爲力」。〇甫以賢者責望於韋，貴以仁德撫下也。韋生富春秋，〇【王洙曰】顔師古漢書音義：春秋富，言年幼也。洞徹有清識。操持紀綱地，〇職林：紀綱，亦録事參軍也。喜見朱絲直。〇【王洙曰】鮑照白頭吟：直如朱絲絃。當令豪奪吏，〇當令，晉作因循。〇【趙次公曰】管子：凡輕重散斂以時，平準，故人賈富家不得豪奪吾人也。自此無顔色。〇韋生持守紀綱，如琴絃之直，俾豪奪之吏沮喪其氣色，不敢少逞也。必若救瘡痍，〇【何曰】瘡痍，喻百姓困傷也。先應去蟊賊。〇【鄭卬曰】蟊，莫交切。〇【何曰】蟊賊害苗，喻害民之吏也。〇【王洙曰。又，杜陵詩史、分門集注、補注杜詩引「洪覺範曰」：「爾雅釋蟲：食心曰蝥。」】詩大田：去其螟螣，及其蟊賊。毛萇傳：食心曰螟，食葉曰螣，食根曰蟊，食節曰賊。揮淚臨大江，高天意悽惻。行行樹佳政，慰我深相憶。〇【王洙曰：「此詩欲韋抑暴斂也。」】甫欲韋公去除貪吏，以存救恤，庶幾民安反側將叛之心，然韋公此行慰我别離之苦，惟〔一〕望于樹立佳政故也。

【校記】

〔一〕惟，古逸叢書本作「情」。

陪章留後惠義寺餞嘉州崔都督赴州

中軍待上客，○【師古曰。又，趙次公曰：「中軍，以指章留後。」】中軍，謂主將也。時章彝權東川節度使，故云中軍。○【師古曰。又，趙次公亦曰。】上客，指崔都督也。○【王洙曰】左傳：郤穀將中軍。○春申君傳：上客皆躡朱〔一〕履。令肅事有恒。○恒，胡登切，常也，久也。○【師古曰：「言章彝持軍令嚴，今待上客，禮樂無所不用其周至。」又，趙次公曰：「言章留後號令嚴肅，而事有定式。」】言章彝持軍令嚴，今待崔都督之禮久而有常也。前驅入寶地，○謂惠義寺以七寶爲地。○【趙次公曰】詩伯兮：伯也執殳，爲王前驅。○【王洙曰】司馬相如傳：縣令負弩矢前驅。祖帳飄金繩。○【趙次公曰】祖，謂餞行也。疏廣傳：故人邑子設祖道供帳。顔師古曰：祖者，送行之祭，同饗飲焉。○昔黄帝之子纍祖好遠遊而死於道，故後人以爲行神也。又風俗通：按禮傳：共工氏之子曰修，好遠遊，舟車所至，足迹所逮，莫不窮覽，故祀以爲祖神。祖，徂也。○【王洙曰】法華經：國名離垢，琉璃爲地，有八交道，黄金爲繩。南陌既留歡，○【師古曰】謂先會飲於城南也。兹山亦深登。○【師古曰】兹山，即惠義寺，謂復餞別于此寺也。清聞樹杪磬，遠謁雲端僧。回策匪新岸，○岸，樊作崖。○【師古曰：「策，回鞭也。」】策，謂杖也。○【師古曰】新岸，謂即新修路，以備章留後車馬也。所攀仍舊藤。○【師古曰】甫既送崔都督，杖策而回，復從舊路攀緣藤蘿，蓋樂山水之與也。耳激洞門飆，目存寒谷冰。出塵閟軌躅，○【師古曰】言居山間，蹤跡幽閟，非若廛市應接煩劇也。畢景遺炎蒸。○【師古曰】謂盡夏景飲，留此寺以避暑氣也。○【王洙曰】鮑明遠詩：侵星赴早露，畢景遂前儔。永願坐長夏，將衰棲大乘。○【師古曰】甫以衰老之年，欲棲心於大乘也。釋氏有大乘，有小乘，如來謂之大乘教，羅漢謂之小乘教。○【王洙曰】法華經：決定諸大乘。又，佛自任大乘。羈旅惜宴會，○【師古曰】謂惜別也。艱難懷友朋。勞生共幾何，○莊子：勞我以生。又：人生幾何。○【王洙曰】魏文帝詩：對酒當歌，人生幾何。離恨兼相仍。

【校記】

〔一〕朱，古逸叢書本作「珠」。

椶拂子

椶拂且薄陋，豈知身效能。不堪代白羽，○【王洙曰。又，杜陵詩史、補注杜詩引作「蘇曰」。】語林：諸葛亮持白羽扇，指揮三軍。有足除蒼蠅。○蒼，一作青。○【師古曰】按唐書：明皇以李林甫代張九齡相，九齡既不用，因作白羽扇賦以自見其志，云：「縱秋氣之移奪，終感恩于篋中。」白羽爲物，可以驅蠅蚊，爲世所用。九齡自喻也。椶拂其質薄陋，雖不堪代白羽，猶足以驅除蒼蠅。時林甫以瑣陋之材而代九齡，其材能全無用於朝廷，曾椶拂之不若乎！熒熒金錯刀，○【師古曰】古者以金爲幣，錯鏤其文，或謂之刀布。後世用錢代之。○【王洙曰】張平子四愁詩：美人贈我金錯刀。○【杜陵詩史、分門集注、補注杜詩、集千家注批點杜工部詩集引作「(師)尹曰」。九家集注杜詩引作「集注」。】李善注引續漢書云：佩刀，諸侯王黄金錯環。謝承後漢書云：詔賜應奉金錯把刀。續漢書：班固與弟超書云：竇郎中遺仲叔金錯半垂刀一枚。前漢食貨志：新室更造錯刀，以黄金錯其文，一刀直五千。此「熒熒金錯刀」，乃指佩刀也。按集，有對雪詩云「金錯囊徒罄」，乃謂錢刀以金錯之也。有虎牙行詩云「金錯旌竿滿雲直」，謂以金錯鏤旗竿也。蓋古人以黄金爲器，皆謂之金錯。擢擢朱絲繩。○【師古曰】朱絲繩，乃中琴瑟之用也。○【王洙曰】鮑照詩：直如朱絲繩。非獨顏色好，亦用顧眄稱。○眄，彌殄，邪〔一〕視也。○【趙次公曰。又，「師古曰」亦然。】金錯刀、朱絲繩二物，非特以其金朱之好顏色以爲玩物耳，皆以利用而係乎人之顧眄也。吾老抱疾病，家貧卧炎蒸。咂膚倦撲滅，○【鄭卬曰：「咂，作答切。」】咂，子答〔二〕切，字當作噆，齧也。○【王洙曰】莊子天地篇：蚊蚋噆膚，則通夕不寐矣。賴爾甘服膺。○【王洙曰】中庸：回之爲人也，得一善則拳拳服膺而弗失之矣。物微世〔三〕競棄，義在誰肯徵。三歲清秋至，未敢闕緘縢。○【師古曰】椶拂爲物雖微，有義理在，蓋可用之除蠅，奈何世人不肯徵信其義而競棄之。甫傷清秋癈置不用，不敢怠於緘藏，異其他時之復用。然椶拂微有功於人，猶護惜之，況白羽其可奪於秋氣，一棄而不復顧藉乎？所以傷九齡之見棄，而疾林甫之獲用也。

【校記】

〔一〕邪，古逸叢書本作「切」。

〔二〕答，元本、古逸叢書本作「嗒」。

〔三〕世，古逸叢書本作「出」。

陪章留後侍御宴南樓得風字

絶域長夏晚，〇甫時避亂寓于梓州。兹樓清宴同。朝廷燒棧北，〇【王洙曰：「謂在大散關之北也。」】棧北指三秦。〇【趙次公曰】因宴南樓而望長安也。昔張良説高祖燒絶棧道。鼓角滿天東。〇天東，指兩河，言中原兵火也。〇【王洙曰。又，趙次公引作「蔡伯世正異」，見下。】滿，一作漏。〇【王洙曰：「雅州在蜀之西，地多雨，名『漏天』。」又，趙次公曰：「漏天，在黎州，蜀之西蕃，地多雨，故名『漏天』。則梓州當在其東，所以形容其地也。蔡伯世正異：漏天乃地名，在雅州，以其地多雨也。居梓州之西。正文訛作滿。」】梁益記：漏天在雅州之西，有窮峽關山高谷，深陰晦常雨，故名「漏天」。屢食將軍第，〇【趙次公曰：「公自言其食于章留後之宅，以留後同主兵，故云將軍。第字，霍去病爲驃騎將軍辭第也。」】甫因叙食章彝之宅，故以彝比霍去病也。〇【薛夢符曰】去病爲驃騎大將軍，上爲治第，令視之，對曰：「匈奴不滅，無以家爲！」又曹子建曰：將軍之第，亦嘗食膳。仍騎御史驄。○【唐曰：「甫以避亂，食章公之宅，騎章公之馬，叙其恩禮之厚。」】甫因叙騎章彝之馬，故以彝比桓典也。○【王洙曰】桓典拜侍御史，常乘驄馬，京師畏憚，爲之語曰：「行行且止，避驄馬御史。」○按集有冬狩行云「使君五馬一馬驄」是也。本無丹竈術，○【杜田補遺。又，杜陵詩史、分門集注、補注杜詩引作「修可曰」。】江文通别賦：華陰上士服食還，仙術既妙，而猶學道，已寂而未傳，守丹竈而不顧，鍊金鼎而方堅，駕鶴上漢，驂鸞騰天，暫遊萬里，少别千年。那免白頭翁。寇盗狂歌外，形骸痛飲中。野雲低渡水，簷雨細隨風。出號江城黑，○【趙次公曰】夜傳號令，此節度府之事也。題詩蠟燭紅。○【趙次公曰】言夜宴明燭而題詩也。此身醒復醉，不擬哭途窮。○【趙次公曰】甫言飲酒則如阮籍而哭窮途，則不擬學之。○【王洙曰】按魏氏春秋：阮籍率意獨駕，不由路逕，車轍所窮，輒慟哭而反。

臺上○得涼字。

改席臺能迥，○【趙次公曰】謂自南樓移席於臺上也。留門月復光。雲霄遺暑濕，○【趙次公曰】臺高矣，如在雲霄之間，而不知有暑氣也。山谷進風涼。老去一杯足，○【王洙曰】晉張翰曰：「使我有身後名，不如即時一杯酒。」誰憐屢舞長。○【王洙曰】詩：賓之初筵，屢舞傞傞。何須把官燭，○【王洙曰】謝承後漢書：巴祗爲揚州刺史，與客坐閤下，不然官燭。○會稽録：陳修爲豫章太守，十日一炊，不然官燭。似惱鬢毛蒼。

對雨

莽莽天涯雨，江邊獨立時。不愁巴道路，〇【趙次公曰】指言梓州也。自綿而東，乃巴矣。按集〔一〕，公於梓州九日寄嚴大夫詩「無路出巴山」是也。恐濕漢旌旗。〇【師古曰】時回紇恃功欲入寇，故甫託言不愁飄濕巴之道路，恐關中復遭汙辱也。雪嶺防秋急，〇【趙次公曰】雪嶺在松、維州之外，即西山也。〇【師古曰】蓋胡人秋高馬肥，常入寇，故急防之。繩橋戰勝遲。〇【王洙曰】蜀地志：繩橋在天彭岷江，湍急不可爲梁，蜀人乃以紡繩爲橋，駕虛而渡。西戎甥舅禮，未敢背恩私。〇唐吐蕃傳：吐蕃本西羌屬，散處河湟、江岷間，其俗謂彊雄曰贊，丈夫曰普，號君長「贊普」。〇【趙次公曰：「爾雅曰：謂我舅者，吾謂之甥。初，中宗景龍三年，以雍王守禮女爲金城公主，以妻贊普。其後玄宗開元間，遣使入朝，奉表言甥，言先帝舅云云。今公言望其敦甥舅之禮，而勿背焉。」】正觀，文成公主，景龍，金城公主，皆下嫁其國贊普，曰：「我與唐舅甥之國。」爾雅釋親：妻之父爲外舅，謂我舅者，吾謂之甥。唐制：贊普奉表言甥。今甫望其感甥舅之禮而勿背焉。

【校記】

〔一〕集，元本、古逸叢書本作「傳」。

警急○【趙次公曰。又，集千家注批點杜工部詩集引作「公自注」。】時高公適領西川節度使。○【趙次公曰：「字祖出漢書。」】按漢光武紀：邊防備警急。

才名舊楚將，○【趙次公曰：「考適傳：自諫議大夫除揚州大都督長史、淮南節度使。此所謂『楚將』也。」】適先除淮南節度使，故言「舊楚將」。妙略擁兵機。○【趙次公曰：「以美高適也。」】以美適之善兵法也。

玉壘雖傳檄，○玉壘，山名。説文：檄，二尺書也。傳檄，言吐蕃入寇，檄書相聞也。松州會解圍。○松州在西山，正指吐蕃。○【王洙曰】考之唐書，適代崔光遠爲西川節度，廣德元年，吐蕃取隴右，適率兵出南鄙，欲牽制其力。既無功，十二月遂亡松、維、保三州及雲山城。○【趙次公曰】按公詩乃作於未亡之前也。和親知計拙，公主漫無歸。○【趙次公曰：「唐史：永泰元年乙巳，吐蕃方請和，繼而又叛。時議必再有請嫁公主爲和親計者，故公云爾。餘見留花門『公主歌黄鵠』注。」】永泰元年，吐蕃方和親，繼而又叛。餘見前注。青海今誰得，西戎實飽飛。○【趙次公曰：「言青海爲吐蕃所有，而其勢如鷹之飽而飛揚，不就縶紲也。」】西戎本甥舅之國，今青海爲吐蕃所有，而其勢如鷹，飢則側翅隨人，飽則飛揚，不就縶維也。○【王洙曰】魏志：曹操言待吕布譬如養鷹，飢則爲用，飽則揚去。

王命

漢北豺狼滿，巴西道路難。○【趙次公曰】漢與巴相聯，蓋吐蕃入寇之地。血埋諸將甲，○謂殺戮之多也。骨斷使臣鞍。○謂行役之勞也。○【趙次公曰：「廣德元年，使李之芳、崔倫往聘吐蕃，留不遣。虜破邠州，入奉天，天子幸陝。使臣，指李之芳、崔倫矣。骨斷，則憂懼而骨欲斷折之義。」】使臣指李之芳、崔倫也。按唐書及通載，肅宗凡八年，吐蕃使數來請和，帝雖審其詐，姑務紓患，乃詔。郭子儀、蕭華、裴遵慶等與盟。寶應元年，寇秦、成、渭。明年，使李之芳、崔倫往聘吐蕃，留不遣。破西山合水城，又取蘭、河、鄯、洮等州，又破邠州，入奉天。天子幸陝。十二月，又陷松、維、保三州。牢落新燒棧，○【王洙曰】昔張良説高祖燒絶棧道，今之閣道是也。蒼茫舊築壇。○【趙次公曰】時雍王适爲兵馬元帥，郭子儀副之，而禦奉天之寇，委之子儀，則「舊築壇」，指郭令公也。○【王洙曰】昔漢王齋戒設壇場，拜韓信爲大將軍。深懷喻蜀意，○意，或作道。○【王洙曰】昔司馬相如有喻巴蜀檄。慟哭望王官。○【王洙曰】時段子璋反於東川，高適、崔光遠追戰，斬之。光遠不戢兵，遂大掠，至有斷士女腕取金者，故蜀父老怨之，以望王官之至也。

征夫

十室幾人在，千山空自多。路衢唯見哭，○【王洙曰】民苦於征役，故哭也。城市不聞歌。漂梗無安地，○梗，古杏切，木名。○【趙次公曰】甫自言也，旅寓之人，如梗之漂蕩無所止耳。銜枚有荷戈。○荷，胡我切，負也。○【王洙曰】周官有「銜枚氏」。漢紀：章邯夜銜枚擊項梁。顏師古曰：銜枚者，止言語諠囂，欲令敵人不知其來也。枚，狀如箸，橫銜之。官軍未通蜀，吾道竟如何。

倦夜

竹凉侵卧内，夜月滿庭隅。重露成涓滴，稀星乍有無。暗飛螢自照，水宿鳥相呼。○【杜田補遺】又，杜陵詩史、分門集注、補注杜詩引作「修可曰」。】師曠禽經：陸鳥曰棲，水鳥曰宿，獨鳥曰止，衆鳥曰集。又曰：凡鳥朝鳴曰嘲，夜鳴曰啖。林鳥以朝嘲，水鳥以夜啖。今林棲之鳥多朝鳴，水宿之鳥多夜叫。○故此詩題曰「倦夜」，而有是句也。○【杜田補遺】按龍龕手鏡：啖，音夜。萬事干戈裏，空悲清夜徂。○【王洙曰】甫有感時之志，而傷其不見用，故悲也。○長門賦：對明月以自照，徂清夜於洞房。

悲秋

涼風動萬里，群盜尚縱横。家遠傳書日，秋來爲客情。愁看高鳥過，○古詩：望雲慙高鳥。老逐衆人行。始欲投三峽，何由見兩京。

有感五首

將帥蒙恩澤，兵戈有歲年。至今勞聖主，何以報皇天。白骨新交戰，雲臺舊拓邊。○【趙次公曰】言新戰之兵，方横白骨，將帥必有意於拓邊而功未立，其在雲臺畫像議功者，則是舊拓邊之功也。乘槎斷消息，無處覓張騫。○槎，與查同。○【趙次公曰：「此言遣使和吐蕃未還，所以用張騫乘槎爲喻，乘槎本是前漢末事，而公多用作張騫使西域尋河源所乘之槎，豈承用之熟耶？見張華博物志。」又，九家集注杜詩引「新添」曰：「案騫本傳：騫以郎應募使月氏，爲匈奴單于所留十餘歲，得還。騫所至者大宛、大月氏、大夏、康居，而所傳聞其旁大國五六，具爲天子言其地形所有。並無乘槎至天河之説。博物志又不言張騫。而宗懔乃附會，直以爲張騫。杜公因承用荆楚歲時記所引，而趙次公所以屢疑之也。」】此言遣使和吐蕃未還，未知息兵之期，所以用張騫乘槎爲喻也。按漢書「張騫窮河源」，言其奉使之遠，即無乘槎之説。張華博物志：近世有人居海上，每年八月，見海查來，不失期，多賫粮，乘之到天河。未嘗指言張騫。宗懍作荆楚歲時記，乃引博物志「漢武令張騫窮河源，乘查而去」。予按宗懍既引博物志，而博物志不言張騫，則宗懍之訛可知矣。今子美之詩亦承襲之訛歟？

幽薊餘蛇豕，○蛇，樊作封。○【趙次公曰】餘蛇豕於幽、薊，謂今歲廣德元年正月，史朝義雖滅，而未有臣服者也。左氏傳：吴爲封豕長蛇，荐食上國。乾坤尚虎狼。○【王洙曰】謂盜賊充斥也。諸侯春不貢，使者日相望。○望，協音忘。○【王洙曰】董仲舒傳：使者冠蓋相望。慎勿吞青海，○【趙次公曰】戒之以無事西戎也。無勞問越裳。○【趙次公曰】戒之以無事於東夷也。大君先息戰，歸馬華山陽。○【王洙曰】書武成：乃偃武修文，歸馬於華山之陽。

洛下舟車入，天中貢賦均。○【趙次公曰】言史朝義滅，道路亦不阻絶矣，故舟車入而貢賦均焉。此指言長安，特用洛陽爲天地之中，而貢賦均焉爲諭也。○【王洙曰】按禮天官：惟王建國。注：周公營邑於土中，使居洛邑，治天下，謂之地中。天地之所合也，四時之所交也，風雨之所會也，陰陽之所和也。日聞紅粟腐，○【王洙曰】前漢：太倉之粟，紅腐而不可食。寒待翠華春。○言賜予之厚〔一〕實。○【趙次公曰】翠華之春，和氣所及也。翠華，謂天子之旗也。莫取金湯固，○謂無恃城池有如金湯之固也。長令宇宙新。○當洗滌妖氛而一新宇宙矣。不過行儉德，盜賊本王臣。

【校記】

〔一〕厚，古逸叢書本作「事」。

丹桂風霜急，青梧日夜雕。由來强幹地，○光武紀：丁恭議曰：古封建諸侯不過百里，故利以建侯，取法於雷，强幹弱枝，所以爲治也。宋均傳：均族子意爲尚書。肅宗性寬仁而親親之恩篤，故叔父濟南、中山二王及諸昆弟並留京師，不遣就國。意上疏諫曰：「春秋之義，諸父昆弟無所不臣，所以尊尊卑卑、彊幹弱枝者也。」未有不臣朝。受鉞親賢往，○【趙次公曰】受鉞者，授之以節，而使之受，所以爲元帥也。親賢，謂同姓也。寶應元年，代宗既即位。五月，以雍王适爲天下兵馬元帥，郭子儀副之。卑宫制詔遥。終依古封建，○依，謝作休，非是。豈獨聽簫韶。○【趙次公曰】蓋勸朝廷非特任元帥而已，終以封爵建國之制，待夫同姓而爲天子者，豈特聽簫韶之樂宴樂而已乎？

胡滅人還亂，○【王洙曰】胡，一作盜。○【趙次公曰】廣德元年正月，史朝義自縊死。爰自天寶十四載迄廣德元年，而安史滅矣。兵殘將自疑。○【趙次公曰】謂如僕固懷恩以疑而叛，李光弼以疑而沮也。登壇名絶假，○【趙次公曰】昔漢王以韓信爲大將軍，乃登壇而拜之。今言名絶假，則真拜之，非特假節而已，此言諸將蒙寵如此，故責以下句之報主也。報主爾何遲。○【王洙曰】報主，一作執玉。領郡輒無色，之官皆有詞。○【王洙曰】時縉紳皆重内任，而不樂外郡，故公有「無色」、「有詞」之譏也。願聞哀痛詔，○【王洙曰】西域傳：漢武棄輪臺之地，下哀痛之詔。端拱問瘡痍。

送元二適江左〔一〕

亂後今相見，秋深復遠行。風塵爲客日，○【趙次公曰：「公言其遭戰鬭之時，旅泊於外。」】甫時避亂寓于梓也。江海送君情。○【趙次公曰】謂元適江左也。晉室丹陽尹，○【王洙曰：「温嶠爲丹陽尹。」】東晉江左以丹陽爲重任。昔温嶠嘗爲其尹，故以元比之。公孫白帝城。○【趙次公曰：「丹陽，潤州也。丹陽置尹，在晉室爲然。今元二必是往潤州爲守，則舟行必經白帝城而下也。城乃公孫述所築。」】昔〔二〕公孫述自立爲天子，更魚復縣曰白帝城。謂元將往丹陽，則舟行去經白帝城而下也。經過自愛惜，取次莫論兵。○【王洙曰】謂元嘗應孫、吴科舉也。

【校記】

〔一〕元本、古逸叢書本詩題下有「元結也」三小字。

〔二〕昔，元本、古逸叢書本作「晉」。

章梓州水亭

○【九家集注杜詩依例爲「王洙曰」。分門集注、補注杜詩引作「王洙曰」。杜陵詩史引作「王彦輔曰」。集千家注批點杜工部詩集引作「公自注」。】時漢中王兼道士席謙在會，同用荷字韻。○予按，唐奕家小堂圖有肅明觀道士席謙弈碁第一品。按集有存没口號曰「席謙不見近彈碁」是也。

城晚通雲霧，亭深到芰荷。吏人橋外少，秋水席邊多。近屬淮王至，○【王洙曰：「淮南王劉安，以比漢中王。」】漢中王瑀，開元皇帝猶子，汝陽王璡之弟，故比之漢淮南王劉安也。高門薊子過。○【鄭卬曰】薊，居例切。○【趙次公曰：「後漢薊子訓有神異之術，士大夫嚮慕之。到京師，公卿以下候之者座上常數百人。今公詩句又以尊章梓州之能致異人矣。」】以席謙比薊子，尊章梓州之能致異人也。後漢薊子訓有神異之道流名，京師士大夫皆向慕之，後因遁去。荆州愛山簡，○【王洙曰】以山簡比章梓州也。○【趙次公曰】襄陽記：峴山南習郁大池，山簡臨池取醉處。晉書：簡字季倫，假節鎮襄陽，唯酒是耽。習氏豪族有佳園池，簡每出遊，多之池上，置酒輒醉。時有童兒歌曰：「山公出何許，往至高陽池。日夕倒載歸，酩酊無所知。」吾醉亦長歌。○【趙次公曰】甫謂吾醉亦效襄陽童兒而爲歌矣。

章梓州橘亭餞成都竇少尹 ○得凉字。新添。

秋日野亭千橘香，玉杯錦席高雲凉。主人送客何所作，○【分門集注引作「鄭卬曰」】。又，集千家注批點杜工部詩集引作「公自注」。】作，音佐。行酒賦詩殊未央。衰老應爲難離別，○離，讀去聲。賢聲此去有輝光。預傳籍籍新京尹，青史無勞數趙張。○數，所其切，計也。○【黄希曰】前漢趙廣漢、張敞嘗爲京兆尹。

送陵州路使君赴任

王室比多難，○比，毗至切，近也。荆公作北。時安史之亂方平也。高官皆武臣。○【王洙曰】時方急於賞功，故武臣在高位。幽燕通使者，○【王洙曰】時安史之亂平，而幽燕路通矣。岳牧用詞人。○羡路使君也。國待賢良急，君當拔擢新。佩刀成氣象，○【王洙曰】晉書：吕虔〔一〕爲刺史，有佩刀，相者曰：「以三公可服。」虔乃贈別駕王祥，曰：「苟非其人，刀或爲害。卿有公輔之量，欲相與也。」行蓋出風塵。○【趙次公曰】時方有吐蕃之亂，路使君冒風塵而往也。戰伐乾坤破，○【王洙曰：「在所殘敝也。」】言土地傷殘也。瘡痍府庫貧。○【王洙曰】言軍用匱乏也。衆僚宜潔白，萬役但平均。○【趙次公曰】四句規其爲政，可謂贈人以言矣。霄漢瞻佳士，○【趙次公曰】指路使君其爲太守，自此而遷擢，當在雲霄矣。泥塗在〔二〕此身。○【趙次公曰】甫自言也。秋天正摇落，○月令：季秋之月，草木黄落。迴首大江濱。

【校記】

〔一〕吕虔，原作「陸虔」，據古逸叢書本改。

〔二〕在，元本、古逸叢書本作「任」。

自梓暫往閬

九日

去年登高郪縣北，○郪，七稽切。郪縣，梓州傍郭之縣也。按集，公有九日登梓州城詩。今日重在涪江濱。○涪，音浮。○【鄭卬曰】寰宇記：涪江在射洪縣西二百里。○然梓州又有涪水縣，乃涪水所經也。苦遭白髮不相放，羞見黄花無數新。世亂鬱鬱久爲客，路難悠悠常傍人。酒闌却憶十年事，○自廣德元年推而上之十年，乃天寶十三載〔一〕也。腸斷驪山清路塵。○【趙次公曰】驪山在臨潼縣，即明皇之華清宫。○【王洙曰：「憶明皇太平之時，不敢明指，故致意驪山也。」薛蒼舒曰：「子美傷時憂憤，發爲辭章，指陳得失，莫不切至。而此注謂不敢明指，嗚呼謬哉！」】故子美感時追懷而痛傷之。

【校記】

〔一〕載，元本、古逸叢書本作「年」。

薄暮

江水最深地，○【楷曰】最深，舊作長流。○【王洙曰：「此指蜀江。」】此指蜀江，甫客居之地也。山雲薄暮時。寒花隱亂草，○【師古曰】花當春盛，寒花已非其時，甫自比衰年也。宿鳥擇深枝。○【師古曰】鳥之志在奮飛，而乃擇枝而宿，甫自比其無飛騰之志也。舊國見何日，高秋心苦悲。○因感時而思長安之故鄉也。人生不再好，鬢髮白〔一〕成絲。○【王洙曰】白，一作自。〔二〕

【校記】

〔一〕白，元本、古逸叢書本作「自」。

〔二〕白一作自，元本、古逸叢書本作「自一作白」。

薄遊

淅淅風生砌，○【王洙曰】謝惠連詩：淅淅振條風。團團月隱墻。○【王洙曰】班婕妤詩：團團似秋月。遥空秋雁過，○遥，舊作滿。半嶺暮雲長。病葉多先墜，寒花只暫香。巴城添淚眼，○【王洙曰】眼，或作月。今夕復清光。

客夜

客睡何曾著，○著，張略切。秋天不肯明。入簾殘月影，○【王洙曰】入，一作捲。高枕送江聲。○【師古曰】甫此二句正旅中睡不著之時，因思計拙途窮也。計拙無衣食，途窮仗友生。○【王洙曰】詩伐木：雖有兄弟，不如友生。老妻書數紙，應悉未歸情。

客亭

秋窗猶曙色，木落更天風。○【王洙曰】天，一作高。日出寒山外，江流宿霧中。聖朝無棄物，老病已成翁。○【王洙曰】成，一作衰。多少殘生事，飄流似轉蓬。

閬州東樓筵○閬，郎宕切。奉送十一舅往青城縣○得昏字。

曾城有高樓，○【趙次公曰】淮南子：曾城九重。制古丹雘存。○【王洙曰】書梓材：既勤樸斲，惟其塗丹雘。注謂塗以漆丹以朱也。迢迢百餘尺，豁達開四門。雖有車馬客，○【王洙曰】有，一作會。而無人世喧。○【師古曰】此樓乃是送客之所，雖有車馬往來，而去廛市稍遠，故無喧譁也。○【王洙曰】陶潛詩：結廬在人境，而無車馬喧。遊目俯大江，列筵慰別魂。是時秋冬交，節往顔色昏。○【師古曰】謂離別之際，慘澹無顔色也。天寒鳥獸伏，○伏，一作休。○【師古曰】謂天寒鳥獸尚得休伏，而人行役，故傷己之不若也。霜露在草根。○【師古曰】謂時屬萬物歸根也。○前漢五行志：佞人依刑，兹謂私賊。其霜在草根土隙。今我送舅氏，○【王洙曰】詩渭陽：我送舅氏。萬感集清罇。○【王洙曰】謝靈運詩：千念集日夜，萬感盈朝昏。豈伊山川間，迴首盜賊繁。高賢意不暇，王命久崩奔。臨風欲痛哭，聲出已復吞。○【師古曰】當萬物歸根之時，而舅氏未能室處，尚往青城，是以使我對酒不能無感懷也，豈惟傷其山川間隔，仍痛賊之多，舅氏奉王命，不遑寧居，如山之崩，如水之奔，往來辛勤若此，得無憂念之乎！

王閬州筵奉酬十一舅惜别之作

萬壑樹聲滿，千崖秋氣高。○【王洙曰】世説：顧愷之字長康，從會稽還，人問山川之美，顧云：「千巖競秀，萬壑争流，草木蒙籠其上，若雲興霧蔚。」浮舟出郡郭，别酒寄江濤。良會不復久，此生何太勞。窮愁但有骨，○【王洙曰】謂窮愁而瘦也。群盗尚如毛。○【王洙曰】謂群寇尚多也。吾舅惜分手，使君寒贈袍。○【王洙曰】范睢傳：須賈曰：「范叔寒如此哉！」乃取一綈袍以賜之。沙頭暮黄鵠，失侣亦哀號。○【趙次公曰】亦，一作自。言人别而哀矣，黄鵠失侣亦然也。○高唐賦：雌雄相失，哀鳴相號。

放船

送客蒼溪縣，○【鮑彪曰】唐志：蒼溪屬閬州。山寒雨不開。直愁騎馬滑，故作泛船迴。青惜峰巒過，黄知橘柚來。○【鄭卬曰】柚，余救切。○【鮑彪曰】言舟行湍移，景物如畫，雖速而不言速也。○左太冲蜀都賦：家有橘柚之園。江流大〔一〕自在，坐穩興悠哉。

【校記】

〔一〕大，元本、古逸叢書本作「天」。

夜

絶岸風威動，寒房燭影微。嶺猿霜外宿，江鳥夜深飛。獨坐親雄劍，○【王洙曰：「鮑明遠云：擢雄劍而長嘆。烈士傳曰：眉間尺者，楚人鏌鋣之子。楚王夫人嘗於夏納凉，而抱鐵柱，心有所感，遂懷孕，後産一鐵。楚人命鏌鋣鑄爲雙劍，一雌一雄。鏌鋣乃留雄，而以雌進王。劍在匣中，常有悲鳴，王問群臣，對曰：『劍有雌雄，鳴者雌，憶其雄也。』王大怒，即收鏌鋣殺之。眉間尺乃爲父殺楚王。」】前注。哀歌嘆短衣。○【王洙曰】甯戚歌曰：南山粲，白石爛。短褐單衣適至骭。煙塵繞閶闔，○謂吐蕃陷京師也。○【趙次公曰：「閶闔者，天門也。指言帝都。」】禮樂志：游閶闔。注：天門也。白首壯心違。

送李卿曄

王子思歸日，○【趙次公曰】王子，指李曄。○乃唐之宗室也。長安已亂兵。○【趙次公曰】

時有吐蕃之亂也。霑衣問行在，○【趙次公曰】謂代宗車〔一〕駕幸陝。走馬向承明。○【趙次公曰】承明，漢殿名也。暮景巴蜀僻，○【趙次公曰】謂晚秋離巴蜀也。春風江漢清。○【趙次公曰】謂明春至長安也。晉山雖自棄，○昔王子晉學仙隱于緱山，是曰晉山。○【趙次公曰】宣室志：唐故尚書李公詵〔二〕鎮北門，時有道士尹君者隱晉山，不食粟，嘗餌柏葉，而北門從事嚴綬敬事之。或云地理志：閬州晉安縣。下注：本晉城。魏闕尚含情。○時李曄聞京師爲禄山所陷，沾衣淚下，走馬赴難，遂隨玄宗入蜀，今歸魏闕，故甫作此詩以送之。○【趙次公曰】莊子：心遊魏闕之下。

【校記】

〔一〕車，古逸叢書本作「東」。

〔二〕詵，原作「鋭」，古逸叢書本作「從」，均誤，據宣室志改。

新定杜工部草堂詩箋斠證卷第二十五

廣德元年自梓暫往閬

發閬中

前有毒蛇後猛虎，○喻盜賊也。溪行盡日無村塢。○【王洙曰】時盜賊縱横，政役煩重，而民不安居也。江風蕭蕭雲拂地，○戰國策：風蕭蕭兮易水寒。山木慘慘天欲雨。女病妻憂歸意急，○時欲歸吴、楚也。秋花錦石誰復數。○誰，樊作能。數，所具切，計也。○【趙次公曰】此言歸梓州也。秋花錦石，可玩之物，以歸計急速，不暇數之矣。别家三月一得書，○【趙次公曰】公以九月自梓往閬，至十月而復歸梓，涉三月也。避地何時免愁苦。○【王洙曰】論語：賢者避地〔一〕。

【校記】

〔一〕地，古逸叢書本作「世」。

光禄坂行

○光禄坂，在梓州銅山縣。

山行落日下絶壁，○甫將之吴楚也。西望千山萬山赤。○【王洙曰】萬山，一作萬水。○謂返照也。樹枝有鳥亂鳴時，○【王洙曰】鳴，一作棲。暝色無人獨歸客。○鳥晚棲枝，尚亂鳴而求其類。歸客獨往，曾鳥之不若乎？○【王洙曰】謝靈運詩：林壑斂暝色。馬驚不憂深谷墜，草動只怕長弓射。○【鄭卬曰】射，食亦切。○【王洙曰】白日賊多，翻是長弓子弟也。安得更似開元中，○中，一作年。○【王洙曰】鄭棨傳信記〔一〕：開元初，上厲精理道，天下大治。安西諸國悉平，爲郡縣行者不賫〔二〕糧。道路即今多壅隔。○【鮑彪曰】按崔寧傳：寶應初，蜀亂，山賊乘險，道路不通。

【校記】

〔一〕信記，元本作「信言」，古逸叢書本作「棨言」。

〔二〕賫，原作「囊」，據元本、古逸叢書本改。

冬狩行時梓州刺史章彝兼侍御史留後東川

○【時梓州刺史章彝兼侍御史留後東川，九家集注杜詩依例爲「王洙曰」，杜陵詩史、分門集注、補注杜詩引作「魯曰」，集千家注批點杜工部詩集引作「公自注」。】○章彝大閲東川，甫以此詩諷其多殺，仍勉其攘夷狄，以安王室也。

君不見東川節度兵馬雄，○東川，梓州路也。節度，指章彝大閲東川也。校獵亦似觀成功。○古者四時之田，春蒐、夏苗、秋獮、冬狩。校獵，謂獵有所獲，校其多寡以賞功也。三時務農，一時講武，田獵以寓武之意，故云「觀成功」也。顔師古漢書音義又曰：校獵者，以木相貫爲闌校，遮止禽獸而獵取之也。夜發猛士三千人，清晨合圍步驟同。○【王洙曰】記云：天子不合圍。○湯用〔一〕三面網，示不盡殺。今章彝以諸侯而合圍，不合古制。步驟同，謂兵卒練習也。禽獸已斃十七八，○【王洙曰】斃，毗癸切，頓仆也。殺聲落日迴蒼穹。○謂蒼天以仁爲主，而爲之變其色，蓋傷殺氣之盛也。○【王洙曰】西京賦：僵禽斃獸，爛若磧礫。白日未及移晷，已獮其十七八。幕前生致九青兕，○【沈曰】爾雅釋獸：兕似牛。郭璞注：一角，青色，重千斤。馲駞嵬峗垂玄熊。○【鄭卬曰】馲，他閣切。駞，徒何切。馲駞有肉鞍，行百里，負千斤。嵬，落猥切。峗，五毁切。嵬峗，高貌。○【王洙曰】幕前，謂幕帳前以熊駞負載也。東西南北百里間，○【王洙曰】揚雄校獵賦：東西南北，聘者奔欲，池蒼豨，跋犀犛，蹷浮麋，斮巨狿，搏玄蝯。髣髴蹴踏寒山空。○【鄭卬曰】蹴，七〔二〕六切，踏也。○言禽獸爲之蕩盡也。南都賦：拂捷陷肩，蹴踏咸陽。有鳥名鸜鵒，○鸜鵒，能言鳥也。力不能高飛。逐走蓬肉味，不足登鼎俎，○左氏傳：臧僖伯諫曰：「鳥獸之肉，不登於俎。」○【王洙曰】鸜鵒賦：侍陋體之腥臊，亦何勞於俎鼎。胡爲見羈虞羅中。○傳曰：骨革齒毛，不登鼎俎，不足爲器用者不獵。鸜鵒，鳥之微者，飛不能逐蓬草，其肉味不足供祭祀賓客之用，今亦見繫虞羅，不幾於盡殺乎？隋魏彦深鷹賦：何虞者之多端，運横羅以羈束。春蒐冬狩侯得同，○侯，王荆公作候〔三〕。○【趙次公曰】周禮：春蒐、夏苗、秋獮、冬狩，本天子之事也，而諸侯同之也。○勉章彝行田獵之禮，不當合圍盡殺，非君子愛物之道也。使君五馬一馬驄。○【王洙曰】使君五馬，指章彝之爲太守。一馬驄，謂其兼侍御史也。○五馬者，軍禮也。劉氏河洛記：隋開皇元年，坐車緩珮，武職袴褶，五馬珂具勿用。晉王弼曰：軍國異容，坐車緩珮，國容袴褶，五馬珂〔四〕具軍容。然則五馬，軍禮也。按禮：天子六馬，左右驂。三公九卿駟馬，右騑。漢制：九卿則中二千石，亦右騑。太守、相則駟馬而已。其有功德、加秩中二千石如耆碩者，乃有右騑。故以五馬爲太守美稱。東方朔外傳：郡守四馬駕車，一馬行春。衛宏輿服志：諸侯四馬，附以一馬。蓋天子有六馬，而諸侯則五馬故也。如古陌上羅敷行「使君自南來，五馬立踟躕」是也。况今攝行大將權，號令頗有前賢風。飄然時危一老翁，○【黄鶴曰】老翁，甫自謂也。十年厭見旌旗紅。○【趙次公曰】：「此篇蓋廣德二年十月已後作也。」】時廣德二年也，考此篇作于是年之冬。喜君士卒甚整肅，爲我迴轡擒西戎。○【黄鶴曰】謂吐蕃也。草中狐兔盡何益，○張衡羽獵賦：馬蹂麋鹿，輪轔〔五〕狐兔。天子不在咸陽宫。○【趙次公曰】廣德二年八月，吐蕃入寇。十月，陷邠州及奉天。車駕幸陜。又三日，吐蕃陷京師。故云「不在咸陽宫」也。○甫有厭亂之意，今睹章使君士卒大閲，整肅若此，何不回轡擒捕吐蕃，迎天子還咸陽宫，以立大功，宗社之幸。胡爲多殺狐兔，果何益哉！朝廷雖無幽王禍，○【王洙曰】史記周本紀：申侯與犬戎殺幽王驪山下。得不哀痛塵再蒙。○【趙次公曰】：「塵再蒙，則言明皇以禄山之禍，已蒙塵于蜀矣，今天子又以吐蕃之故，蒙塵于外。」】且〔六〕朝廷出幸，雖不至如幽王爲犬戎攻于驪山，然玄宗以禄山之禍已蒙塵而幸蜀，今代宗又以吐蕃之故蒙塵而幸陜，暴露于外，此亦臣子之所宜痛心也。○【趙次公曰】左氏傳：臧文仲曰：「天子蒙塵于外，敢不奔問官守。」嗚呼！得不哀痛塵再蒙。○【王洙曰】時代宗在陜，詔徵天下兵，而程元振用事，媒孽大臣，皆疑懼不進，天下無一人應召者，故甫感激之。

【校記】

〔一〕用，元本、古逸叢書本作「云」。

〔二〕七，元本、古逸叢書本作「上」。

〔三〕候，原作「狹」，元本作「挾」，據古逸叢書本改。

〔四〕珂，元本、古逸叢書本作「不」。

〔五〕轔，古逸叢書本作「躝」。

〔六〕且，元本、古逸叢書本作「時」。

丹青引贈曹將軍霸〇【「贈曹將軍霸」，九家集注杜詩依例爲「王洙曰」，杜陵詩史、分門集注、補注杜詩引作「魯曰」。】

將軍魏武之子孫，〇【趙次公曰】魏武，乃曹公操也。〇名畫記：霸，魏曹髦之後。髦，東海恭王霖之子，幼而好學，善書畫。初封高貴鄉公，後即位。畫入中品。於今爲庶爲清門。〇霸乃操之後，其門地最清高。玄宗末年得罪，削籍爲庶人也。〇【王洙曰】左氏傳：昭公三十二年，三后之姓於今爲庶。英雄割據雖已矣，文采風流猶尚存。〇猶，一作皆，王作今。昔漢祚衰微，曹操割據河北，吳孫權據荆楚，劉備據蜀。雖割據之業，今已徂矣，而文彩風流尚未衰泯，是以曹霸以書畫馳名唐世也。學書初學衛夫人，〇【王洙曰】晉李夫人名衛，善書。〇【趙次公曰】嘗云有一弟子號王逸少，用筆咄咄逼人也。但恨無過王右軍。〇無，晉作未。〇【王洙曰】王羲之，字逸少，善隸書，爲古今之冠。嘗爲老姥書竹扇，因謂曰：「但言是王右軍書。」人競買之。丹青不知老將至，〇霸學書於李夫人，字法不減羲之之妙，又善丹青，苦心好之，至老不衰也。〇【王洙曰】論語：不知老之將至。富貴於我如浮雲。○酷意工於書畫，而不喜仕宦也。○【王洙曰】論語：不義而富且貴，於我如浮雲。開元之中嘗引見，○見，音現。承恩數上南薰殿。○【鄭卬曰】數，色角切，屢也。又如字。凌煙功臣少顏色，○【趙次公曰：「至開元時顏色已暗。」】謂畫像久而顏色謝也。○【王洙曰】按，唐正觀中畫李靖等二十四人於凌煙閣，太宗爲序。將軍下筆開生面。○【趙次公曰：「而曹將軍重爲之畫，故云。」】謂曹將軍重爲之畫而面如生也。良相頭上進賢冠，○【王洙曰】後漢志：進賢冠，古緇布冠，文儒者之服也。猛將腰間大羽箭。○【王洙曰】太宗嘗自製長弓大羽箭，皆倍常制，以旌武功。褒公鄂公毛髮動，○【王洙曰】褒公，段志玄。鄂公，尉遲敬德也。英姿颯〔一〕爽猶酣戰。○猶，一作來。觀其圖，若有當日酣戰氣象也。○【趙次公曰】淮南子：魯陽公與韓戰，戰酣，日暮，援戈揮之。先帝天馬玉花驄，○天，或作御。先帝，謂明皇也。明皇雜録：上所乘馬有玉花驄、照夜白，駿逸無比。嘗命畫工圖寫，今好事者猶列之於縑〔二〕素。畫工如山貌不同。○貌，莫角切。貌人類狀也，下同。〔三〕是日牽來赤墀下，○【王洙曰】劉孝標辨命論：時在赤墀之下。迥立閶闔生長風。○迥，一作夐。○【趙次公曰：「閶闔者，天門名也。」】閶闔者，天子之門也。詔謂將軍拂絹素，意匠慘澹經營中。○【趙次公曰】陸機文賦：意司契而爲匠。古樂府詩：繡幕圍香風，耳節朱絲桐。不知理何事，淺立經營中。斯須九重真龍出，一洗萬古凡馬空。玉花却在御榻上，○【趙次公曰：「畫手精妙，盡得其真。」】謂曹將軍之畫玉花，盡得其真也。榻上庭前屹相向。

○【鄭卬曰】屹，魚乞切。至尊含笑催賜金，圉人太僕皆惆悵。○圉人，掌養馬。太僕，掌車駕。皆嘆畫之精也。㫖云：至尊含笑，僕圉惆悵，甫之意深也。弟子韓幹早入室，○【蘇曰：「韓幹善畫馬，大梁人。右丞王維見其畫，遂推奬之。官至太府寺丞，尤工鞍馬。初師曹霸，於後則獨善子美。子美徒以幹畫馬肥大，遂有畫肉之誚。〔一〕】韓幹，大梁人。善寫貌人物，尤攻鞍馬。玄宗好養馬，御厩中四十萬，遂命韓幹悉圖其駿，則有玉花驄、照夜白。言幹學畫於霸，得霸筆法，獨造其妙，如顏子入孔子之室也。○【晏曰】論語：由也升堂矣，未入於室也。亦能畫馬窮殊相。幹惟畫肉不畫骨，忍使驊騮氣凋喪。將軍畫善蓋有神，○善，一作妙。必逢佳士亦寫真。即今漂泊干戈際，屢貌尋常行路人。途窮返遭俗眼白，○謂識之者寡矣。世上未有如公貧。但看古來盛名下，○【王洙曰：「唐房琯贊曰：盛名之下，爲難名矣。」】范蠡傳：大名之下，難以久居。終日坎壈纏其身。○壈，音頷，盧敢切。楚詞：惟鬱鬱獨憂〔四〕兮，志坎壈而不違。王逸注：坎壈，不遇貌。鮑照結客少年場行：坎壈纏百憂。

【校記】

〔一〕颯，原作「飄」，據元本、古逸叢書本改。

〔二〕缣，元本、古逸叢書本無。

〔三〕也下同，元本作「不下同」，古逸叢書本作「不相同」。

〔四〕古逸叢書本「憂」下有「毒」字。

桃竹杖引贈章留後

○【按，「贈章留後」，九家集注杜詩依例爲「王洙曰」，杜陵詩史、分門集注、補注杜詩引作「王洙曰」。】○【趙次公曰】桃竹，謂桃枝竹也。○【杜陵詩史、補注杜詩引作「蘇曰」。集千家注批點杜工部詩集引作「東坡志林」。】出巴渝間。

江心蟠石生桃竹，○心，一作上。蒼波噴浸尺度足。○謂竹根爲水所浸，常盈尺也。斬根削皮如紫玉，江妃水仙惜不得。○言桃竹多爲人所取也。劉向列仙傳：江妃二女出遊於江漢之濱，逢交甫，解其珮與之。○【王洙曰】江賦：水夷倚浪以傲睨。注：水夷，水仙也。梓潼使君開一束，○使君，指章彝也。彝時爲梓州刺史，兼權東川節度故也。滿堂賓客皆嘆息。○陳遵傳：每大飲，賓客滿堂。憐我老病贈兩莖，出入爪甲鏗有聲。老夫復欲東南征，○甫思歸故鄉，欲之吴、楚也。乘濤鼓枻白帝城。○【王洙曰】枻，一作棹。○【鄭卬曰】枻，餘制切，楫也。○【王洙曰：「白帝城在魚復，有公孫述像也。」】公孫述居臨邛，更始時，自立爲蜀王，都成都。建武元年，自立爲天子，號成家，色尚白，更魚腹縣曰白帝城。路幽必爲鬼神奪，○甫欲去東川，移居夔州，遂迤邐泝沅湘、上衡山。凡〔一〕寶物人所難守，鬼神必侵欺之。夔峽最爲荒遠之邦，故恐爲鬼神奪也。拔劍或與蛟龍争。○【王洙曰：「（杖）一作拔。」】拔，一作杖。重爲告曰：杖兮杖兮，爾之生也甚正直，慎勿見水踴躍學變化爲龍。○【趙次公曰】葛洪神仙傳：費長房與壺公俱去，後壺公謝而遣之，長房憂不能到家，壺公以所用一竹杖與之，曰：「騎此當還家。」以投葛陂中，長房騎之，忽然如眠，已到家，如其言。顧視之，乃化爲青龍也。使我不得爾之扶持，滅跡於君山湖上之青峰。○張華博物志：洞庭、君山，帝之二女居焉。郡國志：洞庭，堯女居之，湘君所遊，是曰君山。○【趙次公曰】謝靈運詩：滅迹入靈峰。噫！風塵澒洞兮，○【鄭卬曰】澒，胡孔切。○字或作鴻。豺虎咬人。○【鄭卬曰】咬，古肴切。○【王洙曰：「時盗賊害人如豺虎。」】喻盗賊之害人也。忽失雙杖兮，吾將曷從？○【師古曰】甫意若曰：天下未平，尚賴此杖扶持衰老，流寓遠鄉，苟失雙杖，吾將曷從？

【校記】

〔一〕凡，古逸叢書本作「見」。

寄題江外草堂梓州作寄成都故居

○草堂在成都浣花里萬里橋之西。成都記：草堂寺，府西十里，浣花亭三里。寺極宏麗，有名僧履空居其中。杜員外居處適近，常恣遊焉。○【泰伯曰】甫居成都，築草堂以自遣。遇楊子琳之亂，遂走梓州。今於梓州懷思草堂，遂作其詩寄題焉。

我生性放誕，○誕，怪也。晉阮籍放誕不拘小節。難欲逃自然。○【洪覺範曰】自然，道也。○老子二章：道法自然。嗜酒愛風竹，○【王洙曰】風，一作脩。卜居必林泉。○【王洙曰：「此，一作必。」】必，亦作此。遭亂到蜀江，○【俯曰】謂避禄山之亂也。卧痾遺所便。○遺，一作遺。○【王洙曰】痾，疾也。○甫有渴疾也。○【君平曰】便，讀平聲，安静也。○【趙次公曰】謝靈運池上詩：徇禄反窮海，卧痾對空牀。誅茅初一畝，○謂斬茅草以肇基，始於百步也。○【王洙曰】屈原卜居篇：誅鉏草茅，以力耕。儒行篇：儒有一畝之宫。地廣方連延。○方，一作必。經營上元始，○始，一作初。斷手寶應年。○【趙次公曰】公以乾元元年十二月末至成都，明年即上元元年，乃公建草堂之始。又二年，即寶應元年，乃公成草堂之日也。敢謀土木麗，○【彭曰】堂名以草者，取其草創，豈求華麗乎？自覺面勢堅。○【王洙曰】考工記：審曲面勢。臺亭隨高下，○謂隨地勢之高下而建亭臺也。敞豁當清川。○謂目前敞豁，俯瞰浣花溪也。雖有會心侣，○雖，一作惟。數能同釣船。○數，所角切。題注。干戈未偃息，安得酣歌眠。蛟龍無定窟，黃鵠摩蒼天。○鵠，或作鶴。甫既創草堂，未獲久居，奈何干戈忽起，是以遷徙不常，如蛟龍之無定窟、黃鵠之摩於霄漢，高飛遠引，以避亂也。古來達士志，○【王洙曰】一作賢達士。寧受外物牽。○古來達道之士，不牽於外物，如陳文子有馬十乘，遭崔子之難，尚且棄而違之，至於他邦，而況甫敢安於草堂而不去乎？顧惟魯鈍資，豈識悔吝先。偶攜老妻去，慘澹凌風煙。事迹無固必，○【王洙曰】論語：毋固毋必。幽貞愧雙全。○【王洙曰】易歸妹卦：幽人之貞。○甫之去草堂也，豈能沉幾先物，早識悔吝之逃，斯亦偶然而已。甫之不陷于賊，真所謂「幽貞雙全」也。尚念四小松，○【趙次公曰】按，集有四松詩。蔓草易拘纏。○易，一作已。霜骨不甚長，永爲隣里憐。○【師古曰】甫以四小松爲念，憫其有剛姿勁節，而爲蔓草所戕，不獲遂其生長之性故也。或謂郭英乂之見殺，四子遇害，甫託意四小松以傷〔一〕之也。

【校記】

〔一〕傷，元本、古逸叢書本作「復」。

山寺〇【九家集注杜詩、門類增廣十注杜詩依例爲「王洙曰」，補注杜詩引作「王洙曰」。又，杜陵詩史引作「王彦輔曰」。集千家注批點杜工部詩集引作「公自注」。】得開字。章留後同遊。

山寺根石壁，〇根，或〔一〕作限。諸龕遍崔嵬。〇【鄭卬曰】龕，古含字。前佛不復辨，百身一莓苔。唯有古殿存，世尊亦塵埃。如聞龍象泣，〇【九家集注杜詩引作「杜田正謬」。又，門類增廣十注杜詩引作「杜云」。杜陵詩史、分門集注、補注杜詩引作「修可曰」。】維摩經：菩薩勢力，譬如龍象蹴踏，非驢所堪。又傳燈録：達磨是六衆所師，波羅提法中龍象。蓋龍象乃鱗毛類中最長者，猶麒麟之於走獸，鳳凰之於飛鳥，故經稱僧之出類者曰龍象。非佛像也。〇又中含經：沙門等彼是龍象。〇【薛夢符曰】王簡栖頭陀寺碑曰：正法既設，象教陵遲。又曰：馬鳴幽讚，龍樹〔二〕虚求。經曰：有比丘名龍象，猶佛象也。〇雜俎云：龍象六十歲骨方足。今荆地象黑色兩牙，江猪也。足令信者哀。〇此寺經兵火焚爇，唯存古殿。如聞佛之悲泣，足令檀信所哀憫也。使君騎紫馬，〇使君，指章彝也。捧擁從西來。〇彝爲梓州刺史，兼權節度，領甫來游也。樹羽静千里，〇樹羽，植旗也。臨江久徘徊。山僧衣藍縷，〇【九家集注杜詩引作「師尹曰」及「杜田補遺」。又，門類增廣十注杜詩、杜陵詩史、分門集注引作「薛夢符曰」。】左氏傳：篳簬藍縷，以啓山林。〇【杜田補遺】方言曰：南楚凡人貧衣破醜弊，謂之藍縷。又以布而無緣敝而紩之謂襤褸。告訴棟梁摧。公爲領賓徒，○一作顧賓從，一作願賓從。咄嗟檀施開。○【趙次公曰】晉書：石崇豆粥咄嗟而辦。○予謂咄嗟猶言呼吸，疑晉人一時之語，若殷浩所謂咄咄逼人，蓋拒物之聲，乃嘆聲也。○【薛夢符曰】按王簡栖頭陀寺碑曰：行不捨之，檀施洽群。○【杜田補遺】有佛經曰：是菩薩一切悉捨，心無貪着名。檀大乘論〔三〕：檀越者，檀施也。謂此人行檀能越貧窮海故。又云：梵語陁那鉢底，此言施主，今稱檀那者，即訛陁爲檀。出鉢底留那故也。○【薛夢符曰】又，佛書有信施檀越。吾知多羅樹，○【杜田補遺】西陽雜俎云：貝多出摩伽陁西國土，用以寫經。其樹長六七丈，經冬不凋。此樹有三種，一者多羅婆力叉貝多，二者多梨婆力叉貝多，三者都闍婆力叉貝多。多羅多梨並書其葉，都闍一色，取其皮書之。貝多、婆力叉多皆梵語，貝多，漢翻爲葉。婆力叉，漢翻爲樹。多羅樹，即婆力叉貝多之一也。○西域經書用此三種皮葉，若能保護，亦得五六百年。嵩山記稱嵩高寺中有思惟樹，即貝多也。釋氏有貝多樹下思惟經。雜俎又云：菩提樹，一名思惟樹，出摩伽陁，在〔四〕摩訶菩提寺。蓋釋迦如來成道時樹，樹經冬不凋。佛入滅日，變亡〔五〕凋落，過已還生。皆曰國王人民，大作佛事，收葉而歸，以爲瑞也。又云：多羅樹，西域樹名，如椶櫚樹也。或曰：西天有多羅樹，遮蔽須眉山。却倚蓮華臺。○謂佛步生蓮華也。諸天必歡喜，鬼物無嫌猜。以兹撫士卒，孰曰非周才。○章使君能推檀施之心，以慈憫釋氏，若以此道撫恤士卒，豈非周濟之才乎！窮子失浄處，○窮子，甫自稱。甫謂己之處心不能以清浄持守，每爲詩酒所污也。○【杜田補遺】法華經：譬如有人言幼捨父逃逝困窮，父求不得，中止一城，窮子庸賃，遇到父所，受雇除穢糞，行穢不浄，其父宣言：「爾是我子，今我所有一切財物，皆是子有。」窮子聞言，即大歡喜。高人憂禍胎。○高人，指山僧。○【王洙曰】福有基，禍有胎。○山僧以禍福爲憂，則修行務作福田也。○枚乘傳：福生有基，禍生有胎。歲晏風破肉，荒林寒可迴。思量入道苦，○入，一作大。自哂同嬰孩。○迴，動也。哂，笑也。謂僧家入道刻苦，歲晏時候風捲荒林，萬木爲之迴動，而山僧學道之心不變，是以自哂已尚有童心也。○【趙次公曰】老子二十章：若嬰兒之未孩。

【校記】

〔一〕或，元本、古逸叢書本作「一」。

〔二〕樹，據杜陵詩史、分門集注補。

〔三〕論，古逸叢書本作「經」。

〔四〕在，古逸叢書本作「國」。

〔五〕亡，古逸叢書本作「色」。

將適吴楚留别章使君留後兼幕府諸公得柳字

我來入蜀門，○【王洙曰】我，一作甫。歲月亦已久。○甫於乾元二年來蜀，至廣德元年下峽之荊南，歲月可謂久矣。○【王洙曰】古詩：歲月忽已晚。豈惟長兒童，○長，丁丈切。自覺成老醜。○【王洙曰】阮籍詩：朝爲美少年，夕暮成醜老。常恐性坦率，失身爲杯酒。○鮑照詩：失意杯酒間，白刃起相讎。近辭痛飲徒，折節萬夫後。○【王洙曰】夫，一作人。○甫謂人性坦率，每於杯酒間多忤人意。嘗醉登嚴武床，斥其父名，幾爲武所殺，是以痛自刻責，乃辭飲徒，更折節爲謙抑也。記云：自後者，人先之。折節居萬夫之後，示其不尚人也。○【王洙曰】前漢郭解年長，更折節爲儉，以德報怨。昔如縱壑魚，○如，樊作若。甫昔獻三賦，天子命宰臣召試文章，後又擢爲左拾遺，甫自期將大見用，豈不如縱壑大魚乎？○【王洙曰】王褒頌：如巨魚之縱大壑。今如喪家狗。○喪，讀去聲。今既流落無所依棲，則又如喪家之狗，失其所也。○【王洙曰】孔子家語：孔子儽儽然如喪家之狗。既無遊方戀，○【王洙曰】論語：游必有方。曲禮：所游必有方。行止復何有。○【趙次公曰】父母在〔一〕堂，當不遠游。甫已喪父母，故無遠方之慮，或行或止，都無拘繫。○按，集有「甫也東西南北人」是也。相逢半新故，取別隨薄厚。○故舊與新相知，其情有厚有薄，故於取別之際，各隨其厚薄而告行也。不意青草湖，○范汪荊州記：青草湖，夏月直度百里，日月出没湖中。吴録：巴陵縣有青草湖。扁舟落吾手。○青草湖在岳州，甫今適吴楚，舟行經岳州也。眷眷章梓州，開筵俯高柳。樓前出騎馬，帳下羅賓友。健兒簸紅旗，此樂或難朽。○【王洙曰：「〔幾〕一作或。」】或，一作幾。日車隱崑崙，○謂日入也。○【王洙曰】莊子徐無鬼篇：若〔二〕乘日之車而遊於襄城之野。○廣雅：日御曰羲和。山海經：崑崙墟在西北，高萬仞。鳥雀噪户牖。○鳥雀以日暮故知歸也。陶潛歸去來辭：鳥倦飛而知歸〔三〕。甫自傷爲客，不獲西歸，曾鳥雀之不若乎！波濤未足畏，三峽徒雷吼。○三峽，謂巫峽、黄牛峽、明月峽。所憂盜賊多，重見衣冠走。○荆楚間惟三峽爲至險，舟行可畏，甫謂三峽之水徒若雷吼，此未足畏，所憂者盜賊未平，衣冠之士竄走避賊，了無定居也。衣冠嘗避禄山之亂，今又避吐蕃，故云「重見」也。中原消息斷，黄屋今安否。○【趙次公曰：「吐蕃陷京師，代宗出狩，而地遠所未知也。」】時吐蕃陷京師，代宗臨幸陝，中原無消息，甫避寓一隅，不知天子安否如何，足見其忠不忘君堯。○黄屋非心，黄屋即車上蓋，不敢斥天子，故託言黄屋也。終作適荆蠻，○【王洙曰】王粲七哀詩：西京亂無象，豺虎方遘患。捐棄中國去，遠身適荆蠻。安排用莊叟。○【趙次公曰】莊子大宗師篇：安排而去化，乃入於寥天一。隨雲拜東皇，○【趙次公曰】屈原九歌有東皇太一篇，東皇指楚也。排席上南斗。○安排，謂安分排定外物，用莊子養生之術。甫以身去中國之地，遠適荆蠻，荆蠻即吴、楚也。逐次迤邐往衡山，遊東嶽，求勝境可以養生也，故隨雲拜東方之青帝，開帆而上南嶽之衡山也。有使即寄書，○使，所吏切，從命者。○【趙次公曰】玉臺新詠曲歌其佔客樂云：有客數寄書，無客心相憶。無使長回首。○使，如字，謂思章使君也。

【校記】

〔一〕在，元本、古逸叢書本作「住」。

〔二〕若，古逸叢書本作「君」。

〔三〕歸，元本、古逸叢書本作「還」。

送裴二虯作尉永嘉

〇虯，渠幽切。〇【趙次公曰】永嘉，温州也。〇此篇當次於天寶之初。考之裴虯以天寶干戈前尉永嘉，蔣之奇武昌怡亭序云：怡亭銘，乃永泰元年李陽冰篆，李莒八分書，而裴虯作銘。銘曰：峥嶸怡亭，盤薄江汀。勢壓西塞，氣涵東溟。風雲自生，日月所經。衆木成幄，群山作屏。故予逃世，於此忘形。詩人劉長卿過虯郊園詩曰：郊原春欲暮，桃李落繽紛。何處尋芳草，留家寄白雲。又浯溪觀唐賢題名有：河東裴虯，字深原。大曆四年爲著作郎兼侍御史、道州刺史。甫流落楚、蜀時，虯爲道州刺史。按集，其在長沙有得裴道州手札詩，又有裴二端公虯旋凱道州詩是也。

孤嶼亭何處，〇嶼，徐吕切，山高貌，猶言亭亭也。天涯水氣中。〇謂永嘉邊海也。故人官就此，〇【趙次公曰】故人，謂裴虯也。絶境與誰同。〇絶境，指孤嶼之遠矣。隱吏逢梅福，〇【王洙曰】前漢梅福字子真，九江人，補南昌尉。居家，嘗讀書養性爲事。王莽專政，福棄妻子去九江，至今傳以爲仙。其後見福於會稽者，更名姓，爲吴市門卒。遊山憶謝公。○【趙次公曰】謝公謂靈運也。靈運爲永嘉守，郡有名山，肆意遊遨。當時號云謝公。今積穀山南有謝公巖，又有東山焉。扁舟吾已就，○【王洙曰】就，一作具。把釣待秋風。○甫意欲往從裴尉之遊，以釣於永嘉之海濱也。尸子：釣者謂以繭絲爲綸，荆條爲竿，綸不絶，竿不撓，因水勢而施舍之也。

送韋書記赴安西

夫子欻通貴，○【趙次公曰：「欻，許忽切，有所吹起貌。」】欻，許勿〔一〕切，疾貌。○夫子，美韋書記。○【趙次公曰】通貴，謂忽然而貴也。雲泥相望懸。○【王洙曰】雲泥，謂貴賤之懸隔，如雲之與泥也。○【趙次公曰】晉丁彬書：雲泥異途，邈矣懸隔。白頭無藉在，○藉，謝作籍。○【王洙曰：「無籍在朝列也。籍，如通籍之籍。」】甫自謂年老不通禁藉也。○千金翼論：老人之性，必恃其老，無有藉在。朱紱有哀憐。○【趙次公曰】朱紱，謂韋君爲書記，賜緋矣。必哀憐我之頭白也。書記赴三捷，○【趙次公曰】指安西主將也，又以言韋君矣。○【王洙曰】詩采薇：一月三捷。公車留二年。○甫自謂也。○【王洙曰】漢東方朔待詔公車。顔師古曰：公車令，屬衛尉。上書者所詣。○後漢志：公車司馬令一人，掌宮南闕門，凡吏民上章，四方貢獻，及詔詣公車者。欲浮江海去，此別意茫然。○【王洙曰】茫，一作蒼。○【趙次公曰】甫自負其才，既見韋之通貴，而身留公車，不能無觖望。道既不行，遂欲乘桴而浮於海。〇此亦夫子歎不遇之意。余按此篇亦當次于天寶之間矣。〇【王洙曰】論語：道不行，乘桴浮于海。

【校記】

〔一〕勿，元本、古逸叢書本作「忽」。

遊子

巴蜀愁誰語，吴門興杳然。〇興，讀去聲。〇【趙次公曰】：「公時欲南下而尚在巴、蜀，故是篇有留滯之嘆。」〔一〕公寓蜀，偶懷欲南下歸吴門之興，故流滯而獨愁也。九江春草外，〇禹貢：九江在荆州。三峽暮帆前。〇【趙次公曰】九江、三峽，正是南下之所歷也。〇三峽，謂巫峽、瞿塘峽、明月峽也。厭就成都卜，〇公言久寓成都，厭如嚴遵也。〇【王洙曰】前漢嚴遵字君平，卜筮於成都市以自養。休爲吏部眠。〇【趙次公曰】公言困於酒而眠，以爲留滯，休如畢卓也。〇【王洙曰】晉畢卓字茂世，大興末爲吏部郎，常飲酒廢職。比舍郎釀熟，卓因醉，夜至其甕間盗飲之，爲掌酒者所縛。明旦視之，乃畢吏部也。蓬萊如可到，衰白問群仙。〇【趙次公曰】甫言非止南下遊吴而已，蓬萊仙山可到，則亦往矣。〇【王洙曰】郊祀志：蓬萊、方丈、瀛洲，此三神山者，傳在渤海中，諸仙人不死之藥皆在焉。人嘗有至者，未至，望之如雲。及到，三神山反居水下，終莫能至。庾信哀江南賦：風飆道阻，蓬萊無可到之期。

將赴荆南寄别李劍州弟

使君高義驅今古，○使君，指李劍州也。寥落三年坐劍州。但見文翁能化俗，○以李劍州比文翁也。○【王洙曰】前漢循吏傳：文翁爲蜀郡太守，仁愛好教化，見蜀地僻陋，有蠻夷風，乃選郡縣小吏開敏有材者，遣詣京師，受業博士，數歲皆成就，還歸。文翁又修起學宫於成都市，招下縣子弟以爲學官子弟，繇是大化。蜀地學於京師者，比齊魯焉。焉知李廣未封侯。○焉，於虔切，安也。以李劍州官未甚顯，故因其旌而以李廣比之。○【王洙曰】前漢李廣傳：廣與從弟李蔡俱爲郎，事文帝。景帝時，蔡積功至二千石。武帝元朔中，封爲樂安侯。廣不得爵邑，官不過九卿。廣之軍吏及士卒，或取封侯。廣嘗與望氣王朔言之，朔曰：「將軍自念豈嘗有恨者乎？」廣曰：「吾爲隴西守，羌嘗反，吾誘降者八百餘人，詐而同日殺之。至今恨獨此耳。」朔曰：「禍莫大於殺已降。此乃將軍所以不得封侯也。」路經灔澦雙蓬鬢，天入滄浪一釣舟。○浪，音郎。○【趙次公曰】灔澦堆，在巫峽之口。滄浪，則楚漁父所歌滄浪之水也。今將南下，故言灔澦，以明其所往之處。入滄浪之天，乃我之扁然之釣舟也。戎馬相逢更何日，○【趙次公曰】方當戎馬之亂，相逢果何日乎！春風迴首仲宣樓。○【王洙曰】仲宣樓在荆州。魏王粲，字仲宣。司徒辟詔，除黄門侍郎。以西京擾亂，不就，乃之荆州依劉表。登江陵樓作賦，故云仲宣樓。

奉寄別馬巴州

○【九家集注杜詩、集千家注批點杜工部詩集引作「公自注」。又，杜陵詩史、分門集注、補注杜詩引作「王彦輔曰」。】時甫除京兆功曹，在東川。○一作「寄巴州馬別駕」。

勳業終歸馬伏波，○【王洙曰】終，一作真。以巴州姓馬，故比之馬援也。後漢馬援傳：字文淵，善兵策，拜伏波將軍。功曹無復漢蕭何。○【王洙曰】功曹，甫自謂也。○考之元稹誌公墓，公自華州司功遷京兆功曹。○【九家集注杜詩、杜陵詩史、分門集注、補注杜詩引作「修可曰」。】漢高帝紀：蕭何爲主吏。孟康曰：主吏，功曹也。按吳志：虞翻爲孫策功曹。策曰：「孤有征討事，未得還府，卿復以功曹爲吾蕭何，守會稽也。」○夢弼按，元稹誌甫墓：自華州司功除京兆功曹，在東川。雖云功曹，其實不赴職任，非如虞翻以功曹爲孫策之蕭何也。會稽，並讀去聲。扁舟繫纜沙邊久，南國浮雲水上多。○【趙次公曰】公欲爲荆楚之行，尚留滯東川，故繫纜久而空望南國也。此詩蓋公雖除京兆功曹，乃有南往之興，而不赴〔一〕矣。獨把魚竿終遠去，難隨鳥翼一相過。知君未愛春湖色，興在驪駒白玉珂。○歌驪駒，將歸也。甫欲辭巴而之荆南故也。○【王洙曰】前漢儒林傳：王式詔除爲博士，既至舍中，會諸大夫博士共持酒肉勞式，博士江公心嫉式，謂歌吹諸生曰：「歌驪駒。」

式曰：「聞之於師，客歌驪駒，主人歌『客毋庸歸』。今日諸君爲主人，日尚早，未可也。」驪駒，逸詩名也，見大戴禮。客欲去，歌之，辭曰：「驪駒在門，僕夫具存。驪駒在路，僕夫整駕。」○珂乃導行者所鳴之玉。司馬光類篇：鶉爲鴽，雀入大水爲蛤，鴽入海爲珂。謂老鴽入水化爲珂，可裁爲馬勒者也。按集，公奉宿左省詩云「不寢听金鑰，因風想玉珂」，亦謂想朝謁也。

【校記】

〔一〕赴，元本、古逸叢書本作「起」。

述古三首

赤驥頓長纓，○【王洙曰：「列子：周穆王右驂赤驥，左白厳。」】列子：赤驥，周穆王八馬之一。○陸機赴洛詩：頓轡〔二〕倚舊巖。李善注：頓，猶舍也。非無萬里姿。○飛黄神馬，日行萬里。悲鳴淚至地，爲問馭者誰。○戰國策曰：夫驥之服鹽車而上太行，漉汁灑地，白汗交流。外阪遷延，負棘不能上。伯樂遭之，下車攀而哭之，解紵衣以冪之，驥於是俛而噴，仰而鳴者，何也？彼見伯樂之知己也。鳳皇從東來，○東，一作天。何意復高飛。竹花不結實，念子忍朝饑。○韓詩外傳：黄帝即位，鳳乃蔽日而至，止帝東園，集帝桐樹，食帝竹實。古時君臣合，可以物理推。賢人識定分，進退固其宜。○固，一作因，一作用。○【師古曰】昔良〔二〕困於鹽車，遇伯樂悲鳴，若有所訴。鳳非竹實不食，謂驥有萬里之姿，御非其人，則必困頓於長纓。鳳有應期之瑞，竹花不安，則必困忍於飢餓，譬君子不逢賢聖之君，不食其禄。古來君臣遇合，可以物理知之，是以賢人進以禮，退以義，知分命之所在，不苟於貪冒寵榮，豈非驥、鳳甘於困頓飢餒之比乎！

【校記】

〔一〕轡，元本、古逸叢書本作「主」。

〔二〕良，元本作粱，古逸叢書本作「騏」。

市人日中集，○【王洙曰】繫辭卦：〔一〕日中爲市。於利競錐刀。○錐，職追切。説文：鋭也。○【師古曰】謂利之微細也。○【趙次公曰】左氏傳：刀錐之利，盡將争之。置膏烈火上，哀哀自煎熬。○【師古曰】古者敦本而抑末，令市人競争錐刀之利，喧喧不息，如置膏火上，自取煎熬爾。○阮籍詠懷詩：膏火自煎熬。農人望歲稔，相率除蓬蒿。○【王洙曰】莊子則陽篇：予深耕而熟耰之，其禾繁以滋。所務穀爲本，邪贏無乃勞。○贏，音盈，有餘也。○【趙次公曰】張衡西京賦：商賈百族，裨販夫婦，鬻良雜苦，蚩眩邊鄙。何必昏於作勞，邪贏優而足恃。注：邪，僞也。優，饒也。舜舉十六相，身尊道何高。○【師古曰】禹稷躬稼而有天下，則農務重穀，國家之本，是以舉十六相，推務親賢，賢人用則民安其業，則身尊而道高，終享無爲之治也。○【王洙曰】左氏文公十八年傳：昔高陽氏有才子八人，天下之人謂之「八愷」。高辛氏有才子八人，天下之人謂之「八元」。此十六族也。堯不能舉而舜舉之，天下如一，同心戴舜以爲天子，以其舉十六相故也。秦時任商鞅，法令如牛毛。○【王洙曰】商君名鞅，姓公孫氏，相秦孝公十六年。天資刻薄少恩。○【師古曰】變秦法度，壞井田之制，頭會箕斂，民不堪命。雖法令之密如牛毛，然果能禁人之不爲亂乎？是以陳勝一起，〔二〕天下應之如影響也。○【師古曰】夢弼謂甫傷玄宗之時，〔三〕利孔百出，聚斂之臣削民膏血，是知以利爲政，未有不亂者也。當肅宗中興，故甫意欲敦本抑末，輕徭薄賦，此則天下可得而治也。

【校記】

〔一〕卦，元本、古逸叢書本作「下」。

〔二〕一起，元本、古逸叢書本「無」。

〔三〕元本、古逸叢書本「時」下有「政」字。

漢光得天下，祚永固有開。豈惟高祖聖，功自蕭曹來。經綸中興業，何代無長才。吾慕寇鄧勳，濟時信良哉。耿賈亦宗臣，羽翼共徘徊。漢運終四百，圖畫在雲臺。○【師古曰】禮云：國之將興，有開必先。漢自高祖開基，哀平之間衰弱，王莽篡國，光武中興，使國祚再永，實自高祖有開其先也。雖然，豈特高祖之聖，亦本乎得蕭何、曹參輔贊之力。光武中興之日，寇恂、鄧禹、耿弇、賈復之徒左右羽翼，與光武徜徉天下，收復土宇，功成名遂，光武不任以吏事，俾之各奉朝請，善得御功之術。是以漢運終四百餘年，二十八將之功赫然畫像南宮雲臺，殆非韓、彭俎醢之比也。肅宗中興，是亦光武之倫，奈何諸將邀功養寇以自封，其與寇、鄧、耿、賈輩遠矣。甫意傷肅宗無駕御英豪之策，而作是詩也。

廣德二年甲辰自梓州挈家再往閬中〔一〕作

閬山歌

閬州城東靈山白，○【王洙曰】靈，一作雪。閬中城北玉臺碧。○唐志：閬中有靈山，蒼溪有雲臺山。按圖經：溪在閬中之北。豈此所謂玉臺邪？又地志：高宗調露中，建玉臺觀。松浮欲盡不盡雲，江動將崩已崩石。○【王洙曰】已，一作未。那知根無鬼神會，○根，一作眼。已覺氣與嵩華敵。○【趙次公曰】此言靈山、玉臺也。中原格鬬且未歸，○【王洙曰】兩相敵曰格鬬。應結茅齋看青壁。○看，一作著。○【師古曰】甫愛閬中山水，謂中原盜賊未平，且暫居于此。其後蜀中亂，遂之吴楚也。

【校記】

〔一〕中，元本、古逸叢書本作「州」。

閬水歌

嘉陵江山何所似，○山，一作色。○【王洙曰：「嘉陵江源出散關，而入于閬。〔一〕】寰宇記：嘉陵江在新政縣東一里，江源出散關，入閬。○閬地志曰：閬江紆曲，三面環之，曰閬中。杜安簡曰：漢江度嘉陵，曰嘉陵江。度閬中，曰閬中江。十道志：嘉陵江一曰閬中江。石黛碧玉相因依。正憐日破浪花出，○浪花，一作閬山。更復春從沙際歸。巴童蕩槳欹側過，○蕩，吐浪切。○【薛曰】廣韻：槳，楫屬。○方言：楫謂之橈，或謂之櫂，所以隱櫂謂之槳。水雞銜魚來去飛。閬中勝事可腸斷，閬州城南天下稀。○【趙次公曰】名山志：閬山多仙聖遊集。圖經曰：閬州四合於郡，故曰閬山，亦謂之閬內。閬州城南有錦屏山。

南池

○益州記：南池在閬中縣東南八里。十道志：在閬州。

峥嶸巴閬間，所向盡山谷。○【希聲曰】巴、閬二州之間，山多險阻而少平地也。安知有蒼池，○巴漢志：有彭池大澤，名山靈臺。萬頃浸坤軸。○【余曰】張華博物志：崑崙東北地轉下有八玄幽都，方二十萬餘里，地下有四柱，廣十萬里，地有三千六百軸，互相牽也。呀然閬城南，○【昱曰：「呀，虛加切，張口貌。」】呀，火加切。○字林：大空貌。枕帶巴江腹。○【王洙曰】枕，一作控。○【杜田補遺】二〔一〕巴記：閬，二〔二〕水合流，自漢中至始寧城下，入涪陵，曲折三迴，有如巴字，故曰巴江。經峻峽中，謂之巴峽。故唐人詩有「杜宇呼名叫〔三〕，巴江學字流」之句也。芰荷入異縣，○謂池產芰荷，爲他縣所仰給也。王安貧武陵記：三角四角曰芰，兩角曰菱。爾雅：荷，芙蕖也。稉稻共比屋。○稉，音庚，謂水有灌溉之利，足養稉稻，歲歲常稔，比屋〔四〕之食供而無闕也。禮記：稻曰嘉蔬。蔡邕月令：十月穫稻。九月熟者，謂之半夏稻。養生要集：秔，稻屬也，亦秔之總名也。道家方〔五〕藥有用稻米、秔米，此則是兩物。稻米粒白如霜，味苦，主溫，服之令人多瘦。秔米味甘，主利五臟，〔六〕長肌膚，好顏色。皇天不無意，美利戒止足。○天意欲人止足，不使狼藉有餘之利也。○【趙次公曰】老子四十四章：知足不辱，知止不殆。高田失西成，此物頗豐熟。○西成，秋成也。高仰之田，歲或不熟，賴此以濟也。清源多衆魚，遠岸富喬木。獨歎楓香林，春將好顏色。南有漢王祠，○王，晉作主。終朝走巫祝。歌舞散靈衣，○【王洙曰】潘安仁寡婦賦：仰神宇之寥寥，瞻靈衣之披披。荒哉舊風俗。高堂亦明王，○堂，一作皇。魂魄猶正直。不應空陂上，縹緲親酒食。○項羽爭關中，封高祖於漢中。漢中與閬皆屬利州路，此地之南，有漢王祠在焉。四時巫祝奔走，以祭之靈衣神衣也。其俗每醉必歌舞，逐隊布散於靈衣之前，亦若陳國風好鬼，其亦荒陋之俗哉！神之聰明正直，况漢祖以英雄之姿，肇創漢祚，是亦一明王爾，豈肯於空陂之上，愛人酒食之祠乎？**淫祀自古昔，非惟一川瀆。**〇【師古曰】且鬼神非其類，不歆其祀，自古淫祀媚神徼福者多矣，豈特此一川瀆而已哉？有道之世，鬼神無所施其靈響。此甫傷世亂而祀典不舉，固有淫邪之祭也。**干戈浩茫茫，地僻傷極目。**〇【趙次公曰】淫祀，謂非祭而祭之也。**平生江海興，遭亂身局促。**〇【趙次公曰】前漢：局促如轅下駒。**駐馬問漁舟，躊躇慰羈束。**〇【師古曰】局促不得騁之貌。漁舟泛泛煙波之上，得以自由。甫謂平生有五湖之興，今羈束亂世，而不得騁，是以駐馬問漁舟，而少有所慰者也。

【校記】

〔一〕二，古逸叢書本作「三」。

〔二〕二，古逸叢書本作「泉」。

〔三〕杜宇呼名叫，元本、古逸叢書本作「江宇呼名牛」。

〔四〕屋，元本、古逸叢書本作「壁」。

〔五〕方，元本、古逸叢書本作「大」。

〔六〕臟，元本、古逸叢書本作「谷」。

苦戰行

苦戰身死馬將軍，○死馬璘也。自云伏波之子孫。干戈未定失壯士，使我歎恨傷精魂。○【師古曰】漢馬援爲伏波將軍，嘗云：「大丈夫當死邊野，以馬革裹尸而歸。」唐馬璘讀漢史至此，嘆曰：「使吾祖勳業墜地乎？」是時吐蕃陷松、維、保三州。璘與之苦戰而没。失朝廷之壯士，甫是以傷之也。去年江南討狂賊，臨江把臂難再得。○【鮑彪曰】謂馬璘於涪江之南討段子璋之亂，時甫與璘送别，把臂江上，今傷其死也。江南，謂遂州也。○後漢廣陵王荆傳：封侯難再得。别時孤雲今不飛，時獨看雲淚横臆。○【師古曰】甫望去年别處，不見雲飛，因思其人，而淚下霑胸臆也。

去秋行

去秋涪江木落時，○【趙次公曰】涪江屬射洪縣。〔一〕〔二〕臂鎗走馬誰家兒。到今不知白骨處，部曲有去皆無歸。○【王洙曰】續漢書百官志：將軍領軍皆有部曲。大將軍營有五部，部有校尉一人。部下有曲，曲有軍候一人。遂州城中漢節在，○【師古曰】昔蘇武使匈奴凡十九年，留匈奴中，行卧常持漢節。是時馬璘與吐蕃戰没，持節而死也。遂州城外巴人稀。○【師古曰】巴人屯守遂州城外，吐蕃兵攻遂州，巴人盡爲之戰死也。戰場冤魂每夜哭，空令野營猛士悲。○鮑氏又謂：上元二年四月，劍南節度兵馬使段子璋反，陷綿州。遂州刺史嗣、虢王巨死之，節度李奂〔三〕奔于成都。故云「遂州城中漢節在」，蓋傷之也。當考之。

【校記】

〔一〕屬射洪縣，元本、古逸叢書本作「有射紅亭」。洪，宋本原訛作「紅」。

〔二〕縣，元本、古逸叢書本作「亭」。

〔三〕奂，原作「象」，據元本、古逸叢書本改。

泛江

方舟不用楫，○【趙次公曰：「方舟，並船也。字出爾雅。」大臨曰：「隨流也。」】謂並船而隨流也。極目總無波。○謂風定也。長日容杯酒，深江淨綺羅。○【大觀曰】謂江花色淨如綺羅也。亂離還奏樂，飄泊且聽歌。○聽，讀平聲。故國流清渭，如今花正多。○公思長安之景物也。

陪王使君晦日泛江就黄家亭子二首

〇釋名：晦，月盡之名也。晦，灰也。死爲灰，月光盡，似之也。唐故事：晦日、上巳、重陽三節，百寮宴樂。德宗貞元五年，始廢晦日，置中和節。

山豁何時斷，江平不肯流。稍知花改岸，始驗鳥隨舟。結束多紅粉，〇【趙次公曰】謂有妓也。古詩：娥娥紅粉粧，纖纖出素手。歡娱恨白頭。〇公自謂也。非君愛人客，晦日更添愁。〇【王洙曰】添，一作禁。〇【趙次公曰】時景遷移已盡，不得不愁也。

有徑金沙軟，〇蜀都賦：金沙銀礫。注：永昌有水，出金如糠，〔一〕在沙中。王子年拾遺傳：平沙千里，色如金，細如粉。曹植遠遊篇：夜光明月，下隱金沙。採之誰遺，漢女湘娥。無人碧草芳。野畦連蛺蝶，〇古今注：蛺蝶，一名野蛾。江檻俯鴛鴦。〇古今注：鴛鴦，匹鳥也。日晚煙花亂，風生錦繡香。不須吹急管，衰老易悲傷。

【校記】

〔一〕糠，元本、古逸叢書本作「沙」。

傷春五首

〇【九家集注杜詩、杜陵詩史、分門集注、補注杜詩引作「王洙曰」。集千家注批點杜工部詩集引作「公自注」。】一有「公自注」：「巴、閬僻遠，傷春罷，始知春前已收宮闕。」

天下兵雖滿，〇【趙次公曰】謂廣德元年吐蕃犯京師，車駕幸陝。春光日自濃。〇【王洙曰】一作青春。西京疲百戰，〇【趙次公曰】吐蕃留京師，聞郭子儀軍至，驚潰。子儀復長安。北闕任群凶。〇【趙次公曰】意指吐蕃犯京師，由程元振、魚朝恩之徒。柳伉上疏：「吐蕃犯順，罪由程元振，請斬之以謝天下。」關塞三千里，〇【趙次公曰】今〔二〕在閬中望乘輿所在，有三千關塞之隔矣。煙花萬里同。〔三〕蒙塵清露急，〇兩京陷，帝蒙風塵出幸，涉露而行，蓋言急也。御宿且誰同。〇【王洙曰】且，一作有。〇蔡邕曰：御者，進也。夫衣服加於身，飲食入於口，妃妾接於寢，皆曰御也。殷復前王道，〇【王洙曰：「商之中宗、高宗能復前王之道。」】殷，謂高宗帝武丁也。殷本紀：武王修政行德，殷道復興。周遷舊國容。〇【趙次公曰】周，謂平王也。〇【王洙曰】周本紀：平王東遷于雒邑。蓬萊足雲氣，應合總雲龍。〇【王洙曰：「易：雲從龍。雲以比群臣，龍以比天子。言群臣合從駕出幸也。」】龍喻君。雲喻臣。當肅宗中興，收復兩京，御蓬萊殿，群臣隨帝如雲從龍。唐始都關中，經安史亂，遷洛陽，故比之殷周。乾卦：雲從龍。謂物各從其類也。

【校記】

〔一〕今，元本、古逸叢書本作「甫」。

〔二〕萬里同，元本、古逸叢書本作「一萬重」。

鶯入新年語，花開滿故枝。天青風卷幔，○【王洙曰：「（清）一作青。」】青，一作清。○卷，與捲同。草碧水連池。牢落官軍遠，○遠，一作速。謂兵甲已息矣。蕭條萬事危。○【王洙曰。又，杜陵詩史、分門集注引作「師古曰」。】甫憂時之心切，故於萬事未見其安也。鬢毛元自白，淚點向來垂。不是無兄弟，其如有別離。○【王洙曰】甫言雖有兄弟，而爲喪亂阻隔，不得相保耳。巴山春色静，○【王洙曰。又，杜陵詩史引作「師古曰」。】巴山，蜀山也。○褚宏詩：春色入眼静。北望轉逶迤。○【王洙曰。又，杜陵詩史引作「師古曰」。】北望，謂長安在蜀之北也。○章華賦：振華袖以逶迤。

日月還相鬬，○【王洙曰】前漢天文志：五星所行，合散犯守，陵歷鬬食，彗孛飛流，日月薄食。韋昭曰：星相擊爲鬬。○【趙次公曰】晉天文志：元帝大興四年十一月癸亥，日鬬。星辰屢合圍。○春秋文耀鈎：楚有蒼雲如霓，圍軫七盤。史記天官書：白帝行德，畢、昴爲之圍，圍三暮，德乃成。不三暮，及圍不合，德不成。○【王洙曰】漢天文志：高祖七年，月暈，圍參、畢七重。是歲至平城，爲單于所圍。○【師古曰】蓼弼謂：日月相鬬，星辰合圍，言上天示變異之災，而賊盜興也。不成誅執法，○【趙次公曰】執法，謂熒惑星也。今指熒惑而言，則指程元振之熒惑人主也。○【王洙曰】漢天文志：南宮南四星，執法中端内。○【趙次公曰】張揖廣雅曰：熒惑謂之罰星，或謂之執法。焉得變危機。○焉，於虔反，安也。○【師古曰】執法者，大將之權也。不命將以誅之，則危機不得息矣。大角纏兵氣，○【師古曰】謂禄山陷京師，大〔一〕王之位尚爲妖氛所纏繞也。○【王洙曰】天官書：大角者，天王帝座庭其兩旁三星，曰攝提。魏都賦：姦回内贔，兵纏紫微。〔二〕鈎陳〔三〕出帝畿。○【王洙曰】鈎陳，王者法之，主行宮也。○【趙次公曰】出帝畿，言乘輿出幸也。○【王洙曰】兩都賦：周以鈎陳之位。○注引漢書音義：鈎陳者，紫宮外星也。宮衛之位亦象之。服虔甘泉賦注：紫宮外營，鈎陳也。隋天文志：鈎陳六星，在紫宮中。煙塵昏御道，耆舊把天衣。○【王洙曰】一作「固無牽白馬，幾至著青衣」。○【趙次公曰】言父老不欲乘輿之出，皆牽挽帝衣也。行在諸軍闕，○【趙次公曰】言軍士稀少也。來朝大將稀。○【趙次公曰】言藩鎮不朝也。賢多隱屠釣，王肯載同歸。○【王洙曰：「賢者避地自隱於屠釣，王能爲文王載吕望事否？」】公傷賢者避地，多如吕望，隱於屠釣，今乘輿能如文王遇之而共載而歸乎？○劉向列仙傳：吕望，冀州人也。避地隱遼東二十年，適周，匿磻溪，得兵鈐於魚腹中。文王夢得聖人，聞尚賢，載而歸。佐武王伐紂，作陰謀百餘篇。韓詩外傳：太公望，少爲人婿，老而見去。屠牛朝歌，釣於磻溪。文王舉而用之，封於齊。

【校記】

〔一〕大，元本、古逸叢書本作「天」。

〔二〕紫微，元本、古逸叢書本作「觜機」。

〔三〕陳，原作「庭」，據古逸叢書本改。

再有朝廷亂，○【師古曰】謂吐蕃再陷京城，代宗幸陝也。難知消息真。近聞王在洛，復道使歸秦。○歸，一作回，一作適。奪馬悲公主，登車泣貴嬪。○【王洙曰】泣，一作哭。蕭關迷北上，○【王洙曰】：「漢武行幸雍，祠五時，通回中道，遂北出蕭關。迷北上，謂東行陝，故下句有『欲東巡』之句。」】譏代宗之乘輿，有異乎漢武帝之行幸雍，祠五時，通回中道，北出蕭關也。蕭關縣，屬原州。滄海欲東巡。○【師古曰】謂代宗之幸陝，欲同乎秦始皇之東巡海上，銘石勒功，勞民動衆也。敢料安危體，猶多老大臣。○【師古曰】言朝廷老臣猶多，國體尚安，未遽危也。豈無嵇紹血，○【王洙曰】豈，一作得。○【師古曰】言艱難之時侍衛帝者，豈無忠臣義士如嵇侍中者乎？○【王洙曰】按晉書忠義傳：嵇康之子嵇紹，以天子蒙塵，承詔馳詣行在，所值王師敗績於蕩陰，百官及侍衛莫不散潰，唯紹儼然端冕，以身捍衛，兵交御榻，飛箭雨集，紹遂被害於帝側，血濺御服。及事定，左右欲浣衣。

帝曰：「此嵇侍中血，不可去也。」霑灑屬車塵。○【王洙曰】司馬相如諫獵書：犯屬車之清塵。

聞說初東幸，○【王洙曰】說，一作道。孤兒却走多。○【趙次公曰】此公聞官軍逃亡而作也。却走，謂退却而走也。○【王洙曰】漢宣帝紀：羽林孤兒，主取從軍死事者之子養於羽林官，教以五兵，號曰羽林孤兒。少壯，令從軍也。難分太倉粟，○【師古曰】言國用乏也。○【王洙曰】前漢志：太倉之粟，紅腐而不可食。競棄魯陽戈。○【師古曰】言兵敗北也。○【王洙曰】淮南子冥覽訓：魯陽公與韓搆難，戰酣，日暮，援戈而麾之，日爲之反三舍。胡虜登前殿，○【王洙曰】謂吐蕃陷京師也。王公出御河。○【王洙曰】謂公卿出奔也。得無中夜舞，○【王洙曰】得無，一作忍爲。○【師古曰】言英雄之士於斯時豈無覬望如劉琨者乎？○【趙次公曰】按晉春秋：祖逖字士稚，與司空劉琨雄豪著名。時與琨同辟司馬州〔一〕主薄，情好綢繆，共被而寢。中夜聞鷄鳴起舞，曰：「此非惡聲。」每語世事，或中宵起坐，相謂曰：「若四海鼎沸，豪傑並起，吾與足下相避中原耳。」劉琨與親舊書曰：「吾枕戈待旦，志梟逆虜。常恐祖生先吾著鞭。」誰憶大風歌。○【師古曰】言無人守四方也。○【王洙曰】漢高帝作大風歌曰：「大風起兮雲飛揚，安得猛士兮守四方。」春色生烽燧，○【王洙曰：「見悲青坂詩注。」】前注。幽人泣薜蘿。○【趙次公曰】幽人，公自謂也。方春之時，而惟有烽燧，此薜蘿中之幽人無如之何，但感物而泣也。君臣重修德，猶足見時和。○題注。

【校記】

〔一〕司馬州，當作「司州」。

城上

○王荆公作空城。

草滿巴西緑，空城白日長。○或曰當作城空。風吹花片片，春蕩水茫茫。○一作「春送雨茫茫」。八駿隨天子，○周穆天子傳：天子西濟河，乃命正父祭父受敕憲，用乘八駿之乘。天子之駿，赤驥、盜驪、白義、渠黄、驊騮、緑耳、踏輪、山子。○【王洙曰】王子年拾遺記：周穆王巡行天下，馭八龍之駿，名曰周地、翻羽、奔雷、越影、踰暉、超光、勝霧、挾翼。穆王深智遠謀，使轍迹周於四海，故絶異之物不期自服。群臣從武皇。○【趙次公曰】漢武帝初幸汾陰，至洛陽，侵〔一〕尋於泰山，其所巡幸，周萬八千里，群臣之從可知矣。○餘見本紀。遥聞出巡狩，早晚徧遐荒。○【師古曰】禄山亂，玄宗出幸蜀，蜀在巴之西。昔周穆天子、漢武帝皆出巡狩，以比玄宗之西幸也。天子諱言出奔，特云巡狩，亦若春秋書「天王出狩于河陽」是也。

【校記】

〔一〕侵，古逸叢書本作「浸」。

新定杜工部草堂詩箋斠證卷第二十六

廣德二年自梓再往閬中

登樓

○【趙次公曰】此聞代宗車駕還長安而作。

花近高樓傷客心，萬方多難此登臨。錦江春色來天地，○【王洙曰：「一作水流。」】一作「春水沁天地」。○【師古曰】言錦江春色鮮妍，自天地開闢以來有之，非獨今也。○玄中記：天下之多〔一〕者，水焉，浮天載地。玉壘浮雲變古今。○【師古曰】蜀有玉壘、銅梁二山。縱使玉壘爲古今英雄割據，百千萬變如浮雲，終亦歸中原之總統也。○【王洙曰】左太沖賦：夫蜀都者，〔二〕闢雲關以爲門，包玉壘以爲宇。地志：玉壘山，湔水出焉，在成都西北。○【師古曰】夢弼謂，此聯諷吐蕃寇成都，然不能爲朝廷之害也，故有下句。北極朝廷終不改，西山寇盜莫相侵。○【趙次公曰】此聯又謂今朝廷如北極之尊，終不改移爾。西山吐蕃之寇，無用相侵也。或謂崔旰反成都，起兵於西山，非是。可憐後主還祠廟，日暮聊爲梁甫吟。○【師古曰】昔諸葛亮佐先主，圖收復，功未就而亮卒。及後主即位，祠祭亮廟，嘆無人以爲之助。亮未達時，常耕于隴西，作梁甫吟。故甫因吐蕃之亂，傷朝廷無諸葛之才也。○【趙次公曰】魯訔又引資治通鑑：廣德元年十二月丁亥，車駕發陝州，左丞顔真卿請先謁陵廟，然後還宫。元載不從，真卿怒曰：「朝廷事，豈堪相公再壞邪！」梁甫吟末句罪晏子，公意在元載乎？○今併録之。

【校記】

〔一〕多，元本、古逸叢書本作「大」。

〔二〕者，元本、古逸叢書本無。

遣憤

聞道花門將，○【王洙曰】謂回紇也。論功未盡歸。自從收帝里，○【趙次公曰】謂長安也。誰復總戎機。○戎，一作兵。木蘭詩：萬里起〔一〕戎機。蜂蠆終懷毒。○【王洙曰】左氏傳：君無謂邾小，蜂蠆有毒，況國乎？雷霆可震威。○【趙次公曰】或謂竇應問，回紇請助國討賊。○廣德二年，僕固懷恩以吐蕃、回紇入寇。永泰元年，又以吐蕃、回紇、党項入醴泉。郭子儀説回紇，使擊吐蕃。此詩當謂是邪？○【趙次公曰】夢弼謂：時禄山亂，回紇以兵助帝討史朝義，恐其恃功驕暴難制，故欲帝早加以威震之，無使彼再效禄山之陷京闕也。○【王洙曰】賈山傳：人主之威，非特雷霆也。震之以威，豈有不摧折者乎？莫令鞭血地，再濕漢臣衣。○【師古曰】漢書：禁中〔二〕非刑人鞭血之地。鞭血地，乃指禁中也。○春秋傳：鞭之見血。○【師尹曰】任昉書：鞭血四海，流離無所。

【校記】

〔一〕起，古逸叢書本作「赴」。

〔二〕中，元本、古逸叢書本作「皐」。

釋悶

○廣德元年，吐蕃復陷京師。二年春，已聞車駕復還長安而作也。

四海十年不解兵，○時廣德二年也。推而上之，至天寶十四載，凡十年矣。犬戎〔一〕也復臨咸京。○【洪芻曰】咸，謂咸陽，即西京也。言禄山連結吐蕃復陷京師也。失道非關出襄野，○【炎曰：「避寇者，奔走迷道，故有是句耳。」】喻代宗避亂出奔，迷道也。○【杜田補遺。又，杜陵詩史、分門集注、補注杜詩、集千家注批點杜工部詩集引作「薛蒼舒曰」。】莊子徐無鬼篇：黄帝將見大隗乎具茨之山，方明爲御，昌寓驂乘，張若、謵朋前馬，昆閽、滑稽後車。至於襄城之野，七聖皆迷，無所問塗。適遇牧馬童子，問塗焉。揭鞭忽是過湖城。○言代宗幸陜所經之地也。○【杜田補遺。又，門類增廣十注杜詩引作「杜云」，杜陵詩史、分門集注、補注杜詩、集千家注批點杜工部詩集引作「修可曰」。】世説：晉王敦舉兵内嚮，明帝騎巴鎮〔二〕馬，齎一金鞭，至湖陰察軍形。晝夢日遶其城，忽然驚覺，曰：「營中有黄鬚鮮卑奴來，何不縛取？」命騎追之，不及矣。○金陵，地名。有湖陰。按前漢志：京兆〔三〕有湖縣，故曰湖。武帝建元元年更名，黄帝鼎湖所在。豺狼塞路人斷絶，○言盜賊充塞往來，無人也。烽火照夜屍縱横。○烽燧傳報，殺戮之多也。烽燧，廣雅曰：兜零，籠也。光武紀：修烽燧。注引前書音義曰：邊方備警急，作高土臺。臺上作桔皐，桔皐頭有兜零，以薪草置其中，常低之。有寇，即燃火舉之以相告，曰烽。又多積薪，寇至即燔之，望其煙，曰燧。晝則燔燧，夜則舉烽。唐六典：唐鎮戍烽燧所至，大率相去三十里。其逼邊者築城以置之，其放〔四〕煙有一炬二炬三炬四炬者。每日初夜舉一炬，謂之平安火也。天子亦應厭奔走，○【趙次公曰】車駕雖歸長安，而當時亦有乞還洛巡狩之説，故云「厭奔走」也。群公固合思升平。但恐誅求不改轍，○【朋曰】譏聚斂之重也。聞道嬖孽能全生。○能，一作今。○【王洙曰：「指程元振也。時元振用事，媒蝎大臣，故吐蕃入寇，以至功臣不肯用命。」】嬖孽，程元振也。時元振用事，致令吐蕃入寇。○【趙次公曰：「指程元振，此猶未知其死也。」】公詩謂未聞元振之死。○【符曰】蓋罪代宗不能正典刑以戮之。○按，代宗幸陝，削奪元振官爵，放歸田里，私入京師圖不軌事，長流秦〔五〕州。江邊老翁錯料事，眼暗不見風塵清。○【黄鶴曰】老翁，甫自謂也。○傷干戈未寧也。

【校記】

〔一〕戎，元本、古逸叢書本作「羊」。

〔二〕鎮，元本、古逸叢書本作「童」。

〔三〕兆，元本、古逸叢書本作「西」。

〔四〕放，元本、古逸叢書本作「故」。

〔五〕秦，古逸叢書本作「溱」。

青絲

青絲白馬誰家子，○【趙次公曰】疑指南山群盗也。考之資治通鑑：廣德二年，吐蕃入長安也。諸軍亡卒及鄉曲無賴子弟相聚爲盗，吐蕃既去，猶竄伏南山、子午等五谷，所在爲患。丁巳，以太子賓客薛景仙爲南山五谷防禦使以討之。是也。按南史侯景傳：先是，大同中童謡歌曰：「青絲白馬壽陽來。」景渦陽之敗，求錦，朝廷所給青布，及是皆用爲袍，尚青。景乘白馬，青絲爲轡，欲以應讖。麤豪且逐風塵起。○【師古曰】或謂禄山之反，不逞之徒皆乘此爲亂。○【鮑彪曰】説者又謂豈懷恩之反，有從亂者乎？○【王洙曰】風塵，喻亂離也。不聞漢主放妃嬪，○【師古曰】託漢以言唐肅宗誅楊貴妃、斥宫人也。○【師尹曰】按，乾元元年，出宫女三千人。近静潼關掃蜂蟻。○【趙次公曰】此公戒約麤豪子之辭也。○【師古曰】謂哥舒翰守潼關，爲賊所破，遂陷兩京。肅宗鳩義兵收復兩京，如掃蜂蟻也。殿前兵馬破汝時，十月即爲蠆粉期。○此告之以必破亡之證也。○【師古曰】然殿前兵馬乃神策軍，天子親征，群盜望風而敗，恐碎若蠆粉也。○【趙次公曰】莊子列禦寇篇：子爲蠆粉夫〔一〕。未如面縛歸金闕，○【王洙曰】如，一作知。左傳：許子面縛銜璧。萬一皇恩下玉墀。○【趙次公曰】此又教之以未如前期悔過、背縛歸降京師，庶幾皇恩尚有赦宥之理也。○【師古曰。又，王洙曰：「時降者皆受節鎮，河北之患自此起矣。」】時賊黨來降者，帝後〔二〕授以節鎮，河北之患自此而起。終唐之世，藩鎮跋扈者皆由此始也。

【校記】

〔一〕元本、古逸叢書本「夫」下有「乎」字。

〔二〕後，元本，古逸叢書本作「復」。

江亭王閬州筵餞蕭遂州

○【王洙曰】一作「閬州王使君江亭餞蕭遂州」。

離亭非舊國，春色是他鄉。老畏歌聲斷，○【王洙曰】斷，一作短。愁從舞袖長。二天開寵餞，○【王洙曰】開，一作悲。○二天，美王閬州、蕭遂州能相覆〔一〕庇也。○【王洙曰】後漢蘇章傳：章字孺文〔一〕遷冀州刺史，故人爲清河太守。章行部，按其姦贓，乃請太守爲設〔二〕酒殽，陳平生之好甚歡。太守喜曰：「人皆有一天，我獨有二天。」五馬爛光輝〔四〕。○東方朔外傳：郡守四馬駕車，一馬行春。餘見前注。川路風煙接，○【趙次公曰】蜀道，閬與遂接壤也。○陰鏗百花詩：江陵一柱觀，潯陽千里潮。風煙望似接，以〔五〕路恨成遥。俱宜下鳳凰。○此美二公爲郡之治效也。賈誼弔屈原賦：鳳凰翔于千仞兮，覽德輝而下之。○【王洙曰】黄霸傳：霸爲潁川太守，是時鳳凰神爵數集郡國。○【師古曰】或謂：昔蕭史、王子喬皆神仙人也。蕭與秦女乘鳳而去，喬亦乘白鶴而飛。此皆美二公之不凡也。

【校記】

〔一〕覆，元本、古逸叢書本作「容」。

〔二〕後漢蘇章傳章字孺文，元本、古逸叢書本作「後漢刺史蘇章字孺文」。

〔三〕設，元本、古逸叢書本作「主」。

〔四〕光輝，疑當作「輝光」。

〔五〕以，古逸叢書本作「川」。

滕王亭子

○【王彥輔曰。又，九家集注杜詩、集千家注批點杜工部詩集引作「公自注」。】亭在玉臺觀内。滕王，高宗調露中任閬州刺史。一作「閬州玉臺觀滕王亭子作滕王曾典此州」。○按，滕王元嬰，乃高祖之子也。閬州有亭，洪州有閣，又有碧落碑也。

君王臺榭枕巴山，○枕，之任切。粤自漢、魏以來，有封國者，得臣其吏民，故稱君王也。爾雅釋宮：四方土〔一〕高曰臺，無室曰榭。萬丈丹梯尚可攀。○言其亭之高也。○【王洙曰】謝玄暉敬亭詩：要欲追奇趣，即此淩丹梯。春日鶯啼脩竹裏，仙家犬吠白雲間。○【王洙曰】葛洪神仙傳：淮南王丹成上昇，雞犬舐其鼎，亦同仙去。故「雞鳴天上」、「犬吠雲間」也。○劉向列仙傳：邗子者，蜀人。好放犬，犬走入山穴，邗子隨八十餘宿，行度數百里，有宮殿官府，青松森然，仙吏侍衛甚嚴，得符藥而歸。成都述異記：濟陽山有麻姑仙。俗説山上則有金雞鳴，玉犬吠。清江碧石傷心麗，○碧，一作錦。嫩蘂濃花滿目班。○此聯感〔二〕乎物而傷其人之亡也。人到于今歌出牧，來遊此地不知還。

【校記】

〔一〕土，古逸叢書本作「而」。

〔一〕感，元本、古逸叢書本作「成」。

玉臺觀 ○觀，諦視也。○【趙次公曰】觀在高處，其中有臺，號玉臺。○【九家集注杜詩引作「公自注」：「滕王造。」又，門類增廣十注杜詩依例爲「王洙曰」。】乃滕王典閬州所造也。

中天積翠玉臺遥，○【王洙曰】列子：周穆王築臺，號中天之臺。○【門類增廣十注杜詩引作「杜云」。又，九家集注杜詩、杜陵詩史、分門集注、補注杜詩、集千家注批點杜工部詩集引作「修可曰」。】顏延年應詔詩：神行埒浮景，交映溢中天。攢素既森靄，積翠亦蔥芊。上帝高居絳節朝。○【趙次公曰】以臺之高而在道觀，故直指爲上帝之高居，而群仙絳節之所朝也。遂有馮夷來擊鼓，○山海經：中極之淵深三百仞，唯冰夷都焉。冰夷人面而乘龍。周穆天子傳：天子西征至于陽紆之山，河伯無夷之所都焉。冰夷，無夷即冰夷也。淮南子又作「馮遲」。○【師古曰】抱朴子釋鬼篇：馮夷以八月上庚日渡河溺死，天帝署爲河伯。清泠傳：馮夷，弘農華陰潼鄉隄首人也。服八石，得水仙，是爲河伯。龍象河圖：河伯姓吕名公子，馮夷即河伯之夫人。○張華博物志：昔夏禹觀河，見長人魚身出，曰：「吾河精。」豈河伯也？馮夷得道成仙，化爲河伯，道豈同哉？○【王洙曰】曹植洛神賦：馮夷鳴鼓，女媧清歌。始知嬴女善吹簫。○【王洙曰】秦本紀：大費佐舜，足〔一〕爲伯翳，賜姓嬴氏。劉向列仙傳：蕭史者，秦穆公女弄玉之夫。教弄玉吹簫，作鳳凰鳴。數年，吹似鳳凰聲。鳳凰來止其屋。公爲作鳳凰臺，夫妻止其上。一旦，皆隨鳳凰飛去。江光隱見黿鼉窟，石勢參差烏鵲橋。○【王洙曰】淮南子：烏鵲填河成橋，以渡織女。更肯紅顔生羽翼。○謂飛仙也。便應黄髮老漁樵。

【校記】

〔一〕足，古逸叢書本作「是」。

滕王亭子

寂寞春山路，君王不復行。古墻猶竹色，虚閣自松聲。○石林葉夢得曰：此聯若不用「猶」、「自」兩字，則其餘八字凡亭子皆可用，不必滕王也。此皆公妙至到人力不可及也。鳥雀荒村暮，雲霞過客情。尚思歌吹入，○吹，尺僞切。千騎把霓旌。○【王洙曰】梁孝王傳：得賜天子旌旗，千乘萬騎。

玉臺觀

浩劫因王造，○浩劫，謂無窮不朽之功也。○【師古曰】玉臺浩劫之觀，乃滕王於高宗調露中任閬〔一〕州刺史日所造也。○【趙次公曰】度人經云：惟昔元始浩劫之家。○【師古曰】按，集有嶽〔二〕林二寺詩云「塔劫宮墻壯麗敞」，又李邕詩「浩劫浮雲衛」是也。或曰：塔之一級、二級爲一劫、二劫。平臺訪古遊。○【趙次公曰】以比梁孝王之平臺也。○【王洙曰】漢梁孝王大治宮室，爲復道，自宮連屬於平臺三十餘里。綵雲蕭史駐，○以比蕭史之鳳臺也。江文通雜體詩：猶不及秦女十五垂〔三〕綵雲。餘〔四〕見前篇注。文字魯宮留。○【趙次公曰】以魯共王比滕王也。以詩意推之，滕王必有文書遺迹在焉。○【王洙曰】昔魯共王餘初〔五〕治宮室，壞孔子舊宅，於壁中得古文經傳。宮闕通群帝，○言臺觀之高，可以上通天帝也。度人經：有三十三天，三十三帝。山海經：大荒之中有黃木赤枝，群帝取藥。呂氏春秋：伊尹曰：「常山之北，救淵之上，有界焉。群帝取食。」乾坤到十洲。○【趙次公曰】以臺在道觀中，於天地之間，由此可以到神仙十洲也。○【杜定功曰】按東方朔十洲記：漢武帝既見西王母，言説八方巨海之中，祖洲、瀛洲、元洲、炎洲、長洲、充洲、鳳麟洲、聚屋洲、流洲、生洲十洲。始知方朔非世俗人，是以延之曲空，問十洲所在，所有之物名焉。○又見王子年仙傳拾遺。人傳有笙鶴，時過北山頭。○【王洙曰】劉向列仙傳：王子喬者，子晉也。好吹笙作鳳鳴，遊伊、雒之間。道人浮丘公接以上嵩高山，三十餘年後求之於山上，見桓良，曰：「告我家，七月七日待我於緱氏山頭。」至時果乘白鶴，駐山頂。望之不得到，舉手謝時人，數日而去。

【校記】

〔一〕任閬，元本、古逸叢書本作「爲淇」。

〔二〕嶽，古逸叢書本作「道」。

〔三〕垂，古逸叢書本作「重」。

〔四〕餘，元本、古逸叢書本作「注」。

〔五〕初，元本、古逸叢書本作「好」。

渡江

春江不可渡，二月已風濤。○【王洙曰】顏延年詩：春江壯風濤。舟楫欹斜疾，○【王洙曰】疾，一作甚。魚龍偃臥高。渚花張素錦，汀草亂青袍。○【趙次公曰】古詩：穆穆清風至，吹我羅衣裾。青袍似春草，脩雲從風舒。戲問垂綸客，悠悠見汝曹。○【王洙曰】見，一作「是」。

絶句二首

遲日江山麗，春風花草香。泥融飛燕子，沙暖睡鴛鴦。

江碧鳥逾白，山青花欲燃。○【師古曰】北齊陽松玠談藪：沈隱侯詩：野棠開未落，山櫻花欲燃。今春看又過，何日是歸年。

送韋郎司直歸成都

竄身來蜀地，○【王洙曰】甫以避難奔走入蜀，故云「竄身」。劉公幹贈五官詩：余因沉痼疾，竄身清漳濱。同病得韋郎。○【王洙曰】韋亦避難者，故言「同病」。吴越春秋：子胥曰：「子不聞河上歌乎？同病相憐，同憂相救。」天下干戈滿，江邊歲月長。别筵花欲暮，春日鬢俱蒼。○【王洙曰】一作「春鬢色俱蒼」。爲問南溪竹，○【王洙曰】竹，一作笋。○【九家集注杜詩依例爲「王洙曰」。又，集千家注批點杜工部詩集引作「趙次公曰」。】南溪，即浣花溪之南也。抽梢合過牆。○公自注：余草堂在成都西郭浣花里。

奉待嚴大夫

殊方又喜故人來，○殊方，謂劍南。故人，指嚴武也。重鎮還須濟世才。○【鄭卬曰】重，直隴切。廣韻：厚也。○按唐書：武遷黄門侍郎，與元載厚相結，求宰相不遂，復節度劍南。常怪偏裨終日待，○【王洙曰】偏裨，謂諸將校也。不知旌節隔年迴。○【王洙曰】旌節，謂導引之麾幢也。欲辭巴徼啼鶯合，○【師古曰：「啼鶯者，春時也。」】啼鶯合，謂春正濃也。遠下荆門去鷁催。○【師古曰】去鷁催，謂督行船也。○鷁，水鳥也。○【趙次公曰】今貴人船前畫作青雀，以鷩水怪是也。○方言曰：鷁首，謂之閤閭。注云：今江東船頭屋謂之飛閭。〔一〕○【師古曰】甫與武有世契，武爲成都尹，甫依之。及武入朝，甫之巴峽。今甫聞武再鎮蜀，故欲辭蜀之巴峽、下楚之荆門，以迎武也。身老時危思會面，○【王洙曰】古詩：道路阻且長，會面安可知。一生襟抱向誰開。○【王洙曰】襟，一作懷。○【王洙曰：「言人不己知。」】言無知己者也。

【校記】

〔一〕閭，古逸叢書本作「閻」。

奉待高常侍

○待，一作寄。○【王洙曰】一作「寄高三十五大夫」。○【黄鶴曰】高適代崔光遠爲西川節度使，以亡松、維、保三州及雪山新築二城，召還爲刑部侍郎、左散騎常侍。

汶上相逢年頗多，○汶水在鄆州中都縣，甫與適相别於汶上，已多年矣。○【王洙曰】地理志：汶水出泰山萊蕪，西南入濟，在濟南魯北。蜀亦有汶川，出西山，有汶水縣。○【杜陵詩史、分門集注、補注杜詩引作「修可曰」。】予按，魯之汶今在鄆州，以閔子騫有「吾必在汶上」之語，非蜀之汶川也。

飛騰無那故人何。○【鄭卬曰】那，乃箇切。○【王洙曰】故人，謂適也。○【趙次公曰】初，甫與適皆拜拾遺，其後適官至散騎常侍，則其飛英聲，騰茂實，甫無以及之也。揔戎楚蜀應全未，○【趙次公曰】揔戎，乃大將之權。適先除揚州大都督，淮南節度使。廣德二年，召還，以李輔國之毀，出爲彭、蜀二州刺史。蓋言雖揔戎於楚與蜀，而年猶未老也。方駕曹劉不啻過。○【王洙曰】駕，或作價。方駕，謂齊驅也。論其文章，蓋過於曹植、劉楨遠矣。今日朝廷須汲黯，○【王洙曰：「漢書：汲黯在朝，淮南寢謀。言黯之材足以折衝千里爾。時寇賊充斥，朝廷須如汲黯者。」】言適之居朝，其直可比汲黯也。汲黯傳：數以直諫，上怒，黯曰：「天子置公卿輔弼之臣，寧令從諛承意、陷主於不義乎？且已在其位，縱愛身，奈辱朝廷何？」中原將帥憶廉頗。○言適之爲將，其賢有如廉頗也。○【王洙曰】馮唐傳：文帝輦過郎署，問唐曰：「吾尚食監高祛數爲我言趙將李牧〔一〕之賢，戰於鉅鹿下，吾每飲食，未嘗不在鉅鹿也，父老知之乎？」唐對曰：「牧尚不如廉頗之爲將也。」上聞之，拊髀曰：「嗟乎！吾得廉頗、李牧之爲將，豈憂匈奴哉！」天涯春色催遲暮，別淚遥添錦水波。○【趙次公曰】時適在成都，起發赴召，與甫相別也。

【校記】

〔一〕牧，原作「齊」，據古逸叢書本改。

奉寄章十侍御時初罷梓州刺史東川留後將赴朝廷

○「時初罷梓州刺史東川留後將赴朝廷」，杜陵詩史、分門集注、補注杜詩引作「王彦輔曰」，九家集注杜詩、集千家注批點杜工部詩集引作「公自注」。○【王彦輔曰】一作「寄梓州張使君」。

淮海維揚一俊人，○【趙次公曰：「章侍御必揚州人，故用淮海也。」又，末曰：「章彝，揚州人。〔一〕】章彝乃揚州人也。○【王洙曰】書禹貢：淮海維揚州。○鶡冠子：德萬人者謂之俊。金章紫綬照青春。○【孝祥曰】青春，美章彝之少年也。○【王洙曰】前漢百官公卿表：相國、太尉皆秦官，金印紫綬。顔師古音義引漢儀云：銀印背龜鈕，其文曰章，謂刻曰某官之章也。○后漢輿服志：公侯將軍，紫綬二采。指麾能事迴天地，〔一〕○【師古曰】時段子璋反東川，章彝指麾討平之，美其破敵之勢力能事，雖天地之大，亦可以挽回也。訓練强兵動鬼神。○美其治軍之威嚴，雖鬼神之幽亦可以振〔二〕動也。湘西不得歸關羽，○【王洙曰】關羽，字雲長。○言羽在湘西，而不得歸，暗言非若章彝留守東川而得歸也。○【王洙曰】蜀先主收江南諸郡，以羽爲襄陽太守、蕩寇將軍，駐江北。先主西走〔三〕益州，拜羽董荆州事。河内猶宜借寇恂。○【黄曰】美章彝之善守東川，如寇恂之不得去河内也。○【王洙曰】恂字子翼，光武收河内，拜恂爲太守，移潁川。盗賊群起，車駕南征，恂從至潁川，盗賊悉降，而竟不拜。郡百姓遮道曰：「欲從陛下復借寇君一年。」乃留恂。朝覲從容問幽側，○【黄希曰】宋書恩幸傳：論曰：「明揚幽側，唯才是與。」勿云江漢有垂綸。○【王洙曰】有，一作老。○【趙次公曰：「公自言其身，而其義甚明。」晁曰：「此句甫自言也。」】甫自言也。

【校記】

〔一〕地，原作「也」，據元本、古逸叢書本改。

〔二〕振，元本、古逸叢書本作「震」。

〔三〕走，元本、古逸叢書本作「幸」。

春遠

肅肅花絮晚，菲菲紅素輕。○【趙次公曰】兩句通義。紅，言花也。素，言絮也。日長唯鳥雀，春遠獨柴荆。○【趙次公曰】言無往來之人，故獨柴荆而已。數有關中亂，○數，色角切，頻也。何曾劍外清。故鄉歸不得，○【王洙曰：「一作園。」】鄉，一作關。地入亞夫營。○【趙次公曰】此指言長安屯兵，乃公之故鄉，而爲軍營矣。○【趙次公曰：「亞夫營在長安，其事則文帝三分將軍，軍棘門、灞上與細柳。而細柳營則周亞夫之所軍者也。」】昔周亞夫軍細柳以備胡，漢文帝自勞軍，至其營。張揖曰〔一〕：營在昆明池南，今有柳市是也。

【校記】

〔一〕張揖曰，元本作「長揖曰」，古逸叢書本作「長揖不拜」。

春寒

霧隱平郊樹，○爾雅釋地：邑外謂之郊。風含廣岸波。沉沉春色静，慘慘暮雲多。戍鼓猶長擊，○【趙次公曰】言吐蕃之亂，至今春尚防戍也。林鶯遂不歌。忽思高宴會，○古詩：今日良宴會。朱袖拂雲和。○謂樂舞也。○【九家集注杜詩、補注杜詩、集千家注批點杜工部詩集引作「王洙曰」。又，杜陵詩史、分門集注引作「趙次公曰」。】周禮春官大司樂奏雲和之琴瑟於圜丘。注：雲和，地名。以其産良材而中爲琴瑟也。

雙燕

旅食驚雙燕，○【王洙曰】一作「雙飛燕」。銜泥入北堂。○【王洙曰】古詩：思爲雙飛燕，銜泥巢君堂。應同避燥濕，○【薛夢符曰】左氏襄十七年傳：子罕曰：「吾儕小人，皆有闔廬以避燥濕風雨。」且復過〔一〕炎涼。養子風塵際，來時道路長。○【趙次公曰】梁吴筠熱詩：問余來何遲，山川幾紆直。今秋天地在，吾亦離殊方。○離，力智切。○【禹偁曰】此甫託物以見己意也。○【趙次公曰】言當秋而身於天地之間存在，亦如燕舍此而去也。

【校記】

〔一〕遇，古逸叢書本作「過」。

百舌

百舌來何處，重重祇報春。○百舌，禽名，江東人謂之信鳥。逢春而鳴。○【十朋曰】易緯通卦〔一〕：百舌者，反舌也。能反覆其舌，隨百鳥之音。○【鮑彪曰】朝野僉載：百舌春囀夏止，唯食蚯蚓。正月凍開，蚓出而來。十月蚓藏而往。月令：仲春，反舌無聲。知音兼衆語，整翮豈多身。花密藏難見，○梁蕭子暉反舌賦：春霏霏而花密。枝高聽轉新。過時如發口，君側有讒人。○【鮑彪曰】周書時訓曰：芒種之日螳蜋生。又五日，鵙始鳴。又五日，反舌無聲。是謂陰息。反舌有聲，佞人在側。

【校記】

〔一〕古逸叢書本「卦」下有「驗」字。

喜雨

春旱天地昏，○春旱，一作旱〔一〕春。○【師古曰】謂煙塵四起也。日色赤如血。○【趙次公曰：「極言旱日之可畏。」】謂旱之甚也。○【趙次公曰】昔晉惠帝光熙元年五月壬辰，是日日光四散，赤如血。甲午，又如之。農事都已休，○已，一作未。兵戈況騷屑。○【師古曰】騷屑，不安貌。時永王璘反〔二〕漢中，吴、越之間盗賊因之而起也。巴人困軍須，○【師古曰】謂苦於餽輓也。○【趙次公曰】寰宇記：閬中，春秋之巴國也，有渝水焉。慟哭厚土熱。○【師古曰】謂怨氣上感，農月爲之大旱也。滄江夜來雨，真宰罪一雪。○謂洗雪也。穀根少蘇息，沴氣終不滅。○【趙次公曰】沴，音戾。陰陽錯謬之妖氣也。何由見寧歲，○【王洙曰】國語：晉無寧歲。解我憂思結。峥嶸群山雲，○群，樊作東。交會未斷絶。安得鞭雷公，滂沱洗吴越。○【九家集注杜詩依例爲「王洙曰」，分門集注引作「王洙曰」。又，集千家注批點杜工部詩集引作「公自注」。按，宋本杜工部集有此注文，當爲杜甫自注。】甫自注：時聞浙右多盗賊也。○【師古曰】按，甫意欲鞭驅雷車，滂沱而雨，一洗吴越之亂。吴越平，則人獲安居，天時自得，何憂旱乾哉！

【校記】

〔一〕旱，元本、古逸叢書本作「早」。

〔二〕反，元本、古逸叢書本作「在」。

送梓州李使君之任

○【九家集注杜詩、集千家注批點杜工部詩集引作「公自注」。杜陵詩史、分門集注、補注杜詩引作「魯曰」。】故陳拾遺，射洪人也。篇末有云。

籍甚黄丞相，○以黄霸美李使君也。前漢陸賈遊漢庭，名聲籍甚。孟康注：狼籍甚盛也〔一〕。能名自潁川。○【王洙曰】黄霸傳：霸字次公。宣帝詔曰：「制詔御史，其以賢良高第揚州刺史爲潁川太守。」霸宣布詔令〔二〕，得吏民心，户口歲增，治爲天下第一，后爲丞相。○古雁門太守行：臨部居職，不敢行私。治有能名，遠近所聞。近看除刺史，還喜得吾賢。五馬何時到，○東方朔外傳：郡守駟馬駕車，一馬行春。餘見前注。雙魚會早傳。○【趙次公曰】囑李使君幾時可以到任，早寄書達甫也。古樂府：客從遠方來，遺我雙鯉魚。呼兒烹鯉魚，中有尺素書。老思笻竹杖，冬要錦衾眠。○【趙次公曰】甫從李使君求此二物也。笻竹、錦衾，二物皆蜀之土宜，故甫及之。不作臨歧恨，唯聽舉最先。○聽，讀乎聲。○【王洙曰】京房傳：化行縣中，舉最當遷。火雲揮汗日，山驛醒心泉。○醒，蘇挺切。遇害陳公殞，○【王洙曰】唐拾遺陳子昂嘗爲縣令段簡收繫，憂憤〔三〕死獄中。于今蜀道憐。君行射洪縣，○【王洙曰】射洪，唐劍南道梓州。爲我一潸然。○【鄭卬曰】潸，師姦切，涕流貌。

【校記】

〔一〕狼籍甚盛也，元本、古逸叢書本作「曰籍甚盛也」。

〔二〕宣布詔令，古逸叢書本作「外寬内明」。

〔三〕憤，元本、古逸叢書本作「煩」。

天邊行

天邊老人歸未得，日暮東臨大江哭。○【師古曰】甫客居天邊，遭兵馬之亂，歸鄉不得，寧不悲傷乎？隴右河源不種田，○通鑑：廣德元年，吐蕃陷隴右，而河源田畝廢而不耕矣。唐隴右道者，禹貢雍州之域，自隴而西盡其地也。雍州自岐、隴已北，爲關内道。自隴西南，并得禹貢梁州之地垂，爲隴右道。胡騎羌兵入巴蜀。○【趙次公曰】是年十二月，吐蕃又陷松、維、保三州，高適不能救，於是劍南西山諸州亦入於吐蕃矣。○三巴記：閬泉東南流，曲折三迴如巴字。巴本國，後爲州，因取國以名焉。洪濤滔天風枝〔一〕木，○【師古曰】喻天下兵革不寧，民罹墊溺之患也。前飛秃鶖後鴻鵠。○鴻，一作黄。○【趙次公曰】鶖，音秋，水鳥也。○【師古曰】謂巴蜀騷動，屢因羽翰之便以附書歸鄉也。九度附書向洛陽，十年骨肉無消息。○【趙次公曰】自廣德二年，逆數至天寶十四年，凡十年矣。○淮南説林訓：親莫親於骨肉，節族之屬連也。

【校記】

〔一〕枝，元本、古逸叢書本作「拔」。

大麥行

大麥乾枯小麥黄，婦女行泣夫走藏。○婦女，一作婦人。○【九家集注杜詩依例爲「王洙曰」。又，杜陵詩史、分門集注、補注杜詩引作「師古曰」。】後漢威帝時童謡曰：小麥青青大麥枯，誰當穫者婦與姑，丈夫何在西擊胡。○【師尹曰：「叢話：潘子真云：古人造語，俯仰紆餘，各有態。如桓帝時童謡，皆合問答之詞。公今四句實有所自。」】夢弼謂：凡此句中每函問答之詞，甫之是詩意原於此。東至集壁西梁洋，○西，一作北。○【黄鶴曰】集、壁、梁、洋四州，屬山南西道。問誰腰鐮胡與羌。○【師古曰】時吐蕃與回紇入寇，四州之民皆奔山谷，腰鐮穫麥，惟羌與胡而已。○【趙次公曰】鮑照東武吟：腰鎌刈葵藿，倚杖收雞豚。豈無蜀兵三千人，部領辛苦江山長。○部，晉作簿。○【師古曰】時杜鴻漸以蜀兵三千遇賊衝突，江山險澁，士卒至有介胄生虫而不得休息者矣。安得如烏有羽翅，託身白雲還故鄉。○烏孫公主歌：願爲黄鵠兮歸故鄉。莊子：乘彼白雲，至于帝鄉。

自閬州領妻子却赴蜀山行三首

汩汩避群盗，○汩，古忽切。唐韻：汩，没也。悠悠經十年。○自天寶十四年至廣德二年，凡十年也。不成向南國，復作遊西川。○【師古曰】甫初欲自閬中而之荆楚，今聞嚴武再至成都，故南下之計不成，而復歸西川也。物役水虛照，○【趙次公曰】言身爲物所役，水亦虛徒相照而不得優遊而觀賞之也。魂傷山寂然。我生無倚著，○著，直略切。盡室畏途邊。○【趙次公曰】盡室，謂全家也。○【師古曰】畏途者，言道路盗賊險阻也。○【趙次公曰】左氏傳：盡室以行。莊子達生篇：畏途者，十殺一人，則父子兄弟相戒。

長林偃風色，迴復意猶迷。○迴，一作首〔一〕。衫裛翠微潤，○裛，音邑。○【趙次公曰】言山中翠微之氣潤裛衣服也。○爾雅釋山：山未及上曰翠微。馬銜青草嘶。棧懸斜避石，○【王洙曰】棧，閣道也。○【王洙曰：「（棧）一作徑。」】避，一作逕。橋斷却尋溪。何日干戈盡，○謂吐蕃之亂也。飄飄媿老妻。

【校記】

〔一〕首，元本、古逸叢書本作「往」。

行色遞隱見，○見，形甸切。○【趙次公曰】言山有高下，林木有蔽虧，其行李物色或見或隱也。○莊子盜跖篇：車馬有行色云。人煙時有無。僕夫穿竹語，稚子入雲呼。轉石驚魑魅，○【趙次公曰】山中之人以其有魑魅而轉石驚之。抨弓落狖鼯。○【分門集注引作「鄭卬曰」。又，九家集注杜詩、門類增廣十注杜工部詩、杜陵詩史引作「趙次公曰」。】抨，披耕切，彈也。○狖，余救切。鼯，訛胡切。○【黃希曰：「爾雅：鼯鼠，釋曰：狀似小狐，似蝙蝠，肉翅，脚短爪長，尾三尺許，聲如人呼，食火烟，能從高赴下，不能從下上高。」】異物志：狖，猿類，露鼻，尾長四五尺，樹上居。雨則以尾塞其鼻。建安、臨淮皆有之。鼯，大如猿，肉翼若蝙蝠，其飛善以高集下，食火煙，聲如人號。一名飛生，飛生子故也。東吳諸郡有之。真供一笑樂，似欲慰窮途。

閬州別房太尉墓

○【王彥輔曰】閬州太守房琯，字次律，河南人。常與嚴武等交結，貶鄧州刺史。上元元年，爲漢州刺史。寶應二年，拜刑部尚書，在路遇疾。廣德元年，卒於閬州僧舍，年六十七也。○按唐書：上皇入蜀，琯建議請分諸王鎮天下。其后賀蘭進明以此讒之肅宗，琯坐是卒廢，不專以陳陶之敗也。司空圖房太尉漢中詩曰：物望傾心久，匈渠破膽頻。注謂禄山初見分鎮詔書，拊膺嘆曰：「吾不得天下矣。」圖博學多聞，嘗謂朝廷且修史，其言必有自來。今唐書不載此語，惜哉不爲二〔一〕白之也。

他鄉復行役，駐馬別孤墳。近淚無乾土，○【趙次公曰】言淚多而濕之也。低空有斷雲。對碁陪謝傅，○甫自言昔嘗對房太尉圍碁，如陪謝安也。○【王洙曰】晉謝安字安石，薨，贈太傅。初，苻堅入寇，諸將退敗，堅次于淮肥，加安征討大都督。姪謝玄入問計，安石授將帥各當其任。玄等既破堅，有驛書至，安方對客圍碁，看書既竟，便攝於床上，了無喜色，碁如故。把劍覓徐君。○把劍，甫以季札自比，將欲掛〔二〕之於房太尉之墓也。○【王洙曰】劉向新序：延陵季子西聘晉，帶寶劍以過徐君。徐君觀劍，不言而色欲之。季子有上國之使，而未獻也，其心許之。致使於晉，反，則徐君以死。於是以劍帶徐君墓樹而去。唯見林花落，鶯啼送客聞。

【校記】

〔一〕二，元本、古逸叢書本作「圖」。

〔二〕掛，元本、古逸叢書本作「出」。

將赴成都草堂途中有作先寄嚴鄭公五首

○【九家集注杜詩依例爲「王洙曰」。然此詩在九家集注杜詩中屬第二十五卷，依凡例所言羼入補注杜詩之情形，此條注文或當爲「黄鶴曰」。】此詩廣德二年春作。嚴武先鎮蜀，甫依之。武趨朝，蜀亂，甫遂去之梓、閬。公聞武再鎮蜀，故欲復歸草堂也。

得歸茅屋赴成都，真爲文翁再剖符。○【王洙曰】真，一作直。○【王洙曰：「嚴鄭公再鎮成都也。」】昔文翁爲蜀郡太守，故以比嚴武也。○説文：符，信也。○【王洙曰：「剖符，分符也。漢制：符皆有合契。當給符者，止給其半，留一半京師。」】漢制：以竹長六寸，分而相合。文帝二年，初與郡守爲銅虎符、竹使符。音義曰：銅虎符，第一至第五，發兵遣使。至郡，合符。符合，乃聽受之。竹使符，以竹長五寸，鐫刻篆書，亦第一至第五。符者，左留京師，右以與之。○東觀漢記：岸賓上議：「二千石皆以選出，刻符，典千里。」但使閭閻還揖讓，○【王洙曰】此甫喜復歸得與鄰里相愛也。敢論松竹久荒蕪。○【王洙曰。又，趙次公曰：「公之心在愛人，不私一己矣。」】此甫不敢以私己之園林久廢不治爲念也。魚知丙穴由來美，〇【王洙曰】由，舊作猶。後漢郡國志：漢中郡沔陽縣西有丙穴。〇【九家集注杜詩依例爲「王洙曰」。又，杜陵詩史引作「師古曰」。】酈道元水經：丙穴出嘉魚，常以二月出，十月入。水泉懸〔一〕注。魚自穴下還入。水穴口向丙，故曰丙穴。〇【王洙曰】寰宇記：興州順政縣東南七十里有大丙山、小丙山，其山北有穴，方圓二丈餘。其穴有水潛流，土人相傳名丙穴。周地圖云：其穴向丙，因以爲名。沮水經穴間而過，或謂之大丙水。每春三月時，則有魚長八九寸，或二三日，連綿從穴出。相傳名嘉魚也。〔二〕〇【九家集注杜詩依例爲「王洙曰」。又，杜陵詩史引作「師古曰」。】段成式〔三〕酉陽雜俎：丙穴魚食乳水，食之甚温。神農本草亦云：嘉魚味甘，食之令人肥健悦懌。此乳穴中小魚常食乳水，所以益人也。酒憶郫筒不用沽。〇【鄭卬曰】郫，賓彌切。〇一作箄。〇【王洙曰。趙次公曰：「言酒不須沽，而從嚴公飲耳。」】甫思嚴武先待我之厚，醉我以郫筒之酒，而甫不須沽也。〇【王洙曰】成都記：郫縣因水得名，居人以筒釀酒。蜀王杜宇所都。華陽風俗録：郫人刳竹之大者，傾春釀於筒，閉以藕絲，苞以焦葉，信宿香達於竹外，然後斷之以獻，俗號郫筒。〇【杜陵詩史、分門集注、補注杜詩、集千家注批點杜工部詩集引作「修可曰」。】夢弼謂：此説非也。郫筒乃酒器也。郫出大竹，土人截以盛酒，故號郫筒。故李商隱詩云「錦石爲棋子，郫筒當酒壺」是也。五馬舊曾諳小徑，〇【王洙曰。又，趙次公曰：「言嚴公昔曾枉駕之熟，今有書札來相待其歸矣。」】甫謂武昔嘗過余之草堂也。〇餘見前注。幾迴書札待潛夫。〇【張詠曰】潛夫，甫自比也。

【校記】

〔一〕懸，元本、古逸叢書本作「縣」。

〔二〕相傳名嘉魚也，元本、古逸叢書本作「相傳爲嘉魚出丙水也」。

〔三〕段成式，元本、古逸叢書本無。

處處青江帶白蘋，○【趙次公曰】爾雅釋草：萍之大者曰蘋。故園猶得見殘春。○【趙次公曰】故園，指成都草堂也。○園，或〔一〕作國。雪山斥候無兵馬，○【張天覺曰】謂西山之亂靖也。錦里逢迎有主人。○【秦曰】謂嚴武再鎮成都也。○【黄希曰】戰國策：田光造燕太子，跪而逢迎，却行爲道。休怪兒童延俗客，不教鵝鴨惱比隣。○【鄭卬曰】比，頻脂切。○近也。○【趙次公曰】甫於武有故舊之好，而能如此，則甫之厚德與夫慎重可見矣。習池未覺風流盡，况復荆州賞更新。○【師古曰】武每訪草堂，酣飲賦詠，故甫自比之習池，荆州則以比武之來，宴賞復無窮也。○【王洙曰】按晉山簡鎮襄陽，諸習氏者荆土豪族，有佳園池，簡每出，戲多〔二〕於池上，輒醉而歸，名之曰高陽池。

【校記】

〔一〕或，元本、古逸叢書本作「一」。

〔一〕戲多，古逸叢書本作「多戲」。

竹寒沙碧浣花溪，○【王洙曰】梁益記：溪水出渝江，居人多造綵牋，故號浣花。公之別館，後爲崔寧宅，捨爲寺，今尚存焉。菱刺藤梢咫尺迷。○【王洙曰】菱，一作橘。○【趙次公曰】甫離草堂之久，宜其荒蕪矣。過客徑須愁出入，居人不自解東西。○【鄭卬曰】解，佳買切，曉也。○【趙次公曰】以蓬蒿之僻也。書籤藥裹封蛛網，○【鄭卬曰】籤，千廉切，驗也。野店山橋送馬蹄。○【趙次公曰】言橋與店空送馬蹄於道中，往來而已，蓋甫不在草堂故也。肯藉荒亭春草色，先判一飲醉如泥。○【鄭卬曰】判，普官切。○【王洙曰】後漢周澤傳：澤爲太常，清潔循行，盡敬宗廟。常卧病齋宮，其妻闚問所苦，澤怒，以妻干犯齋禁，遂收詔獄。時人爲之語曰：「生世不諧，作太常妻。一年三百六十日，三百五十九日齋，一日不齋醉如泥。」○余按稗官小説：南海有蟲無骨，名曰泥。在水中則活，失水則醉如一塊泥然。

常苦沙崩損藥欄，也從江檻落風湍。新松恨不高千尺，○【趙次公曰】新松，甫指手植四松也。○按，集有四松詩〔二〕云「霜骨不甚長」是也。惡竹應須斬萬竿。○【王洙曰：「去其惡者，留其善者，洗竹也。」】甫歸故林，竹之惡者斫之，護其新美者。○按，集有詩曰「今晨去千竿」，又曰

「步堞萬竹疏」是也。生理祇憑黃閣老，○【蔿曰】甫言生計皆仰於嚴武也。○國史補：兩省相呼爲閣老。衰顔欲付紫金丹。○【沈曰。又，杜陵詩史引「田曰」：「大藥登〔二〕云：紫金大丹，若人服食，化腸爲筋，變髓凝骨，自然不死。」】丹陽抱陽山人大藥證：煉粉爲鉛，化汞〔三〕爲塵，自然伏火，去鉛〔四〕取丹，更入華池，還源反色，再入神室。更養火六十日，成紫金火丹。若人服食，化腸爲筋，變髓凝骨，自然不死。三年奔走空皮骨，信有人間行路難。○【王洙曰】古詩有行路難篇。

【校記】

〔一〕詩，原作「寺」，據元本、古逸叢書本改。

〔二〕登，當作「證」。

〔三〕汞，元本、古逸叢書本作「石」。

〔四〕鉛，元本、古逸叢書本作「鈎」。

錦官城西生事微，○【王洙曰：「一作館。」】官，或作里。○王荊公作「錦宮〔一〕生事城西微」。○【師古曰：「言土田薄有也。」】甫言薄有常産也。烏皮几在還思歸。○【王洙曰】謂以烏皮爲几也。○【趙次公曰】謝朓詠烏皮隱几詩：蟠木生附枝，刻削豈無施。曲躬奉微用，聊承終宴疲。昔去爲憂亂兵入，今來已恐鄰人非。○【王洙曰】恐經亂離而人物變易也。側身天地更懷古，迴首風塵甘息機。○【師古曰】甫言厭奔走也。共説總戎雲鳥陣，○【王洙曰】：「元帥也。」【趙次公曰】：「總戎以言嚴公。」〔一〕總戎，謂嚴武爲元帥也。○太公六韜曰：既以被山而處，以爲雲鳥之陣，陰陽皆備。○【田曰】又曰：以車騎分爲雲鳥之陣。所謂鳥雲者，鳥散而雲飛，變化無窮者也。不妨遊子芰荷衣。○【趙次公曰】遊子，甫自謂也。○【師古曰】甫欲參軍謀，不妨吾逸態而衣芰荷之衣也。○屈原離騷篇：製芰荷以爲衣兮，集芙蓉以爲裳。

【校記】

〔一〕宮，元本、古逸叢書本作「官」。

行次鹽亭縣題四韻奉簡嚴遂州蓬州兩使君咨議諸昆季

馬首見鹽亭，○地理志：鹽亭縣，梓州左。高山擁縣青。雲溪花淡淡，○【王洙曰】淡淡，一作漠漠。春郭水泠泠。全蜀多名士，○【趙次公曰】：「多名士，指言當日之人，以引下句。」名士，美嚴氏也。以引下句。○【王洙曰】蜀都賦：近則江漢炳靈，世載其英。鬱若相如，皭若君平。王褒韡曄而秀發，揚雄含章而挺生。嚴家聚德星。○德星，復以比嚴氏也。○【王洙曰】異苑：陳寔字仲弓，荀淑字季和，仲弓與諸子姪造季和父子討論。於時德星聚，太史奏曰：「五百里内有賢人聚。」

○【趙次公曰：「三嚴，或以爲嚴震之昆季。按唐史：震，梓州鹽亭人，西川節度使嚴武署押衙。武卒，罷歸。今公聞嚴武再鎮蜀，自閬歸成都過此，而見嚴氏，則非嚴震家矣。更俟博聞。」】或云嚴氏，見唐書：嚴震，字遐聞，梓州鹽亭人，本農〔一〕家子，以財役閭里。至德、乾元中，數以貲助邊，得爲州長史。嚴武知其才，署押衙。未知或是否？長歌意無極，好爲老夫聽。○爲，于僞切。

【校記】

〔一〕農，元本、古逸叢書本作「養」。

倚杖○【王洙曰】鹽亭縣作。

看花雖郭内，倚杖即溪邊。山縣早休市，江橋春聚船。狎鷗輕白浪，○【王洙曰：「(日)一作浪。」】浪，一作日。○【趙次公曰】謂可狎之鷗遊詠〔一〕乎白日之中，不知光景之可重也。○【王洙曰：「列子有狎鷗翁。言忘杖，故物亦不懼。」】列子黄帝篇：海上之人有好漚鳥者，每旦之海上從漚鳥遊。歸雁喜青天。○【王洙曰】雁，一作鳥。物色兼生意，淒涼憶去年。

【校記】

〔一〕詠，元本、古逸叢書本作「泳」。

陪王漢州留杜綿州泛房公西池

○【王洙曰】房琯相肅宗，以事責官。後爲漢州刺史。西池乃琯所鑿也。○寶應二年，琯自漢州刺史召拜刑部尚書。

舊相恩追後，春池賞不稀。闕庭分未到，舟楫有光輝。○【趙次公曰】舊相，言房琯也。指言於恩追未行之間，則數數遊此湖，此追道其實也。又言闕庭未到之間，且於此遊湖，而當承恩命時，則舟楫爲有光輝也。豉化蓴絲熟，○豉，是義切。蓴，音純。大凡煮蓴，須用鹽豉，以物性最相宜也。○【王洙曰】世説：王武子前有羊酪，問陸雲〔一〕：「吴中何以敵此？」機曰：「千里蓴羹，未下鹽豉。」○千里，乃湖名也。○【師古曰】本草：蓴生水中，華似鳧葵。三月至八月，爲絲蓴。九月至十一月，名瑰蓴。春夏細〔二〕長肥滑，爲絲蓴。至冬，短爲猪蓴，亦名龜蓴。刀鳴鱠縷飛。○【趙次公曰】潘安仁西征賦：饔人切縷，鑾〔三〕刀若飛。使君雙皂蓋，○【王洙曰】漢制：二千石皂蓋，朱兩轓〔四〕。灘淺正相依。

【校記】

〔一〕雲，元本、古逸叢書本作「機」。

〔二〕細，元本、古逸叢書本作「幼」。

〔三〕鑾，元本、古逸叢書本作「鸞」。

〔四〕幡，元本、古逸叢書本作「旛」。

得房公池鵝

房相西池鵝一群，○池，或作亭。見前篇。眠沙泛浦白於雲。鳳凰池上應迴首，○【趙次公曰】公以自興也。晉荀勗罷中書令，爲尚書。人賀之，乃曰：「奪我鳳凰池，何賀我耶？」爲報籠隨王右軍。○【趙次公曰】王羲之，字逸少，爲右軍將軍、會稽内史。性愛鵝，山陰有道士好養鵝，羲之往觀焉，意甚悦，因求市之。道士云：「爲寫道德經，當舉群相贈。」羲之欣然寫畢，籠鵝而歸，甚以爲樂。○王羲之守永嘉，五馬常相隨，騷人爲之吟曰：「旌旆從南來，五馬立踟躕。人愛史〔一〕君好，換鵝非俗書。」凡軍禮，將軍伏鉞閫外，晉江右〔二〕列職，以將軍守之，如唐之觀察、節度也。

【校記】

〔一〕史，元本、古逸叢書本作「使」。

〔二〕右，古逸叢書本作「左」。

答楊梓州

悶到楊公池水頭，坐逢楊子鎮東州。○【王洙曰：「梓州，東州也。」】東州，梓州路也。却向青溪不相見，回船應載阿戎遊。○【師古曰】楊梓州之先人昔嘗守梓州，鑿池一百頃，引水爲農田之利，在梓州青溪之西，號爲楊公池。今乃子又守此州，故甫有「應載阿戎遊」之句以美之。○【趙次公曰】按，晉阮籍謂王渾曰：「與卿語，不若與阿戎談。」戎，乃渾之子也。

投簡梓州幕府兼簡韋十郎官

幕下郎官安穩無，○【趙次公曰】佛書有曰：問世尊安穩否？從來不奉一行書。○行，户郎切。因知貧病人須棄，能使韋郎跡也疏。○此公譏之之辭也。

莫相疑行

男兒生無所成頭皓白，○樊作「男兒一生無成頭皓白」。○【趙次公曰】李陵書：男兒生無所成名。牙齒欲落真可惜。憶獻三賦蓬萊宫，○【王洙曰】天寶九載，明皇納處士之議，以明年朝獻太清宫，饗廟〔一〕及郊。甫乃獻三大禮賦以預言其事，帝奇之。○長安志：大明宫，龍朔二年大加興葺，曰蓬萊宫。咸亨三年曰含光宫。長安元年復曰大明宫。自怪一日聲輝赫。○輝，王作烜。集賢學士如堵墻，○【王洙曰】禮射義：孔子射於矍相之圃，觀者如堵墻。觀我落筆中書堂。

○【師古曰】中書堂，即宰相所坐之堂也。○【王洙曰】按新唐書：甫獻三賦，帝奇之，使待制集賢院，命宰相試文筆。又按：開元十三年，改集仙殿爲集賢殿，麗正殿書院爲集賢殿書院。院内五品以上爲學士，六品以下爲直學士。往時文彩動人主，○人主，謂明皇也。○【趙次公曰】：「李蕭遠運命論：封己養高，勢動人主。」】運命論：高勢動人主。此日飢寒趨路傍。○【九家集注杜詩依例爲「王洙曰」。又，杜陵詩史、分門集注、補注杜詩引作「趙次公曰」。】至德二載，甫受左拾遺。及房琯罷相，甫上疏論琯不宜廢，肅宗怒，出爲華州司功。屬關輔饑亂，棄官寓同谷，自負薪採橡〔二〕，餔備不給，遂出蜀，卜居成都。晚將末契託年少，○【師古曰】年少，指嚴武也。甫與武父嚴挺之素善，武時年尚少，鎮成都，甫往依焉故也。○【九家集注杜詩引作「杜田補遺」。又，杜陵詩史、分門集注、補注杜詩、集千家注批點杜工部詩集引作「趙次公曰」。】按，陸士衡嘆逝賦：託末契於後生，余〔三〕將老而爲客。當面輸心背面笑。○【王洙曰】輸，一作論。○【師古曰】按唐新書：甫嘗登武床，瞪視曰：「嚴挺之乃有此子！」武外若不忤，中銜之。一日，欲殺甫，集吏於門，武將出，冠挂于簾三〔四〕，左右白其母，奔救得止。武與甫由是有隙，故甫譏其不以誠相待，而有是作也。○或者又謂，唐史氏承范攄〔五〕雲溪友議之誤，以公詩考之，武求鎮蜀，甫再依武，相歡洽，無恨恨意。史氏當失之也。寄謝悠悠世上兒，不爭好惡莫相疑。

【校記】

〔一〕廟，古逸叢書本作「應」。

〔二〕椽，原作「梠」，據古逸叢書本改。
〔三〕余，元本、古逸叢書本作「念」。
〔四〕三，元本作「玉」，古逸叢書本作「上」。
〔五〕攄，元本、古逸叢書本作「慮」。

新定杜工部草堂詩箋斠證卷第二十七

春末再至成都所作

寄司馬山人十二韻

關内昔分袂，天邊今轉蓬。驅馳不可説，談笑偶然同。道術曾留意，先生早擊蒙。○【王洙曰】蒙卦。家家迎薊子，○薊，居例切。薊子、壺公，皆神仙人，以比司馬也。○【王洙曰】後漢方術傳：薊子訓有神異之道，士大夫皆承風向慕之。駕驢車與諸生俱詣許下，其迫逐觀者常有千數。既到京師，公卿以下候之者坐上常數百人。處處識壺公。○【王洙曰】方術傳：費長房爲市掾，市中有老翁賣藥，懸一壺於肆頭，及市罷，徑跳入壺中。長房於樓上睹之，異焉，因往再拜。翁乃與俱入壺中。長嘯峨嵋北，潛行玉壘東。○【王洙曰：「江賦：峨嵋爲泉陽之揭，玉壘作東別之標。」】峨嵋、玉壘二山，皆在蜀。○【曾曰】潛行，謂晦迹也。有時騎猛虎，虛室使仙童。髮少何勞白，顏衰肯更紅。○【梅曰】此聯已下，公自叙也。望雲悲轗軻，○轗，音坎，或作坎。軻，音可，或從土。皆不得志也。七諫篇：然轗軻而留滯〔一〕。畢景羨沖融。○【韓曰】沖融，言司馬養和氣，如陽春也。喪亂形仍役，凄凉信不通。懸旌要路口，倚劍短亭中。○【康曰】此聯言屯戍之兵以防寇盗者也。永作殊方客，殘生一老翁。相哀骨可換，亦遺馭清風。○此乞憐於司馬也。○【王洙曰】莊子逍遥遊篇：列子馭風而行，泠然善也。

【校記】

〔一〕滯，元本、古逸叢書本作「連」。

春歸

○【趙次公曰】此言歸當春時，非謂春色之歸也。

苔逕臨江竹，茅簷覆地花。○覆，讀去聲。甫避楊子琳之亂，適東川。寇平，復以春時歸草堂，喜見其當逕之竹臨江而茂，倚簷之花覆地而榮也。別來頻甲子，倏忽又春華。○倏，音叔。倏忽，犬疾走也。○【師古曰】甲子，記時節也。謂之頻，則歷時之已久。及歸到草堂，驚其景物之變，倏忽又春華也。○按集有云「甲子西南異」、「甲子混泥塗」，皆言其歷時之多也。倚杖看孤石，傾壺就淺沙。遠鷗浮水静，輕燕受風斜。世路雖多梗，○梗，古杏切。吾生亦有涯。○【王洙曰】莊子養生主篇：吾生也有涯。此身醒復醉，○【王洙曰】此身，一作且應。乘興即爲家。

歸來

○【趙次公曰】此篇叙其久往東川而歸也。

客裏有所過，○【王洙曰】過，一作適。歸來知路難。開門野鼠走，散帙壁魚乾。○【王洙曰】謝玄暉詩：陵澗尋我屋，散帙問所知。○注：帙，書衣也。○【九家集注杜詩引作「杜定功曰」：「壁魚，白魚也。俗傳壁魚入道經函中，因蠹食神仙字，身有五色，人得而吞之，可致神仙。」趙次公曰：「壁魚，白魚也，在文書中爾。」】壁魚，本草謂之「白魚」。爾雅謂之「蟫白魚」。○蟫，音潭，又音尋。○【沈曰】郭璞注：衣書中蟲，一名蛃魚。○段成式酉陽雜俎：補闕張周見壁上瓜子化爲白魚，固知列子「朽瓜爲魚」之言不妄。今人呼爲「壁魚」是也。洗杓開新醖，低頭拭小盤。○【王洙曰】一作「低頭著小冠」。憑誰給麴糵，○【趙次公曰：「意欲得之以造酒。」】甫欲得麴糵以造酒也。細酌老江干。○【王洙曰】干，涯也。○【趙次公曰】庾信詩：開君一壺酒，細酌對春風。

草堂

昔我去草堂，蠻夷塞成都。今我歸草堂，成都適無虞。○【師古曰】嚴武鎮成都，卒於永泰元年夏四月。朝廷有詔崔光遠代之。○未幾，朝廷復詔光遠還朝，聽薦人自代。光遠遂表郭英乂。崔旰，光遠之族弟，素與英乂不平，遂舉兵攻殺之。亂成都者，崔旰也，而云蠻夷者，蓋春秋之法，中國而夷狄行，則夷狄之。崔旰以臣叛君，無君臣上下之分，非夷狄而何？甫築草堂於浣花里，因避成都之亂，遂去之東川，亂定，復歸成都。無虞，乃無憂也。請陳初亂時，○甫請歷陳初亂時之事也。反覆乃須臾。○一作斯須。大將赴朝廷，○謂崔光遠也。群小起異圖。○謂崔旰之徒也。中宵斬白馬，盟歃氣已麤。○歃，山洽切。後漢隗囂傳：牽馬釧刀，奉盤錯鍉，遂割牲而盟。注引前書匈奴傳：漢遣鄭昌等與單于及大臣俱登諾水、東山，刑白馬。單于以徑路刀金留犂撓酒〔一〕，魏〔二〕毋丘儉與文欽同反，入壽春城，爲壇於城西，歃血稱兵爲盟。又云，文欽驍果麤猛。西取邛南兵，北斷劍閣隅。○華陽國志：諸葛亮相蜀，鑿石架空爲飛梁閣道，即古劍閣道也。布衣十數人，亦擁專城居。○洙云：即楊子琳、柏正節之徒。子琳爲瀘州刺史，正節爲邛州刺史。其勢不兩大，○【趙次公曰】左氏傳：物莫能兩大。○前漢：事不兩宜。○【王洙曰】又：兩大不相事。始聞蕃漢殊。兩卒却倒戈，○一作「兩卒倒干戈」。卒，藏没切。賊臣互相誅。○昔漢高刑白馬與群臣盟，今旰乘光遠入朝，欲殺英乂，中夜斬白馬，歃血盟誓，遂興兵攻英乂，又西取邛南之兵，以收楊子琳、柏正節，北則斷劍閣以自守。旰署其黨羽十人爲刺史，欲相連結，奈何勢不兩大，小人見利則争，安能屈己相專，是以肺腑各異，如蕃、漢之不相入，終也兩卒倒戈相攻，旰遂見殺。焉知肘腋禍，○戰國策：趙報魏，滅智伯。禍起肘腋。自及梟鏡徒。○梟鳥食母，破鏡食父，喻賊臣不知君臣之分。肘腋，言禍起於左右也。○【王洙曰】按前漢郊祀志：梟，鳥名，食母。破鏡，獸名，食父。黄帝欲絶其類，使百吏祠皆用之，破鏡如貙而虎眼。漢五月五日作梟羹以賜百官，以其惡鳥，故食之也。○【杜田補遺】楞嚴經：如土梟等附塊〔三〕爲兒，及破鏡鳥以毒樹果抱成其子，父母皆遭其食。漢書志以爲獸，楞嚴經以爲鳥。義士皆痛憤，紀綱亂相踰。一國實三公，○【王洙曰】左氏僖公五年傳：狐裘蒙茸，一國三公。吾誰適從？萬人欲爲魚。○唐諱「民」，改作「人」。○【趙次公曰】左氏昭公元年傳：劉定公嘆禹之功，曰：「吾其魚乎？」光武紀：故趙繆王子林説光武曰：「赤眉今在河東，但决水灌之，可使爲魚。」唱和作威福，○【趙次公曰】洪範：臣有作福作威，害于而家，凶于而國。孰能辨無辜。○方崔旴之攻子琳、正節，二子復舉兵討旴之亂。崔寧又攻子琳、正節，蜀大亂，全無紀綱，正謂「一國三公，莫知所適從」，一唱之，一和之，僭天子威福之柄，妄殺無辜。眼前列杻械，○列，晉作引。背後吹笙竽。談笑行殺戮，濺血滿長衢。○濺，一作流。釋名：四達謂之衢。到今用鉞地，風雨聞號呼。鬼妾與鬼馬，○【王洙曰】鬼妾，一作人妾。○【趙次公曰】已殺其主矣，則妾謂之鬼妾，馬可謂之鬼馬。如匈奴以亡者之妻爲鬼妻也。色悲充爾娱。國家法令在，此又足驚吁。○吁，嘆辭也。前列杻械，後吹笙竽，言喜怒無常，獨不顧國家有法令在，自相殺戮，此亦足驚嘆也。賤子且奔走，○賤子，甫謂也。三年望東吳。○地理志：吳地，斗之分野。蘇州爲吳泰伯之墟。泰伯卒，仲雍亦傳國至魯〔四〕孫，武王克商，因而封之也。弧矢暗江海，難爲遊五湖。○周禮職方氏：揚州之浸曰五湖。今吴縣南太湖，即震澤是也，一名震澤，一名笠澤，一名雷澤，一名太湖，一名五〔五〕湖。張勃吴録云：五湖者，太湖之别名，以其周行五百餘里，故以「五湖」爲名。虞翻云：太湖有五道，别謂之五湖。東道長洲松江水，南道烏程雲溪水，西道義興荆溪水，北道晉陵滆湖水，東南道嘉興韭溪水。余以國語考之，吴、越戰於五湖，直在笠澤一湖中戰耳。當以吴録之言爲是也。不忍竟舍此，○舍，與捨同。復來薙榛蕪。○【鄭卬曰】薙，它計切。○周禮：薙氏。鄭玄注：薙，翦也。一云除草也。故甫是以望東吴之地，移居夔州，蓋避蜀亂，欲迤邐下峽，之荆南，復顧四海之内，弧矢皆紛亂，不敢泛遊五湖，又却歸成都，芟薙草堂之荒穢，聊且駐居於此也。入門四松在，○甫昔於草堂植四松，今歸猶在。按集有詩云：「尚念四小松，蔓草與拘纏。霜骨不甚長，永爲隣〔六〕里憐。」又云：「新松恨不高千尺。」足知甫眷眷於此松而不忘也。步堞萬竹疏。○【鄭卬曰】堞，徒協切。○矮墻也。按集有詩云：「我有陰江竹。」又云：「今晨去千竿。」又云：「惡竹應須斬萬竿。」乃知甫植竹若此之盛多也。○【王洙曰】堞，一作屧。○【趙次公曰】宋袁粲爲丹陽尹，常步屧白楊郊野間。惡〔七〕犬喜我歸，低徊入衣裾。隣里喜我歸，沽酒攜胡蘆。○【王洙曰】一作提榼壺。○揚雄〔八〕酒德頌：動則挈榼提壺。大官喜我來，○喜，一作知。遣騎問所須。城郭喜我來，○喜，一作知。賓客隘村墟。○【趙次公曰：「此四韻木蘭歌格也。其辭：爺娘聞女來，出郭相扶將。阿姊聞妹來，當户理紅妝。小弟聞姊來，磨刀霍霍向豬羊。」】此甫全用木蘭詩體。天下尚未寧，健兒勝腐儒。○謂兵革之際，武夫得志，儒道不振也。○【王洙曰】漢黥布傳：上對衆析〔九〕隨何曰：「爲天下安用腐儒哉？」飄飄風塵際，○王作飄飖。何地置老夫。於時見疣贅，○【鄭卬曰】疣，羽求切。贅，之鋭切。○疣贅，無用之物。甫傷時不己用也。○【王洙曰】莊子駢拇篇：附贅懸疣，出乎形哉。骨髓幸未枯。○昔者大夫七十而致政。○【師古曰】甫年未老而不見用，故有是句。飲啄媿殘生，○【王洙曰】莊子養生主篇：澤雉十步一啄，百步一飲，不蘄畜乎樊中。食薇不敢餘。○【師古曰：「食薇不敢餘，謂其貧也。薇，菜之薄者。」】薇，蕨菜也。甫言其貧，食之薄也。○昔夷、齊隱于首陽，采薇而食之。○【趙次公曰】古詩：食蕨不願餘。

【校記】

〔一〕金留犂撓酒，元本、古逸叢書本作「歃血以飲酒」。

〔二〕魏，元本、古逸叢書本作「又」。

〔三〕塊，古逸叢書本作「瑰」。

〔四〕魯，古逸叢書本作「曽」。

〔五〕五，古逸叢書本作「玉」。

〔六〕隣，元本、古逸叢書本作「憐」。

〔七〕惡，元本、古逸叢書本作「舊」。
〔八〕揚雄，古逸叢書本作「劉伶」。
〔九〕析，元本、古逸叢書本作「折」。

除草

○【王洙曰。又，集千家注批點杜工部詩集引作「公自注」。】去蘞草也。
○蘞，音潛，又徐炎切，山韮也。

草有害於人，曾何生阻脩。其毒甚蜂蠆，○蠆，丑賣切。○【王洙曰】左氏傳：「蜂蠆猶有毒。」其多彌道周。○【趙次公曰：「蜂蠆、蘞上皆芒刺，觸之能螫人。彌道周，蘞最蔓生。」】言蘞草彌滿生於脩遠險阻之道傍，往來有觸之者，其草之芒刺能螫人，其毒有甚於蜂之蠆也。清晨步前林，江色未散憂。芒刺在我眼，焉能待高秋。○【師古曰】草喻小人，道周喻居王之左右，君子疾之如芒刺在眼，求其所以去之之術。春以喻賞，秋以喻罰焉。待高秋，急於去小人者也。霜雪一霑凝，蕙葉亦難留。○【師古曰】蘭蕙，香草也。以比君子。今蕙草同爲霜雪所殺，喻政刑無辨，善惡莫分也。荷鋤先童稚，○荷，胡可切。日入仍討求。轉置水中央，豈無雙釣舟。○先者，謂以身率先之。○【晏曰：「禮：薙人掌殺草，有水火之化。以釣舟載而致之水，此水化也。」】日暮以釣舟載而致之水中，此水化也。周禮「薙人掌殺草，有水火之化」是也。頑根易滋蔓，○【王洙曰】左氏傳：無使滋蔓，蔓難圖也。敢使依舊丘。○【師古曰】小人立黨，以黨滋盛，固不可近也。自茲藩籬曠，更覺松竹幽。○【師古曰】松竹有高操，君子自守之象。小人去，則君子道長，而松竹得遂其生養之性也。芟荑不可闕，疾惡信如讎。○【王洙曰】左氏隱公六年傳：周任有言曰：「爲國家者，見惡如農夫之務去草焉。芟夷蘊崇之，絶其本根，勿使能殖。則善者使信之矣〔一〕。」○【師古曰】甫此篇大有含蓄，詳玩之頗有味矣。

【校記】

〔一〕使信之矣，古逸叢書本作「信矣」。

四松

○何瓚書序「闊步文翁房裏月，閑尋杜甫宅前松」，謂此也。

四松初移時，大抵三尺强。別來忽三歲，離立如人長。○【趙次公曰】曲禮：離坐離立。○按集有草堂詩云「入門四松在」，謂始移小松植於草堂，不過高三尺，避亂往東川，凡經三載矣，今來歸，已離立如人長。○【師古曰】又云「賤子且奔走，三年望東吳」，則知甫去草堂，及歸時凡涉三歲矣。會看根不拔，莫計枝凋傷。幽色幸秀發，疏柯亦昂藏。所插小藩籬，本亦有隄防。終然振撥損，○【鄭卬曰】振，直庚切。撥，比末切。○【師古曰】振撥，觸撼貌。得愧千葉黃。

○籬以護松，既破則松有觸撼而千葉黄也。敢爲故林主，黎庶猶未康。○【師古曰】甫傷兵亂，尚不保其故居，况吾敢爲故林之主而欲保四松之無損者乎？避賊今始歸，春草滿空堂。覽物嘆衰謝，及兹慰凄凉。○【王洙曰】按集草堂詩云「入門四松在」是也。清風爲我起，灑面若微霜。足以送老姿〔一〕，○【王洙曰】以，一作爲。聊待偃蓋張。○待，一作將。○【趙次公曰】抱朴子有「天陵偃蓋之松」。我生無根蒂，配爾亦茫茫。○人生無根蒂，求欲長與松爲伴偶，理難定也。有情且賦詩，事迹可兩忘。勿矜千載後，慘澹蟠穹蒼。○乃若千載之後，勢蟠穹蒼，又非吾之可知，何矜惜之有乎？玉策記：千歲松四邊枝起，上杪不長，望而視之，有如偃蓋，其中有物，或如青牛，或如青犬，或如人，皆壽萬歲。

【校記】

〔一〕姿，原作「婆」，據杜陵詩史、分門集注、補注杜詩、集千家注批點杜工部詩集改。九家集注杜詩作「資」。

水檻

蒼江多風飆，雲雨晝夜飛。茅軒駕巨浪，○【王洙曰】郭璞遊仙詩：高浪駕蓬萊。焉得不低垂。遊子久在外，〇遊子，甫自謂也。門户無人持。〇【師古曰】持，謂守也。〇古樂府隴西行：健婦持門户，勝一大丈夫。高岸尚爲谷，〇詩正月篇。何傷浮柱欹。扶持有勸誡，〇【王洙曰】論語：危而不持，顛而不扶，則將焉用彼相矣。恐貽識者嗤。既殊大厦傾，可以一木支。〇【師古曰】謂岸谷尚有變易，於水檻何恨乎？水檻駕于巨浪之上，爲水所蕩，浮柱欹側，此以常理。但顛危必用扶持也。此甫含蓄意思，諷朝廷之材當顛危際，莫有扶持者矣。〇叔孫通贊：廊廟之材，非一木之枝。臨川視萬里，何必欄檻爲。〇【師古曰】此言王者當以天下爲度，一視同仁，恩及無外，不可有此疆爾界之辨。諷肅宗示人不廣也。人生感故物，慷慨有餘悲。

破船

平生江海心，宿昔具扁舟。豈惟清溪上，日傍柴門遊。〇【趙次公曰】此言志在江海，豈局促於清溪之傍柴門而遊爲事乎？倉惶避亂兵，〇【師古曰】避崔旰之亂，往梓州也。緬邈懷舊丘。〇【師古曰：「舊丘，故林也，指草堂。」】謂遠懷草堂之故林也。鄰人亦已非，〇【師古曰】謂流離也。野竹獨脩脩。船舷不重扣，〇【鄭卬曰】舷，胡田切。〇【師古曰】船傍也。埋没已經秋。〇【師古曰】甫昨去成都，已經三秋。向者所泛扁舟，弊而埋没於泥沙，故不堪扣其舷以節歌也。仰看兩飛翼，下媿東逝流。○【師古曰】謂在東川而未及西歸也。故者或可掘，○【師古曰】故者，謂破船也。新者亦易求。所悲數奔竄，○【鄭卬曰】數，色角〔一〕切。○屢也。白屋難久留。

【校記】

〔一〕角，原作「色」，據古逸叢書本改。

王録事許修草堂貲不到聊小詰

爲嗔王録事，不寄草堂貲。昨屬愁春雨，能忘欲漏時。

寄邛州崔録事

邛州崔録事，聞在果園坊。○【王洙曰：「果園坊在成都。」】坊在成都。久待無消息，終朝有底忙。應愁江樹遠，○應，音因。怯見野亭荒。浩蕩風塵外，誰知酒熟香。

過故斛斯校書莊二首老儒艱難時病於庸蜀歎其没後方授一官〇【「老儒艱難時病於庸蜀歎其没後方授一官」，杜陵詩史、分門集注皆無，九家集注杜詩、集千家注批點杜工部詩集引作「公自注」。】

此老已云殁，鄰人嘆亦休。竟無宣室召，〇【王洙曰】漢文帝召賈誼於宣室。徒有茂陵求。〇【王洙曰】司馬相如傳：既病免，家居茂陵。天子曰：「相如病甚，可往取其書。」所忠往，而相如已死，妻曰：「長卿時爲一卷書。曰：『有使來求書，奏之。』」其遺札言封禪之事。所忠奏焉。天子異之。謝玄暉詩：茂陵將見求。妻子寄他食，園林非昔遊。空餘遺繐在，〇【王洙曰：「陸士衡注：繐，細布而疏者，爲靈帳。裙繐帳之冥漠也。」】繐，音歲，疏布也。用爲靈柩之帳。〇【王洙曰】謝玄暉詩：繐帷飄井幹。淅淅野風秋。燕入非傍舍，鷗歸祗故池。斷橋無復板，卧柳自生枝。〇【王洙曰】嘆其池館依舊而人不可見也。〇【趙次公曰】梁孝感詩：卧柳尚還生。遂有山陽作，〇【王洙曰】向秀與嵇康爲竹林之遊，作思舊賦：濟黄河以泛舟兮，經康山陽之舊居。多慙鮑叔知。〇山陽、鮑叔，以比斛斯也。〇【王洙曰】列子力命篇：管夷吾、鮑叔牙二人相友，甚厚。管仲嘗曰：「生我者父母，知我者鮑叔也。」世稱管、鮑善交。素交零落盡，〇【王洙曰】劉孝標絶交論：斯賢達之素交，歷萬古而一遇。白首淚雙垂。

揚旗

○【九家集注杜詩依例爲「王洙曰」。又，杜陵詩史、分門集注、補注杜詩引作「王彥輔曰」，集千家注批點杜工部詩集作「公自注」。】二年夏六月，成都尹鄭公置酒公堂，觀騎士試新旗幟。○按元稹誌公墓曰：南劍節度嚴武狀爲工部員外郎、參謀軍事。廣德二年甲辰，公年五十二。其夏，公至錦江，作此詩，以美其將平吐蕃之難也。

江雨颯長夏，○【王洙曰】江，一作風。○【石曰】夏日長，故云長夏。颯，動也。府中有餘清。○呂氏春秋：冬不用箑，清有餘也。我公會賓客，肅肅有異聲。○【君平曰】謂鄭公持軍嚴肅，有異名也。○【王洙曰】詩：至止肅肅。初筵閱軍裝，○【杜陵詩史引作「王洙曰」，分門集注引作「竦曰」。】閱，視也。羅列照廣庭。庭空六馬入，○【王洙曰】六，一作四。駊騀揚旗旌。○【鄭卬曰】駊，布可切。騀，羊可切。馬搖頭也。○又，高貌。迴迴偃飛蓋，○【倪曰】勢迴旋也。熠熠迸流星。○熠熠，色鮮明也。來纏風飊急，○【王洙曰】纏，一作衝。去擘山岳傾。○【彭曰】此聯言揚旗去來疾速之狀也。材歸俯身盡，妙取略地平。虹蜺就掌握，○【趙次公曰：「虹蜺，以言旗卷舒。」】虹蜺，喻旗也。舒卷隨人輕。三州陷犬戎，○【趙次公曰：「言去年十一月，吐蕃陷松、維、保三州，在西山之地。〕【按代宗紀：吐蕃陷松、維二州。○二州，或作三州。考之柳芳曆：廣德元年，糧運絶，劍南節度高適不能軍，吐蕃陷松、維、保三州。按集，公夔江作往在詩曰「前日厭羯胡，後來遭犬戎」，羯胡謂天寶之禄山也，犬戎謂廣德之吐蕃也。狄本犬種，今之犬戎，指吐蕃也。又有云「近聞犬戎遠遁逃」是也。但見西嶺青。○西嶺，即雪山也。常見青煙而起，乃舉烽求援也。華陽雪嶺記：西南觀錦城若井底，其上積雪千仞。公來練猛士，欲奪天邊城。○謂喜得鄭公來作鎮，訓練士卒，欲奪所喪之故地也。時廷命鄭公拓雪嶺，斷氐〔一〕右臂，是以威行劍外。按集有早秋詩「已收滴博雲中戍，更奪蓬婆雪外城」者是也。此堂不易升，○【鄭卬曰】易，以豉切。○【王洙曰】謂食人之禄，居人之位，當憂其事也。庸蜀日已寧。○庸蜀，本蠻地，漢時始通中國。今鄭公來鎮守，蜀中已寧静矣。寰宇記：益州，古梁州也。濮庸，蜀之地，在秦外〔二〕，漢中、巴、蜀三郡。吾徒且加餐，休適蠻與荆。○【趙次公曰：「相勸加餐飯，而不必捨去，以嚴公之故也。」】甫勉衆且加餐飯，無爲念慮吐蕃而欲適吳、楚，以鄭公之故也。○【師古曰】然甫終去蜀，之荆蠻，且以是辭以美鄭公也。○【王洙曰】王粲七哀詩：復棄中國去，遠身適荆蠻。

【校記】

〔一〕氐，元本、古逸叢書本作「底」。

〔二〕外，元本、古逸叢書本作「州」。

立秋日雨院中有作

山雲行絶塞，〇塞，先代切。大火復西流。〇大火，心星也。火西流則寒將至也。豳風：七月流火。〇【薛夢符曰】左氏哀公十二〔一〕年傳：冬十二月，螽。季孫問仲尼，仲尼曰：「丘聞之，火復而後蟄者，畢。今火猶西流，司曆過也。」飛雨動花屋，蕭蕭梁棟秋。窮途愧知己，〇窮途，甫自謂。〇【趙次公曰】知己，指嚴武也。暮齒借前籌。〇甫依武於蜀，武辟甫爲幕府從事。〇【趙次公曰。又，門類增廣十注杜詩引作「杜云」。杜陵詩史、分門集注、補注杜詩引作「修可曰」。】故甫言其晚年而得預節度府參謀也。〇【王洙曰】漢張良願前〔二〕箸以籌之。已費清晨謁，那成長者謀。〇長，丁丈切。〇【希聲曰】甫言日過武廳謀軍府事。〇非能成長老之謀也。解衣開北户，高枕對南樓。樹濕風涼進，江喧水氣浮。禮寬心有適，〇【趙次公曰】言武待我禮數寬厚。〇不以幕府屬官拘檢之也。節爽病微瘳。〇【趙次公曰】節爽，乃詩題所謂「立秋日」，氣清爽也。甫素有渴疾，惟得涼則少蘇也。主將歸調鼎，〇書説命：若作和羹，爾惟鹽梅。吾還訪舊丘。〇【王洙曰】主將，謂嚴武也。時武還朝，故甫期以入相，吾欲隨之歸長安也。鮑照詩：去鄉三十載〔三〕，復得還舊丘。

【校記】

〔一〕二，元本、古逸叢書本作「三」。

〔二〕前，元本、古逸叢書本作「借」。

〔三〕載，元本、古逸叢書本作「年」。

軍城早秋

鄭國公嚴武作

昨夜秋風入漢關，○借漢以言唐也。朔雲邊雪滿西山。○西山，即雪山也。謂其冬夏常積雪故也。更催飛將追驕虜，○【王洙曰】漢匈奴常號李廣爲「飛將軍」。○驕虜，指吐蕃也。莫遣沙場匹馬還。○此戒之之辭也。○【門類增廣十注杜詩引作「杜云」。杜陵詩史、分門集注、補注杜詩、集千家注批點杜工部詩集引作「修可曰」。】春秋公羊傳：匹馬隻輪無反者。

奉和軍城早秋

秋風嫋嫋動高旌，○嫋，奴鳥切。長弱〔一〕貌。○【王洙曰】九歌：嫋嫋兮秋風。玉帳分弓射虜營。已收滴博雲間戍，○【趙次公曰】滴博，屯戍之地名。雲間，以言其高也。更奪蓬婆雪外城。○【趙次公曰】蓬婆，城名也。○按編年通載：廣德二年，嚴武破吐蕃于當狗城，克鹽川城。吐蕃傳：天寶二年已前，王昱兵攻蓬婆嶺，輸劍南粟餉軍。○【趙次公曰】則蓬婆遠在雪山之外也。

【校記】

〔一〕弱，古逸叢書本作「嫋」。

院中晚晴懷西郭茅舍○院中，一作使院。

幕府秋風日夜清，澹雲疏雨過高城。葉心朱實看時落，○王逸荔枝賦：綠葉蓁蓁，朱實叢生。又潘岳笙賦歌曰：棗下纂纂，朱實離離。階面青苔先自生。復有樓臺銜暮景，不勞鍾鼓報新晴。浣花溪裏花饒笑，肯信吾兼吏隱名。○【趙次公曰：「言浣花之開，似能獻笑，必笑我離草堂而宿院，此中有公家事，亦不信我兼爲吏隱也。」】言浣花之開，似笑我離草堂而兼名幕府參謀也。○晉山濤〔一〕嘗謂人曰：「山濤吾所不解，吏非吏，隱非隱。若以元禮爲龍門，則當點額暴鱗矣。」

【校記】

〔一〕此當爲孫綽語。

到村

碧澗雖多雨，○釋山：山〔一〕夾水曰澗。秋沙先少泥。○【王洙曰】先，陳作亦。○【鄭卬曰】先，先見切。先後也。蛟龍引子過，荷芰逐花低。老去參戎幕，○【趙次公曰】謂爲劍南節度參謀也。歸來散馬蹄。稻粱須就列，榛草即相迷。○【趙次公曰】言既離草堂而入使院，則荒逕生草，反相迷矣。蓄積思江漢，○【王洙曰：「蓄積，猶鬱結也。思江漢以瀉其鬱結爾。」】蓄積，猶欝結也。思江漢以濯之耳。頑疏感町畦。○町，他典切。畦，胡圭切。○【王洙曰】隴畝也。○畔，埒也。○【趙次公曰】言其稟性頑疏，所感者但在町畦之間，故雖朝夕在院，而仍思一歸也。○【薛蒼舒曰】莊子人間世篇：彼且爲町畦，亦與爲町畦。暫酬知己分，還入故林棲。○【趙次公曰】知己，謂嚴武。言稍酬報知己之分，乃遂歸草堂之故林爾。○【王洙曰】王元長詩：野鳥棲故林。

【校記】

〔一〕山，古逸叢書本無。

宿府

清秋幕府井梧寒，○【趙次公曰】魏明帝詩：雙梧生空井。詩家用井梧，自此始矣。獨宿江城蠟炬殘。永夜角聲悲自語，中天月色好誰看。風塵荏苒音書絶，關塞蕭條行路難。已忍伶俜十年事，○伶，郎丁切。俜，普丁切。失所貌。甫遭亂奔走，自廣德二年逆數至天寶十四載，凡十年矣。彊移栖息一枝安。○甫時寓嚴武幕爲參謀，特一枝之安也。○【王洙曰】莊子逍遥遊篇：鷦鷯巢於深林，不過一枝。

遣悶奉呈嚴鄭公二十韻

白水漁竿客，○後漢郡國志：廣漢郡有白水縣。注：山海經：白水出蜀，而東南入江。清秋鶴髮翁。○【趙次公曰】鶴髮者，耆老之相。庾信賦：予老矣，鶴髮雞皮。胡爲來幕下，秖合在舟中。○【王洙曰：「言體性疏散，止可與漁樵爲偶，不當爲幕客也。」】甫言暮年正可爲漁釣之遊，不當來爲幕客也。黄卷真如律，○【大臨曰】言詩書以禮法繩人也。青袍也自公。○也，當音夜。○【大臨曰】甫謂不卑小官也。○【王洙曰】詩羔羊：自公退食。老妻憂坐痺，○【鄭卬曰】痺，卑利切。幼女問頭風。平地專欹倒，分曹失異同。○【趙次公曰】言其散秩，在府中所坐之曹，不專其事而分之，不知爲異爲同也。禮甘衰力就，義忝上官通。○【趙次公曰】上官，指嚴武也。甫得預府幕，忝通於上官矣。疇昔論詩早，○【趙次公曰】甫嘗與武論詩，已〔一〕在早年矣。光輝仗鉞雄。○【王洙曰：「仗鉞，言嚴公作鎮也。」】武今持斧鉞之威來守蜀也。寬容存性拙，翦拂念途窮。○【王洙曰】謂嚴武奏請爲參謀也。劉孝標絶交論：顧眄增其倍價，翦拂使其長鳴。露裛思藤架，○裛，音邑。煙霏想桂叢。信然龜觸網，直作鳥窺籠。○【趙次公曰】此兩聯言身雖在幕府，而有山林之念，故如龜之在網、鳥之在籠也。西嶺紆村北，南江遶舍東。竹皮寒舊翠，椒實雨新紅。浪簸船應拆，杯乾甕即空。藩籬生野徑，斤斧任樵童。○【師古曰】此四聯甫述草堂之興，恐其荒蕪，而有歸休之意也。束縛酬知己，蹉跎效小忠。○【王洙曰】言性雖疏散，當束縛以酬知己，年雖蹉跎，不足以負任責，亦當效小忠也。周防期稍稍，大簡遂匆匆。曉入朱扉啓，昏歸畫角終。不成尋別業，○【大觀曰】別業，指草堂也。未敢息微躬。烏鵲愁銀漢，○【趙次公曰】言如烏鵲之微力，不足以任填河之責也。○【炎曰：「烏鵲填河，以渡牛、女。」】俗傳七月七夕烏鵲填河成橋，以度牛、女。駑駘怕錦幪。○【趙次公曰】又如駑駘之蹇，體不足以被錦幪之飾也。○徐陵詩：玉鐙繡緹駿，金鞭覆錦幪。會希全物色，將放倚梧桐。○物色，謂形容之衰老也。○【師古曰。又，趙次公曰：「所望於故人知己者，幸全其物色，而放令倚於梧桐也。」】甫仰望嚴鄭公之知己者，冀保其天年，遂其真性，放令歸倚梧桐以自樂也。

【校記】

〔一〕已，元本、古逸叢書本作「居」。

西山○三首

夷界荒山頂，蕃州積雪邊。○【王洙曰】成都記：西山冬夏積雪不消。築城依白帝，○【王洙曰】依，一作連。轉粟上青天。○【趙次公曰】昔公孫述都成都，自號白帝，其所築城在高山之上，本曰白帝城是已。今甫言荒山之頂築城，依倣白帝，所以轉粟之艱難如上青天者也。蜀將分旗鼓，○【趙次公曰】以吐蕃陷松、維、保三州，勢逼近蜀，故分旗鼓以禦之。羌兵助鎧鋋。○【王洙曰】一作井泉。○【鄭卬曰】鎧，苦海切，甲也。鋋，時連切，小矛也。西南背和好，殺氣日相纏。○【趙次公曰】以吐蕃背先帝時盟好，而爲寇不已也。

辛苦三城戍，長防萬里秋。○【王洙曰】明皇還蜀後，蜀東、西兩川爲兩節度，列防秋三戍〔一〕，民罷于役，高適上疏論之曰：「平戎以西數城，皆窮山之顛，蹊隧險絶，運糧束馬之路，坐甲無人之鄉。」不聽。煙塵侵火井，○【趙次公曰】火井雖在邛州，大率是蜀地名，言吐蕃迫蜀中也。○【孫曰】按蜀地志：火井在臨邛。○【王洙曰】蜀都賦：火井沉熒於幽泉，高焰飛煽於天垂。○注：火井欲出其火，先以家火投之，須臾隆隆如雷聲，爛然通天，取井火還煮井水，一斛水得四五斗鹽，家火煮之，不過二三斗鹽耳。博物志：臨邛縣南百里，火井深二三丈，以竹木投取火。後人以火燭投井，火即滅。雨雪閉松州。○【趙次公曰】言松州已陷，而閉於雨雪之中矣。風動將軍幕，○【王洙曰】幕，一作蓋。天寒使者裘。漫山賊營壘，○【鄭卬曰】漫，謨官切。○【王洙曰】漫山，謂賊壘之多也。回首得無憂。

【校記】

〔一〕戍，元本作「成」，古逸叢書本作「城」。

子弟猶深入，○【趙次公曰】子弟，言充兵之人也。關城未解圍。蠶崖鐵馬瘦，○【宋曰】寰宇記：蠶崖關，在永康軍西北四十七里。灌口米船稀。○【程曰】寰宇記：灌口山，在永康軍導江縣。李膺益州記：清水路西七里灌口，古所謂天彭關也。○【趙次公曰】此四句言爲可憂矣，故繼以下句。辯士安邊策，○辯士，説客也。元戎決勝威。○元戎，主將也。今朝烏鵲喜，○【王洙曰】西京雜記：乾鵲噪而行人至。欲報凱歌歸。

戲題寄上漢中王三首時王在梓州初至斷酒不飲篇中有戲述

○【「時王在梓州初至斷酒不飲篇中有戲述」，九家集注杜詩依例爲「王洙曰」，分門集注、補注杜詩引作「王洙曰」，杜陵詩史引作「王彥輔曰」，集千家注批點杜工部詩集引作「公自注」。】

西漢親王子，○【王洙曰：「高祖起漢中，今王封漢中王，故云『西漢親王子』也。」】假漢以言唐也。○【王洙曰】漢中王瑀，乃讓皇帝之子、汝陽王璡之弟。○代宗親王叔父也。成都老客星。○【王洙曰：「後漢嚴陵與光武同宿，而史占云『客星犯帝座』。公蓋自言身在成都爲客也。」】甫自喻也。有如嚴光與光武同宿，太史占客星犯帝座也。百年雙白鬢，一別五秋螢。○【王洙曰】秋，一作飛。○【趙次公曰：「公自言其老，久與漢中王別，而方再得相見。五秋螢，蓋是別後五見螢火矣。」】王瑀乾元元年出刺蓬州，與甫相別五歲矣。忍斷杯中物，○題注。○【王洙曰】陶潛詩：且進杯中物。眠看座右銘。○眠，一作祇，王作眠，當從之。○【王洙曰】昔崔瑗子玉有座右銘。不能隨皂蓋，○【趙次公曰。又，門類增廣集注杜詩引作「王云」。】皂蓋，指漢中王也。漢制：二千石，朱幡皂蓋。自醉逐浮萍。

策杖時能出，○能，王作登。謂早出也。王門異昔遊。已知嗟不起，○【師古曰】甫言王因酒得病，卧而不起，遂斷不飲也。未許醉相留。蜀酒濃無敵，○【王洙曰】蜀都賦：觴以醥清，〔一〕一醉累月。江魚美可求。○【王洙曰】蜀都賦：嘉魚出於丙穴。終思一酩酊，净掃雁池頭。○【鄭卬曰】西京雜記：梁孝王有雁池，池間有鶴洲鳧渚。○【王洙曰】寰宇記：漢州有雁橋，以水有金雁隱於此池，日暖則見影，故名。○【趙次公曰】或謂：天后時，諸卿大夫晦日重宴高文學林亭，各〔二〕賦詩，而高嶠〔三〕詩云：駕言尋鳳侶。又云：乘顧俯雁池。以是知雁池之名，其來尚矣。

【校記】

〔一〕醥清，古逸叢書本作「清醥」。

〔二〕各，元本、古逸叢書本作「冬」。

〔三〕嶠，元本、古逸叢書本作「矯」。

群盜無歸路，衰顔會遠方。尚憐詩警策，○【杜田補遺】警，驅動貌。策，可以擊馬，謂片言無益，亦猶以策擊馬，得其驚動也。○莊子：警策我也。○【王洙曰】文賦：乃一篇之警策。○【杜田補遺。又，門類增廣集注杜詩引作「王云」。杜陵詩史、分門集注、補注杜詩引作「趙次公曰」。】梁鍾嶸作詩品云：陳思贈弔、仲宣七哀、公幹思友、阮籍詠懷、靈運鄴中、士衡擬古、陶公詠貧之製、惠連擣衣之作，皆五言之警策者也。猶憶酒顛狂。○憶，一作記。魯衛彌尊重，○【王洙曰】喻汝陽王、漢中王乃天子之叔父兄弟，俱領重鎮也。○【趙次公曰：「言王賓客多喪。」】以徐幹、陳琳喻天寶中曳裾王門之賓客友已多亡矣。○【洪薌曰】論語：魯、衛之政，兄弟也。徐陳略喪亡。○【王洙曰】魏文帝與吳質書：徐、陳、應、劉，一時俱逝。何數年之間，零落略盡也！空餘枚叟在，應念早升堂。○【王洙曰：「枚叟，公自喻也。」】枚叟者，乃甫以梁王兔園之客枚乘自喻也。○甫言朋友凋喪，惟漢中王兄弟與甫在，應念昔日結交之時，不宜今日相棄也。○【趙次公曰】雪賦：召鄒生，延枚叟。論語：由也升堂矣。

贈王二十四侍御契四十韻

往往雖相見，飄飄媿此身。不關輕紱冕，○倉頡篇：紱，綬也。説文：大夫以上冠也。但見避風塵。○【趙次公曰】甫以左拾遺出爲華州功曹，而遂自罷官，若輕紱冕者，但以風塵之警，不得不避亂也。一別星橋夜，○【王洙曰】華陽地志：李冰守蜀，造橋七，上應斗魁七星。三移斗柄春。○【趙次公曰】以志時也。斗杓隨時而指，於昏指東則爲春矣，三移則三年矣。○春秋運斗樞曰：北斗七星，第一名天樞，第二至第四爲魁，第五至第七爲杓。杓，即柄也。敗亡非赤壁，○【尹曰】言潼關之敗，兩京遂陷，其禍酷烈，殆非赤壁之比也。○【王洙曰】阮元瑜爲曹公作書與孫權，曰：「昔赤壁之役，遭罹疫氣，燒船自還，以避惡地，非周瑜水軍所能控抑也。江陵之守，物盡穀殫，無所復據，徙民還師，又非周瑜所能敗也。」奔走爲黃巾。○爲，于僞切。○【炎曰】黃巾，以喻祿山也。○【王洙曰】後漢皇甫嵩傳：鉅鹿張角十餘年間衆徒數十萬，遂置三十六方，方猶將軍號也。靈帝中平元年，一時俱起，皆着黃巾爲標幟，時人謂之「黃巾」。○【王洙曰：「安平、甘陵人各執其主以應之。有潁川黃巾，有南陽黃巾張曼成，有汝南黃巾，有葛陂黃巾，有青、徐黃巾。」】蜀鄧〔一〕焉傳：涼州逆賊數千人，自號「黃巾」。又鄭玄傳：會黃巾寇青部，避地徐州。子去何瀟灑，○子，指王侍御也。余藏異隱淪。○【朋曰】甫因奔走避寇，遂成隱淪，非本志也。○餘詳見前注。書成無過雁，○言欲寄書而乏便也。○【王洙曰】蘇武傳：昭帝即位，匈奴與漢和親，漢使復至匈奴，常惠請其守者與俱，得夜見漢使，具自陳，通教使者謂單于言，天子射上林中，得雁足有繫帛書，言某等在某澤中。故范彦龍詩「寄書雲中雁，爲我西北飛」是也。衣故有懸鶉。○公自叙其貧也。○【王洙曰】荀子：子夏貧，衣如懸鶉。恐懼行裝數，○【鄭卬曰】數，色角切。伶俜卧疾頻。○伶，郎丁切。俜，普丁切。○【符曰】失所貌。曉鶯工迸淚，秋月解傷神。○【趙次公曰】春鶯、秋月，人所賞翫，而鶯所工者在於迸人之淚，月所解者在於傷人之神，則以亂離疾病之所感也。〔二〕會面嗟黧黑，○【王洙曰。又，分門集注引作「孫炎曰」。】李斯傳：禹鑿龍門，股無胈，脛無毛，手足胼胝，面目黧黑。含凄話苦辛。○謝靈運廬陵墓下詩：含凄託廣州。○【王洙曰】古詩：坎軻長辛苦。接輿還入楚，○【師古曰】言甫自蜀適荆、衡，故以接輿爲比也。○【王洙曰】接輿，楚人，論語「楚狂接輿」是也。王粲不歸秦。○【趙次公曰】自喻不得歸長安之故鄉，故又以王粲爲比也。○【王洙曰】謝靈運擬魏公鄴公詩序云：王粲本秦川貴公子孫，遭亂流寓，自傷情多。詩曰：整裝辭秦川，秣馬赴楚壤。錦里殘丹竈，○言去錦城之久，空殘煉藥之爐矣。花溪得釣綸。○【趙次公曰：「以言前此不在浣花，而人往往得之。」】言浣溪之人得我前日所遺之釣綸矣。消中祇自惜，○【趙次公曰：「公自言也。取古人以此消中消渴也。司馬相如常有消渴病。」】消中，甫自謂有消渴之病也。晚起索誰親。○索，蘇各切。○【趙次公曰：「爲況蕭索无親之者。又音求索之索，言將求誰親我乎？亦通。以俟明識。」】謂流寓索居而無骨肉之親也。或謂：索音求索之索，亦通。伏柱聞周史，○【趙次公曰】柱史，比王公之爲侍御也。○劉向列仙傳：李耳字伯陽，陳人也。生於殷時，爲周柱下史，好養精氣，轉爲守藏史。○【王洙曰】王康琚詩：老聃伏柱史。乘槎有漢臣。○【趙次公曰】乘槎，豈非羨王侍御嘗使吐蕃乎？○【王洙曰】餘見「查上似〔三〕張騫」注。鴛鴻不易狎，龍虎未宜馴。○【趙次公曰：「言王侍御如鴛鴻、龍虎之莫能狎馴也。」】言王侍御不可得而親近，如鴛鴻、龍虎之莫能狎馴也。○古樂府：莫狎鴛鴻侶。曹植曰：嗟龍虎之未馴。客即挂冠至，交非傾蓋新。○【師古曰】時王侍御守漢州，甫自秦亭棄拾遺而來，今一見之，有如舊相識也。○【王洙曰】晉葛洪掛冠不仕。○孔叢子：孔子與程子相遇於塗，傾蓋而語。○【王洙曰】鄒陽傳：白頭如新，傾蓋如故。由來意氣合，直取性情真。浪跡同生死，無心耻賤貧。○【趙次公曰】言共遭亂離而爲心友，真可以託死生，而不以甫之貧賤爲耻也。偶然存蔗芋，幸各對松筠。麁飯依他日，窮愁怪此辰。女長裁褐穩，○長，如字。男大卷書勻。○【趙次公曰】

兩聯通義，言粗糲之飯依如他日，所以窮愁者在乎女長男大，則婚嫁之事來相迫矣。湔口江如練，○【鄭卬曰】湔，普崩切，又普冰切。○【趙次公曰】此以下言王侍御之所居也。樂史寰宇記：李冰擁江作湔，曰湔堰，在導江縣。○又云：湔口在彭州。○【王洙曰】或云：湔口，岷江所經。謝玄暉詩：澄江静如練。蠶崖雪似銀。○王洙云：蠶崖關，在西山。黄庭堅云：蠶崖在茂州，帶雪山。魯訔云：蠶崖在松州。名園當翠巘，○巘〔四〕，魚蹇切。野棹没青蘋。屢喜王侯宅，○【趙次公曰：「王侯宅，普言之，而王侍御亦在其中矣。」】王侯宅，統言王侍御與嚴鄭公也。時邀江海人。○【趙次公曰：「江海人，公自况也。」】甫自謂常爲嚴鄭公、王侍御顧遇也。追隨不覺晚，款曲動彌旬。但使芝蘭秀，○甫期與王侍御心德之芬芳，有如芝蘭之秀也。易曰「同心之言，其臭如蘭」是也。○【王洙曰】或謂晉謝玄答叔父安曰：「子弟譬如芝蘭玉樹，欲使其生於庭階耳。」何煩棟宇隣。○【趙次公曰】甫草堂在成都浣花里，王侍御所居在導江縣，故有是句。陶潛答龐參軍四言詩：歡心孔洽，棟宇惟鄰。山陽無俗物，○【師古曰】言王侍御之門下無俗客也。○【王洙曰】向秀與嵇康爲竹林之遊，經康所居之山陽，作思舊賦云：濟黄河以泛舟兮，經山陽之舊居。阮籍謂王戎曰：「俗物以復來敗人意。」鄭驛正留賓。○又以鄭莊比王侍御之禮賢也。○【趙次公曰】史記：鄭莊爲太子舍人，嘗致驛馬於長安諸郊，請謝賓客，夜以繼日。出入並鞍馬，○【趙次公曰】鮑照詩：鞍馬光照地。光暉參席珍。○【王洙曰】儒行：儒有席上之珍以待聘。重遊先主廟，○先主廟，今在南門外。更歷少城闉。○【王洙曰】少城，張儀所築也。石鏡通幽魄，○【趙次公曰】蜀王葬其妃，徇以石鏡。琴臺隱絳脣。○【趙次公曰】琴臺乃司馬相如彈琴之所。○餘並見前注。送終惟糞土，結愛獨荆榛。○【師古曰】此兩聯又寓意傷鄭公之死，朋舊凋喪，今幸遇王侍御禮待之隆，可以駐足也。置酒高林下，觀棋積水濱。○【師古曰】此聯以下甫自叙其依王侍御也。○【趙次公曰】或者又謂：此以結上句，初以石鏡送終，今墓中之人已糞土矣，以琴結夫婦之好，今則徒生荆棘矣。既往之事爲可弔，則致酒觀棋以遣懷耳。區區甘累趼，○【鄭卬曰】趼，古典切。○【趙次公曰】足瘡也。莊子：百舍重趼而不息。稍稍息勞筋。網聚粘圓鯽，絲繁煮細蓴。○蓴，音純，水菜也。○【趙次公曰】此聯又言歸浣花草堂之樂也。○餘見前注。長歌敲柳癭，○【鄭卬曰】癭，於郢切。謂罇也、瘤也。○曹植詩「我有柳癭瓢」是也。小睡凭藤輪。○藤輪，謂車也。謝、鮑詩「花蔓引藤輪」是也。農月須知課，田家敢忘勤。○忘，無放切。浮生難去食，良會惜清晨。列國兵戈暗，今王德教淳。要聞除猰㺄，○【鄭卬曰】猰，烏八切。㺄，勇主切。猰㺄，獸名。○【師古曰】喻盜賊也。○【杜陵詩史、分門集注、補注杜詩引作「修可曰」。】爾雅釋獸：猰㺄，類貙虎，有〔五〕爪，食人飛走。○郭璞注：貙大如狗，文如貍。淮南子本經訓：猰㺄爲害，堯使羿殺之，萬民皆喜。休作畫麒麟。○【趙次公曰】但以除猰㺄爲心，不必志於畫形麒麟閣上也。○餘見「今代麒麟閣」注。洗眼看輕薄，○【趙次公曰】輕薄，言交道之不終者。甫蓋有激而云耳。虛懷任屈伸。莫令膠漆地，萬古重雷陳。○【趙次公曰】甫之望王侍御者，至矣。○【王洙曰】後漢陳重與雷義爲友，時人語曰：「膠膝自謂堅，不如陳與雷。」

【校記】

〔一〕鄧，古逸叢書本作「劉」。

〔二〕也，元本、古逸叢書本作「者」。

〔三〕似，元本、古逸叢書本作「憶」。

〔四〕巘，元本、古逸叢書本無。

〔五〕有，據古逸叢書本補。

送舍弟穎○穎，一作頻。赴齊州三首○齊州，古之濟南國也。按

集，大曆三年有懷穎觀諸弟詩，又有弟觀迎親就當陽山居詩，又有隴右月夜憶弟詩，又有弟豐獨在江左詩，又有弟觀藍田迎婦詩。甫四弟觀、豐、穎已見於詩，舍弟占歸草堂檢校詩云「久客應吾道，相隨獨爾來」是也。

岷嶺南蠻北，○岷嶺，蜀之岷峨山。○【王洙曰】南蠻，南詔蠻也。徐關東海西。○【趙次公曰】徐關，齊地也。言弟穎自岷蜀起發而之齊耳。此行何日到，送汝邁行啼。絶域惟高枕，

○【趙次公曰】公自中原而來蜀，則亦以蜀爲絶域。大抵言異方也。清風獨杖藜。危時暫相見，衰白意都迷。

風塵暗不開，汝去幾時來。兄弟分離苦，形容老病催。江通一柱觀，○【鄭卬曰】觀，古玩切。荆州記：江陵有臺，上有一柱，衆梁拱此。或云：荆州有一柱觀，土人呼爲木履觀。○十道志：一柱觀，荆州臨川王起，衆梁萃一柱。麟角類事：江陵臺甚大，惟有一柱，衆梁拱之。晏元獻典類：荆州臨川王義慶立觀甚大，但一柱。日落望鄉臺。○【王洙曰】成都記：隋蜀王秀所創。客意長東北，齊州安在哉。

諸姑今海畔，兩弟亦山東。○【趙次公曰】齊州近海，則是山東矣。去旁干戈覓，來看道路通。短衣防戰地，○【趙次公曰】公自言也。時吐蕃未息，故戎服以在防戰之地也。○【王洙曰】昔趙武靈王好胡服，士皆短衣。匹馬逐秋風。○【趙次公曰】言弟潁之行色也。莫作俱流落，長瞻碣石鴻。○淮南覽冥訓：鉗且、大丙之御，去鞭棄策，車莫動自舉，馬莫使自走，不招指，不咄叱。遇歸雁於碣石，軼鶤雞於姑餘。○【王洙曰】又絶交論：軼歸鴻於碣石，附騏驥於旄端。

新定杜工部草堂詩箋斠證卷第二十八

再至成都所作

嚴鄭公堦下新松〇得霑字。

弱質豈自負，移根方爾瞻。細聲聞玉帳，〇聞，一作隱。疏翠近珠簾。未見紫煙集，虚蒙清露霑。何當一百丈，欹蓋擁高簷。

嚴鄭公宅同詠竹〇得香字。〇【王洙曰】此二詩甫之措意極爲深遠，以意逆志，學者當自思矣。

緑竹半含籜，新梢纔出牆。色侵書帙晚，陰過酒樽涼。雨洗娟娟浄，風吹細細香。但令無翦伐，會見拂雲長。

奉觀嚴鄭公廳事岷山沲江畫圖十韻 ○志字〔一〕

沲水臨中坐，○【鄭卬曰】沱，唐何切。○禹貢：岷山導江東，別爲沲。今成都則梁州之域也。○【鄭卬曰】寰宇記：沲水在成都府新繁縣是也。岷山到北堂。○【王洙曰】到，一作對。○岷山，蜀之岷峨也。山海經：岷山，江水出焉。白波吹粉壁，青嶂插雕梁。直訝杉松冷，兼疑菱荇香。雪雲虚點綴，沙草得微茫。嶺雁隨毫末，川蜺飲練光。霏紅洲蘂亂，拂黛石蘿長。谷暗非關雨，楓丹不爲霜。秋成玄圃外，○【鄭卬曰。又，九家集注杜詩引作「王洙曰」。】成，一作城。○淮南子墬形訓：崑崙上有木禾，其脩五尋。○【鄭卬曰：「崑崙山去地萬一千里，上有層城九重，或上倍之，是謂閬風。又倍之，爲懸圃。」】又曰：崑崙之丘，或上倍之，是謂懸圃。登之乃靈，能使風雨。景物洞庭傍。○【王洙曰：「洞庭，湖名。」】地理志：洞庭，湖名，在岳州之巴陵縣。繪事功殊絶，幽襟興激昂。從來謝太傅，丘壑道難忘。○【師古曰。又，王洙曰：「太傅謝安也。安雖受朝廷，寄東山之志始末不渝。」】晉謝安寓會稽，與王羲之、高陽許詢、桑門支遁遊處，出則魚弋山水。每往臨安山中坐石室，臨濬谷，放情丘壑。及薨，贈太傅。故靈運述祖德詩云「遺情捨塵物，正觀丘壑美」是也。

【校記】

〔一〕志字，古逸叢書本作「得忘字」。

晚秋陪嚴鄭公摩訶池泛舟

○得溪字。○【杜陵詩史、分門集注、分門集注引作「魯曰」。又，集千家注批點杜工部詩集引作「公自注」。】池在府内，蕭摩訶所開，因是得名。○【杜陵詩史、分門集注、分門集注引作「鄭卬曰」。】王彦輔云：即污池也。在錦城西。

湍駃風醒酒，○【鄭卬曰】駃，苦夬切。○【馬曰】疾貌也。船回霧起隄。高城秋自落，雜樹晚相迷。坐觸鴛鴦起，○古今注：鴛鴦，匹鳥也，雌雄未嘗相離。人得其一，一思而死。巢傾翡翠低。○異物志：翠鳥形如燕，赤而雄曰翡，青而雌曰翠。其羽可用以爲飾。莫須驚白鷺，爲伴宿清溪。○【趙次公曰】甫指浣花溪爾。

初冬

垂老戎衣窄，○【王洙曰】謂作簽〔一〕軍謀也。歸休寒色深。○休，一作來。○【趙次公曰】

時方戍屯以防吐蕃。○歸休，謂休假以洗沐也。漁舟上水急，〔二〕獵犬〔三〕著高林。○著，張略切。日暮習池醉，○【趙次公曰】謂陪嚴鄭公出也。晉山簡鎮襄陽，習氏有佳園池，簡日出遊，輒醉而歸。愁來梁甫吟。○【趙次公曰】甫以諸葛亮自比也。○昔亮憤漢衰亂，嘗作梁甫吟。○【師古曰】今甫之愁，其亦厭唐室之亂乎！干戈未偃息，出處遂何心。

【校記】

〔一〕簽，古逸叢書本作「參」。

〔二〕水急，元本、古逸叢書本作「急水」。

〔三〕犬，古逸叢書本作「火」。

太子張舍人遺織成褥段

客從西北來，遺我細織成。○廣雅：天竺出細織成。魏略：大秦國用水羊毛、木皮、野繭絲作織成，皆好色。○【趙次公曰】古詩：客從遠方來，遺我一端綺。開緘風濤湧，中有掉尾鯨。○【鄭卬曰】掉，徒弔切，摇也。○古今注：鯨，海魚也。雌曰鯢。逶迤羅水族，瑣細不足名。○【何曰】逶迤，委曲貌。○【師古曰】此兩聯皆叙織段之紋也。客云充軍褥，承君終宴榮。○【安石曰】宴榮，謂安榮也。空堂魑魅走，○魑魅，一作魍魎。○【師古曰】空堂，言堂上無所有，四壁徒立，而魑魅走，言鬼神驚駭此物也。高枕形神清。○【梅曰】言爽人神思也。領客珍重意，顧我非公卿。留之懼不祥，○【王洙曰】左氏傳：服之不衷，身之災也。施之混柴荆。○言柴門荆户，適足以混污此物，不相稱也。服飾定尊卑，大哉萬古程。○【韓曰】程，謂法度也。○先王之制，衣服器用皆有尊卑貴賤等差，不得奢僭踰法者也。今我一賤老，裋褐更無營。○裋，一作短。煌煌珠宫物，○蒼頡篇：煌煌，光明也。○【趙次公曰】珠宫，謂龍宫也。寢處禍所嬰。○所，一作相。嬰，一作縈。嬰，累也。此乃貴人寢處所用，一賤老受之，恐增其禍耳。歎息當路子，干戈尚縱横。掌握有權柄，衣馬自肥輕。○甫歎息是時當權之士奢侈自大，徒務乘肥衣輕，不以干戈之亂未息爲念也。○【王洙曰】論語：乘肥馬，衣輕裘。李鼎死岐陽，實以驕貴盈。○未詳。來瑱賜自盡，氣豪直阻兵。○【鄭卬曰】瑱，陟刃切。來瑱爲襄陽節度使。○【王洙曰】上元三年，肅宗追入京，裴茂稱瑱屈彊難制，宜早除之，代宗潛令裴茂圖之。瑱擒茂妻子於漢江，瑱入朝謝罪。代宗怒，貶播州縣尉，翌日賜死於鄠縣。皆聞黄金多，坐見悔吝生。○吝，一作咎。如李鼎、來瑱之徒，黄金雖多，各罹禍。奈何田舍翁，○甫自謂也。受此厚貺情。錦鯨卷還客，○卷與捲同。始覺心和平。振我麤席塵，媿客茹藜羹。○茹，一作飯。茹食也。甫言自古驕侈取咎者多矣，不如卷此物還客，惟振其粗席之塵，苟足安居而已，豈有茹藜之賤可享此奢麗之物耶？○【師古曰】

甫傷兵革之際，生民有不得其食，不得其居處者，我何忍獨安乎此？又自以卷還客，始覺心懷和平，足知甫之所養於中者宏深，雖伯夷目不視惡色，耳不聽惡聲，何以加此？○家語：孔子在陳，藜羹不糝。

至後○一作「至節後」。

冬至至後日初長，○【王洙曰】歲時記：晉、魏間宮中以紅綫量日影，冬至後添長一綫。○又唐雜録：宮中以女功揆日之長短，冬至後日漸長，比常日增一綫之功。按集有至日遣興詩云「愁日愁隨一綫長」。又小至詩云「刺繡五紋添弱綫」。遠在劍南思洛陽。青袍白馬有何意，○【王洙曰】甫自言只服九品服爾。金谷銅駞非故鄉。○【師古曰】：「金谷園、銅駝街，皆不及故鄉之樂。」金谷園、銅駞街，豈非洛陽故鄉行樂之勝景乎？○劉禹錫楊柳詞云「金谷園中鶯亂飛，銅駞陌上好風吹」是也。梅花欲開不自覺，棣蕚一別永相望。○望，叶音忘。○【王洙曰】棣蕚，喻兄弟。按，集有云「弟妹各何之」是也。愁極本憑詩遣興，詩成吟詠轉凄涼。

從韋二明府續處覓綿竹數叢○後漢劉延傳注：綿州故城在今益州綿竹縣東地。十道志：有紫巖山，綿竹之所出焉。綿竹蓋産於此山也。

華軒藹藹他年到，綿竹亭亭出縣高。○亭亭，高貌。江上舍前無此物，幸分蒼翠拂波濤。

舍弟占歸草堂檢校聊示此詩

久客應吾道，相隨獨爾來。孰知江路近，頻爲草堂迴。○爲，于僞切。鵝鴨宜長數，○數，色主切。柴荆莫浪開。東林竹影薄，臘月更須栽。

觀李固請司馬弟山水圖三首

簡易高人意，○【敏功曰】易，以豉切。匡床竹火爐。○淮南子：匡床弱席，非不寧。許慎注：匡，安也。寒天留遠客，碧海挂新圖。雖對連山好，貪看絶島孤。群仙不愁思，冉冉下蓬壺。○【王洙曰：「蓬萊，山名，神仙所宅之地。」】蓬壺，乃神仙所居之山也。○列子湯問篇：渤海之東有大壑焉，其中有山焉，曰方壺、蓬萊是也。

方丈渾連水，天台總映雲。○孫綽天台賦：涉海則有方丈、蓬萊，登陸則有四明、天台，皆古聖之所由化，靈仙之所窟宅。人間長見畫，老去恨空聞。范蠡扁舟小，○謂山水圖所畫之舟也。○【王洙曰：「范蠡爲越破吳，功成名遂，乃乘扁舟，浮江湖，變姓名，適齊爲鴟夷子。」】國語：范蠡爲越王勾踐滅吳，反至五湖〔一〕，辭於勾踐，遂乘輕舟以浮於五湖，莫知其所終極。**王喬鶴不群。**○鶴，或作鵠，古字通用。此謂山水圖所畫之鶴也。劉向列仙傳：王子喬者，子晉也。好吹笙，作鳳鳴。遊伊、雒之間，道人浮丘公接以上嵩高山三十餘年。後求之於山上，見桓良，曰：「告我家，七月七日待我於緱氏山頭。」至時果乘白鶴，駐山頭，望之不得到。舉手謝時人，數日而去。**此生隨萬物，何路出塵氛。**

【校記】

〔一〕五湖，古逸叢書本作「會稽」。

高浪垂翻屋，崩崖欲壓床。野橋分子細，沙岸繞微茫。紅浸珊瑚短，青懸薜荔長。浮查並坐得，○或作「相並坐」。**仙老暫相將。**○王子年拾遺記：堯時有巨查浮于西海，查上有光若星月，查浮四海，十二年一周天，名曰貫月查，又曰挂星查。羽仙棲息其上。

贈別賀蘭銛○【鄭卬曰】銛，思廉切。

黄雀飽野粟，群飛動荆榛。〔一〕○【趙次公曰：「黄雀群飛，以比時人之蹇淺。」】黄雀，物之微者，一飽之外，則無所求，以比當時俗士之蹇淺者也。今君抱何恨，寂寞向時人。○【趙次公曰】此傷賀蘭而問之。老驥倦驤首，○【師古曰】甫自喻如老驥之倦舉頭以求人，謂無伯樂以知己也。○【趙次公曰】戰國策：汗明見春申君，曰：「夫驥之齒至矣，服鹽車而上太行，漉汁灑地，白汗交流而不能上。伯樂遭之，下車攀而哭之，解紵衣以冪之。於是俛而噴，仰而鳴，聲達於天。見伯樂之知己也。」蒼鷹愁易馴。○蒼，一作飢。○【師古曰】甫以賀蘭喻如蒼鷹之愁，側翅隨人，苟於食養，易爲馴狎也。○【趙次公曰：「暗使呂布與慕容垂事。」】魏志：曹公謂陳登曰：「待呂布譬如養鷹，飢則爲用，飽則揚去。」○【趙次公曰】晉載記〔二〕：權翼曰：「慕容垂猶鷹也，飢則附人，飽則高颺。遇風塵之會，必有凌霄之志。」高賢世未識，固合嬰飢貧。○【師古曰】自古賢士，君不見知，未免嬰累乎飢貧，何獨賀蘭乎？國步初返正，○【師古曰。又，王洙曰：「時初復京師。」】謂肅宗收復京師也。乾坤尚風塵。○【師古曰。又，王洙曰：「史思明猶鴟張河朔。」】謂史思明尚吞噬相、衛也。悲歌鬢髮白，○【師古曰】甫爲國家憂也。遠赴湘吴春。○【師古曰】甫謂移居夔州，既而下峽適荊、吴也。我戀岷下芋，○【師古曰】岷山，蜀之岷、峨也。地産芋魁，可以充糧，凶年不能饑。甫既去蜀，故戀岷山之芋也。○【王洙曰】前漢食貨志：蜀卓氏曰：「吾聞岷山之下沃野千里，有蹲鴟，至死不饑。」顔師古曰：蹲鴟，芋也。君思千里蓴。○蓴音純，水菜也。○【師古曰】吴地出蓴菜、鱸魚，賀蘭在蜀，忽思吴中之蓴，蓋感其物而思其人故也。晉張翰，吴人也，守官京洛，忽思蓴菜，遂去官而歸。○【趙次公曰】世説：陸機云：「千里蓴菜，其未下鹽〔三〕。」○千里者，吴石塘湖名也。生離與死別，○屈原九歌：悲莫悲兮生别離。自古鼻酸辛。○後漢公孫述傳：可爲酸鼻。廣陵思王荆作飛書與東海王彊：太后年老，逐斥居邊，觀者鼻酸。○【王洙曰】高唐賦：孤子寡婦，寒心酸鼻。

【校記】

〔一〕榛，原作「棘」，據元本、古逸叢書本改。

〔二〕戴，原作「戴」，據古逸叢書本改。

〔三〕其未下鹽，元本作「但未下鹽」，古逸叢書本作「未下鹽豉」。

永泰元年乙巳在成都所作

正月三日歸溪上有作簡院内諸公

野外堂依竹，籬邊水向城。蟻浮仍臘味，○【王洙曰】謂酒也。○南都賦：醪敷徑寸，浮蟻若萍。釋名：酒有沉齊浮蟻在上。○【王洙曰】周庾信謝賜酒詩：浮蟻對春開。鷗泛已春聲。

○【王洙曰】南越志：鷗，水鳥也。在漲海中，隨潮上下三日，風至乃去。藥許鄰人斸，○【趙次公曰】公之不吝如此。○【師古曰】按集有「天寒斸茯苓」之句，謂以鐵錐斸地而得之也。書從稚子擎。○【趙次公曰】言文書多任稚子也。白頭趨幕府，深覺負平生。○【趙次公曰：「公嘆老而猶仕耳。公與嚴故人，故顯言之。」】公自歎老而猶參嚴鄭公故人之幕府也。

弊廬遺興奉寄嚴公

野水平橋路，春沙映竹村。風輕粉蝶喜，花暖蜜蜂喧。把酒宜深酌，題詩好細論。府中瞻暇日，江上憶詞源。○【趙次公曰】隋藝文志：筆有餘力，詞無竭源。跡寄朝廷舊，○【王洙曰：「公仕三朝。」】甫歷仕玄宗、肅宗、代宗之三朝也。情依節制尊。○【王洙曰：「公之入蜀，惟依嚴公。」】甫入蜀依劍南節度嚴鄭公幕府〔一〕爲參謀也。還思長者轍，恐避席爲門。○【趙次公曰】公欲枉嚴鄭公之駕，故以陳平之貧以激之。○陳平傳：平家乃負郭窮巷，以席爲門。然門外多長者車轍。

【校記】

〔一〕元本、古逸叢書本「府」下有「以」字。

春日江村五首

農務村村急，春流岸岸深。乾坤萬里眼，○甫乃長安人避地於蜀，去故鄉有萬里之遠。時序百年心。茅屋還堪賦，○【王洙曰】秋興賦：僕野人也，偃息不過茅屋茂林之下。桃源自可尋。○【王洙曰】晉陶淵明桃花源記：武陵人捕魚，緣溪行，忽逢桃花林，夾岸行，窮其林，林盡水源，〔一〕捨船而入，豁然開朗，土地平廣，黄髪垂鬟，怡然自樂，便要還家，皆出酒食。數日辭出，遂迷，不復得路。艱難賤生理，○賤〔二〕，一作淺。○【王洙曰】陳〔三〕作賤。飄泊到如今。

【校記】

〔一〕源，元本、古逸叢書本作原。

〔二〕詩及注中二「賤」字，元本、古逸叢書本皆作「昧」。

〔三〕陳，元本、古逸叢書本作「一」。

迢遞來三蜀，○【趙次公曰】蜀郡、廣漢郡、犍爲郡，爲三蜀也。蹉跎又六年。○【趙次公曰】公自乾元二年冬到蜀，至今永泰元年，凡六年矣。客身逢故舊，○甫與嚴公乃世契，甫寓於蜀，嚴公復〔一〕節度劍南，狀爲工部員外郎參謀軍事。發興自林泉。過嬾從衣結，○【王洙曰】：「董威輦衣百結衣。」【王隱晉書：董威輦，不知何許人，忽見洛陽，止宿白社中，拾得殘碎繒，輒結爲衣，號曰百結衣。○文中子曰：董威輦，大雅吟，幾於道。威輦，晉董京字也。頻遊任履穿。○莊子山木篇：衣弊履穿，貧也。史記滑稽傳：齊人東郭先生，貧困飢寒，履有上無下。藩籬無限景，○陳作「藩籬頗無限」。恣意買江天。○【王洙曰：「（向）一作買。」】買，一作向。○【師古曰】謂江天恣意賞眺，不費錢也。

【校記】

〔一〕復，元本、古逸叢書本作「又」。

種竹交加翠，栽桃爛熳紅。經心石鏡月，到面雪山風。○【王洙曰】石鏡、雪山，並見前注。赤管隨王命，○【王洙曰】甫爲檢校尚書工部郎，故有赤管也。漢官儀：尚書令僕丞郎，月給赤管大筆一雙。銀章付老翁。○【趙次公曰】銀章方賜朱服也。故次篇有「垂朱紱」之句。豈知牙齒落，○東方朔答客難：脣腐齒落，服膺而不釋。名玷薦賢中。○甫歎暮年而膺嚴鄭公之薦辟也。

扶病垂朱紱，○甫嘗病渴，以今歲方賜緋魚袋也。歸休步紫苔。○歸休，謂休假以沐浴也。○【王洙曰】沈休文詩〔一〕：客位紫苔生。郊扉存晚計，○【王洙曰】顔延年詩：側聞幽人居，郊扉常晝閉。此乃衰暮者之計也。幕府媿群材。○甫自謙也。燕外晴絲卷，○卷，與捲同。鷗邊水葉開。鄰家送魚鱉，問我數能來。

【校記】

〔一〕詩，元本、古逸叢書本無。

群盜哀王粲，○【趙次公曰】魏王粲，字仲宣，嘗避亂客荆州。中年召賈生。○【趙次公曰】漢文帝謫賈誼爲長沙王傅，後歲餘，思誼，徵至宣室。登樓初有作，○【王洙曰】粲在荆州思歸，嘗作登樓賦。○【師古曰：「子美在蜀依嚴武，故以比之。」】夢弼謂：甫時避地在蜀依嚴公，故自比王粲也。前席竟爲榮。○【王洙曰】帝方坐宣室受釐，因感鬼神事而問之，誼具道所以然之故，至夜半，文帝前席。○【師古曰：「然子美以晚年得嚴武薦檢校工部，故比之賈生，文帝前席之也。」】夢弼謂：甫以晚年蒙嚴公薦辟檢校尚書員外郎，故自比賈誼也。宅入先賢傳，○【王洙曰】先賢傳：荆州有王粲之宅。才高處士名。○【趙次公曰】謂誼之才高出乎處士之名〔一〕矣。○應劭風俗通：處士者，隱居放言也。異時懷二子，○【王洙曰】二子，謂王粲、賈誼也。春日復含情。

【校記】

〔一〕名，古逸叢書本作「右」。

絶句四首

堂西長笋别開門，塹北行椒却背村。〇【鄭卬曰】行，胡岡切，列也。梅熟許同朱老喫，松高擬對阮生論。〇【王洙曰。又，九家集注杜詩、集千家注批點杜工部詩集引作「公自注」。】朱、阮，乃劍外相知也。

欲作魚梁雲復湍，〇【王洙曰】復，一作覆。讀去聲。因驚四月雨聲寒。青溪先有蛟龍窟，竹石如山不敢安。〇【趙次公曰】魚梁，劈竹積石，横截中流，以爲聚魚之區也。以溪下有蛟龍，時興雲雨，雖以魚梁人之所利也，而公不敢犯害以就利，異乎世人徑行直前，惟利是謀也。

兩箇黄鸝鳴翠柳，一行白鷺上青天。〇【鄭卬曰】行，胡岡切。窗含西嶺千秋雪，〇【王洙曰】西山白雪四時不消。門泊東吴萬里船。〇【趙次公曰】甫欲南下，乘萬里之船而歸東吴也。

藥條藥甲潤青青，色過棕亭入草亭。苗滿空山慙取譽，〇【趙次公曰】甫自喻也。藥者，如本草所載，各以其土地知名於世。根居隙地怯成形。〇【趙次公曰】今所種之藥在空隙之地，欲成似物之形，而怯於人之所易見也。

營室

我有陰江竹，○【師古曰】甫植萬竹於浣花溪之草堂。按集有詩云「入門四松在，步堞萬竹疏」，即此陰江竹是也。能令朱夏寒。○【薛夢符曰】爾雅：夏爲朱明。○【趙次公曰。又，杜陵詩史、分門集注、補注杜詩亦引「薛夢符曰」。】纂要：夏曰朱夏。陰通積水內，高入浮雲端。甚疑鬼物憑，○甚，一作如。不顧剪伐殘。○【王洙曰】詩甘棠：勿翦勿伐。東偏若面勢，○【師古曰】謂植竹以蔭東射之日，隨其所向之勢也。○【趙次公曰】考工記：審曲面也〔一〕。戶牖永可安。○謂戶牖之間，庶無炎〔二〕氣，永可以安佚也。愛惜已六載，茲晨去千竿。蕭蕭見白日，洶洶開奔湍。○甫避亂適梓、閬，復歸成都，再營築屋室，伐竹千竿以爲用，謂愛惜此竹凡六載矣，今〔三〕晨不顧鬼物之護而剪伐之，故見白日而開奔湍也。度堂匪華麗，○度，徒洛切。養拙異考槃。○【趙次公曰】甫言藏拙於草堂之間，非若碩人考槃之成樂也。詩衛國風考槃章句毛萇傳：考，成也。槃，樂也。○陳少南謂：考，擊也。槃，器也。考擊其槃器而覺寤之也。草茅雖薙葺，衰病方少寬。○【趙次公曰】除草曰薙。言雖有薙葺之勞，而吾之衰病可少寬也。洗然順所適，此足代加餐。

○【王洙曰】古詩：上言加餐飯。寂無斤斧響，○【師古曰】甫葺草堂，茅茨不剪，椽柱仍不斲削，蓋順其所適，故無斤斧響也。庶遂憩息懽。○【趙次公曰：「憩，息也。」】憩，起例切，息也。

【校記】

〔一〕也，元本、古逸叢書本作「勢」。

〔二〕炎，元本、古逸叢書本作「炙」。

〔三〕今，古逸叢書本作「令」。

王十五司馬弟出郭相訪兼遺營茅堂貲

客裏何遷次，○次乃次舍，遷次謂遷卜此居也。○【趙次公曰。又，杜陵詩史、分門集注、補注杜詩引作「修可曰」。】陳樂昌公主詩：今日何遷次，新官對舊官。江邊正寂寥。肯來尋一老，○【趙次公曰】一老，甫自稱也。詩十月之交：不憖遺一老。愁破是今朝。○【師古曰】言司馬弟之來，破我之愁也。憂我營茅棟，攜錢過野橋。○題注。他鄉惟表弟，還往莫辭遥。

挈家下戎渝忠所作

宴戎州王使君東樓

勝絶驚身老，情忘發興奇。〇【趙次公曰】謂景之勝雖絶矣，而驚其身之已老。我之情〔一〕雖老，而發其興則奇也。座從歌妓密，〇【趙次公曰】傅毅舞賦：鄭、衛之樂，所以娱密座，接懽欣也。〇西京賦：促中堂之密座。樂任主人爲。〇樂，音洛。〇【趙次公曰】謂歡樂之事，一任主人爲之也。重碧拈春酒，〇拈，一作拓，一作擎。拈，魚兼切，指取物也。〇【趙次公曰】按元稹元日詩：羞看稚子先拈酒。白樂天歲假詩：歲酒先拈辭不得。以此知拈酒乃唐人之語也。〇【王洙曰】：「（拈）一作酟。」【趙次公曰】：「拈，或作酟，非是。」】拈，或作酟，非是。輕紅擘荔枝。〇拈春酒，擘荔枝，此主人用歌妓爲樂者也。樓高欲愁思，横笛未休吹。

【校記】

〔一〕情，元本、古逸叢書本作「身」。

渝州候嚴六侍御不到先下峽

聞道乘驄發，○【趙次公曰】昔漢桓典拜侍御史，常乘驄馬，京師爲之語曰：「行行且止，避驄馬御史。」此甫以桓典比嚴侍御也。沙邊待至今。不知雲雨散，○【師古曰】雲雨散，喻别離也。○【王洙曰】宋玉高唐賦：湫兮如風，凄兮如雨。風止雨霽，雲無處所。王粲詩：風流雲散，一别如雨。虚費短長吟。○【王洙曰】古詩有長短吟。山帶烏蠻闊，○【王洙曰】巂州西有烏、白蠻。○【鄭印曰】梁益州記：巂州巂山，其地接諸蠻部，有烏蠻、秋蠻。江連白帝深。○【王洙曰】公孫述以永安爲白帝城。○【師古曰】烏蠻闊、白帝深，皆言其阻遠也。船經一柱過，○十道志：一柱觀，荆州羅含宅〔一〕，臨川王建，衆梁萃一柱。鱗角類事：江陵臺甚大，惟有一柱，衆梁拱之。○【趙次公曰】晏元獻典類：荆州臨川王義慶〔二〕羅公洲立觀甚大，但一柱。留眼共登臨。○【王洙曰：「留眼，一作留滯。」】留，一作滯。

【校記】

〔一〕宅，原作「州」，據古逸叢書本改。

〔二〕古逸叢書本「慶」下有「於」字。

撥悶〇【王彥輔曰】一作「贈嚴二別駕」。

聞道雲安麴米春，〇雲安縣，屬夔州，今爲雲安軍。麴米春，乃唐之酒名也。纔傾一盞即醺人。乘舟取醉非難事，下峽消愁定幾巡。長年三老遥憐汝，〇【趙次公曰：「長年、三老，川中呼舟師之名」】峽中以篙師爲長年，柁工爲三老。〇【師古曰】今俗謂之翁。捩柁開頭捷有神。〇【王洙曰】開頭，一作鳴鐃。〇【趙次公曰】捩，縛結切。柁，吐邏切。〇【王洙曰】皆行船貌。已辦青錢防顧直，當令美味入吾唇。

聞高常侍亡〇【九家集注杜詩依例爲「王洙曰」。集千家注批點杜工部詩集引作「公自注」。】忠州作。〇唐舊書：〔一〕永泰元年正月己卯，左散騎常侍高適卒。

歸朝不相見，蜀使忽傳亡。虛歷金華省，〇黃門省侍中散騎，對掌密命，入直殿中。故潘岳秋興賦云：寓直散騎之省。蓋騎省深嚴，若今從官直舍，非今所謂省也。按漢書「豹尾比省中」注：凡省皆禁。禁字，元后父諱，故改禁爲省。又漢宮闕記：金華殿在未央宮白虎觀右，秘府圖書皆在焉。故王思遠遜侍中表云：奏事金華之上，進議玉臺之下。後世以門下名金華省，蓋出此也。〇【王洙曰】班固傳：鄭寬中、張禹嘗朝夕入説尚書、論語於金華殿中。何殊地下郎。〇【趙次公曰。又，王洙曰：「世説：顔回爲地下修文郎。」】王隱晉書：蘇韶已死，其弟問地下事，韶言：「顔淵、卜商今爲修文郎。」致君丹檻折，〇【趙次公曰】新唐書：適負氣敢言，權貴側目。按，前漢朱雲上書：願斬佞臣張禹。文帝〔二〕怒曰：「小臣廷辱師傅，罪不赦。」御史將雲下，雲攀檻，檻折。哭友白雲長。〇【趙次公曰】自渝州望長安而哭，爲白雲長矣。〇説者又曰：謂白雲之篇最長於人也。獨步詩名在，〇適有詩名於唐。〇【趙次公曰】魏曹子建與楊德祖書曰：「僕少好文章，迄至于今二十五。今世作者可略而言。昔仲宣獨步於漢南，孔璋鷹揚於河朔。」〇【趙次公引作「杜時可曰」。杜陵詩史、分門集注引作「(杜)田曰」。】又南史：王筠字元禮，沈約謂筠文章之美，可謂後來獨步。秪令故舊傷。

【校記】

〔一〕唐舊書，古逸叢書本作「舊唐書」。

〔二〕文帝，當爲成帝。

宴忠州張使君姪宅

出守吾家姪，殊方此日歡。自須遊阮舍，〇舍，舊宅也。陳作巷。〇【王洙曰】晉書：阮咸與叔父籍爲竹林之遊，咸與籍居道南，諸阮居道北，北阮富而南阮貧也。〇【師古曰】夢弼謂：此甫以阮咸比張使君，以阮籍自比，乃知叔姪之相得者矣。不是怕胡灘。〇胡，王荆公作湖。〇【王洙曰】湖灘，忠州下惡灘也。樂助長歌送，〇【王洙曰：「(逸)一作送。」】送，陳作逸。林饒旅思寬。〇林，一作杯。夢弼謂，當以杯爲是。昔曾如意舞，〇【趙次公曰】如意，乃所執之物。〇【師古曰】晉石崇嘗以鐵如意擊碎珊瑚樹。〇【趙次公曰】王戎嘗以如意起舞。〇餘如前注。牽率强爲看。〇【趙次公曰】左氏傳：牽率老夫。

禹廟

〇【九家集注杜詩依例爲「王洙曰」】忠州作。

禹廟空山裏，秋風落日斜。荒庭垂橘柚，古屋畫龍蛇。〇【王洙曰】招魂篇：仰觀刻桷，畫龍蛇。〇【趙次公曰】盧照鄰文翁講堂詩：空梁無燕雀，古壁有丹青。雲氣噓清壁，〇【趙次公曰】一作「雲氣生虚壁」。江聲走白沙。早知乘四載，〇【趙次公曰】書益稷篇：予乘四載。〇孔氏傳：所載者四，謂水乘舟，陸乘車，泥乘輴，山乘樏。隨行山林，刊木通道，以治水也。輴，音春。樏，力追切。〇【王洙曰】史記河渠書：禹湮洪水，陸行乘車，水行乘舟，泥行蹈橇，山行即橋。〇橇，音蕝。橋，一作輂。疏鑿控三巴。〇【王洙曰】疏鑿，或作流落。〇山海經：正南有國。昔大皞生咸鳩，咸鳩生乘鳌，乘鳌生後昭，是爲三巴人也。巴者，泉東南流，流曲三折，如巴字，故名三巴。又三巴記曰：

閬泉東南流，曲折三回，如巴字，故曰三巴。○【鄭印曰】十道志：渝州巴縣，并巴東、西，是爲三巴。○【王洙曰】華陽國志：武王克商，封其子宗姬於巴，爵之以子。古者遠國雖大，爵不過子，故吴、楚及巴皆曰子。獻帝時，征東中郎將安漢趙韙建議分巴爲二部，韙欲得巴舊名，故曰巴。益州牧劉璋以墊江以上爲巴郡，江州至永寧爲永寧郡，朐忍至魚腹爲固陵郡，巴遂分。璋復改永寧爲巴郡，以固陵爲巴東，徙龐義爲巴西太守，是爲三巴。郭璞江賦：巴東之峽，夏后疏鑿。

題忠州龍興寺所居院壁○忠州，今隸夔州路。

忠州三峽内，○前注。井邑聚雲根。○【趙次公曰】雲根，言石也。張協詩：雲根臨北極。蓋取五嶽之雲觸石而出，則石者雲之根也。小市常争米，○後漢劉寵注引風俗通曰：俗説市井者，言至市當有所鬻賣，當於井上先濯，乃到市也。春秋井田記：九頃二十畝共爲一井，因井爲市，交易而退，故稱爲市井。孔奮傳：胡市日四合。注：古者爲市，日三合。周禮：大市日側而市，百族爲主。朝時而市，商賈爲主。夕時而市，販婦爲主。今人貨繁，故日四合。孤城早閉門。空看過客淚，○空，一作豈。過客，甫自稱也。老子三十五章：樂與餌，過客止。謝脁詩：過客無留軫。莫覓主人恩。○【蘇曰】主人，指張使君。前篇有宴忠州張使君姪宅詩。淹泊仍愁虎，○泊，一作薄。深居賴獨園。○【王洙曰】金剛經有給孤獨園。

哭嚴僕射歸櫬

〇【趙次公曰】唐舊書：永泰元年四月，嚴武薨。

素幔隨流水，歸舟返舊京。老親如宿昔，〇【王洙曰。又，杜陵詩史、分門集注、補注杜詩引「王洙曰」作：「知，一作如。」】如，一作知。〇【趙次公曰】非言嚴公之母尚健如宿昔耳〔一〕？部曲異平生。〇【王洙曰】言部曲有異於存日也。〇【王洙曰：「後漢光武紀注：大將軍營有五部三校尉，部下有曲，曲有軍候一人。」】續漢書百官志：將軍領軍皆有部曲。大將軍營五部，部校尉一人。部下有曲，曲有軍候一人。曲下有屯，屯〔二〕長一人。〇【王洙曰】鮑照東武吟：將軍既即世，部曲亦罕存。風送蛟龍雨，〇【趙次公曰】以嚴公若蛟龍，則風之所送者蛟龍雨也。天長驃騎營。〇【趙次公曰】晉書：齊王攸遷驃騎將軍。時驃騎當罷營，兵士數千人戀攸恩德，不肯去。一哀三峽暮，遺後見君情。〇【師古曰】謂嚴君有恩德遺傳於後人，使人哀思之不能忘，則嚴君之情可見也。

【校記】

〔一〕耳，元本、古逸叢書本作「耶」。

〔二〕「屯」字，原皆作「純」，據古逸叢書本改。

到雲安所作

○雲安縣，楚、峽分畛也。

贈鄭十八賁

温温士君子，令我懷抱盡。○【師古曰】謂鄭賁有温潤君子之德，使我得以展盡底蘊，無有遺恨也。○【趙次公曰】詩秦風：言念君子，温其如玉〔一〕。靈芝冠衆芳，安得闕親近。○【趙次公曰】謂鄭賁如芝蘭玉樹之芬芳，人所喜而見慕者，其可闕於親近乎？○劉子：與善人居，如入芝蘭之室。遭亂意不歸，竄身迹非隱。○【王洙曰：「以避亂也。」】甫之遭亂，衆人皆意其不歸故鄉，殊不知竄身以避寇，豈實爲素隱耶？○【趙次公曰】晉孫綽嘗鄙山濤，而謂人曰：「山濤吏非吏，隱非隱。」細人尚姑息，○【趙次公曰】禮記：小〔二〕人之愛人也如〔三〕姑息。吾子色愈謹。高懷見物理，識者安肯哂。○哂，式忍切，笑也。安，一作焉。○【薳曰】謂小人唯以姑息小惠相濡潤侮慢，無所不至。○獨鄭賁以心相知，每遇甫以禮，久而敬之，足見其高懷而有識者也。卑飛欲何待，○言鄭賁官雖卑，不辭低飛，蓋待時而後動也。捷徑應未忍。○【王洙曰】不忍爲仕途捷徑，枉尺而直尋耳。○【杜田補遺。又，杜陵詩史、分門集注、補注杜詩、集千家注批點杜工部詩集引作「修可曰」。】張衡應間曰：捷徑邪〔四〕至，我不忍以投步。干進苟容，我不忍歙肩。○【杜田補遺】曹大家東征賦：遵通衢之大道兮，求捷徑欲誰從。○【杜田補遺。又，杜陵詩史、分門集注、補注杜詩引作「修可曰」。】盧藏用傳：士大夫指嵩山、終南爲仕途捷徑。示我百篇文，詩家一標準。羈離交屈宋，牢落值顏閔。○甫言當羈離之際，得接遇鄭賁，亦足以慰牢落之情也。屈原、宋玉，言其有文章者也。顏淵、閔子騫，言其有德行者也。水陸迷畏途，○【王洙曰】畏，一作長。○言盜賊充斥天下，茲可畏也。莊子達生篇：夫〔五〕畏途者，十殺一人，則父子兄弟相戒也。藥餌駐脩軫。○【逸曰】言以丹藥延年也。○江逌賦：駐脩軫乎平原。古人日已遠，青史字不泯。○【趙次公曰】青史者，殺青竹簡之史也。步趾詠唐虞，○堯居陶唐，舜居有虞，因以爲號。追隨飯葵堇。○葵堇，謂蔬食也。雖居蔬食之貧，而乃行歌堯、舜之道以自樂也。爾雅釋草：芹，楚葵。注：今水中芹菜。齧，苦堇。注：今堇葵也。葉似柳〔六〕，子如米，汋食之滑。數盃資好事，異味煩縣尹。○好，讀去聲。時感好事，縣尹相餽餉也。心雖在朝謁，力與願矛盾。抱病排金門，衰容豈爲敏。○【師古曰：「衰老欲排金馬門，尤非本志也。」】甫心雖欲朝謁，奈肺疾矛盾不合心願，況〔七〕衰老，欲排金馬門，尤非本意也。○【王洙曰】左氏傳：魯人以爲敏。

【校記】

〔一〕言念君子温其如玉，元本、古逸叢書本作「温恭人惟德之基」。

〔二〕小，元本、古逸叢書本作「細」。
〔三〕如，元本、古逸叢書本作「以」。
〔四〕邪，元本、古逸叢書本作「耶」。
〔五〕夫，元本、古逸叢書本作「矣」。
〔六〕柳，古逸叢書本作「椰」。
〔七〕況，古逸叢書本作「見」。

雲安九日鄭十八携酒陪諸公宴

寒花開已盡，○張景陽詩：寒花發黄采，秋草含緑滋。菊蘂獨盈枝。舊摘人頻異，○【趙次公曰】言舊時摘採菊花之人頻改易而不聞也。輕香酒暫隨。地偏初衣袷，○袷，古洽切。說文：無絮衣也。○【王洙曰】陶潛詩：身〔一〕遠地自偏。秋興賦：御袷衣。山擁更登臨〔二〕。○【王洙曰】風俗記：九日登高，以禳灾厄。萬國皆戎馬，○老子四十六章：天下無道，戎馬生於郊。酣歌淚欲垂。

【校記】

〔一〕身，古逸叢書本作「心」。

〔二〕臨，元本、古逸叢書本作「危」。

答鄭十七郎一絶

雨後過畦潤，○過，古禾切，經也。畦，户圭切，菜圃也。花殘步屐遲。○屐，奇逆切，履也。把文驚小陸，○此甫美其弟鄭十八之能文，比之陸雲也。晉陸機爲大陸，雲爲小陸，二陸皆以文章知名。好客見當時。○好，讀去聲。此又以鄭十七之喜客，比之鄭莊也。○【王洙曰：「當時，鄭莊也。」】前漢鄭莊字當時，爲太子舍人，常置驛馬長安諸郊，請謝賓客，夜以繼日。

懷錦水居止二首

軍旅西征僻，○周禮夏官司馬：凡軍制，萬有二千五百人爲軍，五百人爲旅。○【趙次公曰】按，永泰元年，僕固懷恩誘吐蕃等寇奉天，京師大震。帝自將苑中，急召子儀屯涇陽，故曰西征。風塵戰伐多。猶聞蜀父老，○【趙次公曰】猶，一作獨。不忘舜謳歌。○【鄭卬曰】忘，毋放切。○【趙次公曰】謂關外之亂，蜀人聞之心駭，而所謳歌不忘者，猶在乎舜也。○【王洙曰】孟子：不謳歌堯之子，而謳歌舜。天險終難立，○【王洙曰】劍險乃天設之險，甫言吐蕃〔一〕能犯之，終難存立矣。

〇【趙次公曰】易曰：天險，不可升也。〇【師古曰】或者又謂，甫以崔旰亂成都，故避之東川。然旰雖叛，民心未忘唐室，雖據劍閣之險，終難自立也。柴門豈重過。〇【鄭卬曰】重，儲用切，再也。〇過，古禾切，經也。〇【王洙曰】甫思成都之草堂未可再歸也。朝朝巫峽水，遠逗錦江波。〇【鄭卬曰】逗，文透切，注也。〇【趙次公曰】深懷成都之意，錦江、巫峽水徒相通，而不能即返焉。

【校記】

〔一〕吐蕃，元本、古逸叢書本作「西蕃」。

萬里橋西宅，〇【趙次公曰：「舊本作橋南，非是。」】西，一作南，誤也。百花潭北莊。〇【王洙曰】甫之草堂在浣花萬里橋之西〔一〕，地有百花潭。〇【趙次公曰】按集甫有詩曰「萬里橋西一草堂，百花潭北即滄浪」是也。層軒皆面水，老樹飽經霜。雪嶺界天白，〇前注。錦城曛日黄。〇曛，謂黄昏時也。餘見前注。惜哉形勝地，〇【王洙曰】張孟陽劍閣銘曰：形勝之地，匪親勿居。回首一茫茫。〇【趙次公曰】以西山尚有屯戍，恐蜀受其禍，故嘆息形勝之地而憂之也。

【校記】

〔一〕西，九家集注杜詩亦作「西」，杜陵詩史、分門集注、補注杜詩引「王洙曰」作「南」。

新定杜工部草堂詩箋斠證卷第二十九

永泰元年到雲安所作

八哀詩并序

○【王洙曰】昔詩人作黄鳥之詩，以哀三良。故魏曹植、王粲皆因之作七哀詩。甫之八哀，意原于此也。

傷時盜賊未息，興起王公、李公，歎舊懷賢，終于張相國。八公前後存没，遂不詮次焉。

贈司空王公思禮

〇【王洙曰】王思禮，高麗人也。入居營州，少習戎旅，隨父節度使王忠嗣至河西，與哥舒翰對爲押衙〔一〕，及翰爲隴右節度，思禮事翰。〇【王彥輔曰】後加守司空。上元二年，以疾薨，贈太尉，謚曰武烈。

司空出東夷，〇東夷，謂高麗也。童稚刷勁翮。〇【端本曰】謂修整其儀矩也。追隨燕薊兒，〇燕薊兒，指王忠嗣。忠嗣爲幽州節度，思禮隨之歸朝也。穎鋭物不隔。〇【王洙曰】鋭，一作脱。〇謂穎鋭如囊中錐，其穎必脱也。〇【趙次公曰】按平原君傳：秦圍邯鄲，趙使平原君求救，合從於楚。毛遂願備員而行，君曰：「士之處世，譬如錐之處囊中，其末立見。」遂曰：「使遂早得處囊中，乃穎脱而出也。」服事哥舒翰，意無流沙磧。〇【端本曰】沙石曰磧。言意必欲掃蕩夷狄矣。未甚拔行間，〇行，户郎切。謂行伍之間也。犬戎大充斥。〇【敏功曰】充斥，猶言盛大也。〇思禮在行伍之間未顯，奈犬戎無憚恣入寇也。〇【趙次公曰】左氏傳：盜賊充斥。短小精悍姿，〇【師尹曰】前漢郭解爲人短小精悍。〇【定功曰】又，嚴延年爲人短小精悍，敏捷於事。雖子貢、冉有通藝於政事，不能絶也。屹然强寇敵。〇【趙次公曰】言屹然如山而爲强寇之敵也。按唐書：加思禮金城太守。安禄山反，翰爲元帥，奏思禮赴軍。玄宗曰：「河隴精衛，悉在潼關。吐蕃有釁，唯倚思禮耳。」觀玄宗之言，則思禮在金城時能敵吐蕃可知矣。貫穿百萬衆，出入由咫尺。馬鞍懸將首，〇暗用後漢彭寵傳事。○【趙次公曰】又，蔣〔二〕琰詩：馬鞍懸虜頭。甲外控鳴鏑。○【薛夢符曰】前漢冒頓作鳴鏑，習勒其騎射。注：驍箭也。○古冬狩行：縱控飛鳴鏑，引臂驚幽猿。洗劍青海水，○青海在山東〔三〕。○【趙次公曰】謂戰勝而深入也。○哥舒翰傳：翰築神武軍青海上，吐蕃攻破之。更築於龍駒島，由是吐蕃不敢近青海。按集有云「君不見古來青海頭」是也。刻銘天山石。○【王洙曰】思禮以拔石堡城功，在行伍間除右金吾衛將軍。○【趙次公曰】昔漢班固爲竇憲勒銘燕然山。○【敏修曰】唐薛仁貴傳「將軍三箭定天山」是也。九曲非外蕃，○【薛夢符曰】唐書會要：景龍四年，贊普請婚，以左衛大將軍楊矩爲送金城公主使。後矩爲鄯州都督，吐蕃厚賂之，因請河西九曲之地以爲公主湯沐之邑，矩遂奏與之。吐蕃既得九曲，其地肥良，尤與唐地接近，自是復叛。矩懼，飲藥而死。王思禮傳：事哥舒翰，以功授右衛將軍，充關西兵馬使，從其討九曲也。○又，攻破吐蕃洪濟、大莫門等城，攻黃河九曲，以其地置洮陽郡。其王轉深壁。○【趙次公曰：「於深遠之地爲壁壘也。」】謂深其壁壘也。飛兔不近駕，○【杜田補遺】飛兔，古之神馬也。兔善走而復能飛，以名馬，其駿快可知矣。淮南子：夫待腰褭、飛走而駕之，則世莫乘車矣。言其難得也。○【趙次公曰】陳孔璋答東阿牋曰：飛兔流星，超越山海。龍驤所不能追〔四〕，況駑馬可得齊足哉。鷙鳥資遠擊。曉達兵家流，○【王洙曰】前漢藝文志：兵權謀十三家，陰陽十六家，兵技巧十三家。兵家者流，蓋出於古司馬之職。漢興，張良、韓信序次兵法，凡百八十二家。飽聞春秋癖。○謂其博通春秋也。○【王洙曰】昔晉杜預拜鎮南將軍，而有左傳癖。胸襟日沉静，肅肅自有適。○肅肅，晉作蕭蕭。莊子大宗師篇：是適人之適，而不自適其適也。○【師古曰】自此推而上之至「短小精悍資」，皆美思禮之辭也。潼關初潰散，萬乘猶辟易。○辟，音避。○【饒曰】辟易，退却奔走之貌。○萬乘，謂天子也。偏裨無所施，元帥見手格。○【趙次公曰】元帥，謂翰也。○【饒曰】格，鬭也。○【王洙曰】初，安禄之反，思禮從翰守潼關，密語翰誅楊國忠，又欲以三千騎劫之，翰不從，遂至於敗。思禮爲偏裨，而謀不見從，故無所施，翰遂被賊所擒也。○前漢江都王手格猛獸。太子入朔方，○【趙次公曰】太子，謂肅宗。○朔方，北方郡名也。至尊狩梁益。○【趙次公曰】至尊，謂玄宗。○【鄭卬曰】梁益，劍南也。胡馬纏伊洛，○胡，指禄山。伊洛，河南也。中原氣甚逆。肅宗登寶位，塞望勢敦迫。○迫，一作逼。塞，蘇則切。○【趙次公曰】謂其勢力出於裴冕之所迫也。○【王洙曰】翰既敗，潼關不守，玄宗幸蜀，時肅宗以皇太子爲天下兵馬元帥，從百姓之請，北收兵至靈武，圖興復，而群臣裴冕等勸進，遂即皇帝位於靈武，以從人望也。公時徒步至，○公，指思禮也。請罪將厚責。際會清河公，○清河公，乃房太尉琯也。間道傳玉册。○間，讀去聲。天王拜跪畢，讜議果冰釋。○【王洙曰】潼關失守，思禮與吕崇、李光同走詣靈武請罪，肅宗責其不堅守，引至纛下將斬之，適會宰相房琯從蜀來，奉太上皇玉册，册命肅宗訖，琯遂諫帝無罪思禮，乃赦之。翠華卷飛雪，○【趙次公曰】翠華，天子之旗。卷飛雪，則其時在冬也。上林賦：建翠華之葳蕤。〔五〕熊虎亘阡陌。○【趙次公曰】謂其旌旗之多也。周禮：司常熊虎爲旗。○玉篇：南北爲阡，東西爲陌。屯兵鳳凰山，○【趙次公曰】謂肅宗屯兵於鳳翔府，以圖恢復也。帳殿涇渭闕。○【趙次公曰】帳殿，謂設帳幕以象宫殿。肅宗駐蹕於涇渭之間也。金城賊咽喉，詔鎮雄所搤。○【鄭卬曰】搤，乙革切。○【王洙曰】思禮既赦，尋副房琯戰便橋不利，更爲關内行營節度、河西隴右伊西行營兵馬使，守武功，以扼金城之咽喉也。○【杜田補遺】揚雄解嘲：蔡澤，山東之匹夫，西揖强秦之相，搤其喉而抗其氣。○顔師古曰：搤，急持之咽頸也。○【師尹曰】馬援傳：援擊五溪蠻夷，進壺頭，搤其咽喉。禁暴靖無雙，○靖，一作清。爽氣春淅瀝。○【師古曰】：「和爽之氣如春風然。」謂思禮之守武功，禁暴禦亂，其材無雙，和爽之氣如春風然也〔六〕，人皆愛之也。巷有從公歌，○【王洙曰】詩魯頌：無小無大，從公于邁。野多青青麥。○謂思禮瘞死者也。○【趙次公曰】莊子外物篇：詩固有之曰：「青青之麥，生於陵陂。」音義云：逸詩，刺死人也。及夫哭廟後，復領太原役。○【趙次公曰】郭子儀收復兩京，思禮先入清宫。時太廟爲賊所焚，權移神主於大内長安殿。上皇謁廟請罪。○【王洙曰】乾元二年，李光弼鎮河陽，制以思禮爲太原北京留守、河東節度大副使，兼御史大夫。貯軍糧百萬，器械精鋭，尋加守司空。○自武德以來，三公不居宰輔，唯思禮而已。恐懼禄位高，悵望王土窄。○【趙次公曰】在我之爵位，則憂其顯，本朝之土地，則恨其逼，此又以美思禮之謙忠也。不得見清時，○清，一作盛。嗚呼就窀穸。○窀穸，謂葬也。思禮欲圖恢復而未遂，不幸而死也。○【王洙曰】窀穸，事見左傳。永繫五湖舟，○永，一作空。○【王洙曰】范蠡事勾踐，既滅吳，遂乘輕舟以浮於五湖，此謂思禮有功成身退之志而未遂也。**悲甚田横客**。○【王洙曰：「田横死，賓客聞之，從死者五百人。言思禮賓客尤甚於横也。」】高帝平齊，召田横，横懼，自刎。帝爲之流涕，以王禮葬之。其賓客五百餘人聞横死，皆自殺。此謂思禮之賓客尤甚於横。○譙周詁訓曰：今有挽歌者，高帝召田横，至于尸鄉，自剄奉首。從者挽至宫，不敢哭，故爲此歌以寄哀也。**千秋汾晉間，事與雲水白**。○【趙次公曰：「前云『復領太原役』，則兩在太原矣。宜有顯績歷千年，如雲水之白矣。」】前有云「復領太原役」，則思禮兩在太原矣。太原，古之晉地，宜乎有撫御之功德在汾、晉之間，綿歷千載，與雲水俱傳而無晦也。**昔觀文苑傳，豈述廉藺績**。○【趙次公曰】以〔七〕形容思禮文不足而武有餘。廉、藺名將，豈必書其文彩於文苑傳乎？**嗟嗟鄧大夫，士卒終倒戟**。○【趙次公曰】此譏文勝質者，徒取禍爾。○【王洙曰】鄧景山，曹州人，以文吏見稱，亦爲太原尹、北京留守，至太原，以鎮撫紀綱爲己任，檢覆軍吏隱没者，衆懼，有一偏將抵罪當死，諸將各請贖其罪，景山不許，其弟請以身代其兄，又不許，其弟請納馬一疋以贖兄罪，景山許其減死。衆咸怒，謂景山曰：「我等人命，輕如一馬乎？」軍衆憤怒，遂殺景山。上以景山撫馭失所，以故不復驗其罪。

【校記】

〔一〕衙，元本、古逸叢書本作「衛」。

〔二〕蔣，杜陵詩史、分門集注作「蔡」。

〔三〕山東，古逸叢書本作「河西」。

〔四〕追，元本、古逸叢書本作「迫」。

〔五〕萎蕤，古逸叢書本作「旗」。

〔六〕也，元本、古逸叢書本無。

〔七〕以，元本、古逸叢書本無。

故司徒李光弼

○【王洙曰】本傳：李光弼，營州人。幼持節行，善騎射，能讀班氏漢書。少從戎，嚴毅有大略。天寶十三年，郭子儀薦之堪當閫寄。禄山之亂，玄宗幸蜀，肅宗理兵靈〔一〕武，授光弼户部尚書兼太原尹。

司徒天寶末，北收晉陽甲。○【趙次公曰】光弼加檢校司徒，在至德二載。尋還司空令。詩止云司徒，則據司徒已前事而稱其官耳。晉陽，則河東之太原也。昔趙鞅取晉陽之甲是也。胡騎攻吾城，愁寂意不愜。人安若泰山，薊北斷右脅。朔方氣乃蘇，○乃，晉作多。○【王洙曰】朔方，河北也。黎首見帝業。○【王洙曰】賊將史思明等肆僞師來攻城，光弼麾下衆不滿萬，皆烏合市人，賊以太原屈指可取，衆皆愁寂，唯光弼毅然伺其怠，出擊大破之，斬首十餘萬，乃斷賊之右臂。又破史思明于嘉山，而河北歸順者十餘郡。○【趙次公曰】是以民安如泰山，朔方郡兵氣乃振，黎民知帝業之有成也。二宫泣西郊，九廟起頹壓。〇二宮，謂肅宗與皇后收復京師，哭祠九廟也。未散河陽卒，思明爲〔二〕臣妾。復自碣石來，火焚乾坤獵。高視笑祿山，公又獻大捷。〇公，指光弼也。〇【王洙曰】乾元二年，光弼爲天下兵馬元帥，與九節度兵圍安慶緒於相州，拔有日矣。史思明自范陽來救，屢絶糧道，光弼身先士卒，苦戰勝之。思明因殺慶緒，即僞位，笑祿山無能爲以自矜，乃縱兵河南，〔三〕賊勢甚熾。光弼議洛不足抗賊，遂檄官吏令避寇，引兵入三城，賊憚光弼，頓兵白馬祠，不敢西犯宮闕，遂戰於中單西，大破逆黨。賊走保懷州。〇此光弼之「獻大捷」也，即傳所謂「獻俘太廟」是也。〇【趙次公曰】雖然，初思明乘勝西嚮，光弼整陣徐行，趨東京，謂留守韋陟曰：「公計將安出？」陟曰：「不如移軍河陽，表裏相應，此猿臂勢也。」遂悉軍趍河陽。光弼擒周摯等，思明未知，光弼驅所俘示之，思明大懼，築壘以拒官軍也。異王册崇勳，〇【趙次公曰】謂光弼以功進封臨淮王也。小敵信所怯。〇謂光弼北邙之敗也。〇【杜定功曰】光武與王尋等戰，自將步騎千餘前去，諸部喜曰：「劉將軍平生見小敵怯，今見大敵勇，甚可怪也。」擁兵鎮河汴，〇謂光弼受封以鎮臨淮也。千里初妥帖。〇【鄭卬曰】妥，吐火切，安也。青蠅徒營營，〇詩小雅：營營青蠅。傳：營營，往來貌。風雨秋一葉。〇青蠅善點白爲黑，點黑爲白，喻魚朝恩、程元振譖害光弼，光弼畏罪，有詔入朝，遷延不行，素節凋零，故云「風雨秋一葉」也。淮南子：一葉落知天下秋。内省未入朝，死淚終映睫。〇【趙次公曰。又，杜陵詩史、分門集注、補注杜詩引作「修可曰」。】按唐書：北邙之敗，魚朝恩羞其策謬，深忌光弼切〔四〕骨，而程元振尤嫉之。及來瑱爲元振讒死，光弼愈恐。吐蕃寇京師，代宗詔入援，光弼畏禍，遷延不敢行。帝還長安，因拜東都留守，察其去就。光弼以久須詔不至，二年，光弼疾篤，薨。大屋去高棟，○【王洙曰】高棟，大屋所恃而安。喻光弼爲朝廷之所倚賴也。長城掃遺堞。○【王洙曰】國家倚光弼如長城，今其死矣，是掃遺堞也。平生白羽扇，○【王洙曰】謂光弼亡而所用之物存矣。裴啓語林：諸葛武侯持白羽扇，指麾三軍。零落蛟龍匣。○【王洙曰】蛟龍匣，乃劍匣也。言人亡不復見用也。○西京雜記：漢武送死，匣上皆金縷，爲蛟龍鸞鳳龜鱗之象，世謂之蛟龍玉匣。雅望與英姿，○【王洙曰】漢二十八將論：至使英姿茂績，委而不用也。惻愴槐里接。○【趙次公曰】槐里豈葬地乎？以詔百官送葬延平門外。按長安志：延平門乃在郭西。而前漢志：槐里屬右扶風。今之鳳翔府，正在長安之西矣。三軍晦光彩，烈士痛稠疊。○隱居詩話：光弼代郭子儀，入其軍，號令不更，而旌旗改色。及其亡也，杜老哀之，云：「三軍晦光彩，烈士痛稠疊。」此所以稱爲詩史也。直筆在史臣，將來洗箱篋。○【趙次公曰】言史氏以直筆書光弼之功業，不幸遭讒致公恐懼之事，將來洗濯箱篋之汙辱矣。吾思哭孤冢，南紀阻歸楫。○【趙次公曰】南紀，楚之分。甫自南紀往歸長安，則可以弔光弼之英魂，今阻而不能也。扶顛永蕭條，○【王洙曰：「言光弼有扶顛之力也。」】言光弼有扶顛之力而亡之也。未濟失利涉。○【王洙曰】言時未至大治，而光弼亡，如欲濟而失舟也。疲薾竟何人，○【鄭卬曰】薾，乃結切，衰老貌。○甫自稱也。○【趙次公曰】莊子：薾然疲役。灑涕巴東峽。○【趙次公曰】巴東峽，指言夔州也。

【校記】

〔一〕靈，元本、古逸叢書本作「寧」。

〔二〕爲，古逸叢書本作「僞」。

〔三〕河南，元本、古逸叢書本作「向南」。

〔四〕切，原作「竊」，據元本、古逸叢書本改。

贈左僕射鄭國公嚴公武

〇【王洙曰】嚴武，華州華陰人。中書侍郎挺之之子，神氣雋爽，敏於聞見，幼有成人風，讀書不究精義，涉獵而已。弱冠以門蔭策名，隴右哥舒翰奏充判官。至德初，肅宗興師靖難，大收材傑，武杖策赴行在，宰相房琯以武名臣之子，才略可稱，首薦，累遷給事中。八年，永泰中逝。母哭曰：「而今而後，吾知免爲官婢矣。」年四十，贈尚書左僕射。

鄭公瑚璉器，〇【王洙曰】鄭，乃武之所封。瑚璉，祀宗廟之器也。華岳金天晶。〇【鄭卬曰】晶，子盈切。〇【趙次公曰】華，西岳也。金天，白帝也。〇【王洙曰】武西人，以其得華岳天神白帝精氣之所孕也。昔在童子日，已聞老成名。〇【趙次公曰】本傳：武幼豪爽，母不爲挺之所答〔一〕，獨厚其妾。武始八歲，怪問其母，母語之。故武奮然以鐵鎚碎其妾首。嶷然大賢後，〇【鄭卬曰】嶷，鄂力切。〇【趙次公曰】大賢，謂嚴挺之也。復見秀骨清。〇題注。開口取將相，小心事友生。〇【趙次公曰】凡開口只欲爲將相。傳云：與元載厚相結，求宰相，而事不遂，是已。閲書百氏盡，〇【王洙曰：「（紙）一云氏。」】氏，一作紙，非。落筆四座驚。歷職匪父任，〇任，門蔭也。〇【趙次公曰】言武初歷補蔭，後自致身，累遷殿中侍御史，非由於父也。嫉邪嘗力争。〇謂爲御史之能事也。漢儀尚整肅，〇乃假漢以言唐也。胡騎忽縱横。〇【王洙曰】謂禄山之亂也。飛傳自河隴，〇傳，張〔二〕戀切。逢人問公卿。〇【趙次公曰】按，史氏云：玄宗入蜀，擢武爲諫議大夫。則天寶末，武在蜀中矣。飛傳，則傳遞之報也。河隴西東，蜀中之道。肅宗即位靈武，而前路梗澀，有飛傳自河隴來，武必詢問公卿爲難〔三〕也。不知萬乘出，〇萬乘，一作乘輿。雪涕風悲鳴。受詞劍閣道，謁帝蕭關城。〇【趙次公曰】武在蜀之遠，亦不知萬乘所出之的，所以雪涕悲鳴，其忠義之情如此，於是請於玄宗受册命於劍閣，謁肅宗於靈武，遂立肅宗。〇蕭關，即靈武也。〇【鄭卬曰】按，渭州清原縣，乃武州舊地。蕭關縣〔四〕，考其地即今朝那縣，在原州西一百八十里。龍朔中，故於白草軍置蕭關。〇【黄鶴曰：「唐志：大中五年，以原州蕭關置武州。」】或云：蕭關屬武州，大中五年以原州之蕭關置。寂寞雲臺仗，〇【趙次公曰。又，杜陵詩史、分門集注、集千家注批點杜工部詩集引作「修可曰」。】言行宫儀衛之草創，無復昔日移天仗於雲臺也。〇【王洙曰】庾信哀江南賦：非無北闕之兵，猶有雲臺之仗。飄飄沙塞旌。〇謂屯兵鳳翔以恢復也。江山少使者，〇謂道路梗阻也。笳鼓凝皇情。〇謂肅宗思上皇也。壯士血相視，〇【王洙曰】别賦：刎血相視。忠臣氣不平。〇不，一作未。密論正觀體，〇【王洙曰：「正觀，太宗撥亂反正時。」】正觀，太宗年號也。揮發岐陽征。○【王洙曰：「時肅宗理兵鳳翔。」】謂肅宗理兵鳳翔以親征也。○後漢志：右扶風美陽有岐山。感激動四極，○爾雅釋地：東至于太遠，西至于邠國，南至于濮鉛，北至于祝栗，謂之四極也。聯翩收二京。○【王洙曰】二京，謂長安與東都也。○【趙次公曰。又，杜陵詩史、分門集注、補注杜詩引作「杜定功曰」。】按舊唐書：至德初，武杖策謁肅宗行在，房琯薦爲給事中。已收長安，拜京兆尹。則固有建議收復者矣。西郊牛酒再，○再，一作至。西郊，乃長安之郭外也。至德二年十月，車駕入長安。十二月，上皇至自蜀。時武任京兆尹，調賦供給，擊牛釃酒以享軍士也。原廟再〔五〕丹青。○謂收京築宗廟也。○【王洙曰】原，重也。以先有廟，今更立之也。匡汲俄寵辱，○【趙次公曰】以武之諫諍如匡衡、汲黯也。既拜京兆尹矣，而坐房琯事貶巴州，此則寵之所辱也。衛霍竟哀榮。○【趙次公曰】復以武比衛青、霍去病之爲將也。武爲東川節度，則遷謫之中雖可哀而復榮也。四登會府地，○武爲京兆少尹，還京兆尹，爲劍南東川節度使，擢成都尹，還拜京兆尹。○【趙次公曰：「會府指京兆府、成都府。鄭公京兆少尹，又爲京兆尹，爲成都尹，劍南節度，又復節度劍南，此爲『四登會府』也。」】或曰：肅宗至德丁酉，鑾輿復長安，武行京兆尹事。寶應壬寅，再尹京兆。上元辛丑、廣德癸卯，兩節度劍南。故曰「四登會府地」。○貨殖傳：都，會也。釋名：都者，君之所居，人民之所都會也。三掌華陽兵。○武初以蔭補太原參軍，肅宗時，爲劍南東川節度使，上皇合劍南東、西兩川爲一道，權成都尹，復節度劍南，故曰三掌華陽之兵也。○【趙次公曰】禹貢：華陽黑水，惟〔六〕梁州。則東川、西川皆華陽也。○或曰：匡衡、衛、霍雖見信任，或寵或辱，或哀或榮，始終之節不若。武爲京兆之尹，又兼御史中丞，又遷京兆尹，又兼御史大夫，凡四登會府之地、三掌華陽之兵也。京兆空柳色，○色，或作翣。○【趙次公曰】武嘗爲京兆尹，故用以比張敞爲京兆尹，走馬於章華臺之柳市也。尚書無履聲。○【趙次公曰】武收鹽川，加檢校吏部尚書，故用以比。○【王洙曰】鄭崇爲尚書僕射，數求見諫諍，哀帝初納用之，每見革履聲，帝笑曰：「我識鄭尚書履聲。」群烏自朝夕，○【趙次公曰】此美武嘗爲御史中丞、御史大夫也。○【王洙曰】前漢：哀帝時，御史府中列柏樹常有野烏數十〔七〕棲宿其上，晨去暮來，號曰「朝夕烏」。白馬休橫行。○此美武能静禄山之亂也。後漢李憲伏誅，餘黨淳于臨聚衆屯灊山，揚州牧歐陽歙不能克。廬江人陳衆爲從事，乘單車駕白馬往説而降之，號「白馬陳從事」。魏志：龐德與關羽交戰，射羽中額，常乘白馬，羽軍中謂之「白馬將軍」。○【趙次公曰】夢弼按，南北賊臣傳：侯景作亂，乘白馬，青絲爲轡，以應童謡之讖是也。諸葛蜀人愛，○【趙次公曰】謂武之威行劍南，蜀人愛之，比之諸葛也。○【王洙曰】蜀志諸葛亮傳：梁益之民咨述亮者，雖甘棠之詠召公、鄭人之歌子産，無以遠譬也。文翁儒化成。○【趙次公曰】謂武以德服成都，儒化之成比之文翁也。○【王洙曰】前漢文翁傳：文翁守蜀，召下縣子弟以爲學官弟子，爲除更繇，高者補郡縣吏，次爲孝弟力田，由是大化。蜀之學於京師者，比齊魯焉。公來雪山重，公去雪山輕。○雪山乃〔八〕蜀之西山，冬夏常有積雪。武之來鎮，其去就爲蜀之重輕焉。按，廣德元年冬，吐蕃驅軍汧隴，劍南節度高適出師雪嶺，掎角無功，陷松、維、保三州。二年春正月，甫暮春發閬，武狀甫工部員外郎參謀軍事。其夏，甫至錦江。秋末，武拔吐蕃當狗城。仲冬，武拔鹽井。故史氏謂其威略足以靖邊也。華陽雪嶺記：西山東觀錦城，若井底。其上積雪千仞。按集草堂詩云：窗含西嶺千秋雪。繫曰：西山白雪四時。又西嶺詩曰「夷界荒山頂，蕃州〔九〕積雪邊」，又曰「煙塵侵火井，雨雪閉松州」是也。記室得何遜，○武辟甫爲掌書記，故自比之何遜也。○【王洙曰】梁何遜爲建安王記室，王愛文學之士，日與遊宴，又爲廬陵王記室，復隨府於江州。韜鈐延子荆。○韜鈐，兵書也。○【王洙曰】晉孫楚字子荆，參石苞驃騎軍事。○又，征西將軍扶風王駿起爲參軍。四郊失壁壘，○【王洙曰】謂邊境無屯戍也。○【趙次公曰】禮記：四郊多壘，卿大夫之辱也。虛館開逢迎。○【趙次公曰】謂開賓閣以禮賢也。堂上指圖畫，○圖畫，一作書畫。按集公有嚴鄭公廳事沲江圖詩「沲水流中座，岷山對此堂。白波吹粉壁，青嶂插雕梁」是也。軍中吹玉笙。○【師古曰】言武守蜀，鎮静無事，惟以宴逸圖畫與衆共樂，無盜賊之憂也。豈無成都酒，憂國只細傾。○【趙次公曰】此聯言成都雖有醇酒，常以國難爲憂，不敢盛爲宴飲也。時觀錦水釣，問俗終相并。○【趙次公曰】此聯言車騎之出，非專爲閑遊，終以問民疾苦爲事也。意待犬戎滅，人藏紅粟盈。○【趙次公曰】犬戎，指吐蕃也。武再節度劍南，嘗破吐蕃七〔一〇〕萬衆于當狗城，然其意欲待盡滅而人免誅，永使粟至於紅腐也。○【王洙曰】漢志：大倉之粟，紅腐而不可食。以兹報主願，庶或裨世程。○【王洙曰】或，一作獲。○程，謂功程也。炯炯一心在，○【王洙曰】炯炯，明貌。沉沉二豎嬰。○【趙次公曰】左氏成公十年傳：公疾求醫于秦，秦伯使醫緩爲之。未至，公夢疾爲二豎子，曰：「彼良醫也，懼傷我，焉逃之？」其一曰：「居肓之上，膏之下，若我何？」醫至，曰：「疾不可爲也，在肓之上，膏之下，攻之不可，達之不及，藥不至焉，不可爲也。」公曰：「良醫也。」厚禮而歸之。顏淵竟短折，賈誼徒忠貞。○【師古曰】原武之意在於報主，不幸年四十而疾化，故甫比之顔回、賈誼，謂年少而殂也。飛旐出江漢，○【王洙曰】潘岳賦：飛旐翩翩以啓路。孤舟轉荆衡。○【趙次公曰】武卒于蜀，以喪柩歸于楚也。虚無〔一〕馬融笛，○昔馬融好吹笛，迨死，有客弔之，詣靈横笛。悵望龍驤塋。○【杜田補遺】晉征吳，童謡曰：「阿童復阿童，衡刀飛渡江。不畏岸上獸〔二〕，但畏水中龍。」阿童，王濬小字也。武帝因以謡言拜濬爲龍驤將軍。太康六年，濬卒，葬柏山，大營塋域，葬垣周四十五里，面别開一門，松柏茂盛。空餘老賓客，身上愧簪纓。○【王洙曰】武鎮蜀，嘗辟甫爲參謀故也。

【校記】

〔一〕答，古逸叢書本作「容」。

〔二〕張，元本、古逸叢書本作「直」。

〔三〕難，元本、古逸叢書本作「誰」。

〔四〕縣，古逸叢書本作「城」。

〔五〕再，古逸叢書本作「明」。

〔六〕惟，古逸叢書本作「推」。

〔七〕十，古逸叢書本作「千」。

〔八〕雪山乃，元本作「雪乃」，古逸叢書本作「雪山」。

〔九〕蕃州，元本、古逸叢書本作「荒山」。

〔一〇〕七，元本、古逸叢書本作「十」。

〔一一〕無，古逸叢書本作「爲」。

〔一二〕獸，元本、古逸叢書本作「虎」。

贈太子太師汝陽郡王璡〇【王洙曰】讓皇帝憲，本名成器，睿宗長子，立爲皇太子。以玄宗有討平韋氏之功，成器懇讓儲位，封爲寧王，薨，謚曰讓皇帝。長子汝陽郡王璡。璡歷太僕卿，天寶初，加特進。〇唐植萱録：杜工部詩骨氣高峭，如爽鶻摩天，駿馬逸地。如八哀李司徒詩曰「司徒天寶末，全收晉陽甲。獯寇攻吾城，愁寂意不愜」，王司空詩曰「司空世東夷，童稚刷勁翮。追隨燕薊兒，穎脱物不隔」，嚴鄭公曰「鄭公瑚璉器，華岳金天晶。昔在童子時，已聞老成名」，人謂工部擬魏太子鄴中八篇，可抗衡齊軌。工部奮然曰：「公知其一。且吾『汝陽讓帝子，眉宇真天人。虬髯似太宗，色映塞外春』，鄴敢有此否耶？」

汝陽讓帝子，眉宇真天人。〇【趙次公曰】魏志：邯鄲淳見曹植才辯，歸對其所知歎植之才，謂之天人。〇又，陳矯見曹仁，歎曰：「將軍真天人也。」〇【趙次公曰】東觀漢記：光武過鄧禹營，勞勉吏士，衆皆竊言：「劉公真天人也。」〇【趙次公曰：「舊史無所考證。若新史『璡眉宇秀整，性謹潔，善射，帝愛之』，則出于公詩。」又，王洙注「愛其謹潔極」曰：「新史采此語。」】唐書：璡眉宇秀整，性謹潔，善射，帝愛之。虬鬚似太宗，○酉陽雜俎：太宗虬鬚，嘗戲張弓挂之。色映塞外春。○塞外，一作塞夜。○【師古曰】謂容貌和雅也。往者開元中，主恩視遇頻。出入獨非時，禮異見群臣。○【師古曰】玄宗以璡之父讓位于己，故眷遇之恩異於諸王，出入宮禁不以時也。愛其謹潔極，倍此骨肉親。○史記三王世家：孝昭以骨肉之親，不忍致法。漢中山靖王傳：諸侯王身以骨肉至親，先帝所以廣封連城，犬牙相錯，爲盤石宗。濟〔一〕南王康傳：何敞上疏：大王以骨肉之親，享食茅土。淮南説山訓：親莫親於骨肉，節族之屬連也。從容退朝後，○退，或作聽。或在風雷晨。○雷，或作雪。謂天子威勇，將田獵也。南皐羯鼓録：明皇以璡聰晤敏慧，妙達音樂，每隨遊幸，頃刻不捨。忽思格猛獸，苑囿騰清塵。○【王洙曰】司馬相如諫獵書：今陛下好陵阻險，射猛獸，卒然遇逸材之獸，駭不存之地，犯屬車之清塵，豈不殆哉？羽旗動若一，萬馬肅駪駪。○駪，疏臻切。○【鄭卬曰】馬衆多貌。○【王洙曰】詩：駪駪征夫。詔王來射雁，拜命已挺身。○【王洙曰】謂從天子獵苑中，命璡來射雁也。箭出飛鞚内，上又回翠麟。○【王洙曰】又，或作入。○【趙次公曰】翠麟，馬名也。○謂天子獵罷，將〔二〕回騎也。飜然紫塞翮，○【趙次公曰】謂雁也。○【趙次公曰。又，杜陵詩史、分門集注、補注杜詩引作「修可曰」。】崔豹古今注：秦所築長城土色皆紫，漢塞亦然，故稱紫塞。下拂明月輪。○謂雁翮落而拂弓也。或謂胡德賦：車駕明月之輪。胡人雖獲多，○【王洙曰】揚雄長楊賦：上將大誇胡人，以禽獸令胡人以手搏之，自取其獲，上親臨觀焉。天笑不爲新。○謂射中雁，而天子爲之喜笑也。王每中一物，手自與金銀。○謂天子賞賜不貲也。袖中諫獵書，扣馬久上陳。○【趙次公曰】言璡雖隨天子而獵，久乃袖其書以諫其獵也。○【王洙曰】昔武帝嘗射熊豕，逐野獸，司馬相如上疏諫之。武王東伐紂，伯夷、叔齊扣馬而諫。竟無銜橜虞，○橜，巨月切。○【王洙曰】司馬相如諫獵疏：清道而後行，中路而馳，猶時有銜橜之變。○顔師古曰：橜，謂車之鉤心也。聖聰矧多仁。○聰，一作慈。官免供給費，水有在藻鱗。○天子納其諫而罷漁獵，故有司免供給之費，物皆得遂其性也。匪惟帝老大，皆是王忠勤。○【王洙曰】皆璡諫之之效也。晚年務置醴，門引申白賓。○此謂璡好延賓客，門下多賢士也。○【王洙曰】璡嘗與賀知章、褚庭誨、梁陟等善爲詩酒之交。前漢楚元王交傳：好書多材藝，少時嘗與魯穆生、白生、申公俱受詩於浮丘伯。元王既至楚，以穆生、白生、申公爲中大夫。初，元王敬禮申公等，穆生不嗜酒，元王每置酒，常爲穆生設醴。顔師古曰：醴，甘酒也。○按集壯遊詩有曰「許與必詞伯，賞遊實賢王。曳裾置醴地，奏賦入明光。天子廢食召，群公會軒裳」，蓋天寶間英豪貴人皆虚左待甫如此，所以推轂奏賦明光殿也。道大容無能，永懷侍芳茵。○無能，甫謙辭也。○【王洙曰】謂己無才能得侍王芳茵，而爲王之所容也。○【趙次公曰】家語：道大不容。○説文：茵，重席也。好學尚貞烈，義形必霑巾。○【王洙曰】謂義形於色也。揮翰綺繡揚，篇什若有神。○【趙次公曰】孔融表：性與道合，思若有神。

川廣不可泝，○泝，蘇故切。逆流而上也。○【趙次公曰】甫言自别之後，流落於蜀，與王隔絶，欲泝流而上見王，則川廣不可泝也。墓久狐兔隣。○傷王之不復見。○【王洙曰】張孟陽七哀詩：北邙何纍纍，高陵有四五。借問誰家墳，皆云漢世主。狐兔窟其中，蕪穢不復掃。宛彼漢中郡，○郡，魯作王。○【王洙曰】璡弟漢中王瑀，早有才望，偉儀冠世。天寶十五載，從玄宗幸蜀，至漢中，因封漢中王也。文雅見天倫。何以慰我悲，泛舟俱遠津。○謂瑀爲人文雅，幸與甫同泛舟於荆楚也。温温昔風味，少壯已書紳。○謂温温風味，甫少年已嘗欽佩矣。○【王洙曰】論語：子張書諸紳。舊遊易磨滅，○遊，一作亦。〔三〕衰謝增酸辛。

【校記】

〔一〕濟，元本、古逸叢書本作「齊」。

〔二〕將，元本、古逸叢書本作「南」。

〔三〕亦，古逸叢書本作「易」。

贈秘書監江夏李公邕

〇【王洙曰】唐文苑傳：邕，廣陵江都人。父善，嘗注文選六十卷，行於時。邕少知名，邕既冠，見特進李嶠，自言讀書未遍，願見秘書。嶠曰：「秘閣萬卷，豈時日能習邪？」邕固請，乃假直秘書。未幾，辭去。嶠驚，試問奥篇隱帙，了辯〔一〕如響。嶠驚歎曰：「子且名家。」長安初，李嶠、張廷珪並薦邕辭高行直，堪爲諫諍官。帝封泰山，還，見帝汴州，詔獻詞賦。帝悦，拜刺史，上計京師。中人臨問，索所爲文章以進。公雅有名，重〔二〕義愛士，久斥外，不與士大夫接。既入朝，人間傳其眉目瓌異，至阡陌聚觀，後生内謁，門巷填溢。邕爲陳、楚、淄〔三〕、滑州刺史，又爲汲郡北海太守。

長嘯宇宙間，〇【趙次公曰】長嘯，謂歎嘯之長。〇尸子：天地四方曰宇，往古來今曰宙。高才日陵替。〇替，廢也。如山陵之漸替，謂才高者不容於世也。古人不可見，前輩復誰繼。憶昔李公存，詞林有根柢。聲華當健筆，灑落富清製。〇謂名譽與筆力相副也。風流散金石，〇【趙次公曰】言碑頌銘志之文散刻于金石也。追琢山嶽鋭。〇【鄭卬曰】追，都回切，治玉也。〇【師古曰】言其爲文得山嶽英鋭之氣也。情窮造化理，學貫天人際。干謁走其門，碑版照四裔。〇四裔，謂四方之遠也。〇【王洙曰】邕文傳耀遠方，邕雖黜貶于外，遠方之人多造其門而求之，餽以金帛，然爲文得春秋凡例之體爲多矣。名〔四〕滿深望還，森然起凡例。〇杜預序左氏傳：發凡以言例。蕭蕭白楊路，○崔豹古今注：白楊，葉圓。廣志：白楊，一名高飛木，葉大於柳。古詩：白楊多悲風，蕭蕭愁殺人。洞徹寶珠惠。○【趙次公曰】言墳墓之路植以白楊，蔽而幽昏。得邕碑銘之文以光耀之，如獲寶珠之賜也。龍宮塔廟湧，○湧，卞作踴。浩劫浮雲衛。○浩劫，謂無窮不朽之功也。○【趙次公曰】言龍宮之塔廟得邕之文，亘歷浩劫而浮雲護衛之也。○【薛夢符曰】按南史：阿育王佛滅度後，一日一夜造八萬四千塔。梵言塔也，華言廟也。○【杜田補遺】釋氏要覽：梵言塔婆，唐言高顯，今俗稱爲塔。梵言蘇偷婆，唐言寶塔，梵言窣堵波，唐言墳，梵言浮圖，唐言聚相。西域記：建塔者，謂之立表，皆有等級。若初果一級，二果二級，三果三級，四果四級，表超三界也。故佛塔十二級，表超十二因緣也。度人經：唯有元始浩劫之家，部制我界，統乘玄都。○【杜田補遺】又，杜陵詩史、分門集注、補注杜詩引作「薛夢符曰」。】妙法蓮華經：如人以力磨，三千大千土〔五〕。後盡末〔六〕爲一塵，一塵爲一劫。王簡栖頭陀寺碑：功濟塵劫。廣異記：丁約謂韋子威曰：「郎君終當棄俗，尚隔兩塵。」子威曰：「何謂兩塵？」約曰：「儒謂之世，釋謂之劫，道謂之塵。」○夢弼謂，此言無窮不朽之功也。或以塔之級爲劫，謬矣。按集有玉臺觀詩曰「浩劫因王造」。○【杜田補遺】又，嶽麓二寺行曰「塔劫宮墻壯麗敵」是也。宗儒俎豆事，○謂邕或爲學校廟宇之記，或叙禮儀也。故吏去思計。○【趙次公曰】謂邕或述監司守令替罷德政之碑也。眄睞已皆虛，○眄，彌殄切。○【鄭卬曰】睞，力代切。○謂凡來請謁求其爲文者，邕皆虛己以致敬也。跋涉曾不泥。○謂不憚其跋涉之勞也。向來映當時，豈特勸後世。○【趙次公曰】謂邕文之光焰〔七〕已自輝映當時而歆慕之，非止勸獎後人也。豐屋珊瑚鉤，○【趙次公曰】豐屋，大屋也。珊瑚鉤，乃屋中之簾鉤也。麒麟織成罽。○【趙次公曰】罽，居例切，氈也。謂氈上織成麒麟也。紫騮隨劍几，○【趙次公曰】既賂邕以紫騮之馬，又繼以寶劍憑几也。義取無虚歲。○此言富貴之家皆以寶劍餽邕，求其爲文，邕受之，皆合於義也。○【王洙曰】按新唐書：自古作文獲財，未有如邕之盛。人奉金帛請其文，前後所受鉅萬計。分宅脱驂間，○【王洙曰】吴志：周瑜與孫策獨相友善，瑜推道南大宅以舍策，升堂拜母，有無通共。史記：越石父賢，在縲紲中，晏子出，遭之塗，解左驂贖之，延入爲上客。感激懷未濟。○【趙次公曰】邕雖以文受人之財，而氣義頗喜惠養親舊，常感激古人分宅脱驂之事，每以未濟爲念也。衆歸賙給美，擺落多藏穢。○藏，晉作臧。○【趙次公曰】在衆人則歸其能賙給，在邕之身則雖多藏而能擺落其穢也。獨步四十年，○【王洙曰】邕知名長安，死天寶初，四十年間可謂獨步矣。風聽九皋唳。○【趙次公曰】謂邕聲譽之遠揚，聞於天子。傳言「邕獻詞賦，帝悦」是也。毛詩：鶴鳴于九皋，聲聞于天。嗚呼江夏姿，○【趙次公曰】以邕比黄香也。後漢黄香，江夏人，博學能文，京師號曰：「天下無雙，江夏黄童。」竟掩宣尼袂。○言邕之道窮也。○【王洙曰】昔孔子獲麟，反袂拭面，稱吾道窮。昔者武后朝，引用多寵嬖。否臧太常議，○【趙次公曰】武后臨朝，張昌宗與易之擅權，韋巨源謚號謬戾，邕批其議。面折二張勢。○二，晉作三。○【王洙曰】邕初爲左拾遺，御史中丞宋璟奏張昌宗兄弟，請付法斷。則天初不應，邕進言璟言事關社稷，望陛下可其奏，則天始允之。衰俗凛生風，排蕩秋旻霽。○邕面折二張，排蕩上心，上爲之霽怒，衰俗凜然而生風也。爾雅：秋爲旻天。忠貞負冤恨，○冤，晉作怨。○【趙次公曰】以邕忠貞，爲人所陷也。宮闕深旒綴。放逐早聯翩，低垂困炎厲。○【趙次公曰】此言天子深居九重，不知省察，放逐南州，無由伸愬也。○【王洙曰】按，邕始與張柬之善，貶雷州。明皇初，又貶崖州。召還，爲姚崇所嫉，貶汴州。召爲陳州。明皇東封回，邕謁見於汴，獻詞賦稱旨，頗自矜衒，自云當居相位。又素輕張説，爲説所惡。發陳州，因事抵死。會赦免，貶欽州。後於嶺南從中官楊思勗討賊有功，轉括、渭、淄三州刺史。日邪鵩鳥入，○以邕比賈誼之忌鵩也。○【趙次公曰】誼賦曰：庚子日邪，鵩入余舍。魂斷蒼梧帝。○以邕悼舜帝之南巡也。蒼梧，今梧州。禮記：舜葬于蒼梧之野。真誥：帝舜服十轉紫華，可以長生，與天地傾，猶葬於蒼梧之野，蓋尸解也。榮枯走不暇，○【王洙曰】榮，一作策。○昔邕策枯磨鋭，承命趨走無暇也。星駕無安税。○【趙次公曰】詩：星言夙駕。○【王洙曰】李斯傳：吾未知所税駕。○索隱曰：税駕，猶解駕，言休息也。幾分漢庭竹，○幾，讀上聲。謂邕屢爲刺史也。○【趙次公曰】漢制：以竹使符分給郡守。○【杜田補遺】漢書音義曰：皆以竹箭五枚，長五寸，鐫刻篆書，第一至第五與郡守爲符，各分其半，左留京師，右以與之也。夙擁文侯篲。○篲，祥歲切。謂邕在郡迎賓客，如魏文侯也。○【王洙曰：「魏文侯擁篲以迎朋友。」】昔鄒衍如燕，昭王擁篲先驅，請列弟子之坐。篲，帚也。謂爲之掃地，以衣擁篲而却行，恐塵埃之及長者，所以爲敬也。終悲洛陽獄，○【趙次公曰】以邕之死於獄比蔡邕也。後漢蔡邕傳：靈帝嘗詔邕下洛陽獄，劾以仇怨，遂死獄中。按，天寶中，柳勣有罪下獄，李邕嘗遺勣馬一匹，故吉温惡邕持正，令勣引邕嘗以國之休咎相語，陰行賂遺，竟杖死北海郡。事近小臣斃。○小臣，指吉温。斃，或作蔽。非以篇末復押蔽字。左氏傳、國語：與小臣，小臣斃。禍階初負謗，易力何深嚌。○嚌，陷也。伊昔臨淄亭，酒酣託末契。○【趙次公曰】按集，甫有嘗陪李北海宴歷下亭，有詩唱和是也。○北海，指邕也。重叙東都别，朝陰改軒砌。○朝陰，謂日影也。論文到崔蘇，○【王洙曰】崔信明、蘇源明，皆以文章擅名也。指盡流水逝。○謂感舊也。近伏盈川雄，○【趙次公曰】盈川，謂楊炯也。○【王洙曰】唐文苑傳：炯嘗爲盈川令，張説曰：「楊盈川之文，如懸河注水，酌之不竭。既優於盧照隣，亦不減王勃。」未甘特進麗。○【趙次公曰】特進，謂李嶠也。○【王洙曰】張説又曰：「李嶠文如良金美玉。」是非張相國，○【趙次公曰】相國，謂張燕公説也。相扼一危脆。○【趙次公曰】謂説以相國勢力所能勝邕，特邕身危脆，易於一扼耳。○按，邕素輕説，説與相惡，會稽人告邕贓貸枉法，下獄，貶遵化尉。争名古豈然，○【王洙曰】魏文帝典論：文人相輕，自古而然。鍵捷欻不閉。○【鄭卬曰】鍵，巨典切。鑰，牝〔八〕也。○捷，疾業切，急也。○【鄭卬曰】或作楗，其獻切，門限也。○文苑英華鍵捷作關鍵。○【趙次公曰】欻，許勿切，疾貌。○邕與説皆以文顯，互相争名，邕竟爲説抵隙，故謂邕爲關鍵，則捷急而忽然不閉，所以召禍也。○【王洙曰】老子二十七章：善閉無關捷，而不可開〔九〕。例及吾家詩，○【趙次公曰】甫以詩自負如此，言例則邕與甫比肩，以詩爲常例也。○例，或又作倒，謂見吾詩而絕倒也。曠懷掃氛翳。○謂剔去其蒙昧也。或謂氛翳言讒謗之人也。或以氛翳謂雲師屏翳也。慷慨嗣真作，○【王洙曰。又，集千家注批點杜工部詩集引作「公自注」。】甫有和李大夫詩。咨嗟玉山桂。○喻邕作詩之美也。○【王洙曰】晉郤詵對武帝曰：「臣舉賢良對策，爲天下第一，猶桂林一枝、崑山片玉。」鍾律儼高懸，○【師古曰】喻邕詩之有法度也。鯨鯢噴迢遰。○【師古曰】喻邕詩之雄健也。坡陁青州血，○【師古曰】陂陁，高聚貌。○或曰，不平也。○【趙次公曰】謂杖死於青州也。蕪沒汶陽瘞。○瘞，於罽切，埋也。汶陽，魯地，謂藁葬於魯也。哀贈竟蕭條，○贈，或作晚〔一〇〕。恩波延揭厲。○【王洙曰】謂代宗時國恩例得贈秘書監。○不問淺深也。左氏僖公二十三年傳：波及晉國者，君之餘也。爾雅釋水：深則厲，淺則揭。揭者，揭衣也。以衣涉水爲厲。繇膝以下爲揭，繇膝以上爲涉，繇帶以下爲厲。子孫存如綫，○【趙次公曰】傷邕子孫微而欲絕也。舊客舟凝滯。○【趙次公曰】舊客者，甫自歎其飄泊荆楚，未能乘扁舟以往也。江淹別賦：舟凝滯於水濱。君臣尚論兵，將帥接燕薊。朗詠六公篇，○【趙次公曰】六公者，元自注云：桓彥範、敬暉、張柬之、袁恕己、洎狄相也。六公篇詩載邕本傳。憂來豁蒙蔽。○【趙次公曰】甫歎時之多難，用兵於燕薊之地，當復如邕者，慷慨有所陳説，故甫詠邕所作六詩，以解憂國之情也。

【校記】

〔一〕辯，元本、古逸叢書本作「辨」。

〔二〕「重」字原無，據新唐書李邕傳補。
〔三〕淄，原作「溜」，據古逸叢書本改。
〔四〕名，原作「各」，據元本、古逸叢書本改。
〔五〕土，元本、古逸叢書本作「士」。
〔六〕末，元本、古逸叢書本作「未」。
〔七〕焰，元本、古逸叢書本作「耀」。
〔八〕牝，元本、古逸叢書本作「牡」。
〔九〕聞，元本、古逸叢書本作「開」。
〔一〇〕晚，元本、古逸叢書本作「挽」。

故秘書少監武功蘇公源明

〇【王洙曰】源明，京兆武功人。少孤，寓居徐、兖。工文辭，有名。天寶間及進士第，更試集賢院。累遷太子諭德，出爲東平太守，召爲國子司業。禄山陷京師，源明以病不受僞官。肅宗復兩京，擢考功郎中、知制詔。後以秘書少監卒。

武功少也孤，徒步寓徐兖。〇題注。讀書東岳中，十載考墳典。〇謂三墳五典也。

時下萊蕪郭，○泰山郡也。忍飢浮雲巘。○【鄭卬曰】巘，語蹇切。負米晚爲身，每食臉必泫。○【王洙曰】昔子路負米百里之外以事親，源明養不及親，負米自爲而已，故每食必泫也。夜字照爇薪，○【趙次公曰】晉中興書：范汪家貧好學，然薪寫書。○【薛夢符曰】又文士傳：侯瑾字子瑜，家貧傭賃，暮輒然柴薪以讀書，獨處一室，如對賓客。垢衣生碧蘚。庶以勤苦志，報兹劬勞願。○願，一作顯。○【王洙曰】謂以己勤苦之志，報父母劬勞也。學蔚醇儒姿，○昔董仲舒爲漢醇儒，故以比源明也。文包舊史善。○【師古曰】源明嘗私著國史，後史館因采其語也。灑落辭幽人，○落，一作淚。歸來潛京輦。○幽人，乃幽隱之人。源明嘗隱于嵩山。○【王洙曰】天寶中，辭幽人，歸京闕，登進士第，更試集賢院也。射策君東堂，○魯作「射君東堂策」。○【王洙曰】顔師古漢書音義：射策者，謂爲難問疑義，書之於策，量其大小，署爲甲乙之科，列而置之，不使〔一〕彰顯。有欲射者，隨其所得而釋之，以知優劣也。○又唐摭言：射策者，謂列策於几案，貢人以矢投之，隨所中而對之。則明以策問授其人，而觀其臧否也。宗匠集精選。制可題未乾，○一作「制題墨未乾」。○【杜田補遺】蔡邕獨斷：漢制：天子之書有四，一曰策書，二曰制書，三曰詔書，有三品。其文曰告書某官如故事，是爲詔書。群臣有奏請，尚書令奏之，下有制詔，天子答曰：「可。」以爲詔書。群臣有所奏請，無尚書令奏制曰之字，則答曰：「已奏。」如書〔云云〕，亦曰詔書。四曰戒敕。自魏、晉以後，皆因循以册書詔敕總名曰詔。唐因隨〔二〕不改也。乙科已大闡。○一作「休聲已大闡」。文章日自負，吏緣亦累踐。○吏緣，言以經術緣飾吏事。○【王洙曰】源明更試集賢院，累遷太子諭德，出爲東平太守，又爲國子司業也。○吏緣，一作吏禄，晉作禄吏。晨趨閶闔内，○閶闔，謂天子之門也。足踏宿昔趼。○【鄭卬曰】研，古典切，胝也。○【趙次公曰】言其由貧賤中來，足指約中斷傷也。莊子「成綺見老子，百舍重趼而不敢息」是也。一麾出守還，○謂出爲東平太守，召爲國子司業也。○【薛夢符曰】顔延年贈阮始平詩：屢薦不入官，一麾乃出守。○説者謂山濤薦咸爲吏部郎，三上而武帝不用，其後一擠遂出始平，故有此句。延年被擯，以此自托爾。後杜牧之爲登樂遊原詩云：「擬把一麾江海去，樂遊原上望西陵。」人遂誤以守郡爲建麾也。黄屋朔風卷。○卷，與捲同。黄屋，天子之車蓋也。○【趙次公曰】謂明皇乘輿以禄山反而出守〔三〕也。不暇陪八駿，○【趙次公曰】昔周穆王嘗乘八駿之馬以出遊幸。〔四〕虜庭悲所遣。○【趙次公曰】謂源明時不及扈從，爲賊所縶，繫于虜庭，每悲恨以遣懷爾。平生滿樽酒，斷此朋知展。憂憤病二秋，有恨石可轉。○石，或作不。○【趙次公曰】源明陷賊，其二秋憂憤，石可轉而吾心不轉焉。此言源明不污賊而受僞官也。詩：我心匪石，不可轉也。肅宗復社稷，得無逆順辨。○肅宗復兩京，辨其逆順，諸僞署官者皆伏誅，故下句比之范曄、李斯也。范曄顧其兒，○【趙次公曰】沈約宋書：范曄爲高祖相國掾，稍遷太子詹事，坐謀反誅。臨刑，醉，其子靄亦醉，取地土及果皮以擲曄，曄問曰：「汝瞋我耶？」靄曰：「今日何緣瞋，但父子同死，不得不悲。」李斯憶黄犬。○【王洙曰】李斯傳：斯具五刑，論腰斬咸陽市，顧謂其中子曰：「吾欲與若復牽黃犬，俱出上蔡東門逐狡兔，豈可得乎？」秘書茂松色，○色，一作意。諸僞署皆誅，獨源明臨難不變其節，復知制誥。○【王洙曰】如松柏經歲寒而色不凋也。後卒於秘書少監。再扈祠壇墠。○再扈，一作屢侍。前後百卷文，枕籍皆禁臠。○禁臠，喻源明文之美也。○【趙次公曰】晉元帝始鎮建業，每得一豚，以爲珍膳。項上一臠尤美，輒以薦帝，呼爲禁臠。篆刻揚雄流，○篆刻，一作制作。○【趙次公曰】揚雄以賦爲童子雕蟲篆刻，然竟爲長楊、羽獵賦，見稱於時。溟漲本末淺。○末，一作未。謂源明之文波瀾浩瀚，如溟海之漲，其本末比之猶爲淺也。青熒芙蓉劍，○【師古曰】謂其能斷決也。○【王洙曰】吴越王允常取純鈎劍示薛燭，燭〔五〕曰：「光乎如屈陽之華，沉沉如芙蓉始生於湖。」犀兕豈獨剸。○【鄭卬曰】剸，之兖切，截也。○爾雅釋獸：犀似豕，兕似牛。○【王洙曰】王褒聖主得賢臣頌：巧冶鑄干將之樸，水斷蛟龍，陸剸犀兕。反爲後輩褻，予實苦懷緬。煌煌齋房芝，○【趙次公曰】昔漢武帝嘗大興祠祭，齋房生芝而作歌。〔六〕事絶萬手搴。○【鄭卬曰】搴，九輦切，取也。○謂常時佐爲浮祠，指望搴取房芝者，非〔七〕一手也。○【王洙曰】肅宗時，宰相王璵以祈禬〔八〕進，勸上興祠禱事，禁中稍崇淫祀。源明數進時政得失，論其不可。垂之俟來者，正始貞勸勉。○【趙次公曰】源明所言，〔九〕可〔一〇〕以垂後世法，乃正始之道也。不惡懸黄金，○惡，一作要。○【趙次公曰】謂其言安媚，則黄金可惡。○而肅宗從其言而賞之，所以美之也。胡爲投乳贙。○乳，一作亂。贙，音畎，又音鉉。○【趙次公曰】乳虎也。謂其言切直犯上之惡，不啻若投飢贙。○言以方士而餧虎，且所以危之也。詩：投畀豺虎。〇【杜田正謬。又，杜陵詩史、分門集注、補注杜詩引作「修可曰」。】爾雅釋獸：贙有力。郭璞注：出西海大秦國，有養者，似狗，多力獷〔一一〕惡。炙轂子載贙銘曰：爰有獷獸，厥形似犬。飢則馴服，飽則反眼。出于西海，名之曰䖘。結交三十載，〇【王洙曰】任彥昇哭范雲僕射詩：結懽三十載，生死一交情。吾與誰遊衍。滎陽復冥寞，〇寞，或作漠。滎陽，指鄭虔也。罪罟以橫罥。〇【王洙曰】橫，户孟切〔一二〕。罥，音畎。〇【趙次公曰】謂虔亦遭貶也。嗚呼子逝日，始泰則終蹇。〇則，一作即。長安米萬錢，凋喪盡餘喘。〇【王洙曰。按，趙次公所謂「舊注」，當爲「王洙曰」。】謂大盜之餘，國用困乏，士大夫尚延殘喘也。時史思明陷洛陽，有詔幸東京，源明以方旱饑，陳十不可以諫，遂罷東幸。戰伐何當解，歸帆阻清沔。尚纏漳水疾，永負蒿里餞。〇【趙次公曰】甫自傷抱疾雲安，不得泝沔以歸，而弔酹源明也。〇崔豹古今注：薤露、蒿里，並哀歌也，出田橫門人。橫自殺，門人傷之，爲作悲歌，言人命如薤上露，易晞滅也，亦謂人死魂魄歸于蒿里，故有二章。其一曰：薤上朝露何易晞，露晞明朝更復落，人死一去何時歸。其二曰：蒿里誰家地，聚〔一三〕斂精魄無賢愚，鬼伯一何相催促，人命不得久踟躕。至孝武時，分二章爲二曲。薤露送王公貴人。〇【王洙曰】蒿里送士大夫庶人，使挽柩者歌之，世呼爲挽歌。

【校記】

〔一〕使，元本、古逸叢書本作「許」。

〔二〕隨，元本、古逸叢書本作「循」。

〔三〕守，元本、古逸叢書本作「狩」。

〔四〕元本、古逸叢書本此段注後尚有一段注文：「王子年拾遺記：東海有島名龍駒川，穆王養八駿處，有草名龍芻。八駿，一名絶地，足不踐土；二名翻羽，行越飛禽；三名奔霄，夜行萬里；四名超影，逐日而行；五名踰輝，毛色炳耀；六名留光，一形寸影；七名騰霧，乘雲而奔；八名挾翼，身有肉翅。餘見前注。」

〔五〕燭，元本、古逸叢書本作「人」。

〔六〕歌，元本、古逸叢書本作「頌」。

〔七〕非，元本、古逸叢書本作「舉」。

〔八〕襘，古逸叢書本作「禱」。

〔九〕言，元本、古逸叢書本作「書」。

〔一〇〕可，元本、古逸叢書本作「將」。

〔一一〕獷，元本、古逸叢書本作「猛」。

〔一二〕切，古逸叢書本作「功」。

〔一三〕聚，元本、古逸叢書本作「收」。

故著作郎貶台州司户滎陽鄭公虔〇【王洙曰】虔，鄭州滎陽人，集撰當世事，著書八十餘篇。有窺其藁者，告虔私傳撰國史，虔倉皇焚之，坐謫十年。初，坐謫過〔一〕京師，上愛其才，欲置左右，以不事事，更爲置廣文館，以虔爲博士。虔聞命，不知廣文曹司何在，訴宰相。宰相曰：「上增國學，置廣文館，以居賢者。令後世言廣文博士自君始，不亦美乎？」禄山反，遣張通儒劫百官，置東都，僞授虔水部郎中，因稱風緩，求攝市令。潛以密章達靈武，賊平，免死，貶台州司户參軍。虔至台州，數年卒。

鶢鶋至魯門，不識鍾鼓饗。〇【王洙曰】莊子至樂篇：昔者海鳥止於魯郊，魯侯御而觴之于廟，奏九韶以爲樂，具太牢以爲膳，鳥乃眩視憂悲，不敢食一臠，不敢飲一盃。國語魯語：海鳥曰爰居，止於魯東門之外三日，臧文仲使國人祭之。**孔翠望赤霄，**〇【王洙曰】孔翠，謂孔雀翡翠也。文選鷦鷯賦：彼鷲鶚鶤〔二〕鴻，孔雀翡翠，或陵赤霄之際，或托絶垠之外，翰羽足以衝天，觜距足以自衛，然皆負矰嬰繳，羽毛入貢。何者？用於人者然也。**愁思雕籠養。**〇思，或作入。〇【師古曰】虔嗜酒，放誕不樂檢束，帝更置廣文館，以虔爲博士，虔聞命，訴宰相。何異饗鶢鶋非鍾鼓所能樂之，養孔翠非雕籠所能拘之也。**滎陽冠衆儒，早聞名公賞。**〇【九家集注杜詩依例爲「王洙曰」。】甫自注曰：往者公在疾，蘇許公頲位尊望重，素未相識，早愛才名，躬自哀問，結忘年之契，遠近嘉之，故云。**地崇士大夫，況乃氣精爽。天然生知姿，**〇後漢桓榮傳：陛下躬天然之姿。**學立游夏上。**〇謂虔之學過乎子游、子夏也。昔孔子作春秋，游、夏不能措一辭。神農或闕漏，○或，一作極。○【趙次公曰】虔自著書外，又撰胡本草七卷，故詩言補闕，乃神農本草之所不載也。黄石愧師長。○【趙次公曰】張良遇黄石公爲師。今詩言愧者，愧其不敢爲虔之師也。○【薛夢符曰】前漢張良傳：良遊下邳，有父老出書一編，曰：「讀是則爲王者師，後十年興。十三年見我濟北穀城山下，黄石即我。」已遂去，不見。旦日，視其書，乃太公兵法也。藥纂西極名，○極，一作域。謂其善辨藥也。兵流指諸掌。○謂其善論兵也。論語：其如示諸斯乎。指其掌。貫穿無遺恨，薈蕞何技癢。○【鄭卬曰】薈，烏外切。蕞，祖外切。小貌。○【集千家注批點杜工部詩集引作「公自注」。】甫自注曰：公長於地理，山川險易，方隅物産，兵戍衆寡，無不詳。又著薈蕞等諸書之外〔三〕，又撰胡本草七卷，故云。○夢弼按，封演見聞記：虔著書名曰薈粹，取爾雅叙「薈粹舊説」也。○【鄭卬曰】癢，以兩切，字或作痒。○技癢，或又作伎〔四〕癢。○【趙次公曰】文選射雉賦：徒心煩而伎〔五〕癢。○李善注曰：有伎〔六〕藝欲逞也。本又作枝。癢，謂虔於藥石、兵書、占考、圖畫無不淹貫，其視神農、黄石之書何異枝癢乎？枝言不得其根，癢言攻乎其外也。圭臬星經奥，○臬，魚列切，字與槷同。○【趙次公曰】謂其善地理天文也。圭者，土圭，所以測日影也。臬者，表臬，所以度廣狹也。○周禮冬官考工記：匠人建國，水地以縣，置槷以縣，眡以景，爲規，識日出之景與日入之景，晝參夜考，以正朝夕。鄭玄注：於四角立植而縣以水，望其高下，高下既定，乃爲位而平地。於所平之地中央樹八尺之臬，以縣正之，眡以其景，將以正四方也。文選景福殿賦「制無細而不協於規景，作無微而不〔七〕違於水臬」是也。蟲篆丹青廣。○謂其善書畫也。○【王洙曰】虔本傳：虔善圖山水，嘗苦無紙，於是慈恩寺貯柹葉數屋，遂往日取葉隸書，歲久殆遍。嘗自寫其詩並畫以獻，玄宗大書其尾曰「鄭虔三絕」。子雲窺未遍，○謂虔之學過乎揚雄之博極，無所不通也。○【王洙曰】前漢揚雄傳：雄字子雲，少而好學，博〔八〕覽無所不見。方朔諧太枉。○諧，一作詣〔九〕。謂虔之言異乎東方之恢諧，太涉乎邪也。前漢東方朔傳：朔字曼倩，上書指意放蕩，辭數萬言。又劉向列仙傳：朔上書，拜爲郎，棄而避亂，置幘官舍，風飄而去。後見會稽，賣藥五湖，知者疑其歲星精也。神翰顧不一，體變鍾兼兩。○美虔之善書，得兩鍾之體也。○【杜田補遺】兩鍾，謂鍾繇、鍾會也。繇字元常，魏人，善隸書并行草。袁昂云：鍾書有十二鍾意。〔一〇〕會字士季，繇之子也，亦善書。羊頎云：會書筋骨緊密，頗有父風。○【杜田補遺】。又，趙次公注引作「杜時可曰」。又，杜陵詩史、分門集注、補注杜詩、集千家注批點杜工部詩集引作「修可曰」。】書苑曰：虔善草隸。呂總續書評曰：虔書如風送〔一一〕雲收，霞催月上。文傳天下口，大字猶在牓。昔獻書圖畫，新詩亦俱往。滄洲動玉陛，○謂虔所畫之圖也。宣鶴誤一響。○【王洙曰】宣，一作寡。○【趙次公引「師民瞻（尹）本」】一作宫。○張協詩：寡鶴空悲鳴。三絕自御題，四方尤所仰。嗜酒益疏放，○並見前注。彈琴視天壤。形骸實土木，○謂皆枯槁也。親近唯几杖。未曾寄官曹，○【梅曰】言不寓意於官職也。○寄，魯氏刊作記。突兀倚書幌。○世說：劉真長目庾敳，雖言不愔〔一二〕愔似道，突兀差可以擬道。晚就芸閣香，○【王洙曰】謂遷著作佐郎也。魚豢典略〔一三〕：芸香辟紙魚蟲，故藏書臺稱芸臺。胡塵昏坱莽。○【曾曰】坱莽，廣貌。反覆歸聖朝，點染無滌蕩。○【王洙曰】胡塵，謂祿山反也。虔由廣文博士遷著作佐郎，僞授水部郎中，因稱風緩，求市令，潛以密章達靈武。故詩言無一點所染，不煩澆蕩也。老蒙台州掾，泛泛浙江槳。○【趙次公曰】祿山之亂平，虔免死，貶台州司户參軍。履穿四明雪，○言虔之官艱苦，冒雪而行也。四明，浙江山名，上有方石四面，自然開窗，因以得名。○【王洙曰】史記滑稽傳：東郭先生久待詔公車，其履行雪中，有上無下，足跡踐地。○【杜定功曰】孫綽天台賦：登陸則有四明、天台。飢拾楢溪橡。○【王洙曰】言虔之官飢困，拾橡而食也。○楢，以周切，柔木也。浙江地名。謝靈運山居賦：越楢溪之縈紆。天台賦：濟楢溪而直上。後漢李恂傳：拾橡食以自資。空聞紫芝歌，○謂虔不能避祿山之亂而陷賊，愧聞乎昔四皓逃秦而歌紫芝也。○【趙次公曰】皇甫謐高士傳：四皓歌曰：「漠漠〔一四〕高山，深谷逶邐。曄曄紫芝，可以療飢。」不見杏壇丈。○謂虔貶爲台州掾，不見乎廣文館之丈席也。○【王洙曰】莊子漁父篇：孔子遊乎緇帷之林，休坐乎杏壇之上。弟子讀書，孔子絃鼓琴奏曲，漁父下船來聽。天長眺東南，○台州，東南瀕海之郡也。秋色餘魍魎。○【師古曰】謂荒僻也。○【王洙曰】天台賦：始經魍魎之塗，卒踐無人之境。別離慘至今，斑白徒懷曩。○【王洙曰】曩，昔也。春深秦山秀，○秦，一作奏。葉墜清渭朗。劇談王侯門，野税林下鞅。○鞅，於兩切，馬頸柔革也。○【王洙曰】鮑照詩：無由〔一五〕税歸鞅。○謝朓詩：行矣倦路長，無由税歸〔一六〕鞅。操紙終夕酣，時物集遐想。詞場竟疏闊，平昔濫吹獎。〇【師古曰】此五聯謂甫追憶昔時與虔聚會于關中，春和秋凉之日〔一七〕，或劇談，或税鞅，操紙賦詩，把酒酣飲，交遊於詞翰之場。而今竟疏遠間闊，故傷之。〇【趙次公曰】又憶虔之平昔濫有推奬於我也。百年見存没，〇謂百年交情見於存没之際也。牢落吾安放。〇謂虔之卒也。〇【趙次公曰】檀弓篇：孔子將死，子貢曰：「泰山其頽，吾將安仰？梁木其壞，吾將安放？」蕭條阮咸在，〇【王洙曰】晉阮咸傳：咸字仲容，任達不拘，雖處世不交人事，惟共親知絃歌酣宴而已。出處同世網。〇陸機赴洛詩：借問子何之，世網嬰我身。他日訪〔一八〕江樓，含悽述飄蕩。〇【王洙曰。又，集千家注批點杜工部詩集引作「公自注」。】甫自注云：著作與今秘書監鄭君審，篇翰齊價，謫江陵。〇【趙次公曰】夢弼按：阮籍字嗣宗，任情不羈，與兄子咸共爲竹林之遊。今甫詩以阮咸比鄭審，故有「阮咸江樓」之句也。

【校記】

〔一〕過，元本、古逸叢書本作「還」。

〔二〕鶍鶪，元本作「鵜鶘」，古逸叢書本作「鶚鵑」。

〔三〕之外，元本、古逸叢書本無。

〔四〕伎，元本、古逸叢書本作「枝」。

〔五〕伎，元本、古逸叢書本作「技」。

〔六〕伎，元本、古逸叢書本作「技」。
〔七〕不，古逸叢書本作「或」。
〔八〕博，元本、古逸叢書本作「傳」。
〔九〕詣，元本、古逸叢書本作「誚」。
〔一〇〕鍾意，古逸叢書本作「意鍾」。
〔一一〕送，古逸叢書本作「逼」。
〔一二〕愔，元本、古逸叢書本作「倚」。
〔一三〕典略，元本、古逸叢書本作「云」。
〔一四〕漠漠，元本、古逸叢書本作「莫莫」。
〔一五〕由，元本、古逸叢書本作「山」。
〔一六〕歸，古逸叢書本作「皈」。
〔一七〕日，元本、古逸叢書本作「目」。
〔一八〕訪，元本、古逸叢書本作「放」。

故右僕射相國張公九齡

〇【王洙曰】九齡父爲韶州別駕，因家于始興，今爲曲江人。九齡幼聰明，善屬文，十三以書干廣州刺史王方慶，方慶大嗟賞之，曰：「此子必能致遠。」九齡登進士第，應拔萃，登乙科，拜校書郎。明皇在東宮，舉天下文藻之士，親加策問，九齡對策高第，遷左拾遺。九齡爲相，以文雅爲上所知。右相李林甫惡之，引牛僧孺以傾之，遂罷。〇明皇雜録云：九齡洎〔一〕裴耀卿罷免之日，自中書至日華門將就班，二人鞠躬卑遜，李林甫據其中，揚〔二〕揚自得。觀者目爲「一鵰挾兩兔」。俄而詔張、裴爲左、右僕射，罷知政事。林甫視其詔，大怒，曰：「獨爲左右丞相耶？」〇【王洙曰】初，九齡爲相，薦長安尉周子諒爲監察御史。子諒以妄陳休咎，九齡坐引非其人，左遷荊州大都督府長史。自荊州請歸拜墓，因遇疾，卒。上皇在蜀思九齡先覺禄山面有反相，乃下詔褒贈司徒，乃遣使就韶州致祭。九齡有集二十卷，傳于世。

相國生南紀，〇【杜田補遺。又，杜陵詩史、分門集注、補注杜詩、集千家注批點杜工部詩集引作「師古曰」。】南國，分野名也。唐天文志：東循海徼，達甌、閩中，是爲南紀。所以限蠻夷也。相國張九齡，曲江人，曲江隸韶州，正嶺徼、甌、越之地。詩曰「滔滔江漢，南國之紀」是也。大抵自江漢以南，皆謂之南紀。金璞無留礦。〇礦，與鑛同。精鍊金也。〇【趙次公曰】言已爲金而不復留在礦，以譬張九齡成器早出而應用，不復退縮，故云「不留礦」也。〇【杜田補遺】圓覺經：譬如銷金礦〔三〕，金非銷故有。雖復本來金，皆以銷成就。一成真金體，無復重爲礦。○惠能叙金剛經：冀學者同見礦中金性，以智惠火鎔鍊，礦去金存。又云：得遇金師，鏨鑿山破，取鑪烹鍊，遂成精金。仙鶴下人間，○九齡家傳：九齡初生，母夢九鶴從天而下。獨立霜毛整。矯然江海思，復與雲路永。○【趙次公曰】謂其矯然有江海高遠之志趣，而復思奮飛，與前程雲路齊永也。寂寞想土階，○韓非子：堯土階三尺。未遑等箕潁。○【王洙曰】想土階，謂有致君堯、舜之心，故未遑逃於箕山、潁水也。○皇甫謐高士傳：堯致天下而讓許由，由爲人據義復〔四〕方，邪席不坐，邪膳不食，聞堯讓而去。其友巢父聞由爲堯所讓，以爲汚己，乃臨池洗耳。池主怒曰：「何以汚我水？」由是遁耕於中岳潁水之陽、箕山之下也。○【趙次公曰】上聯言九齡爲秘書郎，爲左拾遺，爲左補闕，爲中書舍人，爲集賢院學士是也。○前漢書叙傳：王鳳薦班伯宜勸學，時上方嚮學，鄭寬中、張禹朝夕入説尚書於金華殿中，詔伯受焉。數年，金華之業絶，出。顔師古音義：金華殿在未央宮。碣石歲峥嶸，○碣石，一作碣力。天地日蛙黽。○地，一作池。退食吟大庭，○【趙次公曰】大庭氏，上古至治之國也。○詩：退食自公。自公退食。何心記榛梗。○【師古曰】碣石山在東，禄山所據之方。峥嶸，高大貌。禄山有叛志，嘗自高大，視天地間如蛙黽然，全無忌憚。九齡料其有反意，屢請于帝。○故退食之間嘗負致治之心，欲誇大庭氏，不以嫌猜〔五〕爲念，故曰「何心記榛梗」也。骨驚畏曩哲，○【趙次公曰】謂畏其不逮乎前賢，傷其名之無聞也。○別賦：心折骨驚。鬢變負人境。○【趙次公曰】謂憂其髮變而爲白，愧乎老而無補也。

○【王洙曰】謝玄暉詩：誰能鬒不變。雖蒙换蟬冠，○【趙次公曰】董巴輿服志：貂蟬，侍中冠。金璫，附蟬爲文，貂尾爲飾也。右地恧多幸。○恧，女六切，慙也。卞圜曰：謂奪哀〔六〕拜中書侍郎也。趙子櫟曰：謂九齡以左丞相罷在右地，慚恧爲多幸，何者？有李林甫之嫉，牛仙客之憾，則得此爲幸矣。或謂：右地，指李林甫爲右相，而必有媿色。林甫以罷幸見用〔七〕，視九齡爲相，心常負愧，故引牛仙客共傾陷之。九齡由是罷相也。敢忘二疏歸，○以疏廣、疏受比九齡之賦歸也。○【王洙曰】前漢疏廣傳：廣爲太子太傅，謂兄子受曰：「吾聞知足不辱，知止不殆，豈如父子相隨出關歸老，不亦善乎？」遂上疏乞骸骨，上許之。公卿設祖道供帳東都門外。痛迫蘇耽井。○【趙次公曰】以九齡乞歸養，不許，以母死解，毁不勝哀。蘇耽井在郴州。神仙傳：蘇仙〔八〕翁名耽，忽辭母去，母曰：「使我如何存活？」仙翁曰：「明年天下疫疾，庭中水簷邊橘樹可以代養病者，食葉飲水而愈。」紫綬映暮年，○紫綬，太守繫印之綬。後漢輿服志：公、侯、將軍紫綬二采，紫白，淳紫圭，長丈七尺。荆州謝所領。○【王洙曰】九齡晚年坐薦周子諒非其人，左遷荆州。庾公興不淺，○以九齡之坦懷如庾亮也。○【王洙曰】晉庾亮傳：亮字元規，在武昌。諸佐吏商浩之徒乘月臨樓，俄而不覺亮至，將起避之。庾徐曰：「諸君少住，老子於此興復不淺。」便據胡床與浩等談詠竟夕，其坦率如此。黄霸鎮每静。○以九齡之善政如黄霸也。○【王洙曰】前漢循吏傳：黄霸字次公，獨用寬和爲治，擢爲揚州刺史、潁川太守，治爲天下第一。賓客引調同，○【王洙曰】謝靈運詩：異代可同調。諷詠在務屏。○謂九齡每引賓客同趣調者，唱和於百務屏息之際也。詩罷地有餘，○一作「詩地能有餘」。篇終語清省。○省，審井切，察也。一陽發陰管，○【趙次公曰】謂如黃鍾之律也。言詩之和而可聽於耳。淑氣含公鼎。○【趙次公曰】謂如大羹之和也，言其詩之美而可味於口。乃知君子心，用才文章境。○才，晉作寸。徐陵書：未造文章之境，空慙讀書之力。散帙起翠螭，○【師古曰】九齡有集二十卷。荆人刻之碑。翠螭，即碑頭刻螭文也。○【趙次公曰】廣雅：龍有〔九〕角曰螭。倚薄巫廬並。○【王洙曰】巫、廬，二山名。○【師古曰】謂其才氣能與此二山之氣相倚迫〔一〇〕也。○謝靈運過始寧縣墅〔一一〕詩：拙疾相倚薄。韓康伯注周易：薄，謂相附也。綺麗玄暉擁，○【趙次公曰】謂其文之綺麗如謝朓也。○【王洙曰】朓字玄暉，齊人也。牋誄任昉騁。○【趙次公曰】謂其長於牋誄，如任昉也。○【王洙曰】昉字彥昇，梁人也。自成一家則，○成，一作我。則，一作削。謂其文自成一家之法也。○【王洙曰】裴駰序史記：勒成一家，總其大較。未缺隻字警。○謂其文得春秋隻字之嚴，讀之者可以警動於人也。○【王洙曰】杜預序左氏傳：春秋以一字爲褒貶。千秋滄海南，名繫朱雀影。○【趙次公曰】韶州，即滄海之南。朱鳥，南方之宿。○謂九齡之名與朱鳥之宿影齊高也。影，形也。風俗通：四方皆有七宿，各成一形。東方成龍形，西方成虎形，南首而北尾。西方成鳥形，北方成龜形，西首而東尾。以南方之宿象鳥，故謂之朱鳥。七宿者也。歸老守故林，○【趙次公曰】謂自荆州請歸展墓也。戀闕悄延頸。○悄，一作嘗。○【趙次公曰：「言其心不忘君。」】謂其不忘君，猶冀擢用也。波濤良史筆，○謂唐史氏直筆書其傳也。○【趙次公曰】或謂九齡之文有如波濤之翻，可充良史之筆也。蕪絶大庾嶺。○【趙次公曰】惜其没于大庾嶺之南也。○大庾嶺在南雄州始興縣，本屬韶〔三〕州。按曲江本集：開元四載冬，開鑿大庾嶺路，九齡作序，蘇銑作銘。向時禮數隔，制作難上請。○【趙次公曰】謂九齡之死，朝廷擾亂，禮數頗疏，難以制作上請於朝也。再讀徐孺碑，猶思理煙艇。○【趙次公曰】後漢徐孺子，南州之高士也。陳蕃甚重之。按曲江本集：九齡常爲孺子作墓碣，其銘曰：靈芝無根，醴泉無源。當時傳誦。今甫再讀其碑，故思整棹以弔之，則以慕孺子之高風，而不忘江湖之念也。

【校記】

〔一〕泊，元本、古逸叢書本作「自」。

〔二〕揚，原作「柳」，據元本、古逸叢書本改。

〔三〕礦，原作「礪」，據圓覺經改。

〔四〕復，古逸叢書本作「傷」。

〔五〕猜，元本、古逸叢書本作「清」。

〔六〕奪哀，元本作「奪哀」，古逸叢書本作「罷相」。

〔七〕見用，元本作「一用」，古逸叢書本作「一曰」。

〔八〕仙，元本、古逸叢書本作「山」。

〔九〕有，古逸叢書本作「無」。

〔一〇〕迫，古逸叢書本作「薄」。

〔一一〕墅，元本作「野」，古逸叢書本無。

〔一二〕韶，元本、古逸叢書本作「贑」。

新定杜工部草堂詩箋斠證卷第三十

永泰元年到雲安所作

別常徵君

○昔後漢黄憲，字叔度，初舉孝廉，又辟公府，暫到京師而還，竟無所就，天下號曰「徵君」。徵君之名，始於憲也。

兒扶猶杖策，卧病一秋强。○【趙次公曰】按集，甫有詩曰「伏枕雲安」是也。白髮少新洗，寒衣寬總長。○【趙次公曰】以病瘦之後，故衣寬而總長大也。故人憂見及，○【趙次公曰】故人，指徵君。○【革曰】見及，猶云訪及也。此別淚相忘。各逐萍流轉，○西征賦：飄萍浮而蓬轉。海賦：萍流而蓬轉。來書細作行。

折檻行

○【王洙曰】漢成帝師安昌侯張禹，朱雲願請上方斬馬劍以斷佞人頭。上問：「誰？」對曰：「安昌侯張禹。」上怒，令御史將雲下殿，欲斬之。雲攀檻折，雲呼曰：「臣得從龍逢、比干遊於地下，足矣。」辛慶忌以死争，上意乃解。後欲理檻，上曰：「勿易。因輯之以旌直臣。」故後世殿檻皆曲，以象折檻也。○今甫此詩獨致意於貞觀、開元之君臣也。

嗚呼房魏不復見，秦王學士時難羨。○甫歎房玄齡、魏徵之直諫不可得見，因泛思秦王之十八學士也。○【王洙曰】秦王，即太宗也。太宗爲天策上將軍，寇亂稍平，乃鄉儒於宮城西，作文學館，收聘賢材。於是以杜如晦、房玄齡、于志寧、蘇世長、薛收、褚亮、姚思廉、陸德明、孔穎達、李守素、虞世南、蔡允恭、顔相時、許敬宗、薛元敬、蓋文達、蘇勗並以本官爲學士，訪以政事，討論墳典。命閻立本圖象，使亮爲之贊，題名字爵里，號「十八學士」，藏之書府，以章禮賢之重。方是時在選中，天下所慕，謂之「登瀛洲」。青襟胄子困泥塗，○【王洙曰：「時方貴武而賤文也。」】歎文儒不遇而困滯也。○【趙次公曰】詩：青青子襟。書：命夔典樂，教胄子。白馬將軍若雷電。○【王洙曰：「時方貴武而賤文也。」】傷武夫得時而貴幸也。○【杜定功曰】魏龐德，字令明，討關羽，與羽交戰，射羽中額。時德常乘白馬，羽軍謂之「白馬將軍」，皆憚之。千載少似朱雲人，○題注。至今折檻空嶙峋。○【鄭卬曰】嶙，雉珍切。峋，思遵切。○【趙次公曰。又，杜陵詩史、分門集注、補注杜詩引作「修可曰」。】嶙峋，高貌。左太沖魏都賦：攘題䣛䡴〔一〕，階楯嶙峋。婁公不語宋公語，○【王洙曰】婁師德、宋璟也。言互以正救爲心。張嘉貞代璟爲相，閱朝堂，按其危言讜議，未嘗不失聲歎息也。尚憶先皇容直臣。○追想太宗之容納直諫也。

【校記】

〔一〕䣛䡴，古逸叢書本作「騏驎」。

別蔡十四著作

賈生慟哭後，○【王洙曰】本傳：賈誼上政事疏：可爲痛哭者一。寥落無其人。安知蔡夫子，高義邁等倫。獻書謁皇帝，○皇帝，謂肅宗也。志已清風塵。○掃平禄山之亂也。流涕灑丹極，萬乘爲酸辛。天地則創痍，○謂戰爭〔一〕之際，民受其病也。朝廷當正臣。○【王洙曰】當，一作多。異才復間出，周道日惟新。○言肅宗得蔡著作之言，以致中興也。使蜀見知己，○使，所吏切，從命者。別顔始一伸。○【趙次公曰】郭英乂爲蜀節度使，蔡著作往見之。主人薨城府，○【趙次公曰】主人，指郭英乂，於永泰元年爲崔旰所殺也。扶櫬歸咸秦。○【鄭卬曰】櫬，初僅切。○棺也。○【趙次公曰】謂蔡著作嘗扶英乂之櫬，以歸秦之咸陽也。巴道此相逢，會我病江濱。○甫謂相遇於巴蜀之道，適予之肺病作也。憶念鳳翔都，聚散俄十春。我衰不足道，但願子意陳。○意，一作音。稍令社稷安，自契魚水親。○【趙次公曰】以諸葛亮期蔡著作也。○【王洙曰】蜀志諸葛亮傳：亮字孔明，先主曰：「孤之有孔明，猶魚之有水也。」我雖消渴甚，○前注。敢忘帝力勤。尚思未朽骨，○【趙次公曰】莊子：其人與骨皆已朽矣。復覩耕桑民。積水駕三峽，○三峽，謂巫峽、黄牛峽、瞿塘峽。積水之高，故云「駕」也。浮雲倚長津。○長津，一作輪囷。○【趙次公曰】郭璞遊仙詩：高浪駕蓬萊，浮〔一〕雲倚長津。揚舲洪濤間，仗子濟物身。鞍馬下秦塞，○【趙次公曰】謂甫行至秦塞，則出陸矣。王城通北辰。○【王洙曰】北辰，謂帝居也。玄甲聚不散，○【杜田補遺】班固燕山銘：玄甲耀日。注：玄甲，鐵甲也。兵久食恐貧。○【王洙曰】謂兵聚而食費，恐久而貧也。窮谷無粟帛，使者來相因。○窮谷，指夔州。謂餽餉之使來至窮谷，相繼不絶也。若憑南轅吏，○憑，一作達。○【王洙曰】吏，一作使。書札到天垠。○天垠，天邊也。○【趙次公曰】惟其使者相因，故車來南者，冀著作憑其吏而惠字也。○【王洙曰】古詩：遺我一書札。

【校記】

〔一〕戰争，元本、古逸叢書本作「争戰」。

〔二〕浮，元本、古逸叢書本作「遊」。

十二月一日三首

今朝臘月春意動，○唐運以土〔一〕德行，衰於丑，故用丑日爲臘。後漢音義曰：臘者，歲終祭衆神之名。臘者，接也。新故交接，故大祭以報功者也。雲安縣前江可憐。○謂春水媚而可愛也。○【鄭卬曰】十道志：雲安縣，本漢朐腮縣，〔二〕在夔州。一聲何處送書雁，○謂傳書之雁時將迎暖而北徂也。百丈誰家上水船。○巴人以竹纏爲百丈，以牽逆流之船也。未將梅蕊驚愁眼，要取椒花媚遠天。○椒，美木也。明光起草人所羨，○【鄭卬曰】長安志：明光殿在東内。○【王洙曰】前漢王商借明光殿起草作制誥。○【趙次公曰】後漢尚書郎奏事明光殿，下筆爲詔誥，出語爲誥令。肺疾幾時朝日邊。○甫有消渴疾，流寓劍外，未獲歸朝也。○【趙次公曰】昔晉明帝嘗曰：「只聞人從長安來，不聞人自日邊來。」故後人遂以日邊爲帝京也。

【校記】

〔一〕土，古逸叢書本作「上」。

〔二〕腮，原作「腮」，據古逸叢書本改。

寒輕市上山煙碧，日滿樓前江霧黄。負鹽出井此溪女，○後漢王元誌〔一〕公孫述曰：「蜀有魚鹽銅銀之利。」注：蜀有鹽井。蜀都賦：濱以鹽池。注：巴東北新井縣水出地如湧泉，可煮以爲鹽。打鼓發船何郡郎。新亭舉目風景切，○【趙次公曰】晉王導傳：洛京傾覆，中州士人避亂江左者十六七，每至暇日，邀出新亭飲宴，周顗中坐而嘆曰：「風景不殊，舉目有江山之異。」皆相視流涕。唯導愀然變色曰：「當共戮力剋復神州，何至相對作楚囚泣耶？」茂陵著書消渴長。○【趙次公曰】司馬相如居茂陵，病渴，著封禪書。甫有渴疾，故以自比也。春花不愁不爛熳，楚客唯聽棹相將。○言欲歸於楚也。

【校記】

〔一〕誌，古逸叢書本作「説」。

即看燕子入山扉，豈有黄鸝歷翠微。○爾雅：翠微謂山未及上也。短短桃花臨水岸，輕輕柳絮點人衣。○【趙次公曰】此詩作於十二月一日，而有燕子桃花之句，何也？又在末句所謂「他日一盃難强進」者也。蓋逆道其事耳。春來準擬開懷久，老去親知見面稀。他日一盃難强進，重嗟筋力故山違。

又雪

南雪不到地，○【趙次公曰】按集有前苦寒行云「去年白帝雪在山」是也。青崖霑未消。○霑，或作露。非是。○【趙次公曰】謂南方暖而雪薄，所以不到地而止〔一〕著青崖也。微微向日薄，脉脉去人遥。冬熱鴛鴦病，○南地暖，無雪壓瘴，故人多病。甫自譬夫婦得疾也。峽深豺虎驕。○喻段子璋、崔旰之流作亂也。愁邊有江水，焉得北之朝。○【趙次公曰】謂甫當愁之際，觸覩江水，止是朝東入海，安得折入北朝，我乘之以歸長安而朝天子乎？○或曰：如段子璋、崔旰之徒切發，不臣〔二〕於朝廷，故甫有江水北之朝之句，言人不如水之朝宗也。

【校記】

〔一〕止，元本、古逸叢書本作「上」。

〔二〕不臣，古逸叢書本作「甘自外」。

大曆元年丙午在雲安所作

子規

○史記曆書：秭鳺先滜。徐廣曰：秭音子，鳺音規。子鳺，鳥也。司馬貞索隱曰：謂子鳺鳥春氣發動，則先出野澤而鳴也。子鳺鳥，一名鷤搗，上音弟，下音桂。按楚辭云：慮鷤鳺之先鳴，使夫百草爲之不芳。華陽國志：望帝魄化爲杜鵑，一曰子規。深春乃有聲〔一〕，低且怨。王聖美雞跖集〔二〕曰：高唐賦：子規，姊歸。師曠禽經：子規啼，必北向。鷓鴣飛，必南翔。江介曰：子規，蜀右曰杜鵑〔三〕。

峽裏雲安縣，○前注。江樓翼瓦齊。○謂簷宇飛揚，如鳥之張翼也。詩斯干：如鳥斯翼。兩邊山木合，終日子規啼。○【王洙曰】按集杜鵑行云「雲安有杜鵑」是也。眇眇春風見，蕭蕭夜色棲。客愁那聽此，故作傍人低。○【趙次公曰】一作「故傍旅人低」，非是。

【校記】

〔一〕有聲，古逸叢書本作「啼聲」。

〔二〕集，元本、古逸叢書本無。

〔三〕元本、古逸叢書本此下尚有：「夢弼謂：子規非言秭歸也。按酈元水經引袁崧曰：楚屈原有賢姊，聞原放逐，亦來歸，喻令自寬。令鄉人冀其見從，因名姊歸縣。北有原故宅，宅之東北有女須廟，擣衣石猶存。秭與姊同。然則縣之得名秭歸，故以屈原也。晉志：建平郡有姊歸縣。注云：故楚子國。此以秭歸爲子規，非是。又謂因禽以名縣，亦非也。」

客居

客居所居堂，前江後山根。下塹萬尋岸，○【鄭卬曰】塹，此艷切。蒼濤鬱飛飜。葱青衆木梢，邪竪雜石痕。○竪，立也。○【趙次公曰】沈休文詩：傾壁復邪竪。子規晝夜啼，壯士斂精魂。○子規，杜鵑也。常以暮春悲鳴，聽之者消魂也。○【趙次公曰】阮籍詠懷詩：客色改平常，精魂自漂淪。峽開四千里，○【趙次公曰】千字疑誤，豈自渝州明月峽至夔州西陵峽而下，水路有四千里乎？水合數百源。○謂峽之長，兩山束水，其水甚險，合巴、涪衆水總歸於此也。人虎相半居，相傷終兩存。○虎喻盗賊，謂安史之後，川峽諸盗乘隙比比而起也。蜀麻久不來，吴鹽擁荆門。○蜀出麻布，吴中出鹽，兩相貿易，時〔一〕兵亂水陸不通，故蜀布不〔二〕來而吴鹽擁塞也。按水經注：江水東歷荆門、虎牙之間。荆門山在南，上合下開，其狀如門。虎牙山在北，石壁色有白文類牙，故以虎牙名。二山，楚之西塞，在今峽州夷陵縣東南。西南失大將，○【趙次公曰】大將，郭英乂也。按編年通載：永泰元年十月，崔旰反，殺郭英乂也。商旅自星奔。○謂避亂也。○【杜田補遺】又，杜陵詩史、分門集注、補注杜詩、集千家注批點杜工部詩集引作「修可曰」。】劉孝標廣絶交論：靡不望風星奔。今又降元戎，○【鄭卬曰】降，古巷切。○猶言命也。元戎，大帥也。○【趙次公曰】按資治通鑑：大曆元年二月，以杜鴻漸爲山南西道、劍南東西川副元帥，以平蜀亂也。已聞動行軒。○行軒，乃行車〔三〕也。舟子候利涉，○謂舟人俟行軒之來也。○【趙次公曰】詩：招招舟子。易：利涉大川。亦憑節制尊。○謂鴻漸以節度使控制劍南，其位可謂尊矣。我在路中央，生理不得論。○【趙次公曰】甫遭崔旰之亂，欲南下以歸長安，到處留滯而未能，今尚在半〔四〕路。○進退失據，皆無所依歸也。卧愁病脚癈，徐步示小園。短畦帶碧草，悵望思王孫。○【王洙曰】王孫，謂嚴武也。○甫以久卧，恐脚成廢疾，起而徐步小園，因覩短畦碧草，遂感慨思及嚴武也。○【杜陵詩史、分門集注、補注杜詩、集千家注批點杜工部詩集引作「修可曰」。】劉安招隱辭：王孫遊兮不歸，春草生兮萋萋。○謝靈運詩：王孫不歸來，池塘生春草。鳳隨其皇去，○鳳比君子。鳳隨皇去，傷君子之不見也。○【趙次公曰】樂府琴歌曰：鳳兮鳳兮歸故鄉，遨遊四海隨其皇。○鮑彪又曰：鳳隨皇去，豈謂嚴武之夫人亦繼亡乎？籬雀暮喧繁。○【王洙曰：「言賢者亡而小人喧競也。時崔寧、楊子琳、柏正節更來成都。」【喻滿目皆小人也。覽物想故國，十年別鄉村。日暮歸幾翼，北林空自昏。○甫初至蜀依裴冕，次依嚴武。武卒，甫依郭英乂。英乂麤暴不能容，遂去之夔。然夔又無知己者，率皆小輩，是以思鄉。自別離已來凡十年，生兒今已長成，自覺年老，未獲反鄉國，觸目見歸翼，寧無傷心？幾翼，以譬能歸者幾人。復傷故居所在，徒自昏暗，而無有歸棲之意也。安得覆八溟，爲君洗乾坤。○觀是詩，知甫厭亂之甚矣。○【趙次公曰】按集故嘗有曰「遥拱北辰纏寇盜，欲傾東海洗乾坤」，又曰「安得壯士挽天河，盡洗甲兵長不用」是也。稷契易爲力，犬戎何足吞。○【趙次公曰】甫恨朝廷之上非其人，苟有臣如稷、契輩，致治豈不易爲力，吐蕃、犬戎又何足吞乎？儒生老無成，臣子憂四藩。○四藩，一作四番。黄作思翻。篋中有舊筆，情至時復援。○甫自傷年老，功業無成，徒爲四藩憂慮，才無所施，以朝廷不吾用也。其志無所伸，惟情至即援筆以詠之，庶寫我憂也。

【校記】

〔一〕時，元本、古逸叢書本作「特」。

〔二〕不，古逸叢書本作「西」。

〔三〕車，古逸叢書本作「軍」。

〔四〕半，古逸叢書本作「平」。

客堂

憶昨離少城，而今異楚蜀。○【王洙曰】少城，成都府内城。○夔屬楚，成都謂之蜀。○【趙次公曰】蜀都賦：亞以少城，接〔一〕乎其西。注：少城，小城也。在大城西。○甫既離成都而來夔，故云異也。捨舟復深山，○【趙次公曰】謝靈運詩：捨舟眺回渚。窅窕一林麓。○窅窕，深貌。山足曰麓。栖泊雲安縣，○栖，與棲同。○【王洙曰】雲安縣屬夔州。○甫嘗寓居雲安也。按集，有詩云「雲安沽酒僕奴悲」是也。消中内相毒。○【師尹曰】：「消中，消渴也。」】甫嘗有渴疾也。舊疾廿載來，○載，一作再，一作戰。衰年得無足。○一作得弱足，一作弱無足。謂暮年而得足疾也。死爲殊方鬼，頭白免短促。老馬終望雲，南雁意在北。○【王洙曰】：「馬望雲，鴈意在北，以所居非故國。此自喻也。」】雲，乃燕雲之地。燕冀出馬，故馬常不忘燕。雁生於代北，避寒來南，故雁常意在北。甫自喻年雖老，不忘鄉關也。○【趙次公曰】曹顔遠感舊賦〔二〕：胡馬仰朔雲，越鳥巢南枝。○赭白馬賦：望朔雲而蹀足。嵇康幽憤詩：嗈嗈鳴雁，奮翼北遊。順時而動，得意忘憂。別家長兒女，欲起慙筋力。○謂有緩〔三〕疾不能行也。按集，上文云「舊疾廿載來，衰年得無足」，又有客居詩云「卧病愁脚癈」是也。客堂叙〔四〕節改，具物對羈束。○甫〔五〕旅寓他鄉，值偶節朔，辨作節儀，對景感傷時叙〔六〕之更易也。石暄蕨芽紫，渚秀蘆笋緑。巴鶯紛未稀，○謂巴峽間時鶯聲未老也。○【王洙曰】巴鶯，或作巴稼。○謂巴峽之人種苗猶多也。徼麥早向〔七〕熟。○徼，謂邊徼也。悠悠日動江，○謂春晴浪〔八〕暖也。漠漠春辭木。○謂三月盡，芳菲衰也。右皆述節叙改〔九〕也。臺郎選才俊，○【趙次公曰】臺郎，謂尚書郎也。甫時爲尚書工部員外郎，故稱郎。○按漢官典職曰：尚書爲中臺，謁者爲外臺，御史爲憲臺，是謂三臺。○【趙次公曰】漢官儀曰：尚書郎初爲三署郎選，詣〔一〇〕尚書臺試，每年一〔一一〕郎缺，則試〔一二〕五人，先試〔一三〕牋奏。初入臺，稱〔一四〕郎中，滿歲稱侍郎。○孔融薦禰衡奏曰：近日路粹〔一五〕、嚴象，亦用異才，擢拜臺郎。齊職儀云：魏、晉、宋、齊並曰尚書臺。唐龍朔中，皆嘗更名中臺，尋復舊爲尚書省。劉〔一六〕禹錫問大鈞賦亦曰「始余〔一七〕失臺郎，爲刺史」是也。自顧亦已極。○謂揣分知足也。前輩聲名人，埋没何所得。居然綰章紱，○【趙次公曰】謂佩緋魚也。○章，印文也。紱，所以紐章綰佩也。受性本幽獨。○甫稟性幽獨，不樂仕宦，雖佩緋魚，不過閑居而已。平生憩息地，必種數竿竹。○唐本傳：浣花里種竹植木，結廬枕江。按集，甫去浣花，猶憶乎竹，故送韋司直有曰「爲問南溪竹，抽梢合過牆」是也。事業只濁醪，○謂嗜〔一八〕酒也。按集有云「濁醪有妙理」是也。營葺但草屋。上公有記者，累奏資薄禄。○【王洙曰：「嚴武奏甫受劍南參謀。」】上公，謂嚴武也。武表甫爲劍南參謀，故藉薄禄以自給也。主憂豈濟時，身遠彌曠職。○【師尹曰：「史記：主憂臣辱。」】主憂臣辱，主憂〔一九〕臣死，臣之職也。○今天子蒙塵，甫幸流寓他鄉，身遠王室，不能濟時，但曠廢其職，如以拾遺稱而不親拾遺之職也。循文廟算正，○循，鮑作脩。循文，謂守文之妙，謀必先於正道也。孫子：未戰而廟算勝，得算多者也。獻可天衢直。○獻可，謂獻言於帝庭，必本於剛〔一〇〕直也。○【王洙曰】左氏傳：獻可替否。易：何天之衢，亨。尚想趨朝廷，毫髮裨社稷。○甫尚冀歸朝，以正道直言，少補社稷也。形骸今若是，進退委行色。○奈何形骸今已衰老，進退失措，但委之行色而已。孟子以「行止非人所能爲」，蓋謂是也。

【校記】

〔一〕接，元本、古逸叢書本作「按」。

〔二〕曹顏遠感舊賦，古逸叢書本無。

〔三〕緩，古逸叢書本作「脮」。

〔四〕叙，古逸叢書本作「序」。

〔五〕甫，元本、古逸叢書本作「羈」。

〔六〕叙，元本、古逸叢書本作「序」。

〔七〕向，古逸叢書本作「回」。

〔八〕浪，古逸叢書本作「良」。

〔九〕改，古逸叢書本作「按」。

〔一〇〕詣，古逸叢書本作「記」。

〔一一〕一，元本、古逸叢書本作「二」。
〔一二〕試，古逸叢書本作「誡」。
〔一三〕試，古逸叢書本作「誡」。
〔一四〕稱，古逸叢書本作「親」。
〔一五〕粹，元本、古逸叢書本作「梓」。
〔一六〕劉，元本、古逸叢書本無。
〔一七〕余，元本、古逸叢書本作「余之」。
〔一八〕嗜，元本、古逸叢書本作「耆」。
〔一九〕憂，元本、古逸叢書本作「辱」。
〔二〇〕剛，古逸叢書本作「衢」。

寄常徵君

白水青山空復春，○【趙次公曰】言徵君本居白水青山之間，歷聘不起，今已去之，所以「空復春」也。徵君晚節旁風塵，○【趙次公曰】言其晚節出而應聘也。楚妃堂上色殊衆，○【趙次公曰】謂徵君如楚妃之妍，有絶衆之色也。海鶴堦前鳴向人。○【趙次公曰】謂徵君如海鶴之潔，非堦塀之物，而今鳴向人，則以其旁風塵也。萬事糾紛猶絶粒，○言徵君昔嘗窮困也。一官羈絆實藏身。○言徵君今有官守也。開州入夏知涼冷，不似雲安毒熱新。

寄岑嘉州 ○【趙次公曰】岑參也。

不見故人十年餘，不道故人無素書。○【王洙曰】古詩：客從南方來，遺我雙鯉魚。呼童烹鯉魚，中有尺素書。願逢顔色關塞遠，○謂嘉州乃關塞絶遠之地也。豈意出守江城居。○至德元年，甫嘗與參同在禁省，參忤權貴，一麾而出守嘉州，故是詩以豈〔一〕意言之。○【王洙曰】顔延年詩：一麾乃出守。○蓋麾乃倚門墻則〔二〕麾之麾，同非美辭也。外江三峽且相接，斗酒新詩終自歧。〔三〕○自，一作日。謝朓每篇堪諷誦，○甫以謝朓比岑參，故懷思朓詩而諷誦之。朓字玄暉，齊陳郡人。鍾嶸詩品：謝朓奇章秀句，往往警遒，足使叔源失步、明遠變色。馮唐已老聽吹噓。○【趙次公曰】甫以馮唐自喻其老，而聽有吹噓之者。○前漢馮唐，趙人，以孝著爲郎中署長。文帝輦過，問唐曰：「父老何自爲郎？」泊船秋夜經春草，○【趙次公曰】甫思去秋夜船初至雲安，今又復見春草生矣。伏枕青楓限玉除。○甫時卧疾于楚地之青楓，自歎阻隔闕庭之遠也。眼前所寄選何物，贈子雲安雙鯉魚。○謂即所寄書是也。餘見篇首注。

【校記】

〔一〕豈，元本古逸叢書本作「盡」。

〔二〕則，古逸叢書本作「前」。

〔三〕歧，元本、古逸叢書本作「疏」。

水閣朝霽奉簡雲安嚴明府〔一〕○一作「奉簡嚴雲安」。

東城抱春岑，○阮瑀詩：春岑藹林木。江閣鄰石面。○郭璞江賦：石面突兀，水聲潺湲。崔嵬晨雲白，○崔嵬，高貌。朝旭射芳甸。○旭，許六切，日光也。○【王洙曰】謝朓詩：雜英滿芳甸。雨檻卧花叢，○沈約詩：雨檻雲欄。風牀展書卷。○一作「風牀展輕幔」。鉤簾宿鷺起，丸藥流鶯囀。呼婢取酒壺，續兒誦文選。○【趙次公曰】按集有曰「熟精文選理」是也。晚交嚴明府，○昔第五倫詣郡尹鮮于褒，後褒左轉高唐令，臨去，握倫臂曰：「恨相知晚。」矧此數相見。○【鄭卬曰】數，色角切。○屢也。

【校記】

〔一〕題，元本、古逸叢書本作「水閣簡嚴雲安」。

杜鵑詩明皇蒙塵在蜀

〇夏竦曰：詩前四句乃序爾，以叶韻，誤以爲詩。本題下〔一〕甫自注耳。〇【趙次公引作「李新（元應）曰」。又，杜陵詩史、分門集注引作「余曰」。】蘇軾百斛明珠云〔二〕：此篇凡五用鵑，豈可以文害辭，辭害意。甫蓋有所感，託物以發者也，亦六義之比興，離騷之法與？按博物志：杜鵑生子，寄之他巢，百鳥爲飼之。故江東所謂「杜宇曾爲蜀帝王，化禽飛去舊城荒」是也。且禽鳥之微，猶知有尊，故甫詩云「重是古帝魂」，又云「禮若奉至尊」，蓋譏當時之刺史有不禽鳥若也。唐自明皇天寶以後，天步多棘，刺史能造次不忘於君，與夫不能致節於君者，可得而考也。嚴武在蜀，雖橫斂刻薄，而實資中原，是「西川有杜鵑」爾。其不虔王命，負固以自抗，擅軍旅，絶貢獻，如杜克遜之在梓州，爲朝廷西顧〔三〕之憂，是「東川無杜鵑」耳。至於涪、萬、雲安刺史，微不可考，其尊君者爲有也，懷貳者爲無也。不〔四〕在夫杜鵑真有無也？〇胡仔曰：或謂明皇幸蜀還，肅宗用李輔國計，遷之西内，悒悒而崩。此詩感是而作。以夢弼觀之，少陵又有杜鵑行「君不見昔日蜀天子，化作杜鵑似老烏，寄巢生子不自啄，群鳥至今與哺雛」，細味其詩，亦是明皇遷西内時作也。其意尤切，讀之可傷。或者知其一，不知其二者也。

西川有杜鵑，東川無杜鵑。涪萬無杜鵑，雲安有杜鵑。〇題注。我昔遊錦城，結廬錦水邊。〇【王洙曰】甫築草堂于浣花里。有竹一頃餘，〇按集有曰「步堞萬竹疏」是也。喬木上參天。○【趙次公曰】昔曹植詩：荆棘上參天。○陳周洪詩：灌木上參天。杜鵑暮春至，哀哀叫其間。我見常再拜，重是古帝魂。○【王洙曰】成都記：杜宇亦曰杜主，自天而降，稱望帝。好稼穡，教人務農。時荆州人鼈靈死，其尸泝流而上，至汶山下復生，見望帝，望帝因以爲相，號曰開明。會巫山壅江，人遭洪水，開明爲鑿通流，有大功。望帝因以其位禪焉。後望帝死，其魂化爲鳥，名曰「杜鵑」，亦曰「子規」，又云「杜宇」。禪位于開明，升西山隱焉。時適〔五〕三月，子規鳥鳴，故蜀人悲之。○【趙次公曰：「鮑照行路難云：『中有一鳥名杜鵑，云是古時蜀帝魂。』公所用蓋出於此也。至若此篇常再拜而重之，不能拜而淚下，則尊君之意前人所不到。」】夢弼謂：甫之意蓋原於鮑照行路難篇「中有一鳥名杜鵑，云是古時蜀帝魂」是也。生子百鳥巢，百鳥不敢嗔。○【王洙曰】嗔，一作喧。仍爲餧其子，○餧，奴罪切，飢也〔六〕。○【王洙曰】世説：杜鵑養子於百鳥巢，百鳥其養其子，而不敢犯。禮若奉至尊。鴻雁及羔羊，○毛萇詩傳：大曰鴻，小曰雁。小曰羔，大曰羊。有禮太古前。行飛與跪乳，○行，户〔七〕郎反，列也。識序如知恩。○如，一作又。○【王洙曰】晉羊祜雁賦：鳴則相和，行則接武。前不絶貫，後不越序。董仲舒春秋繁露：羔飲其母必跪，類知禮者也。聖賢古法則，○古，鮑〔八〕作吾。付與後世傳。○付，或作號。君看禽鳥情，猶解事杜鵑。今忽暮春間，值我病經年。身病不能拜，淚下如迸泉。○夫人爲萬物之靈，萬物尚知君臣父子之分，今人乃叛君肆爲悖逆，如安史之徒，了無上下禮節，可以人而不如禽獸乎？甫以身病不能再拜，其亦緬思朝廷，不忘君父之意尤切矣。○【杜田補遺。又，杜陵詩史、分門集注、補注杜詩、集千家注批點杜工部詩集引作「修可曰」。】劉越石扶風歌：據按〔九〕長歎息，下淚如流泉。

【校記】

〔一〕下，元本作不，古逸叢書本作無。

〔二〕云，元本、古逸叢書本作「去」。

〔三〕西顧，元本、古逸叢書本作「西蜀」。

〔四〕不，元本作夫，古逸叢書本作「豈」。

〔五〕適，古逸叢書本作近。

〔六〕奴罪切飢也，元本、古逸叢書本作：「於僞切，飼也。」

〔七〕户，元本作月。

〔八〕鮑，元本、古逸叢書本作驗。

〔九〕按，元本、古逸叢書本作「鞍」。

題桃樹

○時甫旅寓劍南，因題桃而懷杜陵之故居也。觀是詩中間兩聯，皆舊日事，其含蓄仁民愛物、厭亂思治之意可見矣。

小徑升堂舊不斜，五株桃樹亦從遮。○謂舊堂小徑從來不斜，今五桃遮掩之，已若畫圖矣。鮑照行路難：中庭五株樹，一株先作花。高秋總餽貧人實，○餽，一作餧。來歲還舒滿眼花。○【趙次公曰：「言其至高秋時盡熟，皆以分餧貧者，以其不害來歲之花，仍是滿眼，則望復其結實矣。此其爲仁民之心乎！」】謂舊日天下太平，家給食足，至高秋時桃熟，皆已分餧貧者，以其不害來歲之花仍是滿眼，則望復結其實矣。此所謂有仁民之心也。簾户每宜通乳燕，兒童莫信打慈鵶。○【趙次公曰】於簾户則通乳燕之往來，而不信任兒童妄亂打慈鵶，此非有愛物之心而何？○鵶有慈名，以其反哺也。説文：烏，孝烏也。俗謂烏白臆者爲「慈烏」。寡妻群盜非今日，天下車書已一家。○甫題此詩時，所向皆寡妻群盜，何暇如是，故曰「非今日」，乃往年天下車書混一時也。此甫厭亂思治之意也。○【王洙曰】中庸：天下車同軌，書同文，行同輪〔一〕。○禮運：聖人以天下爲一家。

【校記】

〔一〕輪，古逸叢書本作「倫」。

大曆元年春復還夔州所作

移居夔州郭

伏枕雲安縣，○十道志：雲安縣，本漢朐䏰縣，屬夔州。還居白帝城。○前注。春知催柳別，江與放船清。○【王洙曰】與，一作已。農事聞人説，山光見鳥情。禹功饒斷石，且就土微平。○【王洙曰】沿峽皆因開鑿而成，故少平土，惟夔州稍平耳。

船下夔州郭雨濕不得上岸別王十二判官

依沙宿舸船，○舸，嘉我切〔一〕。石瀨月娟娟。風起春燈亂，江鳴夜雨懸。○蔡邕霖雨賦：瞻玄雲之晻晻，懸長雨之霖霖。晨鍾雲外濕，勝地石堂煙。○【趙次公曰】石堂，是夔州之嘉處，空望其煙，此題中所謂「不得上岸」也。柔櫓輕鷗外，○古詩：柔櫓鳴深江。含情覺汝賢。○【趙次公曰】船櫓在輕鷗之外，匆匆遂行，不得如鷗之遊漾，所以含情而覺鷗之勝我也。

【校記】

〔一〕切，元本、古逸叢書本作「反」。

謾成

江月去人只數尺，○【趙次公曰】孟浩然詩：江清月近人。梁虞騫詩：月光移數尺。風燈照夜欲三更。沙頭宿鷺聯拳靜，○【王洙曰】靜，一作起。○聯拳，曲貌。謝莊翫月詩：水鷺足聯拳。船尾跳魚撥刺鳴。○跳，徒聊切，躍也。撥，方割切。○【杜田補遺】刺，力達切。聲也。○【王洙曰】撥，或作跋。○謝靈運賦：魚水深而撥刺。○【杜田補遺】李白酬中都小吏贈魚詩：雙鰓呀呷鰭鬛張，跋刺金盤欲飛去。跋刺，一作撥鯻。○夢弼按：更，叶韻，居郎切。鳴，謨郎切，亦用古音也。〔一〕

【校記】

〔一〕按，此句宋本無，據元本、古逸叢書本補。

長江二首

衆水會涪萬，○【王洙曰】涪、萬，峽中二郡名也。瞿塘爭一門。○【王洙曰】瞿塘爲三峽之門也。朝宗人共挹，盗賊爾誰尊。○【趙次公曰】禹貢：江漢朝宗于海。人以其朝宗，所共挹取，若盗賊者敢犯順，爲不義，將欲使誰尊爾〔一〕乎？孤石隱如馬，○【趙次公曰】古樂府淫豫歌：淫豫大如服〔二〕，瞿塘不可觸〔三〕。○【師古曰】南史：唐子興字恪師，父域〔四〕出守巴西而卒，子興奉喪歸巴東，有淫豫石高二十丈許，秋至則纔如馬，次有瞿塘大灘，行旅忌之。子興撫心長叫〔五〕，其夜五更，水忽退，安流而行。按，灎澦，古樂府作淫豫，南史作瞿塘，不知孰是？今並録之。高蘿垂飲猿。○【師古曰】謂野猿緣高蘿垂而飲水也。歸心異波浪，何事即飛翻。○【趙次公曰】言波浪飛翻而流去，我之歸心飛翻，未便得往也。

【校記】

〔一〕爾，古逸叢書本作「否」。

〔二〕服，古逸叢書本作「馬」。

〔三〕觸，古逸叢書本作「下」。

〔四〕域，元本作「或」，古逸叢書本作「彧」。

〔五〕叫，古逸叢書本作「號」。

浩浩終不息，乃知東極臨。○【王洙曰】臨，一作深。○【趙次公曰】言水之流必東也。衆流歸海意，萬國奉君心。色借瀟湘闊，〇【趙次公曰】瀟湘在潭州。聲驅灩澦深。〇深，王荆公作沉。未辭添霧雨，〇【趙次公曰】江海不讓衆流，以爲大。雖霧雨之微，亦可添益其流也。接上過衣襟。〇【王洙曰：「（遇）一作過。」】過，一作遇。〇【趙次公曰】舟中之人，接於其人〔一〕，必先過於衣襟間也，此是微雨之作，實道其事耳。

【校記】

〔一〕人，九家集注杜詩作「上」。

承聞故房相公靈櫬自閬州啓殯歸葬東都有作二首

遠聞房太守，〇【趙次公曰：「舊本作太守，非。善本作太尉。蓋琯謫漢州刺史，召拜刑部尚書，道病卒，贈太尉。不應呼之爲太守也。」】守，一作尉。〇【楷曰】房琯字治律，河南人也。〇【趙次公曰】謫漢州刺史，召拜刑部尚書，道病卒，贈太尉。歸葬陸渾山。〇後漢西羌傳：春秋時陸渾戎自瓜州遷于伊川。〇【鄭卬曰】十道志：陸渾山在洛陽。一德興王後，〇【趙次公曰】謂琯爲相廟堂，同以一德興王業。孤魂久客間。〇【王洙曰】謂琯客死於閬州也。孔明多故事，〇【師古曰】此喻房相奏議可爲朝廷典故也。〇【王洙曰】蜀志：陳壽與荀勖等定故蜀丞相諸葛亮故事二十四篇以進。安石竟崇班。○【師古曰】此喻房相死後，竟〔一〕追贈哀崇之也。○【王洙曰】晉謝安字安石，薨，帝臨于朝堂，賜東園秘器朝服，贈太傅。及葬，加殊禮，依大司馬桓温故事。他日嘉陵涕，仍霑楚水還。○【趙次公曰】謂琯之靈櫬自閬州嘉陵縣起發而來歸也。

【校記】

〔一〕竟，元本作「敬」，古逸叢書本作「故」。

丹旐飛飛日，○【王洙曰】丹旐，銘旌也。○謝希逸宣貴妃誄：旌委鬱於飛飛。○【王洙曰】寡婦賦：飛旐翩以啓路。初傳發閬州。風塵終不解，○【趙次公曰】時吐蕃之亂未息也。江漢忽同流。○【趙次公曰】：「靈櫬所經者，江與漢也。」】謂琯之靈櫬忽經江、漢之流而歸于東都也。劍動親身匣，○【趙次公曰】：「師本（按，他書皆引作「善本」，九家集注杜詩獨引作「師本」，即「師民瞻本」之省稱，趙次公注多引師民瞻本之異文，當以「師本」爲是。）作『親身』，方有義。」】親，一作「新」。書歸故國樓。○故國，指東都也。盡哀知有處，爲客恐長休。○休，暇也。○【趙次公曰】此因遠送靈櫬之歸，有感而言也。

贈崔十三評事公輔

飄飄西極馬，來自渥洼池。○洼，音窐，喻崔評事稟西極龍馬之〔一〕姿也。○【趙次公曰】漢志：元狩三年，馬生渥洼水中。○【王洙曰】作天馬歌：天馬徠，從西極。颯飄寒山桂，○颯，蘇合切。飄，似立切。風聲也。○【王洙曰：「（定）一作寒。」趙次公曰：「當作寒山」。】寒，一作定。○【師古曰】或謂定當作鄧。○謝靈運入華子岡詩：南州實炎德，桂木淩寒山。低徊風雨枝。○【趙次公曰：「選詩：桂枝生自直。則桂枝不宜低徊，今桂所以低回者，風雨之故也。以譬崔評事之美材，而困於邊徼之小官矣。」】喻崔評事抱寒山桂枝之材也。我聞龍正直，道屈爾何爲。且有元戎命，悲歌識者誰。○【王洙曰】謂崔抱正直之節，今也屈道而起，以其有元戎節度使之命也。○【師古曰】時王思禮爲帥，表請崔爲幕職官。○【趙次公曰】崔奉命行役，不能無悲歌，而惟有識者能知之。官聯辭冗長，○【鄭卬曰】長，直亮切，多也。○【趙次公曰】謂崔評事於元戎之僚屬，可辭冗長不急之務矣。○【王洙曰】按文賦：固無取乎冗長。行路洗欹危。○【趙次公曰】時承命舟行，免乎欹危之苦也。脱劍主人贈，○主人，指元戎思禮也。脱，解也。○【趙次公曰】以劍贈人，亦理之常，如伍子胥解劍以贈漁父是也。去帆春色隨。陰沉鐵鳳闕，○謂宮苑深邃，期日收復也。薛綜西京賦注：圓闕上作鐵鳳，令張兩翼，舉頭敷尾。教練羽林兒。○謂訓練禁軍以收京師也。○【王洙曰】漢宣帝紀：羽林孤兒。注：天有羽林、星林，喻如林木之盛，羽有羽翼鷙擊之意，故以名武官焉。百官表：取從軍死事者之子，養羽林官，教以五兵，號曰「羽林孤兒」。○少壯〔二〕者令從軍。天子朝侵早，雲臺仗數移。○數，色角切，屢也。○【趙次公曰】言天子多難，其朝侵早，以訓兵練卒故，所御非一處，而屢移雲臺之儀仗矣。分軍應供給，百姓日支離。○言當時應軍須刻削之求，而下民日支離也。黠吏因封己，○黠，胡八切。謂貪污之吏乘軍須之求以厚培植其私家也。○【趙次公曰】國語：叔向曰：「引黨以封己。」韋昭注：封，厚也。公才或守雌。○美崔公能守雌柔之才，而不徼譽於當時也。○【王洙曰】老子二十八章：知其雄，守其雌。燕王買駿骨，○此喻唐帝之得思禮也。○【王洙曰：「燕昭王以金帛市駿骨，人知好駿馬，不遠千里而來。」】劉向新序：燕昭王即位，卑身厚幣，以招賢者。謂郭隗曰：「得賢者，與共〔三〕國，以身事之。」隗曰：「臣聞古之人君有以千金求千里馬者，三年不能得。涓人言於君曰：『請求之。』君遣之，三月，得千里馬。馬已死，買其骨五百金，反以報君。怒曰：『所求者生馬，安用死馬捐五百金。』涓人對曰：『死馬且市之五百金，況生馬乎？天下必以王爲能市馬。馬今至矣。』於是不朞年而千里馬至之。今王誠欲致士，請從隗始。隗且見事，況賢於隗乎？」於是昭王築宮而師之。士争走〔四〕燕。渭老得熊羆。○此喻崔公之遇唐帝也。六韜曰：文王將田，史編布卜曰：「田於渭陽，將大得焉。非龍非彲，非虎非熊。兆得公侯，天遺汝師。」文王乃田於渭濱，卒見太公〔五〕，坐茅以漁，乃立爲師。或作「非熊非羆」。活國名公在，○名公指王思禮也。拜壇群寇疑。○謂思禮爲元戎也。○【趙次公曰】昔漢高祖築壇拜韓信爲大將軍。冰壺動瑶碧，○謂清鑒如玉壺冰也。○【王洙曰】鮑照詩：清如玉壺冰。野水失蛟螭。○【黄曰】謂盗賊將就擒也。入幕諸彦聚，○聚，或作集。渴賢高選宜。騫騰坐可致，九萬起於斯。○【趙次公曰】方當渴賢，而崔公宜〔六〕應高選，必能奮迅如鵬之飛九萬里。○【黄曰】自此始矣。復進出矛戟，○言辯論鋒生也。昭然開鼎彝。○【王洙曰】謂銘功於鼎彝也。會看之子貴，歎及老夫衰。豈但江曾決，還思霧一披。○【趙次公曰】我豈特〔七〕平昔與之談論如江河之決，當此之時又思一披霧以相見也。○【王洙曰】晉衛瓘見樂廣，曰：「若披雲霧而覩青天〔八〕。」暗塵生古鏡，拂匣照西施。○今崔公將見天子，必蒙識擢，如拂拭鏡照西施，其妍姿美質自可知也。舅氏多人物，○人，一作清。○【孫曰】崔公乃甫之舅氏，其人物爲世所重。多，重〔九〕也。○按，集有崔評事弟許相迎詩。無慙困翮垂。○【趙次公曰】謂舅氏今日尚爾行役，無慙困苦也。○翮，翅也。後漢馮異傳：始雖垂翮回溪，終能奮迅澠池。

【校記】

〔一〕之，元本、古逸叢書本作「乏」。

〔二〕壯，元本、古逸叢書本作「此」。

〔三〕共，元本、古逸叢書本作「其」。

〔四〕争走，元本、古逸叢書本作「始之」。

〔五〕太公，元本、古逸叢書本作「吕望」。

〔六〕宜，元本、古逸叢書本作「官」。

〔七〕特，古逸叢書本作「持」。

〔八〕元本、古逸叢書本「天」下有「矣」字。

〔九〕重多重，元本、古逸叢書本作「多」。

曉望白帝城鹽山

○荆州記：魚復有白鹽崖，土人見高大而白，因以名之。

徐步移班杖，看山仰白頭。翠深開斷壁，紅遠結飛樓。日出清江望，○【王洙曰】江，一作寒。〔一〕暄和散旅愁。春城見松雪，始擬進歸舟。

【校記】

〔一〕寒，元本、古逸叢書本、杜陵詩史作「塞」。

將曉二首

石城除擊柝，○【趙次公曰：「擊柝以言警，夜靜則除之。」】城門衛士周廬擊柝以警夜也。時寧靜則除之。○地〔一〕志：夔州，古巴〔二〕石城。安輿記：一名故古城。鐵鎖欲開關。鼓角悲荒塞，星河落曉山。巴人常小梗，○梗，古杏切。○【王洙曰：「謂段子璋反也。」黄鶴曰：「豈專指段子璋而言？謂上元元年，劍南東川節度兵馬使段子璋反，伏誅。乾元元年，劍南西川兵馬使徐知道反，伏誅。永泰元年，劍南西山兵馬使崔旰反，殺成都節度使郭英乂。」】謂段子璋反〔三〕東川也。蜀使動無還。○【趙次公曰】謂吐蕃未息，故蜀使輒無還也。垂老孤帆色，飄飄犯白蠻。○【趙次公曰】白，或作百，非是。白蠻，指荆州靠溪洞蠻也。

【校記】

〔一〕地，元本、古逸叢書本作「也」。

〔二〕巴，古逸叢書本作「巴國」。

〔三〕反，元本、古逸叢書本作「使」。

軍吏回官燭，舟人自楚歌。○【王洙曰】項籍聞漢軍皆楚歌。寒沙蒙薄霧，落月去清波。壯惜身名晚，衰慙應接多。歸朝日簪笏，筋力定如何。○江革傳：起居如何。

遣愁

養拙蓬爲户，茫茫何所開。江通神女館，○【趙次公曰】神女館，在巫山。地隔望鄉樓〔一〕。○【趙次公曰】望鄉樓，在成都。漸惜容顏老，無由弟妹來。兵戈與人事，回首一悲哀。

【校記】

〔一〕樓，元本、古逸叢書本作「臺」。

石硯○【集千家注批點杜工部詩集引作「公自注」。】平侍御者之硯也。○江州記：興平縣蔡子地南有石穴，深二百丈許，石色青，堪爲書硯。

平公今詩伯，○【張天覺曰】伯，謂長也。秀發吾所羨。奉使三峽中，長嘯得石硯。○【師古曰】昔晉謝琨長嘯以却胡騎。時三峽擾亂，平侍御持節出使，以靖其亂，長嘯雍容，不勞智力，因得石硯以歸。巨璞禹鑿餘，○【王洙曰】禹鑿龍門以疏河。○疑此石乃禹所鑿之餘也。韓非子：禹疏龍川，鑿大河。○【趙次公曰】郭璞江賦：巴東之峽，夏后疏鑿。異狀君獨見。其滑乃波濤，其光或雷電。聯坳各盡墨，○【杜陵詩史、補注杜詩、集千家注批點杜工部詩集引作「張詠曰」。】分門集注引作「洙曰」。】坳，於交切，硯穴也。謂雙坳相聯之石，各盡墨力，今所謂發墨是也。多水遞隱見。○見，讀去聲。○【薖曰】謂温潤出水也。揮灑容數人，十手可對面。比公頭上冠，貞質未爲賤。○貞，一作正，避諱改〔一〕也。○【趙次公曰】平公爲侍御，頭上冠獬豸，乃一角之獸，而能觸邪。此石質剛正，可以比之也。當公賦佳句，況得終清晏。○謂侍坐以共其用也。公含起草姿，○起草，謂知制誥也。前漢王商嘗借明光殿起草。漢官儀：尚書郎主作文章起草，夜更直五日於建禮〔二〕門內。後漢百官志：侍郎三十六人，四百石。本注曰：一曹有六人，主作文書起草。不遠明光殿。○謂學士起草明光殿也。漢武帝太初四年秋，起明光殿。漢官典職：尚書郎給女侍二人，皆選端正，執香爐燒薰朝衣，入臺奏事。明光殿，省中也。○【杜田曰。又，杜陵詩史、分門集注、補注杜詩引作「修可曰」。】三秦記：明光殿以金爲墀，以玉爲階。〔三〕致於丹青地，知汝隨顧眄。○謂此硯致之於明光殿禁中丹青之地以起草，同預天子之顧眄，恩遇非常也。

【校記】

〔一〕改，元本、古逸叢書本作「故」。

〔二〕禮，元本、古逸叢書本作「安」。

〔三〕元本、古逸叢書本「階」下有「也」字。

三韻三〔一〕首

高馬勿唾面，○【王洙曰】唾，一作捶。○【趙次公曰】當從之。長魚無損鱗。辱馬馬毛焦，困魚魚有神。君看磊落士，不肯易其身。○【師古曰】高馬長魚，有異於類，尚不可輕，況拔萃之士常晦其迹，其可以被褐輕賤之乎？蓋言貧賤不可欺也。

【校記】

〔一〕三，元本、古逸叢書本作「二」。

蕩蕩萬斛船，○蕩蕩，廣大貌。船容萬斛，故名「萬斛船」。影若摇白虹。起檣必椎牛，挂席集衆功。自非風動天，莫置大中水。〔一〕○巨船每起檣挂帆，必殺牛以祭，賴衆人之力，然後可舉而挂席，雖有其質，苟無動天之風，以飽其帆〔二〕，烏能一息萬里乎？喻大才須膺大任乃可也。○鮑照舞鶴賦：箕風動天〔三〕。

【校記】

〔一〕中水，元本、古逸叢書本作「水中」。

〔二〕動天之風以飽其帆，元本、古逸叢書本作「其助」。

〔三〕「鮑照」至「動天」，元本、古逸叢書本無。

烈士惡多門，○多門，謂所交不一也。○【王洙曰】左氏傳：晉政多門。小人自同調。

○【師古曰】謂小人挾私互相黨同也。○【趙次公曰】謝靈運詩：異代可同調。名利苟可取，殺身傍權要。何當官曹清，爾輩堪一笑。○【師古曰】謂名利豈可苟求，權貴不可苟附。唐玄宗之時，牛李用事，官曹淆濁，禄山一武夫而求平章事，儻遇英明之主，澄汰冗長，則斯輩也，直付之一笑耳。○【王洙曰】此詩譏趙炎附勢以致名位者也。〔一〕

【校記】

〔一〕第三首元本、古逸叢書本無。

園官送菜○并序

園官送菜把，本數日闕。矧苦苣、馬齒，掩乎嘉蔬，傷小人妬害君子，菜不足道也。比而作詩。○【趙次公曰】此〔一〕詩大序：三曰比之義也。

清晨蒙菜把，常荷地主恩。○地主，指夔州也。守者愆實數，略有其名存。○謂守園之官匿其把數，名存而實亡也。苦苣刺如針，○本草：苦苣，即野苣也。馬齒葉亦繁。○本草：馬齒，乃野莧也。青青嘉蔬色，埋没在中園。○【趙次公曰】謂所送止苦苣、馬齒而已。所謂嘉蔬，未嘗摘以相遺也。○【師古曰】甫以嘉蔬比君子，苦苣、馬齒以比小人，言小人掩君子，君子不得其所也。園吏未足怪，世事因堪論。嗚呼戰伐久，荆棘暗長原。○謂戰伐既久，田菜〔二〕多荒，故荆棘暗乎原野。○【師古曰：「老子曰：大軍之後，必有凶年，荆棘生焉。」】老子三十章：師之所處，荆棘生焉。乃知苦苣輩，傾奪蕙草根。○【師古曰】蕙，香草也，有君子之象。蕙草見奪於苦苣，猶君子爲小人所勝也。小人塞道路，爲態何喧喧。○【師古曰】謂小人得志則變態，驕淫矜誇，靡所不至也。又如馬齒盛，氣擁葵荏昏。○【師古曰】謂葵荏嘉蔬，又爲馬齒昏塞，足見小人勢盛而君子道消也。○馬融廣成頌：桂荏鳧葵。注引爾雅：蘇，桂荏。方言：蘇亦荏也。茆鳧，葵葉，團似蓴〔三〕，生水中，俗名水葵。點染不易虞，○易，讀去聲。○【師古曰】謂君子易爲小人所污也。絲麻雜羅紈。一經器物内，○【王洙曰】器，或作氣。永挂麤刺痕〔四〕。○【趙次公曰：「以苦苣、馬齒一經器物所盛，則便永遠挂麤之痕，然則君子固宜傷所染矣。」】喻君子當慎其所染也。志士採紫芝，放歌避戎軒。○昔四皓逃秦，隱居商山，採芝而歌。甫避兵車之亂來此，愧不如四皓之採芝，徒傷苦苣、馬齒掩乎嘉蔬也。○【趙次公曰】皇甫謐高士傳：秦世坑黜儒術，四皓於是作歌曰：「莫莫高山，深谷逶邐。曄曄紫芝，可以療飢。」畦丁負籠至，感動百慮端。

【校記】

〔一〕此，古逸叢書本作「毛」。

〔二〕菜，元本、古逸叢書本作「萊」。

〔三〕尊，元本、古逸叢書本作「薄」。

〔四〕痕，古逸叢書本作「根」。

崔評事弟許相迎不到應慮老夫見泥雨怯出必愆佳期走筆戲簡

江閣要賓許馬迎，○要，讀爲邀。午時起坐自天明。○劉公幹贈徐幹詩：起坐失次序，一日三次遷。鮑照夜聽妓歌詩：天明坐當散。浮雲不負青春色，細雨何孤白帝城。身過花間霑濕好，醉於馬上往來輕。虛疑皓首衝泥怯，實少銀鞍傍險行。

武侯廟

○或謂此詠成都武侯之廟，非夔州所作，當次于成都詩之列也。

遺廟丹青古，空山草木長。猶聞辭後主，不復卧南陽。○【王洙曰】蜀志：諸葛亮字孔明，家於南陽之鄧縣〔一〕，在襄陽城西二十里，號曰隆中。徐庶見先主劉備，曰：「諸葛亮孔明〔二〕，卧龍也。將軍宜枉駕顧之。」三往乃見。先主病篤，詔敕後主曰：「汝與丞相從事，事之如父。」封亮武鄉侯。亮率衆南征，北駐漢中，臨發上表辭行，屯於沔陽，病，卒於軍。詔爲立〔三〕廟。

【校記】

〔一〕家於南陽之鄧縣，元本、古逸叢書本作「家行儉素南陽縣」。

〔二〕「葛」字原無，據元本、古逸叢書本補。

〔三〕爲立，元本、古逸叢書本作「立爲」。

古柏行

〇【趙次公曰】此詠夔州武侯廟之柏也。按集有夔州十二絶「武侯祠堂不可忘，中有松柏參天長」是也。

孔明廟前有老柏，〇前，一作階。柯如青銅根如石。〇【趙次公曰】任昉述異記：虞氏縣有盧〔一〕君冢，冢傍有柏，勁如銅石。霜皮溜雨四十圍，〇霜，一作蒼。雨，或作水。寰宇記：隋均州圖經：南陽武當南門有社柏，大四十圍。梁蕭欣爲郡，伐之。巴郡有柏，大可十圍，高二千尺。又秦〔二〕山記：山南有太山廟，種柏十株，大者十五六圍。黛色參天二千尺。君臣已與時際會，〇謂劉備、孔明相遇也。樹木猶爲人愛惜。雲來氣接巫峽長，月出寒通雪山白。〇【趙次公曰】巫峽在夔之下，巫峽之雲來而柏之氣與接。雪山在夔之西，雪山之月出而柏之氣與通。蓋言樹之高大，傍跨二山，足見武侯廟貌雄壯也。憶昨路繞錦亭東，〇【趙次公曰】此追言成都先主廟之柏也。蓋甫近方離成都而來夔，故詩言「憶昨」也。先主武侯同閟宮。〇先主，劉備也。武侯，孔明也。成都記：蜀先主廟西院即武侯廟。按集，有蜀相詩「丞相祠堂何處尋，錦官城外柏森森」是也。崔嵬枝幹郊原古，○謂柏之最老也。玉壘記：武侯祠古柏，孔明手植。窈窕丹青户牖空。○謂廟之無人也。落落盤踞雖得地，冥冥孤高多烈風。扶持自是神明力，正直元因造化功。大厦如傾要梁棟，○傷當時之亂，須大材以扶持之也。萬牛回首丘山重。○謂其材可以任重也。不露文章世已驚，○謂觀其質已可駭，況覩其文乎？未辭剪伐誰能送。○傷是時無人爲之先容也。苦心不免容螻蟻，○謂爲群小所侵侮也。香葉終驚〔三〕宿鸞鳳。○言與賢人君子終以類聚也。志士幽人莫怨嗟，○嗟，一作傷。古來材大難爲用。○一作皆難用。歎有其材而不得見用也。

【校記】

〔一〕廬，古逸叢書本作「后」。

〔二〕秦，古逸叢書本作「泰」。

〔三〕驚，古逸叢書本作「經」。

新定杜工部草堂詩箋斠證卷第三十一

大曆元年在夔州所作

八陣圖

○【九家集注杜詩依例爲「王洙曰」。又，杜陵詩史、分門集注、補注杜詩引作「王彦輔曰」。】晉桓温傳：初，諸葛亮造八陣圖於魚復平沙之上，壘石爲八行，行相去二丈。温見之，謂：「此常山蛇勢也。」文武莫能識之。○【杜田補遺。又，杜陵詩史引作「師古曰」。】劉禹錫嘉話録：夔州西市俯臨江沙，下有諸葛亮八陣圖，箕張翼舒，鵝形鸛勢，聚石分布，宛然尚存。峽水大時，三蜀雪消之際，澒湧滉瀁，大木枯槎隨波而下。及乎水落川平，萬物皆失故態，諸葛亮小石之堆，行列依然如是。迨今六七百年。○東原録謂：孫紹先言武侯夔州八陣圖，用八以石壘，漢州八陣圖，用六以沙壘，皆近千年不泯。用六在用八之後，以其兵少未能足其數也。○【昱曰】或謂：八陣之勢，天、地、風、雲、飛龍、翔鳥、虎翼、蛇蟠也。

功蓋三分國，〇【王洙曰】三分，謂魏、蜀、吴也。名成八陣圖。〇諸葛亮推演兵法，作八陣圖。廣漢張拭謂：此古井田法也。江流石不轉，遺恨失吞吴。〇【趙次公引「東坡先生曰」。又，杜陵詩史引作「師古曰」。】天下三分，如鼎足峙立，晉之所以取蜀者，蜀遺恨失在有吞吴之志而已，使不吞吴，則魏豈能合併哉？

負薪行

〇【九家集注杜詩依例爲「王洙曰」。又，杜陵詩史、分門集注、補注杜詩、集千家注批點杜工部詩集引作「魯曰」。】夔民男爲商，女當門户，坐肆於市鄽，擔薪於道路者，皆婦人也。

夔州處女髮半華，四十五十無夫家。更遭喪亂嫁不售，〇喪，讀去聲。一生抱恨堪咨嗟。〇堪，一作長。土風坐男使女立，應當門户女出入。〇【趙次公曰】傅玄豫章行：男兒當門户，墮地自生神。今詩以女當門户也。十猶八九負薪歸，〇猶，或作有。賣薪得錢應供給。〇應，一作當。至老雙鬟只垂頸，〇鬟，一作鬟。野花山葉銀釵並。筋力登危集市門，死生射利兼鹽井。〇【王洙曰】夔、蜀多鹽井。面粧首飾雜啼痕，地褊衣寒困石根。若道巫山女麤醜，〇應璩詩：住車問三叟，何以得此壽。上叟前致辭，室内嫗貧醜。何得此有昭君村。○【王洙曰】此，一作北。○【薛蒼舒曰】歸州圖經：王嬙字昭君，南郡秭歸人。興山縣有昭君村，今昭君廟在焉。按，漢元帝竟寧元年，賜單于待詔掖庭王嬙爲閼氏。吴兢樂府解題：帝後宫既多，乃使畫工圖形召幸，宫人皆賂畫工，昭君自恃其貌，獨不與，乃惡圖〔一〕之。及選美人配單于，昭君當行，漢人憐之。昭君死，單于葬之，胡中多白草，此冢獨青，故俗名「青冢」也。

【校記】

〔一〕圖，元本、古逸叢書本作「畫」。

最能行

峽中丈夫絶輕死，○謂舟行失險也。少在公門多在水。○【鄭印曰】少，始沼切。富豪有錢駕大舸，○【鄭印曰】舸，嘉我切。○【杜田補遺。又，杜陵詩史、分門集注、補注杜詩、集千家注批點杜工部詩集引作「修可曰」。】博雅：舟也。○【杜田補遺】言南楚、湖湘凡船大者，謂之舸。貧窮取給行艓子。○【鄭印曰】艓，宜從〔一〕、徒協切。○【杜田補遺。又，杜陵詩史、分門集注、補注杜詩、集千家注批點杜工部詩集引作「師古曰」：「艓，音葉。」】或謂艓，小舟，音葉。○【杜田補遺。又，杜陵詩史、分門集注、補注杜詩、集千家注批點杜工部詩集引作「修可曰」。】言輕如葉也。小兒學問止論語，○兒，一作人。大兒結束隨商旅。欹帆側拖入波濤，○【鄭卬曰】拖，持可切，正船木也。撇漩捎濆無險阻。○撇，普結切。張揖三蒼注：撇，拂〔二〕也，與撆同。○【鄭卬曰】漩，隨戀切。○回浪也。捎，使交切，摇也。濆，符分切，涌流也。○【王洙曰】於漩則撇，於濆則捎，乃善操舟者所能也。○江賦：漩澴濆瀑。李善注：波浪回漩濆湧而起貌。朝發白帝暮江陵，○白帝乃白帝城，江陵即荆州也。盛弘之荆州記：宜都宜昌縣三峽七百里，兩岸連山，略無絶處。朝發白帝，暮宿江陵，其間一千二百里。漁者歌曰：「巴東三峽巫峽長，猿鳴三聲淚霑裳。」三峽兩岸，重岩疊嶂，隱蔽天日，自非亭午〔三〕，不見日月。頃來目擊信有徵。瞿塘漫天虎鬚怒，○瞿塘，峽名。十道志：虎鬚，惡灘名。酈道元注水經：水出牂柯郡北流，右逕虎鬚灘，灘水廣大，夏斷行旅。歸州長年行最能。○行，一作與。歸州屬荆南。○【趙次公曰】其人善行舟，以船頭把篙相水道者爲長年，言行瞿塘峽與虎鬚灘甚易也。此鄉之人氣量窄，誤競南風疏北客。○競，强也。謂以地主爲强，以客爲可欺也。若道士無英俊才，何得山有屈原宅。○【杜田補遺】又，杜陵詩史、分門集注、補注杜詩、集千家注批點杜工部詩集引作「杜定功曰」。】後漢志：南郡秭歸，本歸國。杜預曰〔四〕：夔國，荆州記：秭歸縣北一百里有屈原故宅，方七頃，累石爲屋基。今其地名樂平。○袁山松曰：山秀水清，故出俊異。地險流疾，故其性亦隘。

【校記】

〔一〕從，元本、古逸叢書本作「舸」。

〔二〕拂，元本、古逸叢書本作「排」。

〔三〕自非亭午，古逸叢書本作「非亭午夜半」。

〔四〕曰，元本、古逸叢書本作「白」。

王十五前閣會

楚岸收新雨，春臺引細風。情人來石上，○【趙次公曰】鮑照詩：留釣〔一〕待情人。鮮鱠出江中。鄰舍煩書札，○【趙次公曰】王十五者，必公之隣也。肩輿强老翁。○【趙次公曰】以笋輿來迎公也。病身虚俊味，○【趙次公曰】以病不能食，而虚其俊美之味也。何幸飫兒童。○【趙次公曰】餽食於公，持之以歸，故燕及兒輩矣。

【校記】

〔一〕釣，古逸叢書本作「酌」。

寄韋有夏郎中

○或謂此詩乃雲安所作，誤次于此。

省郎憂病士，書信有柴胡。○【王洙曰】柴胡，乃藥名也。飲子頻通汗，○謂柴胡可煎爲歙子，服之通汗也。懷君想報珠。○【趙次公曰】以懷君對歙子，乃假對也。○【王洙曰】張衡四愁詩：何以報之明月珠。親知天畔少，藥味峽中無。歸楫生衣卧，○【趙次公曰】謂上水之舟，更不須楫，所以楫生苔衣而不用也。春鷗洗翅呼。猶聞上急水，早作取平塗。○【師古曰】謂夔峽多險阻，唯州稍平，欲韋郎中早來就此平地相見也。萬里皇華使，○【王洙曰】詩：皇皇者華。君遣使臣也。爲僚記腐儒。○腐儒，甫自言也。

上白帝城二首

○【王洙曰】後漢公孫述傳：述字子陽，始爲導江卒正，居臨邛。更始時，述使人詐漢使者，假述輔漢將軍、蜀郡太守，選兵西擊宗成、王岑，大破之。恃其地險衆附，自立爲蜀王，都成都，建武元年，自立爲天子，號成家，色尚白。成都郭外有舊倉，述改名〔一〕白帝倉。巴東治魚復縣，述築城，號曰白帝城，在瞿塘峽上。後劉備屯戍，改名永安。○後漢郡國志：南郡巫西有白帝城。十道志：述稱白〔二〕帝，據西方，爲白德，取其色也。述立十二年，爲光武所誅也。

江城含變態，一上一回新。天欲今朝雨，山歸萬古春。英雄餘事業，○【趙次公曰】英雄，指述也。衰邁久風塵。○【王洙曰】甫自言也。取醉他鄉客，相逢故國人。兵戈猶擁蜀，○【趙次公曰】謂大曆元年崔旰之亂，戰于梓州而敗績也。賦斂强輸秦。○【王洙曰】時國用匱乏，賦斂多輸于關中也。不是煩形勝，深慙畏損神。○慙，一作愁。○【趙次公曰。又，杜陵詩史、補注杜詩引作「師古曰」。】不是憚煩此地之形勝而難居。甫所慙者，恐叛亂未已，奔走耗我之精神也。

【校記】

〔一〕名，元本、古逸叢書本作「爲」。

〔二〕白，元本、古逸叢書本作「爲」。

白帝空祠廟，○【九家集注杜詩引作「舊注」，或爲「公自注」。又，王洙曰：「公孫述廟，在白帝城。」】謂述廟也。孤雲自往來。江山城宛轉，棟宇客徘徊。勇略今何在，當年亦壯哉。後人將酒肉，○【王洙曰】凡舟人往來，皆祠之。虚殿日塵埃。谷鳥鳴還過，林花落又開。多慙病無力，騎馬入青苔。

槐葉冷淘

青青高槐葉，采掇付中厨。○掇，都奪切，拾也。○【王洙曰：「曹子建：豐膳出中厨。」】曹植黄雀行：中厨辨豐膳。新麵來近市，汁滓宛相俱。○【王洙曰】謂細擣槐葉，和麵爲冷淘，取其碧香理風也。入鼎資過熟，加餐愁欲無。碧鮮俱照筯，香飯兼苞蘆。○【趙次公曰：「苞蘆，則蘆笋之嫩者。」】苞蘆，謂蘆笋也。經齒冷於雪，勸人投此〔一〕珠。○以此味相貴重，如珠也。願隨金騕褭，○【趙次公曰】騕褭，神馬名。盧照隣詩：漢朝金騕褭。走置錦屠蘇。○屠蘇，又作廜廯，或以爲屋名，或以爲酒名。○【杜田補遺。又，杜陵詩史、補注杜詩、集千家注批點杜工部詩集引作「修可曰」。】服虔通俗文：屋平曰廜廯。張揖廣雅曰：屠蘇，庵也。○樂府費昶行路難：玉欄金井牽鹿盧，丹梁翠柱飛屠蘇。○【杜田補遺。又，杜陵詩史、補注杜詩、集千家注批點杜工部詩集引作「修可曰」。】劉孝威結客少年場行：插〔二〕腰銅匕首，障日錦屠蘇。○閻〔三〕朝隱三月朝歌曰：洛陽城路九春衢，洛陽城外柳千株。能得來朝作眼覓〔四〕，天津橋北錦屠蘇。○【王洙曰】又，元日以香藥入錦囊中，漬酒而飲，曰屠蘇酒，可辟瘟氣。○今詳此詩，蓋言酒也。遣馬走取屠蘇，欲其速也。甫意謂有槐葉冷淘，香飯蘆笋，皆奇物，更得屠蘇酒相兼，尤爲美也。路遠思恐泥，○泥讀去聲，謂以路遠不可致爲恨也。興深終不渝。○興，讀去聲。謂此願終不變，必致之乃可也。獻芹則小小，○此言芹不如此味之美也。○【王洙曰：「野人有美芹，而獻於君者。」】列子楊朱篇：宋國有田夫，謂妻曰：「負日之暄，人莫知者，以獻吾君，將有重賞。」里之富人告之曰：「昔有美芹者，取而嘗之，蜇於口，慘於腹，其人大慙。子此類也。」○【師尹曰】晉嵇康書：野人有快意炙背而美芹子者，欲薦獻之於至尊，雖有區區之意，亦以疏矣。○司馬相如子虛賦：臣之所見，特其小小者耳。薦藻明區區。○此言藻不如此物之珍也。○【王洙曰】左氏隱三年傳：苟有明信，蘋蘩蘊藻之菜，可薦於鬼神，可羞於王公。萬里露寒殿，○【王洙曰：「上林賦：過鳷鵲，望露寒。露寒，漢殿名。」】露寒，漢武殿名。開冰清玉壺。○【王洙曰】鮑照詩：清如玉壺冰。君王納凉晚，此味亦時須。○此遐想人君夏月御寒露〔五〕之殿，開玉壺之冰，以禦暑納凉，於晚次之暇，亦須索此槐葉冷淘之美，而不可闕故也。

【校記】

〔一〕此，元本、古逸叢書本作「比」。

〔二〕插，古逸叢書本作「捕」。

〔三〕閤，元本、古逸叢書本作「盧」。

〔四〕覓，古逸叢書本作「衢」。

〔五〕露，元本、古逸叢書本作「爲」。

雨

萬木雲深隱，連山雨未開。風扉掩不定，○【趙次公曰】謂舟中之扉也。水鳥去仍迴。○去，一作過。鮫館仍鳴杼，○【鄭卬曰】杼，直吕切。○【王洙曰】異述〔一〕記：南海中有鮫人室，水居如魚，不廢機織。樵舟豈伐枚。○枚，莫杯切，幹也。○【趙次公曰】詩汝墳：伐其條枚。清涼破炎毒，衰意欲登臺。

【校記】

〔一〕異述，古逸叢書本作「述異」。

峽中覽物○一作舟中。

曾爲掾吏趨三輔，○【趙次公曰】甫嘗爲華州功曹也。○漢志：以曹官爲掾，如屋之椽，言其有所負荷也。○【王洙曰：「三輔，京兆、扶風、馮翊也。」】京兆、馮翼〔一〕、扶風，秦屬内史，漢武帝改名三輔。○舊治長安城中，長吏各在其縣治民。憶在潼關詩興多。○潼，徒紅切，水名。○【黄希曰】唐地理志：關在華州之華陰縣，即古桃林塞也。巫峽忽如瞻華岳，○【鄭卬曰】華，胡化切。蜀江還似見黄河。○【師古曰】華岳、黄河，皆甫故鄉。公今客中見巫峽、蜀江，遂想像而有感也。舟中得病移衾枕，○【趙次公曰】言其得病在雲安舟中，而移衾枕於客居屋舍之下也。洞口經春長薜蘿。○感時物之變易也。形勝有餘風土惡，幾時回首一高歌。○【王洙曰】巫、蜀雖號形勝之地，風土之惡，不類中原。○【趙次公曰】幾時可以離此而去，回首望之，寫胸懷而浩歌也。

【校記】

〔一〕翼，古逸叢書本作「翊」。

灩澦

○灩〔一〕，以贍切。澦，羊茹切。

灩澦既没孤根深，○【王洙曰】俗説：灩澦如馬，瞿塘莫下。灩澦如象，瞿塘莫上。峽人以灩澦爲水候，既没則尤漲，不可行，以其險礙也。西來水多愁太陰。○【王洙曰】謂陰氣太盛也。江天漠漠鳥雙去，風雨時時龍一吟。舟人漁子歌回首，估客胡商淚滿襟。○【趙次公曰】以水之泛漲不可行，故滯留而泣也。寄語舟航惡年少，休翻鹽井横黄金。○【王洙曰】横，一作擲。○【鄭卬曰】横，户孟切。謂不以理也。○【王洙曰】蜀都〔二〕：家有鹽泉之井。

【校記】

〔一〕灩，古逸叢書本作「豔」。

〔二〕都，元本、古逸叢書本作「郡」，誤。「蜀都」爲蜀都賦之省稱。

送李功曹之荆州充鄭侍御判官重贈

曾閑〔一〕宋玉宅，每欲到荆州。○【杜時可補遺。又，杜陵詩史、分門集注、補注杜詩引作「師古曰」。】余知古渚宫故事：庾信因侯景之亂，自建康遁〔二〕歸江陵，居宋玉宅。宅在城北三里，故哀江南〔三〕賦云：誅茅宋玉之宅。按集，甫在夔州懷古跡詩「摇落深知宋玉悲」，「江山故宅空文藻」。又移居夔州入宅詩：「宋玉歸州宅，雲通白帝城。」疑歸州有宋玉宅，非止荆州也。○【王洙曰】韓愈爲江陵法曹詩亦云：「宋玉亭邊不得見。」此地生涯晚，遥通水國秋。孤城一柱觀，○【趙次公曰】渚宫故事：宋臨川王義慶代江夏王鎮江陵，於羅公洲上立觀甚大，而唯一柱。落日九江流。○前注。使者雖光彩，青楓遠自愁。○【王洙曰】阮籍詩：上有楓木林，遠望令人悲。

【校記】

〔一〕閑，古逸叢書本作「聞」。

〔二〕遁，古逸叢書本作「道」。

〔三〕「南」字原無，據元本、古逸叢書本補。

白帝○前注。

白帝城頭雲若屯，○【趙次公曰：「師民瞻本舊作『白帝城中雲出門』，非。蓋用對『雨翻盆』，而字出列子言：化人之羽，曰望之若雲屯焉。謝靈運詩：巖高白雲屯。使此屯字也。若『城中雲出門』則無義理。」】一作「白帝城中雲出門」。○【趙次公曰】謝靈運詩：巖高雲若屯。白帝城中雨翻盆。高江急峽雷霆闊〔一〕，翠木蒼藤日月昏。○【王洙曰】翠，一作古。戎馬不如歸馬逸，○【王洙曰】戎，一作去。千家今有百家存。○【王洙曰：「一作十。」】百，或作一。哀哀寡婦誅求盡，慟哭秋原何處村。○【王洙曰】時〔二〕民皆死於行役，故多寡婦。軍須賦厚，而民不聊生也。

【校記】

〔一〕闊，古逸叢書本作「鬭」。

〔二〕時，元本作「詩」，古逸叢書本作「謂」。

七月一日題終明府水樓二首

高棟曾軒已自涼，秋風此日灑衣裳。翛然欲下陰山雪，○【趙次公曰】謂夔地之山，當初秋而倐然欲雪，有類陰山，此爲可愁也。○【王洙曰】陰山，匈奴山名。吐谷渾西附陰山，其地四時常有冰雪。范彦龍〔一〕詩：寒沙四面平，飛雪千里驚。風斷陰山樹，霧失交河城。不去非無漢署香。○【趙次公曰】甫自憫其身留滯也。署，指言省署也。時官爲工部員外，其在省也，自宜應有含香之制。今以爲客不去耳。○【王洙曰】漢制：尚書郎四人，口含雞舌香以奏事。絶壁過雲開錦繡，○【王洙曰：「夔峽路有錦繡岩。」】華陽國志：合江北有絞〔二〕錦山。疏松夾水奏笙簧。看君宜著王喬履，真賜還宜出尚方。○【王洙曰。又，集千家注批點杜工部詩集引作「公自注」。】終明府，功曹也，兼攝奉節令，故有是句。佇觀奏即真也。○【王洙曰】後漢方術傳：王喬，河東人，顯宗時爲葉令。喬有神術，每月朔常自縣詣臺朝。帝怪其來數，而不見車騎，密令太史伺望之，言其臨至，輒有雙鳧從東南飛〔三〕來。於是候鳧至，舉羅張之，但得一雙舄焉。乃詔尚方諒視，則四年中所賜尚書官履也。前漢百官公卿表：尚方，主作禁器物。顔師古曰：尚方，少府之屬官也。

【校記】

〔一〕龍，元本、古逸叢書本作「能」。

〔二〕絞，古逸叢書本作「紋」。

〔三〕飛，元本、古逸叢書本無。

虙子彈琴邑宰日，虙，房六切，姓也。【王洙曰】呂氏春秋：虙子賤治單父，彈鳴琴，身不下堂，而單父治。終軍棄繻英妙時。英，或作年。繻，詢趨切，帛邊也。【王洙曰】前漢終軍年十八，選爲博士。初，軍從濟南當詣博士，步入關，關吏與軍繻，曰：「爲復傳還，當以合符。」軍曰：「大丈夫西遊，終不復傳〔一〕還。」棄繻而去。後軍爲謁者，使行郡國，建節東出關。關吏識之，曰：「此使者乃前棄繻生也。」【師古曰】潘安仁西征賦：終童，山東之英妙。賈生，洛陽之年少。承家節操尚不泯，美其能紹祖也。爲政風流今在茲。美其善爲令也。可憐賓客盡傾蓋，謂其愛士也。家語：孔子之郯，遇程子於途，傾蓋而語。【王洙曰】鄒陽傳曰：白頭如新，傾蓋如故。何處老翁來賦詩。【王洙曰】甫自謂也。楚江巫峽半雲雨，清簟疏簾看弈碁。方言：圍碁，自關而東，齊、魯之間，謂之弈。

【校記】

〔一〕傳，元本、古逸叢書本無。

夜雨

小雨夜復密，回風吹早秋。夜凉侵閉户，江滿帶維舟。通籍恨多病，恨，陳作限。○【趙次公曰】謂嘗〔一〕爲左拾遺，既通禁籍，以病而退。爲郎忝薄遊。○【趙次公曰：「公官乃尚書工部員外郎，斯謂之爲郎；又嘗爲節度府參謀，則已自愧其忝竊於薄薄遊宦矣。」】謂爲工部員外郎而充劍南幕府從事也。天寒出巫峽，醉別仲宣樓。○【王洙曰】王粲，字仲宣，有樓在荆州。

【校記】

〔一〕嘗，元本、古逸叢書本作「時」。

更題

只因踏初雪，騎馬發荆州。直怕巫山雨，真傷白帝秋。羣公蒼玉佩，○【王洙曰】晉公卿禮秩曰：特進、尚書令、僕射、中書監令，皆佩水蒼玉。○【趙次公曰】韓愈詩：峩峩進賢冠，耿耿水蒼佩。天子翠雲裘。○【趙次公曰】宋玉賦：主〔一〕人之女，爲承日之華，上翠雲之裘。同舍晨趨侍，胡爲淹此留。○【王洙曰：「言同舍皆在侍從，己何爲而留此？公之志嘗在朝廷，而不爲時之所用如此。」】時在夔州，歎己之不遇也。

【校記】

〔一〕主，元本、古逸叢書本作「玉」。

峽隘

聞說江陵府，○【王洙曰】古荆州也。雲沙静眇然。○静，一作浄。白魚如切玉，朱橘不論錢。水有遠湖樹，人今何處船。青山各在眼，○【趙次公曰：「舊本作『各在眼』，師民瞻本『若在眼』。蓋言往江陵則必經巫山峽，若巫峽之青山在眼，却仰望峽中之天矣。意謂巫峽高峻而極窄，才能見天也。」】各，陳作若。却望峽中天。

寄劉峽州伯華使君四十韻

峽内多雲雨，秋來尚鬱蒸。遠山朝白帝，○公孫述自號白帝，有廟在峽州。深水謁夷陵。○【王洙曰】謁，一作出。○【王洙曰：「峽州有夷陵縣。」】夷陵乃峽州縣名。○此言劉之守峽州也。遲暮嗟爲客，西南喜得朋。○時甫旅寓夔州，作此詩以寄劉也。○【王洙曰】易坤卦：西南得朋〔一〕。哀猿更起坐，○更，古衡切。○【趙次公曰】謂聞哀猿之聲，不覺悲而起坐也。落雁失飛騰。○【趙次公曰】自喻其身如雁之落而不能高舉也。伏枕思瓊樹，○甫因肺病卧枕，思慕劉使君有如玉樹也。○【趙次公曰】漢李陵贈蘇武詩：思得瓊樹枝，以解長飢渴。○【杜田補遺】世説：王戎云：太尉王夷甫神姿高徹，如瑶林瓊樹，自然是風塵外物。○【王洙曰】江文通離别行：願一見顔色，不異瓊樹枝。臨軒對玉繩。○玉繩，星名。謂夜坐對玉繩之明，而永懷之也。○【王洙曰】謝玄暉詩：玉繩低建章。青松寒不落，○以喻劉使君之有高節而不改其操也。論語子罕篇：歲寒，知松柏之後凋。碧海闊逾澄。○【趙次公曰】以喻劉使君之有深量，撓之不濁也。東方朔十洲記：東有碧海，廣狹浩瀚。昔歲文爲理，羣公價盡增。○【趙次公曰】謂先朝尚文爲治，而羣儒之價高也。家聲同令聞，○【鄭卬曰】聞，亡運切。名達也。時論以儒稱。○【趙次公曰】謂劉使君先世家聲，與甫祖杜審言同休〔二〕，當時士論並以儒稱歸之劉、杜氏也。太后當朝肅，○【鄭卬曰】當，一作臨。○【趙次公曰】太后，指則天也。多才接迹昇。○謂賢人引類以進也。翠虛捎魍魎，○【鄭卬曰】捎，山交切。○喻山林多棄逐小人也。家語：木石之怪夔、蝄蜽。○【王洙曰】甘泉賦：梢〔三〕夔魖獝狂。注：梢，手也〔四〕。○【趙次公曰】東京賦：捎魑魅，斮獝狂。捎，殺也。○馬融蒐狩頌：捎罔兩。注：捎，除也。丹極上鯤鵬。○喻廟堂多進用君子也。○【王洙曰：「莊子：鯤化爲鵬。」趙次公曰：「上字則莊子『摶扶摇而上』也。」】莊子逍遥遊篇：北溟有魚，其名爲鯤，化而爲鳥，其名爲鵬。摶扶摇而上者九萬里。宴引春壺酒，恩分夏簟冰。○【趙次公曰：「上兩句言太后朝所寵賜大臣如此。」】皆言太后寵賜宴會之盛也。雕章五色筆，○楊修〔五〕文詩：雕章摛天庭。○【王洙曰】江淹夢得五色筆。紫殿九華燈。○【王洙曰】西京雜記：元日燃九華燈於終南山上，照見百里。○【趙次公曰】漢成帝紀：神光降集紫殿。學並盧王敏，◯以劉使君之博學，比之盧照隣、王勃也。書偕褚薛能。◯以劉使君之善書，比之褚遂良、薛稷也。老兄真不墜，◯唐文藝傳：中宗於修文館置學士，劉憲、劉子元、劉元濟滿員。此劉使君當其後也。小子獨無承。◯甫自謙也。近有風流作，聊從月竁徵。◯竁，充芮切，窟也。月竁，指巴峽也。言劉使君近有所作之詩，可求之於巴峽也。竁，一作繼。或謂可以月朔相繼而求之也。放蹄知赤驥，◯喻其詩思之飄逸也。捩翅服蒼鷹。◯捩，力結切。◯【晁曰：「喻其才馳騁也。」】喻其詩才之壯健也。卷軸來何晚，襟懷庶可憑。◯【趙次公曰：「我襟懷所望於詩也。」】甫喜接劉使君詩軸可以慰其胸襟之久望也。會期吟諷數，◯數，色角切。益破旅愁凝。◯【趙次公曰】會欲數數吟諷之，而以破散旅愁之凝結焉。雕刻初誰料，◯【趙次公曰】謂其詩雕刻之妙，誰能輕料之。此蓋以造化言之也。◯【王洙曰】揚子問道篇：或問：雕刻衆形，匪天歟？纖毫欲自矜。◯【趙次公曰】謂其詩纖毫皆妙，而可矜誇也。神融躡飛動，◯【杜田補遺】列子黃帝篇：心凝形釋，骨肉都融。戰勝洗侵陵。妙取筌蹄棄，◯【趙次公曰】言詩之妙不拘泥也。◯易〔六〕：得魚忘筌，得兔忘蹄。言其詩無敵也。高宜百萬層。◯言其詩之高不可及也。筌蹄、百萬，乃自爲對格。白頭遺恨在，◯【趙次公曰】甫自歎也。青竹幾人登。◯【王洙曰】青竹，青簡也。猶書於青簡者寧幾人也！迴首追談笑，勞歌跼寢興。◯【趙次公曰】以追懷劉使君之談笑，故勞我之歌詠，而跼蹐於一寢一興之間，而不得展也。年華紛已矣，世故莽相仍。○【趙次公曰】方遭安史之亂，而後有吐蕃之擾，則世故相仍，如草莽之多矣。刺史諸侯貴，○【趙次公曰】美劉之爲峽州刺史，乃古諸侯之貴也。郎官列宿應。○宿，音秀。○【趙次公曰】甫自謂爲尚書工部員外郎也。後漢本紀：明帝曰：郎官上應列宿，出宰百里。潘生驂閣遠，○驂閣，謂閣下羅五馬也。○【王洙曰】一作「潘安雲閣遠」。○【趙次公曰】晉潘安仁秋興賦序：以太尉掾兼虎賁中郎將，寓直乎散騎之省。高閣連雲，陽景罕曜。黄霸璽書增。○璽書，謂天子賜詔褒崇也。○【王洙曰】前漢黄霸爲潁川太守，治爲天下第一。詔稱揚，錫爵關内侯，黄金百斤。循吏傳序：二千石有治理效，輒以璽書勉勵，增秩賜金。乳贙號攀石，〔七〕○此下皆甫自叙夔州山居之窮僻也。○【杜時可曰】爾雅釋獸：贙有力。注：出西海大秦國，似狗，多力獷惡。飢鼯訴落藤。○鼯，音吾。似鼠。藥囊親道士，○【趙次公曰】謂以肺病之故，常求服食於道士矣。○後漢方術傳：北海王和平，性好道術。濟南孫邕少事之，有書百餘卷、藥數囊。灰劫問胡僧。○【趙次公曰】謂以世故之多，形於憂懼，遂有胡僧之問矣。○【王洙曰。又，九家集注杜詩引作「杜田補遺。」】按曹毗志怪：漢武鑿昆明池，極深，悉是灰墨，無土。舉朝不解，以問東方朔。朔曰：「臣愚不足以知，請問西域胡人。」至後漢明帝時，外國胡人來，有憶朔言者，乃以灰墨問之，胡人答曰：「天地大劫將盡，則劫灰。此乃劫灰之餘也。」憑久烏皮綻，○【趙次公曰】謂老嬾之故，久憑烏皮之几也。齊謝朓有詠烏皮隱几詩：取則龍文鼎，三趾獻光儀。勿言素韋絜，白紗尚推移。曲躬奉微用，聊承終宴疲。簪稀白帽稜。○白，疑作皂，刀筆之誤〔八〕也。謂髮少之故，稀簪皂紗之帽也。林居看蟻穴，○【王洙曰】焦貢〔九〕易林：蟻封户穴，大雨將集。博物志：蟻知將雨。野食待魚罾。筋力交雕喪，飄零免戰兢。皆爲百里宰，○【趙次公曰：「師民瞻本作昔字。」】皆，或作昔。○【趙次公曰】謂既爲郎官，當其時皆可以爲百里宰也。正似六安丞。○【趙次公曰】房琯罷相，甫論其無罪，忤旨肅宗而出，故自比之桓譚也。○【薛夢符曰】後漢桓譚數言事，忤旨，出爲六安郡丞。姹女縈新裏，○【鄭卬曰】姹，陟駕切。○【趙次公曰。又，杜陵詩史、分門集注、補注杜詩引作「修可曰」。】此下〔一〇〕言修鍊之術也。姹女，謂水銀也。漢魏真人參同契：河上姹女靈而最神，得火則飛，不染塵垢。真一子注：河上姹女，即是真汞也。又參同契：丹砂木精，得金則并。漢真人大丹訣曰：姹女隱在丹砂中。注：姹女，汞也。○道家四象論：西方庚辛金，淑女之異名，故有姹女、黄婆、嬰兒之號。清虚子：姹女居人精海。本草藥性論：水銀君殺金銀毒，姹女也。朱砂中液。李白送權十一序：素受寶訣，爲三十六帝外臣。常採姹女於江華，收河車於清溪。與昭夷服勤於爐火之業久矣。丹砂冷舊秤。但求椿壽永，○【王洙曰】莊子逍遥遊篇：上古有大椿者，以八千歲爲春，八千歲爲秋。莫慮杞天崩。○【王洙曰】列子天瑞篇：杞國人憂天地崩墜，身亡所寄。鍊骨調情性，張兵撓荆矜。○喻言血氣，以爲營衛，不可撓亂也。養生終自惜，○言修養之術，終自愛惜也。嵇康有養生論。伐數必全懲。○【王洙曰】數，一作叛。○恐非。謂嗜慾乃伐壽數之斧，必當懲戒也。政術甘疏誕，詞場愧服膺。○【趙次公曰】甫自謙之言，以爲不若劉使君也。○【王洙曰：「顔子拳拳服膺。」】中庸：回之爲人，擇乎中庸，得一善則拳拳服膺，而勿失之矣。展懷詩頌魯，○甫以此詩讚美於劉使君之政，比之魯侯也。割愛酒如澠。○【杜詩趙次公先後解輯校引作「(甫)本注」曰：「平生所好，消渴止之。」九家集注杜詩引作「自注」。又，杜陵詩史、分門集注引作「王洙曰」：「平生所好，消渴止之。見汝南王詩注。」】甫平生所嗜在酒，今〔二〕以消渴而戒之也。○【趙次公曰】左氏傳：有酒如澠。咄咄寧書字，○【王洙曰】世説：殷中軍名浩，被廢在長安，終日常書空，作「咄咄怪事」四字。冥冥欲避矰。○謂鴻飛冥冥爲避矰之故，喻甫所以遠遁山林者，以避讒間也。○【王洙曰】揚子問明篇：鴻飛冥冥，弋人何簒焉。○注：簒，取也。或作慕。江湖多白鳥，天地有青蠅。○白鳥，謂蚊蚋也。此以白鳥、青蠅喻佞人之讒君子也。○【趙次公曰】謂在江湖之間，天地之内，難逃乎蚊蚋之所嚽、青蠅之所污也。按大戴禮夏小正：羣鳥養羞。注：白鳥養〔三〕，羞丹鳥。丹鳥也者，謂丹良也。白鳥也者，謂蚊蚋也。謂之鳥者，重其養也。羞，進也。凡有翼者爲鳥。○崔豹古今注：螢火，一名丹良，一名丹鳥。腐草化之，食蚊蚋也。○【王洙曰：「詩青蠅以喻讒。」】詩小雅青蠅：刺讒也。鄭氏箋：蠅之爲蟲，汙白使黑，汙黑使白，喻佞人變亂善惡也。○【趙次公曰】韓愈有詩：蠅蚊滿八區，可與盡力格。秋風九月至，掃不見蹤迹。寓意亦同。

【校記】

〔一〕朋，原作「月」，據元本、古逸叢書本改。

〔二〕休，古逸叢書本作「朝」。

〔三〕梢，元本、古逸叢書本作「捎」。

〔四〕注梢手也，元本、古逸叢書本無。

〔五〕楊修，古逸叢書本作「沈休」。

〔六〕易，古逸叢書本作「如」。

〔七〕元本、古逸叢書本此處尚有「贊乎犬切」四字。

〔八〕誤，元本、古逸叢書本作「譏」。

〔九〕貢，古逸叢書本作「贛」。

〔一〇〕下，元本、古逸叢書本作「亦」。

〔一一〕令，古逸叢書本作「令」。

〔一二〕養，古逸叢書本無。

近聞

近聞犬戎遠遁逃，〇【趙次公曰：「犬戎，指言吐蕃也。」】犬戎，指吐蕃，本犬種也。牧馬不敢侵臨洮。〇【王洙曰】賈誼過秦論：胡人不敢南下而牧馬。〇前漢志：臨洮縣屬隴西郡。後漢志：臨洮，縣名，故城今在岷州。○【趙次公曰】唐之隴右道洮州也。渭水逶迤白日淨，隴山蕭瑟秋雲高。崆峒五原亦無事，○後漢志：五原郡，本秦九原。武帝改五原，屬并州。十道志：五原屬鹽州，即漢五原郡地。寰宇記：鹽州五原縣，抵康州馬嶺界。○【趙次公曰】崆峒在禹迹之内有三，其一在臨洮。北庭數有關中使。○數，色角切，屢也。謂突厥、回紇遣使通好也。或引十道志：庭州即北庭，雍州之外，流沙之西北，前漢烏孫故地也。似聞贊普更求親，○謂先帝嘗以文城公主、金城公主下嫁贊普矣。唐書：大曆元年二月，吐蕃遣使來朝。○【薛夢符曰】吐蕃傳：吐蕃本西羌屬，散處河、湟、江、岷間。其俗謂强雄曰贊，丈夫曰普，故號君長贊普。今西域有鑊逋者，即贊普之聲訛而爲鑊逋也。○按，乾元元年，肅宗以幼女寧國公主下降回紇。舅甥和好應難棄。○唐書：贊普遣名悉蠟奉表言甥，先帝舅〔一〕，顯親也。○【趙次公曰】爾雅釋親：妻之父爲外舅也。郭璞注：謂我舅者，吾謂之甥。然則亦宜呼婿爲甥。孟子曰「帝館甥于二女」是也。

【校記】

〔一〕元本、古逸叢書本「舅」上有「稱」字。

寄董卿嘉榮十韻

聞道君牙帳，○【王洙曰】牙帳，謂牙旗也。○或謂此謂邢君牙也，未詳。防秋近青霄。

○【王洙曰】謂西山三城列戍也。詳見前注。西山記：東觀成都，若在井底。下臨千仞雪，○【王洙曰】西川〔一〕記：上有積雪，經夏不消。却背五繩橋。○【鄭卬曰】繩橋，即岷江笮橋也。海内久戎服，京師今晏朝。○【趙次公曰】：「詳此兩句，此詩乃今歲大曆元年秋時無疑。是年二月，吐蕃遣使來朝，乍爾罷兵也。彼其九月復陷原州，則在公作詩之後矣。蓋以前日用兵之久，而今罷兵則可以晏朝也。」三歲吐蕃連入寇，故用兵之久，今來遣使來通好，則可以罷兵而晏朝也。犬羊曾爛熳，宫闕尚蕭條。○【趙次公曰】犬羊，喻吐蕃爲患之久，故前日嘗陷京師，至今尚蕭條也。猛將宜嘗膽，○【趙次公曰】猛將，謂董嘉榮也。○【王洙曰】史記越世家：吴既赦越，越王勾踐反國，乃苦身焦思，置膽於坐，坐卧即仰膽，飲食亦嘗膽，曰：「女忘會稽之耻耶？」龍泉必在腰。○【趙次公曰】龍泉，劍名。越絶書：楚王召風湖子、干將使鑄劍二枚，一曰龍泉。王問：「何謂龍泉？」對曰：「龍泉狀如登高山，臨深淵。」○前漢〔二〕：淬以龍泉。孟康注曰：龍泉宫，西平界，其水可用淬劍，特堅利。黄圖遭污辱，○【趙次公曰】：「有三輔黄圖之書，言宫殿名號與京畿地理也。」書有三輔黄圖，言秦、漢宫苑制度也。月窟可焚燒。○【趙次公曰】月窟，指言吐蕃也。○【王洙曰】長楊賦：西厭月窟。會取干戈利，○【趙次公曰】此戒董卿之辭。干戈利，則書「敵乃干，穀〔三〕乃戈」之義也。無令斥候驕。○【趙次公曰】謂其撫軍號令嚴肅也。居然雙捕虜，○【王洙曰】後漢光武拜馬武爲捕虜將軍。顯宗初，復拜武爲捕虜將軍。自是一嫖姚。○【王洙曰：「霍去病爲嫖姚校尉。」】前漢：霍去病再從大將軍受詔爲票姚校尉。服虔注曰：音飄摇。顔師古曰：票姚，勁疾貌。荀悦漢紀：字作票鷂。去病後爲票騎將軍，尚取票姚之字耳。○【趙次公曰】余詳味此詩，必是再用董嘉榮爲將，故甫比之馬、霍。落日思輕騎，高天憶射鵰。○【杜時可曰。又，杜陵詩史、分門集注、補注杜詩、集千家注批點杜工部詩集引作「修可曰」。】北史：斛律金子光見一大禽，射之，正中其頸，形如車輪而下，乃鵰也。邢子高嘆曰：「此射鵰手也。」人號爲落鵰都督。雲臺畫形像，皆爲掃氛妖。○【趙次公曰】此所以激昂董卿也。後漢顯宗圖畫三十八將於南宫雲臺者，以其有功於靖禍亂也。

【校記】

〔一〕川，古逸叢書本作「山」。

〔二〕古逸叢書本「漢」下有「書」字。

〔三〕觳，古逸叢書本作「鍛」。

西閣二首

巫山小摇落，○【趙次公曰】楚地暖，其摇落也，小小而已。○【王洙曰】宋玉九辯：草木摇落而變衰。碧色見松林。百鳥各相命，○【杜時可曰】周書時訓：鵙始鳴。通卦驗：鵙，伯勞也。鳴者，相命也。○【薛夢符曰】大戴禮夏小正：鳴者，相命也。孤雲無自心。○【王洙曰】陶淵明歸去來辭：雲無心而出岫。層軒俯江碧，要路亦高深。〇【王洙曰】古詩：先據要路津。朱紱猶紗帽，〇【趙次公曰】朱紱謂朝服，而紗帽則隱者之巾。甫官雖省郎，而處閑曠也。新詩近玉琴。功名不早立，衰疾謝知音。〇疾，一作病。淮南脩務訓：師曠之欲調鍾，以爲後之有知音者也。哀世無王粲，終朝學越吟。〇【趙次公曰】史記：越人莊舃仕楚，執珪有思而疾，楚王曰：「舃，故越之鄙細人也。今仕楚，執珪富貴矣，亦思越否？」對曰：「凡人之思故，在其病也。彼思越則越聲，不思越則楚聲。」人往听之，尚越聲也。〇【王洙曰】王粲登樓賦：莊舃顯而越吟。懶心似江水，日夜向滄洲。〇【王洙曰】謝玄暉詩：既歡懷禄情，復協滄洲趣。不道含香賤，〇甫爲員外郎也。〇【杜田補遺】應劭漢官儀：威帝侍中刁存年老口臭，上出雞舌香與含之。頗辛螫，不敢咀燕〔一〕，疑有過，賜毒藥，歸舍辭決，家人哀泣不知其故，僚友取其藥驗之，無不嗤笑。後尚書郎含雞舌香，始於此也。其如鑷白休。〇【鄭卬曰】鑷，昵輒切。〇【杜田補遺】南史：鬱林王年五歲，戲高帝傍，帝令左右鑷白髮，問王：「我誰耶？」答曰：「太翁。」帝謂左右曰：「豈有爲人作曾祖而拔白髮乎？」即擲鏡、鑷。經過凋碧柳，〇謂秋時也。蕭索倚朱樓。〇索，一作瑟。馮衍顯志賦：伏朱樓而四望。畢娶何時竟，〇嵇康高士傳：尚長字子平，河内人，隱遁不仕，爲子嫁娶畢，勅家事斷之，不復相關，當如我死矣。康與山濤書亦云尚子平。按後漢向長傳：長字子平，男女嫁娶既畢，乃勅家事勿相關。余謂尚、向不同，未詳孰是。消中得自由。〇昔司馬相如亦有此疾。豪華看往古，〇豪，一作榮。○【趙次公曰】庾信見遊春人詩：金穴盛豪華。○西征賦：古往今來，邈矣悠哉。服食寄冥搜。○【王洙曰】天台賦：遠寄冥搜。詩盡人間興，兼須入海求。○【趙次公曰】方〔二〕欲儘〔三〕南下，故有是句也。

【校記】

〔一〕燕，元本、古逸叢書本作「嚥」。

〔二〕方，古逸叢書本作「甫」。

〔三〕儘，古逸叢書本作「從」。

西閣雨望

樓雨霑雲幔，山寒著水城。○寒，魯作高。逕添沙面出，湍減石稜生。菊蘂淒疏放，松林駐遠情。滂沱朱檻濕，萬慮傍簷楹。○【趙次公曰】：「簷邊之柱也。傍倚簷楹，有所思矣。」】楹，柱也。傍倚簷楹，有所思矣。

上卿翁請修武侯廟遺像缺落時崔卿權夔州

大賢爲政即多聞，刺史真符不必分。尚有西郊諸葛廟，臥龍無首對江濆。○【王洙曰】徐庶謂先主曰：「諸葛亮〔一〕孔明，卧龍也。」

【校記】

〔一〕亮，元本、古逸叢書本無。

孤雁

○【杜陵詩史、分門集注、補注杜詩引作「王彦輔曰」。又，九家集注杜詩依例爲「王洙曰」。】甫值喪亂，羈旅南土，而見於詩者，志常在於鄉井，故托意於孤雁也。

孤雁不飲啄，飛鳴聲念羣。○【王洙曰】一作「聲聲〔一〕飛念羣」。誰憐一片影，相失萬重雲。○鮑照鳴雁行：齊飛命侣入雲漢，中夜相失羣離亂。望盡似猶見，哀多如更聞。野鴉無意緒，鳴噪自紛紛。○【杜陵詩史、分門集注、補注杜詩引作「王彦輔曰」。又，九家集注杜詩依例爲「王洙曰」。】此譏不我知而徒肆譊譊者。

【校記】

〔一〕聲，古逸叢書本作「疑」。

黄草

○【鄭卬曰】峽中記：三峽劍〔一〕側多生黄草，虎豹資之。

黄草峽西船不歸，赤甲山下人行稀。○【趙次公曰】黄草峽在涪州，峽之西則蜀中矣。言水行之船不歸，陸行之人稀少，此所以致疑道路之梗塞也。秦中驛使無消息，○言京師不通也。蜀道干戈有是非。○【鮑彪曰】：「崔寧之亂，郭英乂犯寧家室，寧逐之是也。以大義責之，則寧以偏裨逐大將，非也。」言崔旰之徒爲亂也。萬里秋風吹錦水，○萬里，乃蜀濯錦江之橋名。甫聞蜀有兵革之亂，因對景感之而有作也。誰家別淚濕羅衣。○【趙次公曰】言行役出戍，與夫避難逃禍者，爲有離別矣。莫愁〔二〕劍閣終堪據，聞道松州已被圍。○【趙次公曰】勿謂劍閣之險可恃而欲割據，雖松州在西山，吐蕃之南鄙也，已有圍之者矣。此所以戒守土之臣，而憂夫吐蕃之又入寇也。

【校記】

〔一〕劍，古逸叢書本作「之」。

〔二〕愁，古逸叢書本作「憑」。

白鹽山

○荆州記：魚腹有白鹽崖，土人見其高大而白，因以名之。

卓立羣峰外，蟠根積水邊。他皆任厚地，爾獨近高天。白榜千家邑，○【趙次公曰】言縣額以白爲牌耳。清秋萬估船。詞人取佳句，刻畫竟難傳。○【趙次公曰】欲以佳句專詠白鹽之狀，雖加刻畫，終難傳播，所以重言其難措辭也矣。

覆舟二首

○【黄曰】此篇譏玄宗好神仙。○黔陽郡秋貢丹砂、姹女，以供燒煉之用，而從命者乃沉其舟也。

巫峽盤渦曉，黔陽貢物秋。丹砂同隕石，翠羽共沉舟。羈使空斜影，○【王洙曰】羈，旅也。○【趙次公曰】此句寫出押船使者船覆而無聊之意盡矣。龍宫閟積流。○【趙次公曰】罪流之爲孽也。世言覆船之物多爲龍宫之所聚耳。篙工幸不溺，俄頃逐輕鷗。

竹宫時望拜，○【王洙曰】前漢禮樂志：正月上辛用事甘泉圜丘，使童男女七十人俱歌，昏祠至明，夜當有流光如流星，正集于祠壇。天子自竹宫而望拜，百官侍祠者數百人，皆肅然動心。桂館或求仙。○【王洙曰】前漢郊祀志：公孫卿曰：「仙人可見。上往常遽以故不見。今陛下可爲館如緱氏城，致脯棗，神人宜可致。且仙人好樓居。」於是令長安作飛廉、桂館，使設具而候神人。顔師古音義〔一〕：飛廉及桂館，二館名也。姹女凌波日，○【趙次公曰】寓言神女之降也。○【王洙曰】桓帝時，童謡云：「河間姹女，能數錢餘。」○見寄劉伯華詩注。○【王洙曰】曹子建洛神賦：凌波微步，羅襪生塵。神光照夜年。○【趙次公曰】此兩聯謂祠享而神降之也。徒聞斬蛟劍，○【趙次公曰】謂恨無劍以斬蛟也。○【王洙曰】呂氏春秋：荆人佽飛涉江中流，兩蛟繞其船，幾没，佽飛赴江刺蛟，殺之，乃得濟。無復爨犀船。○謂覆其舟也。○【王洙曰】晉温嶠宿牛渚磯下，爇〔二〕犀以照水怪，〔三〕須臾見奇形異狀者。使者隨秋色，迢迢獨上天。○【趙次公曰】上天以言見帝，然則使者之情爲可嗟矣。

【校記】

〔一〕音義，古逸叢書本作「注曰」。

〔二〕爇，元本、古逸叢書本作「爨」。

〔三〕怪，元本、古逸叢書本作「性」。

懷灞上遊

○長安志：灞水在長安縣東二十里。

悵望東陵道，○【趙次公曰】東陵道，指長安東門外也。○【王洙曰】蕭何傳：召平，故秦東陵侯，種瓜長安城東，世謂「東陵瓜」。平生灞上遊。春濃停野騎，夜宿敞雲樓。離別人誰在，○誰，或作雖。○【趙次公曰】甫懷昔與同遊灞上之人，今既離别，復誰在乎？經過老自休。眼前今古意，○何遜詩：欲明今古意，江水日東流。江漢一歸舟。○【王洙曰】古詩：天際識歸舟。

新定杜工部草堂詩箋斠證卷第三十二

大曆元年在夔州所作

存殁口號二首

〇【集千家注批點杜工部詩集引作「公自注」。】四子皆遊於藝，故甫志之。

席謙不見近彈碁，〇【王洙曰。又，集千家注批點杜工部詩集引作「公自注」。】道士席謙，吴人，善彈碁。〇【杜田補遺。又，杜陵詩史、分門集注、集千家注批點杜工部詩集引作「黄曰」。】後漢梁冀傳：冀能彈碁。注引藝經：彈碁，兩人對局，白黑碁各六枚，先列碁相當，更相彈也。碁局以石爲之。〇古今詩話：彈碁有譜一卷，皆唐賢所爲。其局方二尺，中心高如覆盆，其顛爲小壺，四角微起。李商隱詩：玉作彈碁局，中心最不平。謂其中尊也。白樂天詩：彈碁局上事，最妙是長斜。謂持角長斜，一發過半局。今譜中具有此法。柳子厚叙〔一〕用「二十四碁」者，即此戲也。今人罕爲之矣。畢曜仍傳舊小詩。○【王洙曰。又，集千家注批點杜工部詩集引作「公自注」。】玉臺集：畢曜善爲小詩。玉局他年無限笑，○笑，魯作事。○【王洙曰】搜神記：昔有人騎入南谷山中，見一小池，横石橋，遂驟馬過橋，見二少年臨池弈碁，置白玉碁局，見騎馬者，拍手負局而走。白楊今日幾人悲。○【王洙曰】陶潛挽歌：荒草何茫茫，白楊亦蕭蕭。○【趙次公曰】此言幾人爲之悲感，特有我而已。

【校記】

〔一〕叙，元本、古逸叢書本作「序」。

鄭公粉繪隨長夜，曹霸丹青已白頭。○【九家集注杜詩、集千家注批點杜工部詩集引作「自注」。又，杜陵詩史、分門集注、補注杜詩引作「王洙曰」。】甫自注：高士滎陽鄭虔，善畫山水。曹霸善畫馬。天下何曾有山水，人間不解重驊騮。○【趙次公曰】言無人珍重而藏其畫也。

日暮

牛羊下來久，○【王洙曰】詩：日之夕矣，牛羊下來。各已閉柴門。風月自清夜，江山非故園。石泉流暗壁，草露滿秋原。○【王洙曰】一作滴秋原。○一作滿秋根。○【王洙曰】一作滴秋根。○爾雅釋地：廣平曰原。沈休文宿東園詩：樹頂鳴風飆，草根滴露霜〔一〕。頭白明燈裏，何須花燼繁。○【趙次公曰】世謂有喜事則燈結花，今言頭白老矣，何用喜爲哉？故不須燈燼繁華也。

【校記】

〔一〕露霜，元本、古逸叢書本作「霜露」。

晚晴

晚照斜初徹，浮雲薄未歸。江虹明近飲，○【趙次公引作「師民瞻本曰」】近，一作遠。峽雨落餘飛。鳧雁終高去，○雁，陳作鶴。○【趙次公曰：「既晴矣，故鴻雁仍高飛而去。」】謂鳧雁以晴而便於高飛也。熊羆覺自肥。○【趙次公曰】謂熊羆以晴而便於求食也。秋分客尚在，竹露夕微微。

哭王彭州掄

執友驚淪没，斯人已寂寥。斯文生沈謝，○【王洙曰】謂沈休文、謝靈運也。異骨降松喬。○兩都賦：庶松、喬之羣類。注：謂赤松子、王子喬也。張衡思玄賦：松喬高跱孰能離。注引列仙傳：赤松子，神農時雨師。服水玉以教神農，能入火自燒，至崑崙山上，常止西王母石室中，隨風雨上下。又，王子喬，周靈王太子晉也。好吹笙，作鳳鳴。遊伊雒之間，道人浮丘公接以上嵩高山三十餘年，後來於山上，見桓良，曰：「告我家，七月七日待我於緱氏山頭。」至時，果乘白鶴駐山顛，望之不得到，舉手謝時人，數日而去。北部初高選，○【趙次公曰】王掄初官得京畿尉也，故用北部事比之。曹操舉孝廉爲郎，除洛陽北部尉。東堂早見招。○【趙次公曰】言得進見天子也。丹陽記：東堂、西堂，亦魏制。周之小寢也。○【王洙曰】晉郄詵遷雍州刺史，武帝於東堂會送，問詵曰：「卿自以爲何如？」詵對曰：「臣舉賢良對策爲天下第一，猶桂林一枝、崑山片玉。」可以見東堂乃臨幸延見賢傑之處也。蛟龍纏倚劍，○【趙次公曰】言禁從之地，變化者如蛟龍纏繞其所倚之劍也。鸞鳳夾吹簫。○【王洙曰】夾其所以吹之簫也。秦有蕭史，教弄玉吹簫，而鳳凰降。歷職漢庭久，○謂任職之久也。中年胡馬驕。○【王洙曰】謂安史之亂也。兵戈闇兩觀，寵辱事三朝。○【趙次公曰】謂明皇、肅宗、代宗也。蜀路干戈窄，彭闕地理遥。○【鄭卬曰】彭闕，屬彭州，有兩峰相對，曰天彭。解龜生碧草，○【王洙曰：「謝靈運詩：解龜在景平。注云：解去所佩龜印也。」】謂彭州官滿，解去所佩之龜印也。諫獵阻清霄。○【趙次公曰】謂時有諫書獻于朝而不報也。頃壯戎麾出，叨陪幕府要。○【趙次公曰】言掄在彭州而參成都節度之軍謀也。將軍臨氣候，○【趙次公曰】指言總戎之人也。猛士塞風飆。○【趙次公曰：「指言戰鬬之士。」】指言戰鬬之事也。井渫泉誰汲，○【王洙曰】渫，一作滿。○【鄭卬曰】渫，息列切。○【王洙曰】易井之九三：井渫不食，爲我心惻，可用汲。注：言潔己而不見用也。烽疎火不燒。○【趙次公曰】凡軍旅〔一〕所在，必先淪井泉，如有警，必頻舉烽燧。今井泉不汲而烽火不燒，則無事矣。皆以王掄參謀所致而然也。前籌多自假，○【王洙曰】前漢漢王方食，張良請前借箸以籌之。隱几接終朝。○隱，讀去聲。莊子：南郭子綦隱几而坐。翠石俄雙表，○謂刻碑以表墓也。寒松竟後凋。○謂有剛節不變也。○【王洙曰：「語：歲寒，然後知松柏之後凋。」】論語之文。贈詩焉敢墜，染翰欲無聊。○【趙次公曰】謂不敢以其死而廢詩篇之贈，然染翰之間，自痛悼而情無聊矣。再哭經過罷，○【趙次公曰】甫聞其死，已哭矣，今靈櫬之舟經過夔州，則甫又再哭焉。離魂去住銷。○【趙次公曰】離別之魂，或去夔州，或住夔州，皆自銷矣。之官方玉折，○【趙次公曰】謂赴彭州之任而死，如玉折也。寄葬與萍漂。○【趙次公曰】謂寄殯如萍泛而未安也。曠望渥洼道，○謂歸櫬所經之道也。○【趙次公曰】漢郊祀志：天馬徠，循東道。霏微河漢橋。○謂歸櫬所歷之橋也。淮南子：烏鵲填河成橋，而渡牛女。夫人先即世，○左氏傳：子朔曰：「太子壽早夭即世。」令子各清標。巫峽長雲雨，○【趙次公曰：「公言舟之在夔。」】甫歎旅寓于夔也。秦城近斗杓。○【鄭卬曰】杓，卑遥切，柄也。○【趙次公曰】甫懷長安之遠也。馮唐毛髮白，○【趙次公曰】甫又自喻也。○前注。歸興日蕭蕭。○【趙次公曰：「公自嘆其留滯空老，不得歸長安，蓋因王君之喪不即還鄉而感傷也。」】甫因王掄之歸櫬而有所感傷也。

【校記】

〔一〕軍旅，元本、古逸叢書本作「烽火」。

秋日寄題鄭監湖上亭三首

碧草逢春意，○逢，一作違。○【王洙曰】别賦：春草碧色。沅湘萬里秋。○前注。池要山簡馬，○要與邀同。○【趙次公曰】晉山簡鎮襄陽，優游卒歲，唯酒是耽。諸習氏荆土豪族，有佳園池，簡每出遊，多之池上，置酒輒醉，名之曰高陽池。時有童兒歌曰：「山公出何許，往至高陽池。時時能騎馬，倒著白接籬。」月静庾公樓。○静，一作净。○【王洙曰】晉庾亮在武昌，諸佐吏殷浩之徒乘秋夜共登南樓，俄而亮至，諸人將起，亮徐曰：「諸君可住，老子興復不淺。」便據胡床。與浩等談詠竟夕。磨滅餘篇翰，○【王洙曰】尚書序：其餘錯亂磨滅。平生一釣舟。○【趙次公曰】此聯甫自言也。○王〔一〕僧孺閑居文：放談綺於風月，寄生涯於釣舟。高唐寒浪減，○後漢第五倫傳注：高唐縣，屬平原郡，故城今在齊州祝阿縣西。髣髴識昭丘。○【趙次公曰】謂高唐峽水入東而浪減，則可以行，故能髣髴望昭丘而識之。荆州圖記〔二〕：當陽縣東南七十里，有楚昭王墓。王粲登樓賦「西接昭丘」是也。

【校記】

〔一〕王，元本、古逸叢書本作「牛」。

〔二〕記，古逸叢書本作「副」。

新作湖邊宅，還聞賓客過。自須開竹逕，誰道避雲蘿。○【趙次公曰】既開竹逕，則其逕顯豁，豈是隱避於雲蘿之間乎？官序潘生拙，○【趙次公曰】潘生所以比鄭監，蓋言其材氣可以超遷，而止〔一〕如潘生之拙也。○【王洙曰】潘岳閒居賦：拙者絶意於寵榮之事。才名賈誼多。○誼，一作傅。○【王洙曰】本傳：賈誼年少，頗通諸家之書。文帝召爲博士，每詔令議下，諸老先生未能言，誼盡爲之對。○潘安仁西征賦：賈生，洛陽之才子也。舍舟應轉地，○轉，陳作卜。鄰接意如何。○【趙次公曰】甫欲往江陵，故有鄰接之問。暫阻蓬萊閣，○阻，一作住。終爲江海人。○【趙次公曰】鄭爲秘書監，即漢之東觀。後漢東觀書，學者稱〔二〕東觀爲老氏藏室、道家蓬萊山。今鄭君罷退，斯江海之人矣。

【校記】

〔一〕止，元本、古逸叢書本作「上」。

〔二〕東觀書學者稱，元本作「東觀書孝武帝」，古逸叢書本作「永初中學者稱」。

揮金應物理，○應，讀平聲。○【王洙曰：「張景陽詩：揮金樂當年，歲暮不留儲。」】張協，字景陽，詠二疏詩：昔在西京時，朝野多歡娛。藹藹東都門，羣臣祖二疏。朱軒耀金城，供帳臨長衢。達人知止足，遺榮忽如無。揮金樂當年，歲暮不留儲。○【師古曰】余按前漢疏廣傳：廣爲太傅，兄子受爲少傅，上疏乞骸骨歸老。上加賜黄金二十斤，皇太子贈五十斤。既歸，日具酒食，請族人賓客相與娛樂。○【薛夢符曰】又，古樂府煌煌京洛篇〔一〕：揮金留客坐，饌玉待鍾鳴。拖玉豈吾身。○【王洙曰】潘岳西征賦：飛翠緌，拖鳴玉，出入禁門者，衆矣。羹煮秋蓴滑，○滑，或作弱。蓴，音純，水菜也。盃凝露菊新。○【王洙曰】陶潛詩：秋菊有佳色，裛露掇〔二〕其英。泛此忘憂物，遠我達〔三〕世情。一觴雖獨進，盃盡壺復傾。賦詩分氣象，佳句莫頻頻。○【趙次公曰】言鄭君賦詩分我，得吟詠之氣象，則佳句莫也頻頻有之乎！

【校記】

〔一〕篇，元本、古逸叢書本作「間」。

〔二〕掇，元本、古逸叢書本作「綴」。

〔三〕達，古逸叢書本作「遺」。

秋清

高秋蘇肺氣，○甫有渴疾也。白髮自能梳。藥餌增〔一〕加減，門庭悶掃除。○【王洙曰：「陳蕃不事一室，志掃除天下。」】後漢陳蕃閑處一室，而庭宇蕪穢。薛勤來候之，謂曰：「何不掃除，以待賓客。」蕃曰：「大丈夫處世，當掃除天下，安事一室乎？」杖藜還客拜，愛竹遣兒書。十月江平穩，輕舟進所如。

【校記】

〔一〕增，元本、古逸叢書本作「憎」。

九日諸人集於林

九日明朝是，相要舊俗非。○【王洙曰：「非昔日遊賞之地也。」趙次公曰：「言夔州會集舊日之地爲非，以引下句之是。」】此言夔州宴集，非昔日遊賞之地也。老翁難早出，賢客幸知歸。舊采黄花賸，○【鄭卬曰：「賸，石證切。亦作剩。」】賸，石證切。○【梅曰】有餘也。新梳白髮微。謾看年少樂，忍淚已霑衣。

九日五首

重陽獨酌盃中酒，○【王洙曰】獨酌，一作少飲。抱病起登江上臺。○起，一作豈，又作獨。竹葉於人既無分，○【王洙曰】竹葉，謂酒名也。○【趙次公曰】甫因肺疾戒酒，雖酌而竟不飲也。張華輕薄篇：蒼梧竹葉清，宜城九醖酒。○【王洙曰】張協七命：乃有荆南烏程，豫北竹葉。庾信詩：三春竹葉酒，一曲鵾雞絃。菊花從此不須開。○【王洙曰】荆楚歲時記：九日登高，飲菊花酒。殊方日落玄猿哭，○【趙次公曰】三峽歌云：巴東三峽巫峽長，猿啼三聲淚霑裳。舊國霜前白雁來。○【趙次公引作「沈存中曰」。又，杜陵詩史、分門集注補注杜詩引作「鮑彪曰」。】楊文公談苑：北方有白雁，似雁而小，色白。秋深乃來，來則霜降。河北人謂之「霜信」。弟妹蕭條各何往，干戈衰謝兩相催。○【王洙曰】謂干戈與衰老相逼也。

舊日重陽日，傳盃不放盃。即今蓬鬢改，但媿菊花開。北闕心長戀，○【趙次公曰】謂不忘君也。西江首獨迴。茱萸賜朝士，○茱萸，晉作萸〔一〕芳。難得一枝來。○【王洙曰】唐制：九日賜宴及茱萸。

【校記】

〔一〕萸，元本、古逸叢書本作「茱」。

舊與蘇司業，○【趙次公曰】謂蘇源明也。兼隨鄭廣文。○【趙次公曰】謂鄭虔也。采花香泛泛，○【王洙曰】一作簇簇。○一作漠漠。坐客醉紛紛。野樹歌〔一〕還倚，秋砧醒却聞。歡娛兩冥漠，○【王洙曰】謂蘇鄭俱亡，而已又流落也。顔延年詩：衣冠終冥漠。西北有孤雲。○【王洙曰】魏文帝詩：西北有浮雲。

【校記】

〔一〕歌，元本、古逸叢書本作「欹」。

故里樊川菊，○【王洙曰】樊川，在杜曲。登高素滻源。○【王洙曰】滻，所簡切，水名。他時一笑後，○笑，王作醉。今日幾人存。○【王洙曰】言節物依然，而人事變更也。巫峽盤江路，終南對國門。○終南，長安之南山也。繫舟身萬里，○繫，古詣切。伏枕淚雙痕。○【王洙曰】巫峽、終南，相去萬里，於流落之際而又卧病，則羈苦可知矣。爲客裁烏帽，○爲，讀去聲。唐輿服志：隋貴臣多服黄文綾袍、烏紗帽、九環帶，其後烏紗漸廢，貴賤通服，折上巾。從兒具緑樽。○【王洙曰】沈休文詩：賓至下塵榻，憂來命緑樽。佳辰對羣盜，○【王洙曰】對，一作帶。愁絶更堪論。○【王洙曰】當盜賊充斥，道路阻絶，於異鄉逢此佳節，固多愁蹙也。

風急天高猿嘯哀，渚清〔一〕沙白鳥飛迴。無邊落木蕭蕭下，○【趙次公曰】屈原九歌：風颯颯兮木蕭蕭。不盡長江衮衮〔二〕來。萬里悲歌長作客，百年多病獨登臺。艱難苦恨繁霜鬢，潦倒新停濁酒盃。○【趙次公曰】謂以肺疾而戒酒也。

【校記】

〔一〕清，原作「濤」，據元本、古逸叢書本改。

〔二〕衮衮，古逸叢書本作「滚滚」。

諸將五首

漢朝陵墓對南山，○【王洙曰】張景陽〔一〕七哀詩：北邙何壘壘，高陵有四五。借問誰家墳，皆云漢世主。恭文遥相望，原陵鬱膴膴。胡虜千秋尚入關。○謂祿山之亂也。昨日玉魚蒙葬地，○【王洙曰】西京雜記〔二〕：長安大明宫宣政殿，此殿初就，每夜夢見數十騎，衣鮮麗，游往其間。高宗使巫祝劉明奴、王湛然問其所由。鬼云：「我是漢楚王戊太子，死葬於此。」明奴等曰：「按漢書：戊與七國反謀，誅死，無後，焉得有子葬於此？」鬼曰：「我當時入朝，以路遠不從坐，後病死。天子於此葬我，今在殿東北入地丈餘。我死時天子斂我玉魚一雙，今猶未朽，必以此相送，勿見奪也。」明奴奏聞，有勑改葬苑外。及發掘，玉魚宛然見在，棺柩之屬朽爛已盡。自是其事遂絶。早時金盌出人間。○金盌，當作玉盌，但避玉魚字，故改作金盌。○【杜田補遺】南史沈炯傳：炯字〔三〕初明，爲魏所虜。嘗獨行，經漢武通天臺，爲表奏之，陳己思鄉之意，其略曰：「甲帳珠簾，一朝零落。茂陵玉盌，遂出人間。」○【王洙曰】或引孔氏志怪：〔四〕漢盧充家西有崔少府墓，盧充因獵逐麞，忽見朱門官舍，有人迎充。崔乃命小女粧飾於東廂〔五〕與充相見成婚，留三日，臨別謂充曰：「君婦有娠，生男，則當留之。」贈充衣衾，送充至家。經三年，三月三日臨水戲，忽見水上犢車乍浮乍沉，既達于岸，充視其車中，見崔氏與三歲小兒共載。其別車即崔少府也，抱兒還充，及金盌一枚。俄而不見。充詣市賣盌，崔女姨曰：「我妹之女未嫁而亡，贈以金盌著棺中。」○【杜田補遺】余謂漢朝陵墓蓋用茂陵故事也，但金、玉字不同，以盧充故事復有金盌，或者疑之故也。○【趙次公曰】右四句所以激怒諸將也。漢朝天子之陵、大臣之墓，自以對南山千秋萬歲之固矣。及胡虜入關，不無侵掠矣。見愁汗馬西戎逼，○見，讀去聲。曾閃朱旗北斗閑。○【趙次公曰】前四句既有胡虜發掘冢墓矣，今河隴繼有吐蕃之難，而諸將不知憤激速來長安禦戎也。長安號北斗城耳。○【王洙曰：「子美父名，集中兩處用閑字，皆非。」】或曰：閑，一作殷，謂甫父名，詩不應用閑字。○【趙次公曰】然按集又有「翩翩戲蝶閑過幔」之句，豈非臨文不諱之義乎？多少材官守涇渭，○【王洙曰】漢材官蹶張，皆武臣也。將軍且莫破愁顏。○【趙次公曰】爲將軍者，當以防寇爲念，且莫破愁顏而爲樂也。

【校記】

〔一〕九家集注杜詩、杜陵詩史、分門集注、補注杜詩「張景陽」均作「張孟陽」，張孟陽即張載，注文爲張載七哀詩其一前四句。張景陽爲張協，張載之弟。

〔二〕西京雜記，據林繼中杜詩趙次公先後解輯校考疑當作「兩京新記」。

〔三〕字，元本、古逸叢書本作「自」。

〔四〕志，杜陵詩史、分門集注、補注杜詩無。

〔五〕廟，元本、古逸叢書本作「廂」。

韓公本意築三城，○【杜田補遺，又，杜陵詩史、分門集注、補注杜詩引作「薛夢符曰」】韓國公張仁愿於河北築三受降城，三壘相距各四百里，其北皆大磧，置烽火千八百所，自是突厥不敢踰山牧馬。擬絶天驕拔漢旌。○【王洙曰】前漢匈奴傳：自稱爲天之驕子。○【趙次公曰】而回紇者，匈奴之種也，故亦得稱天驕也。豈謂盡煩回紇馬，○紇，下没切。翻然遠救朔方兵。○【趙次公曰】至德元載，郭子儀以朔方、安西、回紇等兵討安慶緒。其後回紇恃功，侵擾中國，此甫所以嘆也。胡來不覺潼關隘，○潼，徒紅切。潼關在華州之華陰縣。胡謂安賊也。○【趙次公曰】言潼關非不隘也，而安賊之來不覺隘，蓋以失守也。此所以譏哥舒翰之敗也。龍起猶聞晉水清。○【趙次公曰】晉水者，河北也，乃安賊所起之地也。龍起謂肅宗即位於靈武，而河北復清也。獨使至尊憂社稷，諸君何以答升平。

洛陽宫殿化爲烽，○【補注杜詩引「黄希曰」：「洛陽，唐爲河南府。」】洛陽，河南府也。○【王洙曰】曹植詩：洛陽何寂寞，宫殿盡焚燒。休道秦關百二重。○【趙次公曰】前漢高紀：田肯賀高帝曰：「陛下治秦中。秦形勝之國也，帶山阻河，持戟百萬，秦得百二焉。」注：秦地險固，二萬人足當諸侯百萬人也。滄海未全歸禹貢，薊門何處盡堯封。○【趙次公曰】滄海，指山東。薊門，言河北。盡爲盗賊所陷也。朝廷衮職誰争補，○【趙次公曰：「上句舊本作雖多預，師民瞻本作誰争補，是。」誰争補，一作雖多預，非是。○【趙次公曰】此非〔一〕朝廷之臣不能補衮也。詩大雅：衮職有闕，惟仲山甫補之。天下軍儲不自供。○【趙次公曰】謂郡國不修貢職，須上求索而後供也。稍喜臨邊王相國，○【趙次公曰】舊注謂王縉也〔二〕。余考之新、舊唐書皆不書，豈縉廣德二年同平章事之後與大曆三年之前或出而臨邊乎？肯銷金甲事春農。

【校記】

〔一〕非，杜陵詩史作「言」。

〔二〕王洙曰：「王縉也。」

迴首扶桑銅柱標，○後漢馬援傳：光武拜援爲伏波將軍，南征交趾。廣州記：援到交趾，立銅柱，爲漢之極界。十洲記：扶桑在碧海之中，樹長數千丈，三千餘圍，兩樹同根，更相依倚，故曰扶桑。冥冥氛祲未全銷。○未，或作不。越裳翡翠無消息，○後漢南蠻傳：交阯之南有越裳國。○【王洙曰】周公居攝六年，制禮作樂，天下和平。越裳以三象重譯而獻白雉。○異物志：翠鳥形似燕，翡赤而翠青，其羽可以爲飾。南海明珠久寂寥。○【王洙曰】後漢賈琮傳：交趾多珍産，明璣、翠羽、犀象、玳瑁、異香、美木之屬，莫不自出。殊錫曾爲大司馬，○【王洙曰】東晉石勒侵阜陵，詔加王導大司馬，假以黄鉞，出討之。軍次江寧，帝親餞于郊。總戎皆插侍中貂。○【王洙曰】後漢輿服志：侍中冠武弁大冠，加黄金璫，附蟬爲文，貂尾爲飾，謂之趙惠文冠也。炎風朔雪天王地，只在忠臣翊聖朝。○忠，陳作良。○【趙次公曰】此深責諸將邀功，徒享高爵厚禄。○【王洙曰】今天子冒風雪於外。○【趙次公曰】郡國不修職貢〔一〕而來，所賴者正在諸臣輸忠以翊贊朝廷也。

【校記】

〔一〕職貢，元本、古逸叢書本作「貢職」。

錦江春色逐人來，○【趙次公曰】此篇專言嚴武也。甫以去年夏離成都，而今年至夔，初見春焉，故云「逐人來」也。巫峽清秋萬壑哀。○【趙次公曰】甫至夔初見秋也。○【王洙曰】殷仲文詩：哀壑叩虚牝。正憶往時嚴僕射，○【王洙曰：「嚴武。」】謂嚴鄭公武也。共迎中使望鄉臺。○【趙次公曰】武鎮蜀，辟甫爲參謀。望鄉臺在成都之北，時甫隨武登此臺以迎中使也。主恩前後三持節，○【趙次公曰】武第一次寶應元年正月權知兩川都節制，第二次於六月專以節制四〔二〕川，阻徐知道反不得進，第三次廣德二年，朝廷方正以兩川合一節度，而武以黄門侍郎來也。軍令分明數舉盃。○數，色角切，屢也。西蜀地形天下險，○左思蜀都賦：臨谷爲塞，因山爲障，一人守隘，萬夫莫向。安危須仗出羣材。○【趙次公曰】安危，謂安其危也。按集有八哀詩，詠武曰：「公來雪山重，公去雪山輕。」正此意也。

【校記】

〔一〕四，宋本闕字，元本、古逸叢書本作「四」，據補。九家集注杜詩、杜陵詩史引「趙次公曰」皆作「西」。

月

四更山吐月，○【趙次公曰】費昶省中聞擣衣詩：丹墀吐明月。殘夜水明樓。塵匣元開鏡，○【趙次公曰】庾信鏡詩：玉匣聊開鏡。風簾自上鈎。○【王洙曰】謝玄暉詩：風簾入雙燕。古詩：纖纖似玉鈎。兔應〔一〕疑鶴髮，○【趙次公曰】甫自言老也。蟾亦戀貂裘。○【趙次公曰】又自言其貧也。斟酌姮娥寡，○【杜田補遺】又，杜陵詩史、分門集注、補注杜詩引作「尹（洙）曰」。】後漢天文志注引張衡靈憲：羿請無死之藥於西王母，姮娥竊之以奔月，遂托身於月，是爲蟾蠩。○淮南冥覽訓：羿請不死之藥於西王母，恒娥竊以奔月。許慎注：恒娥，羿妻。羿請不死之藥於西王母，未服之。恒娥盗食之，得僊，奔入月中，爲月精也。天寒奈九秋。○【趙次公曰】李商隱詩：姮娥却悔偷靈藥，碧海滄天夜夜心。

【校記】

〔一〕應，元本、古逸叢書本作「塵」。

上白帝城

○【王彦輔曰】華陽國志：蜀先主征吴還，薨於巴東。治魚復縣，公孫述更名白帝。

城峻隨天壁，○【趙次公曰】謂城之高，乃天然自立之石壁也。○【師古曰】或曰：天壁，指西方之壁。星，謂城之高，與天壁相隨也。樓高望女墻。○望，謝作更。○【趙次公曰】釋名：城上垣，謂之女墻。○言其卑小，比之於城，如女子之於丈夫也。説文：女墻，謂堞也。江流思夏后，○【王洙曰】禹貢：岷山導江東，别爲沱。江賦：巴東之峽，夏后疏鑿。風至憶襄王。○【王洙曰】宋玉風賦：楚襄王遊於蘭臺之宫，宋玉、景差侍，有風颯然而至，乃披襟而當之，曰：「快哉，此風！」老去聞悲角，人扶報夕陽。公孫初恃險，躍馬意何長。○【王洙曰】後漢公孫述傳：述字子陽，使人詐稱漢使者，假述輔漢將軍、蜀都太守。述恃其地險衆附，自立爲蜀王，都成都，建武元年遂自立爲天子，號成家。左思蜀都賦：公孫述躍馬而稱帝。

宿江邊閣

暝色延山徑，○【王洙曰】謝靈運詩：林壑斂暝色。高齋次水門。薄雲巖際宿，孤月浪中翻。○【韓曰】何遜入西塞示南府同僚詩：薄雲巖際出，初月波中上。鸛鶴追飛静，○静，一作盡。豺狼得食喧。不眠憂戰伐，無力正乾坤。

别崔潩○【鄭卬曰】潩，夷記切因寄薛據孟雲卿内弟潩赴湖南幕職

○【「内弟潩赴湖南幕職」，九家集注杜詩依例爲「王洙曰」，補注杜詩引「黄鶴曰」：「一本自注云云。」集千家注批點杜工部詩集引作「公自注」。】

志士惜妄動，知深難固辭。○【趙次公曰】志士本惜妄動，而受知之深，則難固辭，此以言潩赴幕職於湖南也。如何久磨礪，但取不磷緇。○【趙次公曰】謂如以久磨礲淬礪使以爲利乎，所貴尚者取磨不磷、涅不緇而已。○【王洙曰】論語：不曰堅乎？磨而不磷。不曰白乎？涅而不緇。夙夜聽憂主，○聽，讀平聲。飛騰急濟時。荆州過薛孟，○過，晉作遇。爲報欲論詩。

殿中楊監見示張旭草書圖

斯人已云亡，草聖秘難得。及兹煩見示，滿目一淒惻。○【趙次公曰】斯人，指張芝也。善草書，號草書中之聖人。○自斯人既亡，其書難得，及楊監以張旭草書示甫，甫爲之悽惻也。餘見下注。悲風生微綃，○【王洙曰】潘安仁詩：凱風揚微綃。萬里起古色。○【師古曰】謂有古人之氣象也。鏘鏘鳴玉動，落落羣松直。連山蟠其間，○魏文帝詩：下筆連山岳。溟漲與筆力。○【師古曰】皆言草書之狀也。有練實先書，臨池真盡墨。○後漢張芝，字伯英，善草書。○【王洙曰】晉衛桓書勢曰：伯英家之衣帛，必書而後練之。臨池學書，池水盡墨，○下筆則爲楷則。韋仲將謂之「草聖」。俊拔爲之主，○【泰伯曰：「俊拔，言筆力超越人也。」】謂筆勢超越也。暮年思轉極。○【王洙曰】旭嘗自謂始見公主、擔夫争道，而得書法意；觀公孫大娘舞劍，而得其神俊。未知張王後，誰並百代則。○【趙次公曰】張，謂張芝。王，謂王逸少也。○張懷瓘唐六體書論：草書則張芝所作，其法貴乎簡易，又不堪太簡。王逸少損益合宜，其於精熟，去之尚遠。則伯英祖也。嗚呼東吴精，○【王洙曰：「張乃蘇州人也。」】唐文藝傳：張旭，蘇州人也。逸氣感清識。○謂張旭之逸氣，感楊監之清識而明其旨也。楊公拂篋笥，○【安石曰】謂秘藏也。舒卷忘寢食。○【安石曰】謂愛之也。念昔揮毫端，○【王洙曰】旭本傳：嗜酒，每大醉，呼叫狂走，乃下筆。不獨觀酒德。○旭每醉，書尤入神，非獨可以觀酒德，且知旭有以因書悟道也。○【趙次公曰】按集有飲酒八仙歌「張旭三盃草聖傳」是也。○又，李頎有詩贈旭云：皓首窮草隸，時稱太湖精。

楊監又出畫鷹十二扇

○謝赫畫評：畫有六法，一曰氣韻生動，二曰骨氣用筆，三曰應物象形，四曰隨類賦彩，五曰經營位置，六曰傳模移寫。故搨寫畫家亦所不廢。張彥遠亦曰：古時好搨畫，十得七八。御府搨本，謂之官搨。今公所詠蓋搨馮紹正畫本也。○【師尹曰】紹正，開元中任少府監，八年爲户部侍郎。名畫記：紹正尤善畫鷹鶻，盡其形態，觜眼脚爪，毛彩俱妙。○朱景元畫斷：馮監名手，居妙品。

近時馮紹正，能畫鷙鳥樣。明公出此圖，無乃傳其狀。殊姿各獨立，清絶心有向。○向，或作尚。疾禁千里馬，○【鄭卬曰】禁，居吟切。○喻鷹之俊逸也。氣敵萬人將。○喻鷹之勇健也。憶昔驪山宮，○後漢志：京兆新豐有驪山。杜預云：古驪戎國。冬移含元仗。○【趙次公曰】含元，殿名。○仗，謂天子儀仗也。天寒大羽獵，此物神俱王。○王，于況切。當時無凡材，百中皆用壯。○【王洙曰】玄宗於太平盛時，常以每年十月幸驪山温泉宮，較羽獵。○劉氏小説：玄宗每御含元殿，令列仗於殿兩旁。時寧王有高麗赤鷹，尤〔一〕俊異，帝獵〔二〕則置之駕前，號

「決雲兒」。粉墨形似間，識者一惆悵。干戈少暇日，真骨老崖嶂。爲君除狡兔，會是翻鞲上。○翻，或作飛。惜乎干戈無暇，真骨無用，但老於崖嶂，儻用之以除狡兔，則必翻飛臂鞲之上。○【師古曰】甫意謂己能逐奸邪，苟能用之，亦必軒然而奮飛矣〔三〕。

【校記】

〔一〕尤，古逸叢書本作「九」。

〔二〕獵，元本、古逸叢書本作「入」。

〔三〕「甫意」至「飛矣」，元本、古逸叢書本作：「此四句蓋傷無人掃除兇惡也。狡兔指崔旰輩。」

送殿中楊監赴蜀見相公

去水絶還波，○【王洙曰】古詩：長江無回波。洩雲無定姿。人生在世間，聚散亦暫時。○去水洩雲，喻〔一〕人生世間，聚散不常也。○【趙次公曰】莊子：人生世間，如白駒之過隙。離別重相逢，偶然豈定期。○定，一作乏。送子清秋暮，○子，謂楊監也。風物長年悲。○當秋暮分離，舉目對風物，長使人悲想而惜別也。○【趙次公曰】淮南子：木葉落，長年悲。豪俊貴勳業，邦家頻出師。○豪俊之士，貴立勳業，况國家已頻出師，而楊監今正宜立功以報國也。相公鎮梁益，○【趙次公曰】相公，指杜鴻漸也。鴻漸以大曆〔二〕元年二月〔三〕受劍南〔四〕節度之命，至明年四月入朝。○杜安簡地志：梁益者，梁，漢州；益，蜀川。梁益之域，乃華陽也。軍事無孑遺。○謂鴻漸精明軍事，舉無遺策也。○【王洙曰：「詩：靡有孑遺。」】孟子：靡有孑遺。解榻再今〔五〕見，○謂鴻漸若見楊監，必解榻以待之。○【王洙曰】後漢陳蕃傳：蕃爲豫章太守，不接賓客，唯徐穉來，特設一榻，去則縣之。用才復擇誰。○倘或擇才而用，舍楊監更其誰哉？謂必〔六〕見擢用也。況子已高位，爲郡得固辭。○況楊監官已高，若奏辟爲郡，猶可固辭，言必大用也。難拒供給費，慎哀漁奪私。○軍興之際，供給日乏，貪吏掊克，下民〔七〕如漁人之漁焉。楊監其宜慎之。干戈未甚息，紀綱正所持。○干戈尚未寧息，正當爲國操持紀綱，此皆甫贈之以言也。泛舟巨石橫，登陸草露滋。○言入蜀道路險阻如是也。山門日易久，○久，一作夕。當念居者思。○山門，謂劍門也。此行日月易度，當念甫有以思之，冀其會集之辭也。

【校記】

〔一〕喻，元本、古逸叢書本作「如」。

〔二〕曆，元本、古逸叢書本作「才」。

〔三〕二月，元本、古逸叢書本作「間已」。

〔四〕南，元本、古逸叢書本作「門」。

〔五〕再今，元本、古逸叢書本作「今再」。
〔六〕必，元本、古逸叢書本作「久」。
〔七〕下民，元本作「下賤」，古逸叢書本作「民」。

夜宿西閣曉呈元二十一曹長

城暗更籌急，樓高雨雪微。稍通綃幕霽，○綃，音消，縑也。○【趙次公曰】謂天霽色如綃幕之薄也。遠帶玉繩稀。○【王洙曰】玉繩，星名。謝玄暉詩：玉繩低建章。門鵲晨光起，○【杜田補遺】又，杜陵詩史、分門集注、補注杜詩引作「師古曰」。】謂鵁鶄觀之門也。謝玄暉詩：金波麗鵁鶄。檣烏宿處飛。○【趙次公曰。又，杜陵詩史、分門集注、補注杜詩引作「師古曰」。】謂船檣上棲之烏也。按集，有公安送李二十九詩曰：「檣烏相背發。」寒江流甚細，有意待人歸。

西閣口號呈元二十一

山木抱雲稠，○稠，音綢，密〔一〕也。寒江繞上頭。雪崖纔變石，風幔不〔二〕依樓。社稷堪流涕，○【王洙曰：「賈誼言：可流涕者二。」】賈誼。安危在運籌。○【王洙曰：「張子房運籌帷幄之中也。〔二〕】張良。看君話王室，感動幾銷憂。

【校記】

〔一〕密，古逸叢書本作「封」。

〔二〕不，古逸叢書本作「下」。

縛雞行

【鄭印曰】縛，伏約切。○繫也。小奴縛雞向市賣，雞被縛急相喧争。家中厭雞食蟲蟻，不知雞賣還遭烹。蟲雞於人何厚薄，吾叱奴人解其縛。雞蟲得失無了時，○【師古曰】人之得失，如雞如蟲，愛蟲則害雞，愛雞則害蟲，利害〔一〕相仍，何時而了？要在權其輕重而爲之。除寇則勞民，愛民則養寇，其理亦猶是也。與其養寇，孰若勞民？與其食蟲，孰若存雞也？注目寒江倚山閣。○【趙次公曰】觀此詩者，則知甫之所思有深意矣。近世黄魯直達此詩之妙旨，其書酺池寺書堂云：「小黠大癡螳捕蟬，有餘不足夔憐蚿。退食歸來北窗夢，一江風月趁漁船。」可與言詩者當自解也。

【校記】

〔一〕利害，元本、古逸叢書本作「得失」。

不離西閣二首

江柳非時發，江花冷色頻。地偏應有瘴，○謂蜀地偏在一隅，而多癘氣也。臘近已含春〔一〕。失學從愚子，無家任老身。○【王洙曰】任，一作住〔二〕。不知西閣意，肯別定留人。○【王洙曰】留，或作何。○【趙次公曰】言西閣之意，豈令我別乎？莫定要留人也。

【校記】

〔一〕春，原作「青」，據元本、古逸叢書本改。

〔二〕住，元本、古逸叢書本作「主」。

西閣從人別，人今亦故亭。江雲飄素練，○【王洙曰】練，或作葉。石壁斷空青。○【趙次公引作「杜時可曰」，九家集注杜詩引作「杜田補遺」，杜陵詩史、分門集注、補注杜詩、集千家注批點杜工部詩集引作「（杜）田曰」。】李白詩：林煙横積素，山色倒空青。滄海先迎日，銀河倒列星。平生耽勝事，吁駭始初經。

西閣三度期大昌嚴明府同宿不到

問子能來宿，○子，指嚴明府也。今疑索故要。○索，所白切，求〔一〕也。○【趙次公曰】言不來宿者，蓋疑以我尋索，故要我也。匣琴虛夜夜，○【趙次公曰：「期之不來，遂廢彈琴，故云『虛夜夜』。」】期之不來，故夜夜廢琴而不撫也。○張載秋夜詩：琴橫五尺匣。手板自朝朝。○【趙次公曰】手板，笏也。言嚴明府朝朝自持手板以入官府也。○【薛夢符曰】世説：王子猷以手板托頰〔二〕云：「西山朝來，致有爽氣。」金吼霜鍾徹，○【趙次公曰】鍾以曉而霜氣侵之，故謂之「霜鍾」。○【薛夢符曰】山海經：豐山九鍾。○郭璞注：霜降則鳴。花摧臘炬銷。○【趙次公曰：「以待嚴君至也。鍾以曉而霜氣侵之，故謂之『霜鍾』。」】霜鍾徹而臘炬銷，則夜向晨矣，以待嚴明府之不至也。早鳧江檻底，雙影謾飄飄。○鳧，水鳥也。

【校記】

〔一〕求，元本、古逸叢書本作「來」。

〔二〕托頰，元本、古逸叢書本作「支頤」。

自平

自平中官呂太一，○【杜定功曰：「宮中，當作中官。見舊唐帝紀。」又，九家集注杜詩依例爲「王洙曰」：「一作官。」】中官，舊作中宮，非是。○【趙次公引作「杜田補遺」。又，杜陵詩史、分門集注、補注杜詩引「王洙曰」：「呂太一，代宗時爲廣南市舶使，逐刺史張休而反。」】按舊唐書代宗紀：廣德元年十二月甲辰，宦官、廣州市舶使呂太一逐廣南節度使張休，縱兵大掠而反。○【師古曰：「東坡嘗云：讀杜詩不識『太一』之義，及覽拾遺，見有呂寧爲太一宮使，領廣南市舶，逐刺史張休而叛。乃曉太一非人名，官號也。」】或〔一〕曰：按唐拾遺集：有呂寧嘗爲太〔二〕一宮使，領廣南市舶而叛。當考。 收珠南海千餘日。○【師古曰】廣州地連蠻洞，守官者不務懷輯，則羣蠻相率而叛。珠璣犀象翡翠之類，所以不來貢也。 自平呂太一之後，節制有得其人，是以南海收珠凡〔三〕三載矣。 近供生犀翡翠稀，復恐征戍干戈密。○戍，一作戎，一作伐。○【師古曰】羣蠻近來貢獻稀少，復恐鎮守者不能懷柔，安舉兵征討，此羣〔四〕蠻所以不復來貢矣。 蠻溪豪族山動摇，○山，或作小。 世封刺史非時朝。○時，一作常。○【師古曰】當太宗之時，應溪〔五〕洞蠻酋來歸順者，皆世授刺史。不以時朝，不比内諸侯，姑務羈縻〔六〕而已，是以畏威懷德也。 ○按，甫兩川說：八州素歸心於世襲刺史。〔七〕 蓬萊殿裏諸主將，○裏，一作前。 長安志：蓬萊殿在紫宸殿北。〔八〕 才如伏波不得驕。○【師古曰】太宗之時,諸將之才皆類馬援,故不敢驕慢悖命,而羣蠻畏服,傷今不然也。〔九〕○後漢馬援,光武封爲伏波將軍。

【校記】

〔一〕或,元本、古逸叢書本作「史」。

〔二〕太,元本作「人」,古逸叢書本作「之」。

〔三〕凡,元本、古逸叢書本作「已」。

〔四〕古逸叢書本「羣」下有「戍」字。

〔五〕溪,元本、古逸叢書本作「俟」。

〔六〕姑務羈縻,元本、古逸叢書本作「以時朝貢」。

〔七〕「甫兩」至「刺史」,元本作「甫兩兩依嚴武豈其直心於世襲刺史」,古逸叢書本作「甫兩次依嚴武豈其直心於世襲刺史」。

〔八〕北,元本、古逸叢書本作外。

〔九〕「而羣」至「然也」,元本、古逸叢書本作「而羣蠻之叛服則不然也」。

鷗

江浦寒鷗戲,無佗亦自饒。却思翻玉羽,隨意點春苗。雪暗還須浴,○浴,晉作俗。

風生一任飄。○【趙次公曰】南越志：鷗常以二月風生，乃還州嶼。幾羣滄海上，清影日蕭蕭。

猿

裊裊啼虚壁，蕭蕭掛冷枝。艱難人不免，隱見爾如知。○見，賢遍切。○【趙次公曰】人生不免艱難矣，然不知隱見之機，若猿則知之也。蓋猿之便捷，常隱茂林之中也。慣習元從衆，全生或用奇。前林騰每及，父子莫相離。

黄魚

日見巴東峽，黄魚出浪新。脂膏兼飼犬，○飼，音嗣。○【趙次公引作「杜時可曰」，九家集注杜詩引作「杜田補遺」。又，杜陵詩史、分門集注、補注杜詩、集千家注批點杜工部詩集引作「薛蒼舒曰」。】鹽鐵論：荆山之下，以玉抵鵲。江陵之人，以魚飼犬。○【趙次公引作「杜時可曰」，九家集注杜詩引作「杜田補遺」。又，杜陵詩史、分門集注、補注杜詩引作「逸曰」。】王充論衡：鍾山之下，以玉抵鵲。彭澤之濱，以魚飼犬。長大不容身。○魏武四時食制：黄魚大數百斤，骨𦟝可食，出江陵。鄱陽上書：不容身於世也。筒桶相沿久，○桶，一作筩。○【王洙曰】筒筩，捕魚器也。○【趙次公曰】散布水中，以繫餌，觀其没以爲驗，而隨其用以取之也。風雷肯爲伸。○伸，一作神。泥沙卷涎沫，迴首怪龍鱗。

白小

白小羣分命，○白小，即白萍也。崔豹古今注：魭子，一名魚〔一〕子，好羣浮水上，曰白萍。○【王洙曰】周易繫辭：物以羣分。天然二寸魚。○庾信小園賦：一寸二寸之魚。細微霑水族，風俗當園蔬。○當，讀去聲。入肆銀花亂，傾箱雪片虚。○皆言魚之白也。生成猶拾卵，盡取義何如。○【趙次公曰】此言畋漁之酷也。○【王洙曰】西京賦：獲胎拾卵，蚔蝝盡取。

【校記】

〔一〕魚，元本、古逸叢書本作「名」。

麂

【趙次公曰】麂，與麐同，並音几。○【王洙曰】爾雅釋獸：麐，大麕，旄毛狗足。

永與清溪别，蒙將玉饌俱。○前漢陳成奢侈玉食。○【秦曰】左思吴都賦：其宴居則珠服玉饌。無才逐仙隱，○【趙次公曰】謂仙家嘗乘鹿車也。不敢恨庖厨。亂世輕全物，微聲及禍樞。○【趙次公曰】言亂世輕全生之物，纔聞鹿鳴之微聲，則禍隨之矣。衣冠兼盗賊，饕餮用斯須。○【鄭卬曰】饕，吐〔一〕刀切，貪財也。餮，他結切，貪食也。○【趙次公曰】言衣冠之人如盗賊，唯知饕餮而已。故使人多害生物，以充庖饌，止在須斯〔二〕之間焉。○【王洙曰】左文十八年傳：縉雲氏有不才子，天下之民謂之饕餮。

【校記】

〔一〕吐，元本、古逸叢書本作「他」。

〔二〕須斯，元本、古逸叢書本作「斯須」。

鸚鵡

【魯曰】一作翦羽。○【趙次公曰。又，杜陵詩史、分門集注、補注杜詩引作「魯曰」。】此篇多用禰衡鸚鵡賦。

鸚鵡含愁思，聰明憶别離。○【王洙曰】衡賦：性辟慧而能言，才聰明而識機。○【趙次公曰】眷西路而長懷，望故鄉而延佇。翠衿渾短盡，○【王洙曰】衡賦：緑衣翠衿。紅觜謾多知。○【王洙曰】衡賦：紺〔一〕趾丹觜，○【趙次公曰】豈言語以階亂，將不密而致危。未有開籠日，○【王洙曰】衡賦：閑以雕籠，翦其翅羽。空殘宿舊枝。○【王洙曰】衡賦：想琨山之高峻，思鄧林之扶疏。○【趙次公曰】顧六翮之殘毁，雖奮迅其焉如。世人憐復損，何用羽毛奇。

【校記】

〔一〕紺，元本、古逸叢書本作「緝」。

雞

紀德名標五，○【王洙曰】韓詩外傳：田饒謂魯哀公曰：「夫雞頭戴冠者，文也。足傳距者，武也。敵在前敢鬭者，勇也。得食相告，仁也。守夜不失時，信也。雞有此五德，君猶瀹而食之，何也？以其所從者近也。」初鳴度必三。○度，達各切。○【趙次公曰】史記曆書：雞三號卒明。殊方聽有異，○聽，讀平聲。失次曉無慙。問俗人情似，充庖爾輩堪。氣交亭育際，○【趙次公曰】梁〔二〕劉孝綽啓：一物之微，遂留亭育。○裴元新語：正朝垂羊頭於門，又磔雞以副之。俗說壓厲氣。元以問河南任君，任君曰：「是月土氣上升，草木萌動。羊嚙百草，雞啄五穀，殺之以助生氣也。」巫峽漏司南。

【校記】

〔一〕梁，元本、古逸叢書本無。

西閣曝日 ○曝，蒲木切。

凛冽倦玄冬，負暄嗜飛閣。○【師古曰。又，王洙曰：「負暄，以背嚮日也。」】負暄，炙背也。○【趙次公曰。又，杜陵詩史、分門集注、分門集注引作「昱曰」。】列子楊朱篇：宋國有田夫，常衣〔一〕緼黂，僅以過冬。曁春〔二〕東作，自曝於日，顧其妻曰：「負日之暄，人莫知者〔三〕，以獻吾君，將有重賞。」羲和流德澤，○【師古曰】羲和，日車之御也。顓頊愧倚薄。○【師古曰】顓頊，北方之帝也。倚薄，謂附著而陰氣逼人也。○【趙次公曰】謝靈運詩：拙疾〔四〕相倚薄。毛髮且自和，○【趙次公曰：「舊本『具自和』，無義。師民瞻本作『且自私』，是。」】和，一作私。肌膚潛沃若。○【師古曰。又，王洙曰：「沃若，暖也。如以湯沃然。」】沃若，暖貌。太陽信深仁，衰氣欻有托。○欻，許勿切。欹〔五〕傾煩注眼，○【師古曰】謂展轉向日而卧也。容易收病脚。○【師古曰】謂有脚疾，藉暖氣煦之，則易收矣。流離木杪猨，○流離，或作瀏漓。○【師古曰】謂木末之猨喜日和而散亂也。翩僊山顛鶴。○【師古曰】謂山頭之鶴喜日和而輕舉也。朋知苦聚散，○【趙次公曰：「舊本作用知，非也。」】朋，王作用，或作明，非也。○謝康樂詩：再〔六〕與朋知辭。哀樂日已作。即事會賦詩，人生忽如昨。○【師古曰】人生貴隨時之宜，不必傷今不如古昔也。古來遭喪亂，賢聖盡蕭索。胡爲將暮年，憂世心力弱。○【師古曰】古來聖賢遭亂之世，亦皆肅索失所，豈獨甫〔七〕乎？何必憂世而至於心之弱也。

【校記】

〔一〕衣，古逸叢書本作「不」。

〔二〕春，古逸叢書本作「卷」。

〔三〕人莫知者，元本、古逸叢書本作「莫有知者」。

〔四〕疾，古逸叢書本作「漢」。

〔五〕歆，元本、古逸叢書本作「歌」。

〔六〕再，元本、古逸叢書本作「甫」。

〔七〕甫，元本作「州」，古逸叢書本作「予」。

月圓

孤月當樓滿，寒江動夜扉。委波金不定，○【趙次公曰】謂月委於波中，則蕩漾而金色不定也。○【王洙曰】前漢郊祀歌：月穆穆以金波。○謝玄暉詩：金波麗鳷鵲。照席綺逾依。○謂月照於席上，則粲〔一〕爛而與綺繡相依也。○【王洙曰】江文通詩：綺席生浮埃。未缺空山靜，○【趙次公曰】未缺，言月之尚圓也。高懸列宿稀。○【鄭卬曰】宿，悉救切，列星也。○曹子建詩：明月澄清影，列宿正參差。故園松桂發，○【王洙曰】桂，一作菊。○故園，指杜陵舊居也。○【王洙曰】陶潛歸去來辭：三徑就荒，松菊猶存。萬里共清輝。○【王洙曰】古詩：千里共明月。

【校記】

〔一〕粲，元本、古逸叢書本作「燦」。

中宵

西閣百尋餘，○【王洙曰】玉篇：八尺曰尋。中宵步綺疏。○【趙次公曰】綺疏，謂窗牖。○後漢：梁冀窗牖〔一〕皆有綺疏。注：鏤爲綺文也。○李觀銘：房闥内布，綺疏外陳。○【王洙曰】天台賦：皦〔二〕日炯晃於綺疏。古詩：交疏結綺窗。陸士衡詩：振風薄綺疏。飛星過水白，○【鄭卬曰】過，古禾切。落月動沙虛。擇木知幽鳥，○【王洙曰】家語：鳥能擇木，木豈能擇鳥？潛波想巨魚。○易乾卦：魚潛在淵。親朋滿天地，兵甲少來書。○謂時有吐蕃之亂也。

【校記】

〔一〕牖，古逸叢書本作「漏」。

〔二〕噭，元本、古逸叢書本作「激」。

白帝樓○前注。

漠漠虚無裏，連連睥睨侵。○睥睨，一作埤堄。○【鄭卬曰】睥，匹詣切。睨，研計切。○【趙次公曰】睥睨，城上女墻也。○【師古曰】言在大墻之内，如女之於夫也。或曰：睥睨，言於墻上睥睨於人也。○【趙次公曰】侵，則侵虚無之裏，言其城之高也。樓光去日遠，峽影入江深。破臘思端綺，○【趙次公曰：「所以禦寒。〔一〕】謂思得一端之綺，可以爲禦寒之具〔一〕也。○【王洙曰】古詩：客從遠方來，遺我一端綺。春歸待一金〔二〕。○【趙次公曰：「所以充費且以爲賞。」】謂待得一鎰之金，可以充賞春之費也。○食貨志：金以鎰爲名，上幣。注：二十兩爲鎰也。去年梅柳意，還欲攪邊心。○攪，古巧切，亂也。○【王洙曰】詩：祇攪我心。

【校記】

〔一〕具，古逸叢書本作「衣」。

〔二〕待一金，元本、古逸叢書本作「得鎰金」。

送王十六判官

客下荆南盡，君今復入舟。買薪猶白帝，○【孫曰：「夔州沽水買薪。」】白帝，指夔州。其俗買薪估水。鳴櫓少沙頭。○【趙次公曰：「師民瞻本作『已沙頭』，則又非赴江陵矣，却相背戾也。」】少，一作已。○少，猶少頃也。○【王洙曰】江陵吴船至，泊於郭外沙頭。○李肇國史補：朝發白帝，暮宿江陵。衡霍生春草，○衡霍，指南岳也。瀟湘共海浮。〔一〕○瀟湘水出夷零。荒林庾信宅，○【趙次公曰：「庾信，南陽新野人。父肩吾，文學獨步江南。信仕梁，值侯景之亂，奔于江陵，則于江陵有舊宅焉。」】庾信，臺城陷，奔于江陵。爲仗主人留。

【校記】

〔一〕浮，古逸叢書本作「桴」。

奉送卿二翁統節度鎮軍還江陵

火旗還錦纜，○【趙次公曰】火旗，朱旗也。還錦纜，則軍從舟中歸矣。○【王洙曰】吴書：甘寧嘗以錦維舟，去則割棄，以示侈也。白馬出江城。○【趙次公曰】指言卿二翁也。吴志：龐德常乘白馬，關羽軍謂之「白馬將軍」。甫用以比卿也。嘹唳嗚笳發，○嗚，一作吟。笳，謂捲蘆葉而吹之也。蕭條別浦清。寒空巫峽曙，○【趙次公曰：「『寒空巫峽曙』一句説夔州，公之所在也。」】巫峽，謂夔州也。落日渭陽明。○【趙次公曰：「師民瞻本作『渭陽情』，不必如此。」】明，或作情。○【趙次公曰：「渭陽，言長安。所以懷卿也。」】渭陽，謂咸陽也。○按前有上卿翁謂修武侯廟詩，時崔卿權夔州，甫乃卿之甥，所以懷之也。詩秦風：我送舅氏，曰至渭陽。留滯嗟衰疾，○【趙次公曰：「句則嘆其留滯於夔而懷望長安，且願息戰也。」又，九家集注杜詩依例爲「王洙曰」：「嘆其留滯于夔而懷望長安也。」】甫嘗病肺，嘆其留滯於夔也。何時見息兵。

閣夜

歲暮陰陽催短景，天涯霜雪霽雲〔一〕霄。五更鼓角聲悲壯，○【王洙曰】顔之推家訓：或問：「一夜何故五更？」答曰：「更，經也，歷也。漢、魏以來，謂甲夜、乙夜、丙夜、丁夜、戊夜，又謂之五鼓，亦謂之五更。皆以五爲節也。」○【趙次公曰】後漢禰衡善擊鼓，爲漁陽參檛，容態有異，聲節悲壯，听者莫不慷慨。三峽星河影動摇。○星河，謂天漢也。○【杜田補遺。又，杜陵詩史、分門集注、補注杜詩引作「修可曰」。】漢武故事：星辰動摇，東方朔謂「民勞之應」。蔡絛西清詩話云：作詩用事，要如水中著鹽，飲水乃知鹽味。甫之此聯善用故事，如繫風捕影，豈有迹耶？〔二〕野哭幾家聞戰伐，○幾，晉作千。夷歌是處起漁樵。○是，晉作幾。○【王洙曰】或作數。卧龍躍馬終黄土，○【趙次公曰】卧龍，謂諸葛亮也。郭外有孔明廟。蜀志：徐庶謂劉備曰：「諸葛孔明，卧龍也。」躍馬，謂公孫述也。述自號白帝，城上有白帝祠。蜀都賦：公孫躍馬而稱帝。人事依依謾寂寥。○一作「人事音書漫〔三〕寂寥」。○【王洙曰】一作「人事音塵日寂寥」。

【校記】

〔一〕雲，古逸叢書本作「寒」。

〔二〕耶，元本、古逸叢書本作「取」。

〔三〕漫，元本、古逸叢書本作「謾」。

白帝城最高樓

城尖徑昃旌旆愁，○【王洙曰】昃，一作翼。獨立縹緲之飛樓。○【趙次公曰】縹緲，高遠不明之貌。峽拆雲霾龍虎睡〔一〕，清江日抱黿鼉遊。○【趙次公曰】爲張大之語，以形容樓之最高也。扶桑西枝封〔二〕斷石，○【趙次公曰】以樓之高，故望見東海之扶桑其向西之枝，且與斷石相對隔也。○餘見前注。弱水東影隨長流。○謂樓之高，故望見蓬萊山下弱水東流之影也。杖藜嘆世者誰子，泣血迸空迴白頭。○詩：鼠思泣血。

【校記】

〔一〕睡，古逸叢書本作「卧」。

〔二〕封，古逸叢書本作「對」。

新定杜工部草堂詩箋斠證卷第三十三

大曆元年在夔州所作

覽鏡呈柏中丞

渭水流關内，○謂咸陽貫〔一〕都之水也。終南在日邊。○謂帝京城南之山也。膽銷〔二〕豺虎窟，淚入犬羊天。起晚堪從事，○【趙次公曰】凡仕有官者必早起，起〔三〕晚矣可堪從事乎？行遲更覺仙。○覺，一作學。○【趙次公曰】仙者身輕步疾，老而行遲矣，那更覺爲仙乎？鏡中衰謝色，萬一故人憐。○【趙次公曰】傷其衰老而求憐於柏中丞也〔四〕。

【校記】

〔一〕貫，元本、古逸叢書本作「渭」。

〔二〕銷，元本、古逸叢書本作「消」。
〔三〕起，元本、古逸叢書本作「日」。
〔四〕也，古逸叢書本無。

西閣夜

恍惚寒山暮，逶迤白霧昏。山虚風落木，樓静月侵門。擊柝可憐子，○柝，達各切。○【王洙曰】易：重門擊柝。無衣何處村。○【王洙曰】詩：無衣無褐。時危關百慮，盜賊爾猶存。

瀼西寒望

○瀼，疑作瀼，奴浪切。本或作漾，如亮切。水名，在隴西。○【王洙曰】按，瀼〔一〕水，管郫縣。江水横通山谷間，市人謂之瀼。○居人分其左右，謂之瀼東、瀼西也。

水色含羣動，朝光切太虚。年侵瀕〔二〕悵望，○【王洙曰】陸機豫章行：前路既已多，後塗隨年侵。興遠一蕭疏。猿掛時相學，鷗行炯自如。○炯，户頂切。廣雅：光也。海賦：炯然鳥逝。瞿塘春欲至，定卜瀼西居。○【趙次公曰：「末句公雖有是言，而次年之春初猶在西閣。其遷居則先在赤甲，方移瀼西。[二]】甫先居赤甲，大曆二年三月，方移瀼西也。○按集有暮春題瀼西新賃茅屋詩。

【校記】

〔一〕瀼，古逸叢書本作「襄」。

〔二〕瀕，元本、古逸叢書本作「頻」。

陪柏中丞觀宴將士二首

極樂三軍士，誰知百戰場。無私齊綺饌，○【趙次公曰】梁何遜輕薄篇：象牀踏繡被，玉盤傳綺食。久坐密金章。○【趙次公曰】指將士之金帶耳。鮑照建除詩：左右佩金章。醉客霑鸚鵡，○【杜田補遺】鸚鵡，謂螺盃也。雕瑑海螺，以〔一〕像鸚鵡之形也。○【杜田補遺。又，杜陵詩史、分門集注、補注杜詩引作「師古曰」。】按南海異物志：鸚鵡螺，狀似霞盃，形如〔二〕鳥頭，向其腹視似鸚鵡，故以爲名。○【杜田補遺。又，杜陵詩史、分門集注、補注杜詩引作「歐曰」。】酉陽雜俎：梁宴魏使，魏肇師舉酒勸陳昭，俄而酒至鸚鵡盃，徐君房飲不盡，屬肇師，肇師曰：「海蠡蜿蜒，尾翅皆張，非以爲玩，亦以爲罰。」佳人指鳳凰。○鳳凰，謂金釵也，鏤刻釵頭以爲鳳凰之形也。○【趙次公曰】或謂：筵圖障繪畫鳳凰，而佳人共指而爲言笑也。幾時來翠節，特地引紅粧。○【王洙曰】古詩：娥娥紅粉粧。

【校記】

〔一〕以，元本、古逸叢書本作「似」。

〔二〕如，元本、古逸叢書本作「似」。

繡段裝簷額，○【趙次公曰】謂樂工之額飾也。金花貼鼓腰。○【趙次公曰】謂樂器之鼓飾也。一夫先舞劍，百戲後歌樵。○【趙次公曰】戲爲夔峽樵歌之音也。按集前有閣夜詩「夷歌是處起漁樵」是也。○樵，或作鐎，謂擊刁斗而歌也。李廣傳：鐎，温器也。江樹城孤遠，雲臺使寂寥。○使，所吏切，從命者。○【趙次公曰】謂久無使命之來也。漢朝頻選將，應拜霍嫖姚。○【趙次公曰】假漢霍去病以美柏中丞也。○餘見前注。

奉漢中王手札報韋侍御蕭尊師亡

○漢中王瑀，睿宗孫，讓皇帝子，代宗之叔父也。

秋日蕭韋逝，淮王報峽中。○【趙次公曰】淮王，假漢之淮南王安，其人賢，以比漢中王也。

少年疑柱史，○【趙次公曰】柱史，言韋侍御也。昔老子姓李名耳，生於殷時，爲周柱下史，好養精氣，轉爲守藏史。而韋以少年目之，疑其不似也。多術怪仙公。○【趙次公曰】仙公，言蕭尊師也。昔太極左仙公葛玄有煉丹秘術，而蕭宜有多術以延生，而死，故怪之也。不但時人惜，秖應吾道窮。○春秋魯哀公十四年：西狩獲麟。孔叢子云：孔子泣曰：「予之於人，猶麟之於獸也。麟〔一〕出而死，吾道窮矣。」一哀侵疾病，相識自兒童。處處隣家笛，○【王洙曰】向秀舊思賦序：於時日薄虞淵，寒木凄然，隣人有吹笛者，復發聲寥〔二〕亮，追想曩昔遊讌之好，感音而歎，作賦。飄飄客子蓬。○【趙次公曰】甫自歎其飄蓬也。○【王洙曰】曹植詩：轉蓬離本根，飄飄隨長風。類此遊客子，捐軀遠從戎。强吟懷舊賦，○强，讀去聲。○【王洙曰】潘安仁嘗作懷舊賦。已作白頭翁。

【校記】

〔一〕麟，元本、古逸叢書本作「獸」。

〔二〕寥，元本、古逸叢書本作「寂」。

送鮮于萬州遷巴州

○【杜田補遺】鮮于名炅，仲通之子也。盧東美撰鮮于氏冠冕頌序曰：炅，廣德中爲尚書都官郎。自將相公卿無不相厚，皆稱交友。出守萬州，轉巴州，皆有理稱。○炅兄名昱，爲工部侍郎。昱子映爲屯田郎兼侍御史。自仲通至映，三世爲郎。

京兆先時傑，○【杜田補遺】京兆者，長安也。仲通字向，天寶末爲京兆尹。弟叔明，字晉，乾元中亦爲京兆尹。長安歌曰：前尹赫赫，具瞻允若。後尹熙熙，具瞻允斯。○【王洙曰】按集，有贈鮮于京兆二十韻。琳琅照一門。○爾雅釋地：西北之美者，有崑崙虛之璆琳、琅玕焉。○【杜田補遺。又，杜陵詩史、分門集注、補注杜詩引作「安石曰」。】世說：有人詣王太尉，遇王安豐、大將軍、丞相在座，別屋見季胤、平子，還語人曰：「今日之行，觸目見琳琅珠玉。」朝廷偏注意，○意，一作璽。○【王洙曰】陸賈傳：天下安，注意相。接近與名藩。○【趙次公曰】謂自萬遷于巴也。○向秀思舊賦：余自嵇康、呂安居止接近。祖帳排舟數，○排〔一〕，陳作維。數，色角切，頻也。○【王洙曰】疏廣傳：設祖道供帳。○顏師古注：祖者，送行之祭，因饗飲焉。昔黄帝之子纍祖好遠遊，而死於道，故後人以爲行神也。又風俗通：共工氏之子曰修，好遠遊，舟車所至，足迹所逮，靡不窮覽，故祀以爲祖神。祖，徂〔二〕也。寒江觸石喧。看君妙爲政，他日有殊恩。

【校記】

〔一〕排，古逸叢書本作「棑」。

〔二〕徂，元本、古逸叢書本作「祖」。

有歎

壯心久零落，○【趙次公曰】魏武樂府：列〔一〕士暮年，壯心不已。白首寄人間。天下兵常鬬，○【九家集注杜詩依例爲「王洙曰」。又，杜詩趙次公先後解輯校引作「趙次公曰」。又，杜陵詩史、分門集注、補注杜詩引作「魯曰」。又，集千家注批點杜工部詩集引作「公自注」。】傳蜀官軍自圍普、遂。江東客未還。○甫自歎其未還故國也。窮猿號雨雪，老馬怯關山。○怯，一作望，一作泣。武德開元際，○【趙次公曰】武德，高祖年號。開元，玄宗年號。蒼生豈重攀。○重，儲〔二〕用反，再也。○【趙次公曰】追念祖宗之盛時也。

【校記】

〔一〕列，元本、古逸叢書本作「烈」。

〔二〕儲，古逸叢書本作「諸」。

不寐

瞿塘夜水黑，城内改更籌。翳翳月沉霧，輝輝星近樓。氣衰甘少寐，心弱恨知愁。〇【王洙曰：「一作和，又作多。」】知，一作和，陳作多。〇或作容。〇【趙次公曰】謂心既弱矣，恨其知愁，則恐以愁而尤弱矣。多壘滿山谷，〇【王洙曰】曲禮：四郊多壘，卿大夫之辱也。桃源無處求。〇【趙次公曰】以兵革未息而多壘，非若桃源可以避地，而問桃源何處，則以仙境難可造也。〇餘見前注。

灩澦堆

〇灩，以贍切。澦，羊茹切。水經：白帝城門西江有孤石，冬出二十餘丈，夏即没。去郡二十里，有瞿塘湍。王濬平吴，猶作「淫〔一〕預石」，今訛作「灩澦」。十道志：淫預在關川。諺曰：「淫預大如象，瞿塘不可上。淫預大如馬，瞿塘不可下。」盛弘之荆州記：巴東江中有孤石，名爲淫預。冬出水，夏没水。瞿塘有灘。古樂府淫預歌：淫預大如襆，瞿塘不可觸。或作「灩澦」，或作「淫預」，未知孰是？按寰宇記：夔州灩澦堆，在州西二百步蜀江中心瞿塘峽口。冬水淺，屹然露二百餘尺。夏水漲，没水中十丈，其狀如馬，舟人不敢進。

巨積水中央，〇積，陳作石。〇【王洙曰】詩蒹葭：宛在水中央。江寒出水長。沉牛答雲雨，○【王洙曰】楚俗：祈而得雨，必沉牛以答神貺。如馬戒舟航。○題注。天意存傾覆，神功接混茫。○【王洙曰】莊子繕性篇：古之人在混茫之中，與一世而澹漠焉。干戈連解纜，○【趙次公曰】干戈之變，解纜之危，二者相連，可不謹乎？行止憶垂堂。○【王洙曰】爰盎傳：千金之子不垂堂。顔師古注：言富人〔二〕之子，則自愛也。垂堂，謂坐堂外邊恐墜墮也〔三〕。

【校記】

〔一〕淫，元本、古逸叢書本作「語」。

〔二〕富人，元本、古逸叢書本作「千金」。

〔三〕墜墮也，元本、古逸叢書本作「及禍」。

白帝城樓○前注。

江度寒山閣，城高絶塞樓。翠屏宜晚對，白谷會深遊。急急能鳴雁，○莊子山木篇。輕輕不下鷗。○【趙次公曰】列子黄帝篇。夷陵春色起，○【趙次公曰】夷陵，峽州也。漸擬放扁舟。

寄杜位頃者與位同在嚴尚書幕

【○「頃者與位同在嚴尚書幕」，九家集注杜詩依例爲「王洙曰」，杜陵詩史、分門集注、補注杜詩引作「魯曰」，集千家注批點杜工部詩集引作「公自注」。】

寒日經簷短，窮猿失木悲。○【王洙曰】淮南冥覽訓：猿狖顛蹶而失本〔一〕枝。峽中爲客恨，江上憶君時。天地身何往，風塵病敢辭。封書兩行淚，○行，户郎切。霑灑裛新詩。○裛，於汲切。

【校記】

〔一〕本，元本、古逸叢書本作「木」。

冬深

○【王洙曰】一作即日。

花葉隨天意，江溪共石根。早霞隨類影，○【趙次公曰】言其變態不常，隨所類之影而呈現也。寒水各依痕。○【王洙曰】依，一作流。易下楊朱淚，○【趙次公曰】謂困於道路也。○【王洙曰】淮南説林訓：揚子見逵路而哭之，爲其可以南，可以北。難招楚客魂。○【趙次公曰：「則以屈原自比也。」】謂寓於夔峽也。○【王洙曰】宋玉招魂序：玉憐哀屈原忠而斥棄，愁懣山澤，魂魄放佚，厥命將落，故作招魂，欲以復其精神，延其年壽，以風諫楚懷王也。風濤暮不穩，捨棹宿誰門。○【趙次公曰。又，杜陵詩史、分門集注、補注杜詩引作「薛曰」。】公欲南下，以歲暮而未成行也。

奉送十七舅下邵桂

絶域三冬暮，浮生一病身。感深辭舅氏，別後見何人。縹緲蒼梧野，○【趙次公曰】蒼梧，乃帝舜所葬之野，以述十七舅所往〔一〕之地。○【王洙曰】記檀弓篇：舜葬於蒼梧之野。推遷孟母隣。○【趙次公曰】孟母，指言十七舅之母也。○【王洙曰】劉向列女傳：孟軻母其舍近墓，孟子之少也，嬉遊爲墓間之事。母曰：「此非吾之所以居處子也。」乃去，舍市傍。其嬉遊爲賈人衒賣之事。母又曰：「此非吾所以居處子也。」復徙，舍學宫之傍。其嬉遊乃〔二〕設俎豆揖遜進退。母曰：「真可以居吾子矣。」及〔三〕孟子長，卒爲大儒。昏昏阻雲水，側望苦傷神。○【王洙曰】張平子四愁詩：側身東望涕霑巾。

【校記】

〔一〕往，古逸叢書本作「在」。

〔二〕乃，元本、古逸叢書本作「又」。

〔三〕及，古逸叢書本作「乃」。

謁真諦寺禪師

蘭若山高處，○【王洙曰】若，以者切。蘭若，寺名。釋氏要覽：蘭若者，梵言阿蘭若，唐言無静也。○四方律云：空静處。薩婆多論云：閑静處。智度論云：遠離處。大慈經：離諸忩〔一〕務。諸說不同，其實〔二〕無静也。煙霞嶂幾重。凍泉依細石，晴雪落長松。問法看詩妄，○【王洙曰】妄，一作忘。觀身向酒慵。未能割妻子，卜宅近前峰。○【趙次公曰】宋周顒長於佛理，於鍾山西立隱舍，終日長蔬，雖有妻子，獨處之。○又瑞應經：沙門之爲道，捨妻子，捐棄愛慾也。

【校記】

〔一〕忩，元本、古逸叢書本作「忿」。

〔二〕元本、古逸叢書本「實」下有「則」字。

大曆二年丁未春在夔州西閣所作

立春

春日春盤細生菜，○【趙次公曰】齊人月令：凡立春日食生菜，取迎新之意。○唐四時寶鏡：立春日，春餅生菜，號春盤〔一〕。忽憶兩京梅發時。○【趙次公曰】以紀長安、洛陽當立春日已有生菜也。盤出高門行白玉，菜傳纖手送青絲。巫峽寒江那對眼，○荆州記：信陵縣西二十里有巫峽。○【趙次公曰】言將寓巫峽，無得此菜以對眼，故悲也。杜陵遠客不勝悲。○勝，音升。此身未知歸定處，呼兒覓紙一題詩。

【校記】

〔一〕盤，元本、古逸叢書本作「菜」。

雨

冥冥甲子雨。〇資治通鑑：大曆二年正月辛亥朔至十三日甲子。〇【王洙曰】屈原九歌山鬼篇：雷填填兮雨冥冥。已度立春時。〇【趙次公曰】兩句憂之之辭也。唐諺云：春雨甲子，赤地千里。〔一〕輕箑煩須向，〇【鄭卬曰】箑，山洽切。〇扇也。纖絺恐自疑。〇絺，耻知切。〇【王洙曰：「葛也。」】細葛也。煙添纔有色，風引更如絲。〇【王洙曰】張景陽詩：密雨如散絲。直覺巫山暮，〇【王洙曰】宋玉高唐賦：妾在巫山之陽，旦爲朝雲，暮爲行雨。兼催宋玉悲。〇【趙次公曰】謂悲則不必待秋至，而此雨已可催也。〇【王洙曰】宋玉九辯章：悲哉秋之爲氣也，蕭瑟兮草木摇落而變衰。

【校記】

〔一〕春雨甲子赤地千里，元本、古逸叢書本作「春甲子雨乘船入市夏甲子雨赤地千里」。

南楚

〇【趙次公曰】甫寓夔而云南楚，則夔在戰國爲楚地也。

南楚青春異，暄寒早早分。〇【師古曰】謂南地與北地異，冬又暖而春却寒也。無名江上草，隨意嶺頭〔一〕雲。正月蜂相見，非時鳥共聞。杖藜妨躍馬，不是故離羣。○【師古曰】杖藜，謂貧賤也。躍馬，謂富貴也。甫避地而甘於貧賤，非故意離羣，乃不得已也。○【趙次公曰。又，杜陵詩史引作「余曰」。】檀弓篇：吾離羣索居久矣。

【校記】

〔一〕頭，元本、古逸叢書本作「南」。

入宅三首

奔峭背赤甲，○赤甲，山名。在江之北。○【鄭印曰：「寰宇記：赤甲城，公孫述所築。樹木土石悉赤，如人袒臂，故云『赤甲』。在縣北。」】寰宇記：赤甲城在瞿塘峽北，公孫述所築。○【趙次公曰：「赤甲，本岬字。按水經云：江水東南逕赤岬西。注云：是公孫述所造，因山據勢，周迴七里一百四十步。東高二百丈，西北高一千丈，南連白帝。山甚高大，不生樹木，其石悉赤，故名。」】因山據勢，周回七里，南連白帝。山甚尊大，不生草木，其土悉赤，俗望之如人袒胛，故謂之「赤甲」。○【鄭印曰】山在縣北。○胛，音甲，山脅也。○【王洙曰】謝靈運詩：徒旅苦奔峭。斷崖當白鹽。○白鹽，山名。在江之南。○【趙次公曰】按，魚腹縣界廣溪岸北有白鹽崖，高千餘丈，土人見其高白，故以名之。○夔州圖經：白鹽山，瞿塘峽上，雲開霧霽，狀如白鹽。客居愧遷次，○【王洙曰】遷次，謂移居也。春酒漸多添。花亞欲移竹，○【趙次公曰】言它〔一〕枝〔二〕偃亞於〔三〕欲將移去之竹也。烏窺新卷簾。衰年不敢恨，勝概欲相兼。

【校記】

〔一〕它，元本、古逸叢書本作「官」。

〔二〕枝，古逸叢書本作「花」。

〔三〕於，古逸叢書本作「甫」。

亂後居難定，春歸客未還。水生魚復浦，○復，音腹。○【師古曰】水生，峽人謂春水漲也。○【杜田補遺。又，杜陵詩史、分門集注、補注杜詩引作「杜定功曰」。】後漢郡國志：巴郡魚復，古之庸地。左氏傳文公十年「魚人逐楚師」是也。○【鄭卬曰】十道志：夔州，古魚國，漢魚復縣地。○張堪傳注：魚復縣，屬巴郡，故城在今夔州魚復縣北赤甲城是也。又地志：夔治魚復，灩澦風濤電射，其地巨魚却步不得上，是曰魚復浦。雲暖麝香山。○【杜田補遺。又，門類增廣十注杜詩引作「杜云」，杜陵詩史、分門集注、補注杜詩、集千家注批點杜工部詩集引作「杜定功曰」。】夔州圖經：麝香山，州東南一百二十五里。山出麝香，故以名之。○寰宇記：歸州麝香山在縣東南一百一十里，山多麝香。按集有晨雨詩「麝香山〔一〕一半，亭午未全分」是也。半頂梳頭白，○【趙次公曰】白髮之所存〔二〕者，僅半頂爾。過眉拄杖班。○過，古禾切。相看多使者，○使，所吏切，從命者。一一問函關。

○【王洙曰】時吐蕃未平，關中之信未通。○【趙次公曰】所以問之也。○後漢杜篤傳注：函谷故關，今在洛州新安縣。

【校記】

〔一〕山，古逸叢書本作「出」。

〔二〕存，元本、古逸叢書本作「有」。

宋玉歸州宅，雲通白帝城。○【王洙曰】公孫述更魚復縣爲白帝城。吾人淹老病，旅食豈才名。峽口風常急，江流氣不平。只應與兒子，飄轉任浮生。

赤甲 ○上注〔一〕。

卜居赤甲遷居新，兩見巫山楚水春。○巫山今在夔州巫山縣東。炙背可以獻天子，

○【趙次公曰】列子楊朱篇：宋國有田叟，常衣緼黂，僅以過冬。暨春冬〔二〕作，自曝於日，不知天下之有綿纊狐狢。顧謂其妻曰：「負日之暄，人莫知者，以獻吾君，將有重賞。」里之富屋〔三〕告之曰：「昔人有美戎菽甘枲莖芹萍子者，對鄉豪稱之。鄉豪取而嘗之，蜇於口，慘於腹。衆哂而怨之，其人大慙。子

此類也。」美芹由來知野人。○【王洙曰】嵇康絶交書：野人有快炙背而美芹子者，欲獻之至尊，雖有區區之意，亦已疏矣。荊州鄭薛寄詩近，蜀客郄岑非我隣。○【王洙曰】鄭審、薛據、郄昂、岑參，皆甫之故舊也。○曹植風詩〔四〕：豈無和樂，游非我隣。笑接郎中評事飲，病從深酌道吾真。○【師古曰】按集，前有九日登高詩：「艱難苦恨繁霜鬢，潦倒新停濁酒盃。」則知甫以肺疾斷酒也。今郎中評事深酌勸甫酒，道甫真性〔五〕嗜此，如何不飲？甫亦難逆其意，故有是句也。

【校記】

〔一〕上注，古逸叢書本無。

〔二〕冬，元本、古逸叢書本作「東」。

〔三〕屋，古逸叢書本作「室」。

〔四〕風詩，古逸叢書本作「朔風詩」。

〔五〕性，古逸叢書本作「往」。

一室

一室他鄉遠，空林暮景懸。○【師古曰】謂晚照之景倒懸於林梢也。正愁聞塞笛，獨立見江船。巴蜀來多病，○【師古曰】甫以避寇驅馳而來巴蜀，遂成肺疾也。荆蠻去幾年。○【師古曰】意欲適荆蠻，厭崔旰之亂，不知何年得去也。應同王粲宅，留井峴山前。○【王洙曰】峴山，荆楚也。今屬襄陽，有王粲故宅。粲字仲宣，宅前有仲宣井。○【師古曰】甫之此室，殆王粲宅之比也。○襄沔記：王粲宅在襄陽縣西二十里峴山坡下。襄陽耆舊傳：王粲與繁欽並隣同井，粲以西京擾亂，乃之荆州依劉表。魏國建，拜侍中。卒年四十一。墓近及井見在。

老病

老病巫山裏，稽留楚客中。藥殘它日裏，花發去年叢。夜足霑沙雨，春多逆水風。合分雙賜筆，○【趙次公曰】甫爲檢校尚書工部郎，合賜雙筆也。漢官儀：尚書令〔一〕僕〔二〕丞郎，月給赤管大筆一雙。猶作一飄蓬。

【校記】

〔一〕令，古逸叢書本作「今」。

〔二〕僕，古逸叢書本作「漢」。

愁

○【九家集注杜詩依例爲「王洙曰」。又，杜陵詩史、分門集注、補注杜詩引作「魯曰」，集千家注批點杜工部詩集引作「公自注」。】强戲爲吴體。

江草日日唤愁生，○草唤愁生，言起歸心也。淮南招隱章〔一〕：王孫遊兮不歸，春草生兮萋萋。巫峽泠泠非世情。○【王洙曰：「（巫）一作春。」】一作「春峽泛泛非世情」。○【師古曰】巫峽之水，泠泠不斷，世情疏絶，非水長流之比也。盤渦鷺浴底心性，○渦，烏禾切，回水也。○【師古曰】鷺浴自得，子美心性亦浴鷺安閑之比也。獨樹花發自分明。○【師古曰】子美自喻不徇乎流俗。十年戎馬暗萬國，○【王洙曰：「自安史亂後，天下草草不安者十餘年。」】自大曆三年逆數至乾元二年，凡十年矣。○老子四十六章：天下無道，戎馬生于郊。異域賓客老孤城。○公自乾元二年棄官寓秦亭，至同谷，客劍南，故云「異域」也。渭水秦川得見否，○否音缶，不可也。○【師古曰】渭水、秦川乃關中，甫之故鄉也。人今罷病虎縱横。○【趙次公曰】罷音疲。○勞也。時方困於盜賊，而未能得歸也。○【趙次公曰】七哀詩：季葉喪亂起，賊盜如豺虎。

【校記】

〔一〕章，古逸叢書本作「士」。

江雨有懷鄭典設

春雨闇闇塞峽中，○塞，晉作發。早晚來自楚王宫。○【鄭卬曰】謂楚襄王之故宫也。亂波分披已打〔一〕岸，弱雲狼藉不禁風。○【鄭卬曰】禁，居今切。○藉，秦昔〔二〕切。寵光蕙葉與多碧，點注桃花舒小紅。○【王洙曰】高唐賦：妾在巫山之陽，高山之阻，旦爲朝雲，暮爲行雨。谷口子真正憶汝，○正，之成切，避秦諱也，又讀如字。此子美自喻也。雲陽宫記：後漢鄭朴，字子真。○【趙次公曰】揚子問神篇：谷口鄭子真不屈其志，而耕乎巖石之下，名震于京師。岸高瀼滑限西東。○【王洙曰：「（滑）一作闊。」】又，趙次公曰：「舊本正作瀼滑，當以瀼闊爲正，滑字則無義，此惑於題是江雨也，非。」】滑，一作闊。○【王洙曰】夔有江水横通山谷處，市人謂之瀼。居人分其左右，謂之瀼東、瀼西。

【校記】

〔一〕打，元本、古逸叢書本作「扑」。

〔二〕昔，元本、古逸叢書本作「息」。

雨不絶

鳴雨既過漸細微，映空搖颺如絲飛。○【王洙曰】張景陽詩：密雨如散〔一〕絲。階前短草泥不亂，院裏長條風乍稀。舞石旋應將乳子，○【王洙曰】湘川記：零陵有石燕，遇風雨則飛如生燕，止則爲石。行雲莫自濕仙衣。○【王洙曰】高唐賦：妾在巫山之陽，高山〔二〕之阻，旦爲朝雲，暮爲行雨。眼邊江舸何匆〔三〕促，○【王洙曰】舸，嘉我切。未得安流逆浪歸。○【鄭卬曰】得，一作待。○屈原九歌湘君章：使江水兮安流。

【校記】

〔一〕如散，元本、古逸叢書本作「散如」。

〔二〕山，古逸叢書本作「丘」。

〔三〕匆，原作「怱」，據古逸叢書本改。

病柏

○此篇傷郭英乂爲崔旰所殺。或謂：傷明皇也。魯訔曰：四詩一時作，當在夔州。○【趙次公曰】枯椶有云「嗟爾江漢人，生成復何有」是也。

有柏生崇岡，○爾雅釋山：山脊曰岡。童童狀車蓋。○【王洙曰】車，一作青。○【杜田補遺。又，杜陵詩史、分門集注、補注杜詩、集千家注批點杜工部詩集引作「十朋曰」。【蜀志：先主舍東南角籬上有桑樹，高丈餘，遥望童童如小車蓋。偃蹙龍虎姿，主當風雲會。○乾卦：雲從龍，風從虎。神明依正直，故老多再拜。豈知千年根，中路顔色壞。出非不得地，盤據亦高大。歲寒忽無憑，○憑，一作用。○【王洙曰】論語：歲寒，然後知松柏之後凋。日夜柯葉改。丹鳳領九雛，○【趙次公曰】古樂府隴西行：鳳皇鳴啾啾，一母將九雛。哀鳴翔其外。鴟鴞志意滿，○鴟，尺之切。鴞，于〔一〕嬌切。惡鳥也。草木疏：鴟鴞，似黄雀而小，其喙尖如錐，取茅莠爲窠，以麻紩之，如刺韈然，縣着樹枝。關東謂之工雀。養子穿穴内。○【王洙曰】穴，一作窟。客從何鄉來，○【趙次公曰】古詩：客從何處〔二〕來。竚立久吁怪。静求元精理，○【王洙曰】元精，一作無根。浩蕩難倚賴。○謂此柏有龍虎之姿，意之所主，當有風雲慶會，言其大才必見大用。神之聰明正直，依人而行，此柏所生正直，神必衛之，故老亦再拜而重之。豈期根盤千載，輒壞於中間，原其盤據非不得地，高且大也，奈何歲寒之操忽變，若無足信。○【師古曰】豈柏之罪耶？物實有以侵之。此詩寓意傷郭英乂也。英乂鎮成都，爲人端直，蜀人重之。不幸爲崔旰所殺，其諸孤哀泣若無所訴，故有「丹鳳領九雛，哀鳴翔其外」之句。鴟鴞，惡鳥，喻崔旰既害英乂，竊據成都，故有「鴟鴞志意滿，養子穿穴内」之句。然正直之人，神明佑之，父老敬之，今反罹其禍，豈非歲寒無憑乎？甫自稱英乂鎮蜀，甫爲客以依之，今既遇害，是以爲之吁怪。細思天理，天理茫昧亦不足倚賴，蓋嘆禍淫福善之理，若乖戾不可考信故也。

【校記】

〔一〕于，元本、古逸叢書本作「吁」。

〔二〕處，元本、古逸叢書本作「方」。

病橘

○【王洙曰】此篇傷物失其宜，故至於困悴。○亦以譏當時之用事者也。

羣橘少生意，○【王洙曰。又，趙次公曰：「羣橘，一作伊橘，非。蓋不唯不成語，而羣字與下多字相應也。」】羣，一作伊。雖多亦奚爲。惜哉結實小，酸澀如棠梨。剖之盡蠹蟲，○【王洙曰】剖，一作割。○蟲，一作蝕。采掇爽其宜。○【王洙曰】其，一作所。○掇，都奪切，拾也。謂失所宜也。紛然不適口，豈宜〔一〕存其皮。○謂其皮可以入藥也。蕭蕭半死葉，○【王洙曰】枚乘七發：〔二〕其根半生半死。未忍別故枝。玄冬霜雪積，況乃迴風吹。嘗聞蓬萊殿，羅列瀟湘姿。○昔漢武帝會羣臣於蓬萊殿，羅列瀟湘之橘，以爲珍果。○【王洙曰】瀟湘有橘田，有橘州。○每歲入貢天子也。此物歲不稔，玉食失光輝。○【王洙曰】失，一作少。○瀟湘之橘今既病而不熟，無以供王貢，是以玉食而失光輝也。○【趙次公曰】洪範：惟辟玉食。張華詩：橘生湘水側，非〔三〕陋莫人傳。逢君金華宴，得在玉几前。寇盗尚憑陵，○【師古曰】謂史思明之亂未平也。當君減膳時。○【師古曰】天子遭亂，則必減膳徹樂，示自責也。汝病是天意，吾愁罪有司。○【王洙曰】愁，一作諗。○諗音審，告也。○【師古曰】謂橘病不貢，無乃天意使吾君減徹乎？○甫恐乎天子不知上天之意，反責有司，故愁也云云。憶昔南海使，奔騰獻荔枝。百馬死山谷，到今耆舊悲。○憶，一作聞。○【王洙曰：「唐書：楊貴妃嗜荔枝，必欲生致之。乃置騎傳送，走數千里，其味未變，已至於京師也。」杜田補遺：「公借其事以譏楊妃。舊注引唐書，其説非。唐所貢乃涪州荔枝，由子午道而往，非南海也。」按，杜田補遺注文杜陵詩史、分門集注、補注杜詩、集千家注批點杜工部詩集引作「修可曰」。趙次公曰：「此用獻荔枝事比之，奇矣。杜所引是。故公後有絶句云：側生野岸及江蒲，不熟丹宫滿玉壺。雲壑布衣駘背死，勞人重馬翠眉須。」】公借漢南海獻荔枝事以譏楊貴妃嗜荔枝。亦所以警嗣君也。昔明皇於荔枝熟時，與貴妃幸驪山宫，荔枝之使驛騎傳送，至宫，色尚未變，馬乏熱，皆爲之喘死。到今父老言之，不能無悲也。○【杜田補遺】按後漢和帝紀：南海獻龍眼荔枝，十里一置，五里一候，奔騰險阻，死者繼路。又謝承漢書：交州舊貢荔枝龍眼，驛馬晝夜傳送，至有遭虎狼毒害，頓仆死亡不絶。

【校記】

〔一〕宜，古逸叢書本作「止」。

〔二〕枚乘七發，古逸叢書本作「枝葉亡發」。

〔三〕菲，元本、古逸叢書本作「兼」。

枯椶

○【王洙曰】此篇傷民困於重斂也。

蜀門多椶櫚，○【王洙曰】椶櫚，一作栟櫚。○【趙次公曰】栟音并，櫚音閭。○【鄭卬曰】：「栟櫚，木名。有葉無枝。」狀似蒲葵，有葉無枝，皮可以爲繩。高者十八九。其皮割剥甚，雖衆亦易朽。徒布如雲葉，○布，一作有。青青歲寒後。交横集斧斤，凋喪先蒲柳。○爾雅釋〔一〕木：楊，蒲柳。古今注：白楊，葉圓。青楊，葉長。柳，葉細長。蒲柳生水邊，葉似青楊。○【薛夢符曰】晉書：顧愷之與簡文同年，而髮早白。帝問其故，對曰：「松柏之姿，經霜猶茂。蒲柳之質，望秋先零。」○【師古曰】椶櫚之皮可用，軍興之際割剥殆盡，譬如江漢之民困於重斂，然剖〔二〕刻之吏刮削苦毒，何異斧斤交集，而民不得其生耶！傷時苦軍乏，一物官盡取。嗟爾江漢人，生成復何有。有同枯椶木，○有，一作自。使我沉嘆久。死者即已休，○【趙次公曰】猶椶之既剥而多枯死也。生者何自守。○【王洙曰】何，一作能。○【趙次公曰】猶椶之未剥者，終復遭剥也。啾啾黄雀啅，○【鄭卬曰】啅與啄同，竹角切。○【師古曰】傷其民之無所託也。側見寒蓬走。念爾形影乾，○【鄭卬曰】乾，古寒切。○一作枯形乾，一作形影枯。摧殘没藜莠。○【師古曰】甫既痛嗟割剥之虐，復自悼飄蕩如蓬逐風飛，恐亦埋没藜莠而已矣。

【校記】

〔一〕釋，元本、古逸叢書本作「雀」。

〔二〕剖，元本、古逸叢書本作「酷」。

枯柟

○【鄭卬曰】柟，那含〔一〕切。葉似桑，子似杏而酸。俗作楠。○【師古曰：「此詩所以傷大材老死丘壑，而小有材者居重任，其顛倒如此。」又，王洙曰：「此詩傷抱材者老死丘壑，而不材者見用也。」】此篇傷大材老死丘壑，而小有材者居重任。○亦以自悼也。

楩柟枯崢嶸，○【劉曰】崢嶸，高貌。鄉黨皆莫記。不知幾百歲，慘慘無生意。上枝摩蒼天，○蒼，一作皇。○【王洙曰】魏文帝詩：倏條摩蒼天。下根蟠厚地。○【趙次公曰】莊子：下蟠于地。巨圍雷霆拆，萬孔蟲蟻萃。凍雨落流膠，○【趙次公曰】凍，音東。○謂楠有膠如香，可燒也。○【趙次公曰】屈原九歌大司命：使凍雨兮灑塵。郭璞爾雅注：江東呼夏月暴雨爲凍雨。衝風奪嘉氣。○謂柟已枯而香氣歇也。○【趙次公曰】衝風，隧〔二〕風也。九歌河伯章：衝風起兮揚波。白鵠遂不來，天雞爲愁思。○白鵠、天雞每棲其上，既失所託，遂不來而爲之愁思也。○【杜田補遺】爾雅釋鳥：鶾，天雞。注：鶾，雞赤羽。○【唐曰：「天雞，雉也。」】或曰：雉雞也。○【王洙曰】謝靈運詩：海鷗戲春岸，天雞弄和風。○【趙次公曰】按集，有曰「赤葉楓林百舌鳴，黄泥野岸天雞舞」。猶含棟梁具，無復霄漢志。良工古昔少，識者出涕淚。○【趙次公曰】謂此柟雖既失所而枯，猶可充棟梁之任。奈何工師少遇，而有識者爲之流涕也。種榆水中央，○【趙次公曰】詩蒹葭篇。成長何容易。○長，丁丈切。○【趙次公曰】東方朔傳：談何容易。截承金露盤，○【趙次公曰】前漢郊祀志：武帝作柏梁銅柱承露仙人掌。注引三輔故事：建章宫承露盤，高二十丈，七圍，以銅爲之，上有仙人以手掌承露，和玉屑飲之。○【王洙曰】西京賦：立脩莖之仙掌，承雲表之清露。裊裊不自畏。○【師古曰】喻君子負大材，不遭明聖之君，至於困頓失所。小人以柔脆嵬瑣之姿，反俾之居廟堂，以承重任，其不傾危，不可得矣。昔漢武帝爲金人承露，植以脩莖，榆乃柔脆之木，賤而易長，今用以承露盤，裊裊而危，可不寒心乎？小人貪位慕禄，雖處重任，不知自畏，必至於困覆而後已。

【校記】

〔一〕含，古逸叢書本作「舍」。

〔二〕隧，元本、古逸叢書本作「遂」。

憶昔二首

憶昔先皇巡朔方，千乘萬騎入咸陽。○【趙次公曰】先皇，言肅宗也。肅宗當禄山之亂，即位靈武，靈武乃朔方郡。帝以兵巡朔方，稍振士氣，遂入收咸陽。○咸陽，西京也。蔡邕獨斷：大駕備千乘萬騎。○【王洙曰】後漢靈帝末，京師童謡曰：「侯非侯，王非王。千乘萬騎上北芒。」○按關中記：秦孝公都咸陽，今渭城是也，在渭北。始皇都咸陽，今城南大城是也。名咸陽者，山南曰陽，水北亦曰陽，其地在渭水之北，又在九嵕諸山之南，故曰咸陽。陰山驕子汗血馬，○【趙次公曰】驕子，指言回紇也。時回紇以兵助肅宗討賊，皆騎汗血之馬。按，至德二年，廣平王俶爲兵馬元帥，郭子儀副之，以朔方、安西、回紇、南蠻、大食兵討安慶緒。時回紇兵最有功也。○前漢李廣傳：北邊塞至遼東外有陰山，東西千餘里，草木茂盛，多禽獸。○【趙次公曰】又匈奴傳：單于遣使遺漢，書曰：「南有大漢，北有强胡。胡者，天之驕子也。」○又西域傳：大宛別邑七十餘城，多善馬，馬汗血，言其先天馬子也。長驅東胡胡走藏。○【趙次公曰】東胡，指言安慶緒也。慶緒起於范陽，范陽在東，故云「東胡」。時廣平王之兵戰于澧〔一〕水，而慶緒敗績也。鄴城反覆不足怪，○鄴，音業。○【趙次公曰】今相州也。慶緒敗績奔河北，明年乾元元年，蔡希德等復會慶緒，賊復振，以相州爲成安府，此反覆何足怪也。或謂胡走藏者，禄山也。鄴中反覆者，史思明未服也。殊不知當回紇助順之時，禄山已爲慶緒所殺矣。關中小兒壞紀綱，○【趙次公曰】關中〔一〕小兒，謂李輔國也。輔國以閹奴爲閑廐小兒，其後專權，則私判臆處，此敗國家之紀綱，乃可傷也。張后不樂上爲忙。○【王洙曰：「張后，肅宗張皇后也。時玄宗幸蜀，后侍肅宗起靈武，遂立爲后。后能牢籠，干豫政事。遷太上皇，譖建寧王倓賜死，皆后謀也。及肅宗大漸，后挾越王係謀危害太子，爲李輔國謀。」】張后，肅宗皇后也。上，指代宗爲太子時也。按張后能牢籠，干豫政事，後與李輔國謀徙上皇，又屢欲危害太子，皆張后之惡，故太子爲之驚忙。太子即位，是爲代宗也。至今今上猶撥亂，○【王洙曰：「今上，代宗也。自爲太子，授天下兵馬元帥。及即位，内平張后、越王之難，外經營河朔。」】今上，即代宗。代宗之爲太子，出則爲元帥，入則監國也。勞身焦思補四方。○【鄭卬曰】思，息吏切。我昔近侍叨奉引，○【趙次公曰】奉引，掌供奉之事。甫至德二年肅宗授左拾遺，明年收京，扈從還長安。蓋拾遺掌供奉扈從也。○【杜田補遺】唐六典：補闕、拾遺，武后垂拱中置，二人，以掌供奉、諷諫、扈從、乘輿。○按集有往在詩「微軀忝近臣」，又寄賈嚴兩閣老詩「此時霑奉引」，又酬嚴公題野亭詩「奉引濫騎沙苑馬」。出兵整肅不可當。○當，晉〔三〕作忘。謂代宗出爲元帥，行兵有紀律，收復兩京也。爲留猛士守未央，○【趙次公曰】未央，宮名。乾元二年七月，以郭子儀留守西京。致使岐〔四〕雍防西羌。○【鄭卬曰】雍，於用切。○西羌，謂吐蕃也。○【趙次公曰】乾元二年，吐蕃入寇，陷廓州，而岐、雍之間防寇之不暇。犬戎直來坐御床，○犬戎，即西羌也。○【趙次公曰】廣德元年，吐蕃陷京師。百官跣足隨天王。○跣，息〔五〕展切。代宗跣幸陝，百官跣足隨帝出奔，謂蒼忙〔六〕也。**願見北地傳介子，**○【王洙曰】前漢西域傳：元鳳四年，遣傳介子往刺樓蘭王。既至，王與介子飲醉，介子遂斬其首，馳傳詣闕，懸之北闕，封爲義陽侯。**老儒不用尚書郎。**○【師古曰】甫嘗爲工部員外郎中〔七〕，犬戎之難，甫欲得將如傳介子以討平之，而甫文士，年已衰老，想不爲朝廷用，所謂「儒冠多誤身」者此也。○【王洙曰】木蘭行「欲與木蘭賞，不用尚書郎」也。

【校記】

〔一〕澧，古逸叢書本作「灃」。

〔二〕關中，古逸叢書本無。

〔三〕晉，原作「音」，據古逸叢書本改。

〔四〕岐，古逸叢書本作「收」。

〔五〕息，古逸叢書本作「原」。

〔六〕忙，古逸叢書本作「黄」。

〔七〕中，元本、古逸叢書本無。

憶昔開元全盛日，○全，一作前。**小邑猶藏萬家室。**○玄宗開元初，用張九齡爲相，至小之邑，猶藏萬家，户口充實，號爲太平也。稻米流脂粟米白，○謂人食脱粟飯也，其與厭糟糠者遠矣。養生要集：秔，稻屬也。稻亦秔之總名。説文：粟，嘉穀之實也。公私倉廪俱豐實。○明皇紀：開元二十五年，大理卿奏天下歲斷死刑二十八，京師米斛不滿二百，行人萬里不持兵刃。○【王洙曰】鄭棨開元紀：自開遠門西行百餘里，米斗三文〔一〕，丁壯不識兵器，路不拾遺。○柳芳曆：開元二十八年，西京米價不盈二百，絹亦如之。東出汴宋，西歷岐鳳，行人萬里不持寸刃。九州道路無豺虎，○【趙次公曰】豺虎，喻盗賊也。王粲詩：盗賊如豺虎。遠行不勞吉日出。○謂車航通達，不煩卜擇也。屈原離騷：歷吉日兮吾將行。齊紈魯縞車班班，○【饒曰】謂山東出厚繒，商販不絶也。○【薛夢符曰】前漢志：齊俗作冰紈綺繡純麗之物。顔師古曰：謂布帛之細，其色潔明如冰也。○韓非子：魯人善織屨，妻善織縞，而徙於越。或謂之曰：「子必窮，屨欲履之，而越人跣足。縞欲冠之，而越人按髮。」○【王洙曰】後漢志：桓帝初，京都童謡曰：「車班班，入河間。」男耕女桑不相失。○謂民樂其業也。宫中聖人奏雲門，○謂以禮樂爲治也。○【王洙曰】周禮大司樂：歌大吕，舞雲門，以祀天神。天下朋友皆膠漆。○【歐曰】謂風俗之厚，皆以信義相接也。○【師古曰】初，李林甫、楊國忠、安禄山之徒，平昔相游從，一旦反目〔二〕操戈相逐，雖欲如向者膠漆之堅，豈可復得哉？○【王洙曰】後漢陳重與同郡雷義爲友，鄉里爲之語曰：「膠漆自謂堅，不如雷與陳。」劉孝標絶交論：道協膠漆。百餘年間未災變，○【師古曰】謂安禄山未叛也。叔孫制禮蕭何律。○【師古曰】叔孫通爲高祖制禮儀，蕭何定律令。當是時，禮樂修明。開元之際，治幾三代。及罷張九齡相，李林甫生事遠夷，中國消耗，禄山一叛，舉前日禮樂律令圮〔三〕壞而棄之。玄宗於是時雖欲奏雲門於宫中，亦不可得也。○【王洙曰】揚雄解嘲：叔孫通起於枹鼓之間，解甲投戈，遂作君臣之儀，得也。聖漢權制而蕭何造律，宜也。豈聞一絹直萬錢，○【師古曰】當太宗時，米斗三錢，布帛稱是。玄宗承富貴之餘業，物價極賤。兵興以來〔四〕，一絹直萬錢也。有田種穀今流血。○【師古曰】謂前日種穀之地，今鞠而爲戰場也。○【趙次公曰】揚子：川谷流人之血。洛陽宫殿燒焚盡，○【師古曰】謂東都苑囿化爲煨燼也。○曹植送應氏詩：洛陽何寂寥，宫室盡焚燒。宗廟新除狐兔穴。○【師古曰】謂宗廟失守，狐兔成羣也。○【王洙曰】張孟陽七哀詩：園寢化爲墟，周墉無遺者〔五〕。狐兔窟真〔六〕中，蕪穢不復掃。傷心不忍問耆舊，復恐初從〔七〕亂離説。○【師古曰】謂令人傷心疾首，不忍道及當初亂離時事也。小臣魯鈍無所能，○鈍，徒因〔八〕切。○【王洙曰】劉公幹贈王宫詩：小臣信頑魯。朝廷記識蒙禄秩。周宣中興望我皇，○中，竹仲切。灑血江漢長衰疾。○血，晉作淚。○【王洙曰】長，一作身。○【師古曰】甫自顧魯鈍無能，叨蒙工部禄秩，足認朝廷不即棄捐，唯以周宣中興之功仰望其君，但洒淚江漢之上〔九〕，惓惓朝廷，無復一預朝會，但衰疾日長，老死而後已。未嘗一言話之間，少忘其君，足見甫之忠勤，詩人無能及之，蓋謂是也。

【校記】

〔一〕文，元本、古逸叢書本作「錢」。
〔二〕目，元本、古逸叢書本作「自」。
〔三〕圮，古逸叢書本作「皆」。
〔四〕來，元本、古逸叢書本作「米」。
〔五〕者，古逸叢書本作「老」。
〔六〕真，元本、古逸叢書本作「其」。
〔七〕初從，元本、古逸叢書本作「從初」。
〔八〕因，元本、古逸叢書本作「困」。
〔九〕上，古逸叢書本作「土」。

晝夢

○【王洙曰】此篇譏時之暴賦重歛也。

二月饒睡昏昏然，不獨夜短晝分眠。○【趙次公曰】言二月昏睡，不足獨只是春夜，短睡不足，而乃分晝之半以眠耶〔一〕。桃花氣暖眼自醉，○【趙次公曰】言桃花在暖日中，醺灼人眼，已醉悶也。春渚日落夢相牽。○【趙次公曰】春渚纔日落，夢已相牽，不自由矣。故鄉門巷荆棘底，○【趙次公曰】故鄉，謂杜陵之居。不歸之，久而生荆棘矣。中原君臣豺虎邊。○【趙次公曰】豺虎，喻盜賊也。王粲詩：盜賊如豺狼。安得農務息戰鬭，普天無吏横索錢。○【趙次公曰】横，讀去聲。吏乘軍須之際，至於暴斂横索，乃爲可傷也。○華陽國志：李盛爲太守，貪殘重賦，國人刺之曰：「盧鵲何喧喧，有吏來掩門。披衣出門應，府縣欲得錢。」

【校記】

〔一〕耶，元本、古逸叢書本作「也」。

熟食日示宗文宗武

○【王洙曰】寒食日不舉火，預辦其物過節而熟食之，謂之「寒食」，亦謂之「熟食」。○宗文，字穉子，宗武，字驥子。甫之二子也。

消渴遊江漢，○【趙次公曰】甫自言其病也。羈棲尚甲兵。幾年逢熟食，萬里逼清明。松柏邙山路，○邙，音忙。○【杜田補遺】十道志：邙山在洛陽縣北七十里。楊佺期洛城記：邙山，古今東洛九原之地也。○或曰邙山，一作邛山。○【鄭卬曰】寰宇記：邛州因邛來山爲名。水經注：邛來山在漢嘉嚴道縣。風光白帝城。○【杜田補遺】世俗以寒食省墓，甫先塋在東洛之邙山，而時身流寓於白帝城，於寒食不能展省，故有是句。汝曹催我老，回首淚縱横。○謂思東洛也。

又示兩兒

令節成吾老，他時見汝心。○【趙次公曰】令節，指寒食也。以汝年少，未知老者之情。他日汝輩老年，方見其心，如我之今日也。浮生看物變，爲恨與年深。長葛書難得，○【鄭卬曰】長葛，春秋時屬鄭地，今〔一〕縣隸許州。江州涕不禁。○禁，協平聲。登樓賦：涕横墜而弗禁。團圓思弟妹，○【趙次公曰】長葛、江州，乃甫弟妹所在也。行坐白頭吟。○【趙次公曰】昔卓文君作白頭吟以諷相如。○餘見前注。

【校記】

〔一〕今，元本、古逸叢書本作令。

陪諸公上白帝城宴越公堂之作

○【王洙曰】越公，楊素也。有堂在城上，畫像尚〔一〕存。

此堂存古制，城上俯江郊。落構垂雲雨，荒階蔓草茅。柱穿蜂溜蜜，棧缺燕添巢。○棧，乃棧道也。坐接春盃氣，心傷艷蘂梢。英靈如過隙，○【趙次公曰】：「指公孫述之英靈如過隙而逝亡。」】悼楊素之英靈已逝，日晷易度，如白駒之過隙，謂其迅疾也。〇【王洙曰】莊子：人生天地之間，若白駒之過隙，忽然而已。〇又言：天與地無窮，人死者有時，忽然何異騏驥之過隙也。又禮記：三年之喪，二〔二〕十五月而畢，若駟之過隙。宴衎願投膠。〇衎，苦旦切，樂也。〇【趙次公曰】謂今日獲陪諸公宴衎，當願如以膠投漆而結綢繆之好也。〇詩小雅：嘉賓式燕以衎。〇【王洙曰】古樂府詩：以膠投漆中，誰能別離此。莫問水青流〔三〕，生涯未即拋。〇莊子養生篇：吾生也有涯。

【校記】

〔一〕尚，元本、古逸叢書本作「猶」。

〔二〕二，古逸叢書本作「一」。

〔三〕水青流，元本作「水清淺」，古逸叢書本作「東流水」。

晴二首

久雨巫山暗，新晴錦繡紋。碧知湖外草，〇【王洙曰：「(外)一作上。」】外，晉作上。〇【趙次公曰】洞庭湖外連青草湖也。紅見海東雲。〇【趙次公曰：「言日出之處紅雲也。」】日出乎東，故海上雲紅也。竟日鶯相和，摩霄鶴數羣。野花乾更落，風處急紛紛。

啼烏争引子，鳴鶴不歸林。下食遭泥去，高飛恨久陰。雨聲衝塞盡，日氣射江深。回首周南客，○周南，謂涇〔一〕陽也。○【王洙曰】昔太史公留滯〔二〕周南。驅馳魏闕心。○甫自論其不忘君也。○【王洙曰】天子之門兩觀，謂之象魏。○【趙次公曰】莊子讓王篇：公子牟曰：「身在江海，心居魏闕。」

【校記】

〔一〕涇，古逸叢書本作「留」。

〔二〕滯，元本、古逸叢書本作「寓」。

雨

始賀天休雨，還嗟地出雷。○【王洙曰】易：雷出地奮豫。驟看浮峽過，○【趙次公曰。又，王洙曰：「（浮）一作巫。」】浮，一作巫，非也。密作渡江來。牛馬行無色，○【王洙曰】莊子秋水篇：秋水時至，兩涘渚涯之間，不辨牛馬。蛟龍鬬不開。干戈陰盛氣，未必自陽臺。○【王洙曰】因陰氣盛而多雨，未必來自於陽臺也。○【趙次公曰】高唐賦：妾在巫山之陽，高山〔一〕之阻，旦爲朝雲，暮爲行雨。

【校記】

〔一〕山，古逸叢書本作「丘」。

三月新自赤甲遷瀼西所作

卜居

歸羨遼東鶴，○【王洙曰】昔遼東華表柱有鶴集其上，自言丁令威，曰：「有鳥有鳥丁令威，去家千年今始歸。城郭如故人民非，何不學仙冢纍纍。」吟同楚執珪。○【王洙曰】此兩句嘆其不得歸鄉也。史記：莊舄，故越之細鄙人也，爲楚執珪，病而尚猶楚聲。王粲登樓賦：莊舄顯而越吟。未成遊碧海，○【趙次公曰】東方朔十洲記：東有碧海，廣狹浩汗〔一〕，與東海等水不鹹苦〔二〕，正〔三〕作碧色。着處覓丹梯。○着，直略切。○【王洙曰】謝靈運詩：躡步淩丹梯。〔四〕雲障寬江北，○障，陳作嶂。○【趙次公曰】夔江之北，其山稍遠，故爲寬矣。春耕破瀼西。○【王洙曰：「南瀼水，管郫縣也。」】管郫縣西水名也。桃紅客若至，定似昔人迷。○【王洙曰】昔，一作晉。詳見「欲問桃花宿」注。

【校記】

〔一〕浩汗，元本作「浩斥」，古逸叢書本作「佶斥」。

〔二〕鹹苦，元本、古逸叢書本作「鹵斥」。

〔三〕正，元本、古逸叢書本作「渾」。

〔四〕「着處」句及注，宋本原無，據元本、古逸叢書本補。

玉腕騮○【王洙曰】江陵節度衛公馬也。

聞説荊南馬，尚書玉腕騮。頓驂飄赤汗，○頓駿，陳作駿驔。○【王洙曰】天馬歌：霑赤汗，沫流赭。跼蹐顧長楸。○跼，音局，不伸也。蹐，音脊，小步也。○【王洙曰】曹植名都篇：走馬長楸間。胡虜三年入，乾坤一戰收。○【趙次公曰】謂禄山、慶緒之亂，三年之際，遂仍收復，斯爲「一戰收」矣。衛尚書之馬，豈正於此時得用乎？舉鞭如有問，欲伴習池遊。○【王洙曰】襄陽記：峴〔一〕山南習郁有佳園池，山簡鎮襄陽，每臨此池，飲輒大醉而歸，常曰：「此我高陽池也。」城中小兒歌曰：「山公出何許，來至高陽池。日夕到〔二〕載歸，酩酊無所知。」

【校記】

〔一〕峴，元本、古逸叢書本無。

〔二〕到，元本、古逸叢書本作「倒」。

暮春題瀼西新賃草堂五首

久嗟三峽客，再與暮春期。百舌欲無語，○【師古曰】百舌，禽名，江東人謂之「信鳥」。逢春則效百鳥語，故名「百舌」，又曰「反舌」，謂能反覆其舌也。○【趙次公曰】至於無聲，則在芒種後十日。今謂之「欲無語」，蓋暮春之時也。繁花能幾時。谷虚雲氣薄，波亂日華遲。戰伐何由定，○謂有吐蕃之亂也。哀傷不在茲。○論語子罕篇：子窮〔一〕於匡，曰：「文不在茲乎？」

【校記】

〔一〕窮，元本、古逸叢書本作「畏」。

此邦千樹橘，不見比封君。○【王洙曰】前漢貨殖傳：蜀、漢、江陵千樹橘，此其人皆與千户侯等。養拙干戈際，全生麋鹿羣。畏人江北草，○【趙次公曰：「畏人在於江北之草間，旅食在於漢西之雲裏，此公之自歎也。」】自歎其畏人，居於江北之草間也。旅食瀼西雲。○【趙次公曰：「畏人在於江北之草間，旅食在於漢西之雲裏，此公之自歎也。」】自愧其旅食，寓於瀼西之雲裏也。萬里巴渝曲，○巴渝，蜀地也。○【王洙曰】前漢禮樂志：巴渝鼓員三十六人。顏師古曰：巴，巴人也。渝，渝人也。當高祖初，爲漢王，得巴、渝人，並趫捷善鬭，與之定三秦，滅楚國。存其武樂也，巴、渝之樂，因此始也。巴即今巴州，渝即今渝州也。三年實飽聞。○【趙次公曰】自永泰三年八月方至雲安，迨今大曆二年，爲三年矣。

綵雲陰復白，錦樹曉來青。身世雙蓬鬢，○【趙次公曰】言身已老，而雙鬢如蓬也。乾坤一草亭。○【趙次公曰】言天地之間有此瀼西一草堂也。哀歌時自短，○【趙次公曰。又，杜陵詩史、分門集注、補注杜詩引作「師古曰」。】古樂府詩有短長吟篇。○【師古曰】按集有渝州候嚴侍御詩「虛費短長吟」是也。醉舞爲誰醒。○醉舞，一作薄酒。細雨荷鋤立，○荷，下可切，負也。○【趙次公曰。又，門類增廣十注杜詩引作「新添」，杜陵詩史、分門集注、補注杜詩引作「黃曰」。】陶淵明詩：帶月荷鋤歸。江猿吟翠屏。○謂春山如畫屏也。

壯年學書劍，○年，晉作志。○【王洙曰】昔項籍學書不成，去學劍。他日委泥沙。○【趙次公曰】甫自歎其流落也。事主非無祿，浮生即有涯。○莊子養生篇：吾生也有涯。高齋依藥餌，絶域改春華。喪亂丹心破，王臣未一家。○【王洙曰】毛詩：率土之濱，莫非王臣。

欲陳濟世策，已老尚書郎。○【王洙曰：「見『老儒不用尚書郎』詩注。」趙次公曰：「公官是尚書工部員外郎，故云。」】謂老於尚書工部員外郎而不用也。不息豺虎鬭，○【趙次公曰：「豺狼以言盜賊。」】喻〔一〕盜賊未息也。空慙鴛鷺行。○【王洙曰：「公曾任拾遺，籍占朝列。」】愧嘗爲左拾遺之職也。時危人事急，○急，晉作惡。風逆羽毛傷。○逆，晉作急。落日悲江漢，中宵淚滿床。

【校記】

〔一〕喻，原作「踰」，據元本、古逸叢書本改。

引水

月峽瞿塘雲作頂，○明月峽、瞿塘〔一〕峽、巫峽，謂之三峽。○【趙次公曰】寰宇記：渝州〔二〕有明月峽，以石穴圓似月而得名。亂石崢嶸俗無井。○地勢高峻無井，居民買水而食。雲安沽水僕奴悲，○雲安屬夔州。悲，謂取水艱難也。魚復移居心力省。○復，音腹。省，所景切，簡少也。夔州雖乏水，魚復有之，故移居就焉。省，謂取水免費心力也。○【王洙曰】後漢地理志：魚復縣屬巴郡，古庸國。左氏文公十年傳「魚人逐楚師」是也。○又，夔州雲水郡有奉節縣，魚復故城在，北〔三〕有白帝城。白帝城西萬竹蟠，○後漢地理志：獻帝分巴爲三郡，以魚復爲巴陵郡〔四〕，治白帝山。接筒引水喉不乾。○乾，音干，燥也。○【九家集注杜詩依例爲「王洙曰」】：「夔俗無井，皆以竹引山泉而飲，蟠屈山腹間，有至數百丈。」又，杜陵詩史、分門集注、補注杜詩、集千家注批點杜工部詩集引作「魯曰」。】夔俗無井，居人以竹筒蟠屈山谷間，相接引泉而食之。人生留滯生理難，斗水何直百憂寬。○凡人生〔五〕所憂者，無過飢渴。斗升之水，算來未有所直，得此則百憂爲之寬解也。以此知生理實難，况餘物乎？○【趙次公曰】盧照隣秋風詩：賴此百憂寬。○黄庭堅曰：熟讀子美到夔州後古律詩，便得句法，簡易而大巧出焉，平淡而山高水深，似欲不可企及。文章成就，更無斧鑿痕，乃爲佳也。

【校記】

〔一〕瞿塘，元本、古逸叢書本作「歸鄉」。

〔二〕州，元本、古逸叢書本作「亦」。

〔三〕北，元本、古逸叢書本作「又」。

〔四〕巴，原作「故」，據元本、古逸叢書本改。

〔五〕生，元本、古逸叢書本無。

甘園

春日清江岸，千甘二頃園。青雲羞葉密，○【王洙曰：「(着)一作羞。」】羞，一作着〔一〕。白雪避花繁。結子隨邊使，開筒近至尊。○【王洙曰】謂蜀甘歲貢于天子也。後於桃李熟，終得獻金門。○【王洙曰】此甫自託意也。

【校記】

〔一〕着，元本作「者」，古逸叢書本作「著」。